André Breton

Anthologie des Schwarzen Humors

Rogner & Bernhard
bei Zweitausendeins

Deutsch von
Rudolf Wittkopf
und
Richard Anders, Lothar Baier,
Hilda von Born-Pilsach,
Paul Celan, Christian Enzensberger,
Peter Hacks, Eugen Helmlé,
Gertrud von Holzhausen,
Gerd Henniger, Johannes Hübner, Lothar Klünner,
Helge Koch und Manfred Unruh,
Marlis und Paul Pörtner,
Maria Schaefer-Rümelin,
Walter Schmiele, Hedda Soellner,
Wulf Teichmann,
Greta Tüllmann und Renate Gerhardt,
Brigitte Weidmann,
Walter Widmer und Paul Noack
und Hans Wollschläger.

Die allgemeine Vorstellung vom schwarzen Humor und sein Begriff stammen aus Bretons berühmter Anthologie, die 1939 in Paris herauskam. André Breton (1896—1966), der eigentliche Erfinder des literarischen Surrealismus, begreift den kritischen, den schwarzen Humor als eine Kunstform, deren wahre Initiatoren Swift und der Marquis de Sade gewesen sind. Es sind die Überempfindlichen, die Ruhelosen mit dem wachen Gewissen, die ihr Denken in die Lockform des schwarzen Humors gebracht haben. Breton versammelt Beiträge von 45 Autoren; maßgeblich für die Auswahl war eine Berücksichtigung surrealistischer Gesichtspunkte. André Breton schrieb als Herausgeber ein ausführliches Vorwort und Einleitungen zu den Beiträgen sowie eine bibliographische Übersicht. »Angesichts der infernalischen Grausamkeiten, der subversiven und tabuzerstörerischen Ungeheuerlichkeiten, die in diesem Band zusammengetragen sind, kann der Leser oft genug erschauern. Gleichzeitig gewinnt er jedoch die Lust von Akten der Befreiung, die hier durch die Arbeit der Phantasie geleistet wird« *(FAZ)*.

Das Lachen, diese prachtvolle,
ja geradezu lasterhafte Verschwendung,
der der Mensch fähig ist,
grenzt an das Nichts, gibt uns
das Nichts als Unterpfand.
ANDRÉ BRETON

André Breton, Selbstporträt, Collage, 1938

Was am Postulat des Verdunkelten, wie es die Surrealisten als schwarzen Humor zum Programm erhoben, vom ästhetischen Hedonismus, der die Katastrophen überdauert hat, als Perversion diffamiert wird: daß die finstersten Momente der Kunst etwas wie Lust bereiten sollen, ist nichts anderes, als daß Kunst und ein richtiges Bewußtsein von ihr Glück einzig noch in der Fähigkeit des Standhaltens finden.

Adorno

Die vorliegende, durchgesehene Ausgabe ist gegenüber der vorhergehenden in manchen Einzelheiten verbessert worden. Wir haben sie jedoch absichtlich nicht erweitert, selbst auf die Gefahr hin, daß einige Leser nicht ganz auf ihre Kosten kommen. Gewiß sah der Autor in den letzten Jahren neue Gestalten auftauchen, die unter dem Gesichtspunkt, der dieses Werk zu Anfang bestimmte, die gleiche Betrachtungsweise für sich in Anspruch nehmen. Er mußte insbesondere der Versuchung widerstehen, Oskar Panizza, Georges Darien, G. I. Gurdjieff (so wie ihn sein meisterhafter »Eveil du penser«, die Einführung zu den »Erzählungen Belzebubs für seinen Enkel« *zeigt), Eugène Ionesco und Joyce Mansour aufzunehmen, aber er hat aus einleuchtenden Gründen darauf verzichtet. Dieses Buch, das zum ersten Mal 1939*[1] *erschien und mit eini-*

1 Die Erstausgabe der Anthologie erschien 1940, vier Tage vor dem Fall von Paris und zwölf Tage vor dem deutsch-französischen Waffenstillstand. Diese Ausgabe wurde – laut Bretons Angaben in seinen »Entretiens« – von der Regierung Pétain verboten. Die nächsten beiden Ausgaben erschienen 1945 und 1950 mit vermehrtem Inhalt (Anmerkung d. Verlags).

gen Ergänzungen 1947 nachgedruckt wurde, hat, so wie es ist, seine Epoche geprägt. Erinnern wir nur daran, daß bei seinem Erscheinen die Worte »schwarzer Humor« keinen Sinn *gaben (es sei denn, daß sie eine Art zu scherzen suggerierten, die den »Negern« eigne!). Erst seither hat der Ausdruck seinen Platz im Wörterbuch gefunden: Man weiß, welchen Erfolg der Begriff des schwarzen Humors gehabt hat. Alles deutet darauf hin, daß er höchst lebendig bleibt und Verbreitung findet, sowohl mündlich (durch Geschichten des »Marie la Sanglante« genannten Typs) wie durch bildliche Darstellung (ganz besonders in der Art der Zeichnungen in gewissen Wochenblättern) und durch den Film (zumindest durch den, der am Rande der Feierabend-Produktion bleiben will). Die Tatsache, daß dieses Werk auf unsere Epoche eine nicht minder große Wirkung ausübt wie auf die vergangene, bewahrt uns davor, so zu verfahren, daß man es mit irgendeinem ständig auf den neuesten Stand gebrachten Jahrbuch vergleichen könnte und daß es in die Nähe von Laureatenlisten gerät, was rein lächerlich wäre und seiner ursprünglichen Bestimmung widerspräche. Man möge hierin daher die endgültige Ausgabe der* Anthologie des schwarzen Humors *sehen.*

Paris, 16. Mai 1966

Blitzableiter

Die Vorrede könnte
Blitzableiter betitelt werden.
(Lichtenberg)

»Komik, das heißt Emanation, Explosion, Auslösung von Komik«, sagt Baudelaire, »bedingt ...«

Emanation, Explosion: *Es ist verblüffend, diese beiden Worte geradeso bei Rimbaud zu finden, zudem in einem Gedicht, das mit schwarzem Humor äußerst verschwenderisch ist (es handelt sich wohlgemerkt um das letzte Gedicht, das wir von ihm haben, in dem – äußerst verdichtet – der »möglichst närrische und irre Ausdruck« jenes Bestrebens wieder auftaucht, das erst auf seine Bestätigung und dann auf seine Negation abzielte):*

»Traum«
Hunger hat man in der Stube,
wirklich wahr ...
Emanationen, Explosionen,
Ein Genie: Ich bin der Gruyère!

Zufall, unwillkürliche Reminiszenz, Zitat? Um das beurteilen zu können, müßte man die Auslegung dieses Gedichts, des schwierigsten französischer Sprache, schon weit vorangetrieben haben, doch ist mit dieser Auslegung noch nicht einmal begonnen worden. Gleichwohl ist eine solche wörtliche Koinzidenz bezeichnend. Sie verrät bei beiden Dichtern die gleiche gedankliche Beschäftigung mit den sozusagen atmosphärischen Bedingungen, unter denen der geheimnisvolle Austausch von Humor zwischen den Menschen stattfinden kann. Ein Austausch, dem seit anderthalb Jahrhunderten ein immer größerer Wert beigemessen wurde und der heute zum alleinigen Prinzip des anspruchsvollsten intellektuellen Verkehrs zu werden neigt. In Anbetracht der spezifischen Bedürfnisse der heutigen Sensibilität muß man sich fragen, ob die dichterischen, künstlerischen und wissenschaftlichen Werke, die philosophischen und gesellschaftlichen Systeme, denen es an dieser Art von Humor mangelt, nicht ernstlich zu wünschen übrig lassen, ja ob sie nicht dazu verurteilt sind, über kurz oder lang zunichte zu werden. Es handelt sich hier gleichsam um eine Aktie, deren Kurs nicht nur rapide steigt, sondern die auch imstande ist, alle anderen so unter Druck zu setzen, daß viele nirgends mehr notiert werden. Wir berühren einen heißen Gegenstand, wir bewegen uns auf glühendem Boden, wir haben den vollen Wind der Leidenschaft abwechselnd mit und gegen uns, sobald wir daran denken, den Schleier von diesem Humor zu heben, wiewohl es uns zu unserer vollen Zufriedenheit gelingt, dessen augenfällige Produkte in der Literatur, in der Kunst und im Leben zu isolieren. In der Tat steht uns der Sinn mehr oder weniger bewußt nach einer Hierarchie, in der der volle Besitz von Humor dem Menschen den höchsten Rang sichern würde: In eben dem Maße entzieht sich uns – und wird sich uns zweifellos noch lange entziehen – jede umfassende Definition des Humors, und das auf Grund des Prinzips, daß »der Mensch von Natur aus dazu neigt, was an der Grenze seines Begreifens liegt, zu vergöttlichen«. So wie es »der Initiation, die nur wenige Auserwählte erlangten, kaum gelingt, obgleich es die höchste Forderung der Geheimwissenschaft ist, uns klar zu machen, wie Gott gedacht werden kann«[1] (die Kabbala, Reduktion der Geheimwissenschaft auf den irdischen Bereich, wird von den Initiierten eifersüchtig geheimgehalten), kann keine Rede davon sein, den Humor zu explizieren und ihn dialektischen Zwecken nutzbar zu machen. Das hieße, aus dem Selbstmord eine Lebensregel ableiten zu wollen. »Es ist nichts dran«, hat man gesagt, »wenn ein intelligenter Humor nicht einmal das Nichts in Gelächter auflösen kann ..., das Lachen, diese prachtvolle, ja geradezu lasterhafte Verschwendung, der der Mensch fähig ist, grenzt an das Nichts, gibt uns das Nichts als Unterpfand.«[2] Man sieht, welchen Vorteil der Humor schon aus seiner Definition und zumal aus dieser Definition ziehen könnte.

Man braucht sich unter diesen Umständen nicht zu wundern, wenn die verschiedenen bis heute veranstalteten Umfragen zu diesem Thema die kümmerlichsten Ergebnisse brachten. Auf eine übrigens sehr schlecht durchge-

1 Armand Petitjean: »Imagination et Réalisation« (Denoël et Steele, 1936).

2 Pierre Piobb: »Les Mystères des Dieux.« Vénus (Daragon, 1909).

führte Enquete in der Zeitschrift »Aventure« vom November 1921 antwortete Paul Valéry: »Das Wort humour *ist unerklärbar. Wenn es das nicht wäre, würden die Franzosen es nicht gebrauchen. Aber sie gebrauchen es gerade wegen des Unbestimmten, das sie in es hineinlegen, und das aus ihm ein für den Streit über Geschmäcker und Valeurs sehr geeignetes Wort macht. Jeder Satz, der es enthält, verändert seine Bedeutung, so daß eben diese Bedeutung strenggenommen nur die statistische Summe aller Sätze ist, die das Wort enthalten und in Zukunft enthalten werden.« Solche strenge Zurückhaltung verdient letzten Endes noch den Vorzug vor der Weitschweifigkeit, mit der Aragon paradierte, der es sich im »Traité du Style« zur Aufgabe gemacht zu haben scheint, das Thema erschöpfend zu behandeln (wie man einen Fisch ersäuft), aber der Humor hat ihm nicht verziehen, und es gibt nichts und niemanden, vor dem er sich späterhin entschiedener gedrückt hat: »Sie wollen die anderen anatomischen Teile des Humors? Nun gut. Heben Sie den Zeigefinger, M'sieu, und bitten Sie um die Erlaubnis zum Reden, schon wird Ihnen das Haar wachsen. Die Augen zwei Oblaten für die Spiegel. Die Ohren Jagdhörner. Der rechte Arm namens Symmetrie stellt den Justizpalast dar, der linke ist der Arm eines rechts Einarmigen ... Der Humor ist das, was die Suppen, die Hühner, die Symphonieorchester nicht haben. Dagegen fehlt er nicht den Pflasterern, den Aufzügen, den Klappzylindern ... Man hat ihn im Küchengerät signalisiert, er äußert sich im schlechten Geschmack,* er überwintert in der Mode ... Worauf ist er aus? Auf optische Wirkung. Wo wohnt er? In Klein Sankt-Thomas. Seine Lieblingsschriftsteller? Ein gewisser Binet-Valmer. Seine Schwäche? Die Dämmerung, wenn sie so recht nach Spiegelei aussieht. Er kann auch durchaus ernst sein. Alles in allem hat er große Ähnlichkeit mit dem Richtkorn auf dem Gewehr«, usw. Die brave Fleißarbeit eines Primus der Prima, der sich dieses Thema gewählt hat wie er sich ebensogut ein anderes hätte aussuchen können, und der den Humor nur von außen sieht. Diese ganze Gaukelei ist, es sei noch einmal gesagt, nichts als Kneifen. Selten ist einer der Frage so scharf zu Leibe gegangen wie Léon Pierre-Quint, der in seiner Schrift »Le Comte de Lautréamont et Dieu« den Humor als ein Mittel auffaßt, jenseits »der unumschränkten Revolte der Jugend und der inneren Revolte des Erwachsenen«, eine höhere Revolte des Geistes zu gewährleisten.

Humor bedingt ... das Problem wird gestellt bleiben. Man kann jedoch in Anschlag bringen, daß Hegel den Humor im Bereich der Wissenschaft einen entscheidenden Schritt vorangebracht hat, als er sich zu dem Begriff eines objektiven Humors aufschwang. »Die romantische Kunst nun«, sagte er, »war von Hause aus die tiefere Entzweiung der sich in sich befriedigenden Innerlichkeit, welche, da dem in sich seienden Geiste überhaupt das Objektive nicht vollkommen entspricht, gebrochen oder gleichgültig gegen dasselbe blieb. Dieser Gegensatz hat sich im Verlauf der romantischen Kunst dahin entwickelt, daß wir bei dem alleinigen Interesse für die zufällige Äußerlichkeit oder für die gleich zufällige Subjektivität anlangen mußten. Wenn sich nun aber diese Befriedigung an der Äußerlichkeit wie an der subjektiven Darstellung dem Prinzip des Romantischen gemäß zu einem Vertiefen des Gemüts in den Gegenstand steigert und es dem Humor andererseits auch auf das Objekt und dessen Gestaltung innerhalb seines subjektiven Reflexes ankommt, so erhalten wir dadurch eine Verinnigung in dem Gegenstande, einen gleichsam objektiven Humor.«

Wir haben an anderer Stelle[1] gesagt, daß die schwarze Sphinx des objektiven Humors auf dem staubigen Weg, dem Weg der Zukunft, mit Sicherheit der weißen Sphinx des objektiven Zufalls begegnen mußte, und daß alle späteren Hervorbringungen des Menschen die Frucht ihrer Umarmung sein würden.

Nebenbei sei bemerkt, daß die Stellung, die Hegel den verschiedenen Künsten anwies (die Dichtung führt sie als einzige universelle Kunst an, sie stimmt deren Gangart auf die ihrige ab, da allein sie die aufeinanderfolgenden Situationen des Lebens darzustellen vermag), zur Genüge erklärt, daß die Art Humor, die uns hier interessiert, in der Dichtung viel eher auftrat, als zum Beispiel in der Malerei. Die satirische, moralisierende Absicht in ihr übt auf fast alle Werke der Vergangenheit, die sich durch diesen Humor in irgendeiner Weise auszeichnen könnten, einen verheerenden Einfluß aus, setzt sie der Gefahr aus, in Karikatur umzuschlagen. Man

1 Position politique du Surréalisme (1935): Situation surréaliste de l'objet.

könnte höchstens versucht sein, eine Ausnahme zu machen mit einem Teil der Werke von Hogarth und von Goya, und einige andere Fälle dahingestellt sein lassen, wo der Humor sich eben nur ahnen läßt, nur als hypothetisch vorhanden angesehen werden kann, wie in fast dem gesamten malerischen Werk von Seurat. Reiner und handfester Humor triumphiert in der bildenden Kunst, wie uns scheint, erst in einer uns näheren Zeit, und als seinen ersten und genialen Meister können wir vielleicht den mexikanischen Künstler José Guadalupe Posada ansehen, der uns in herrlichen Holzschnitten volkstümlicher Art all die Wirren der Revolution von 1910 vor Augen führt (zusammen mit diesen Kompositionen wären Villa und Fierro daraufhin zu befragen, ob sie nicht den Übergang des Humors von der Theorie zur Tat darstellen; im übrigen wird sich Mexiko mit seinen wunderbaren, schauerlichen Spielsachen als das auserwählte Land des schwarzen Humors behaupten). Seitdem hat dieser Humor in der Malerei gehaust wie in einem eroberten Land. Sein schwarzes Kraut raschelt noch überall dort, wo das Pferd von Max Ernst, »Die Windsbraut«, vorübergebraust ist. In den Grenzen des Buches gibt es in dieser Hinsicht nichts, das so vollendet und mustergültig ist wie seine drei Romane in »Collagen«: »La Femme sans Tête«, »Reve d'une petite fille qui voulut entrer au Carmel« und » Une Semaine de Bonté ou les sept Eléments capitaux«.

Das Kino, das nicht nur wie die Dichtung die aufeinanderfolgenden Situationen des

Lebens darstellt, sondern auch deren Verkettung Rechnung tragen will; das, um die Gemüter zu bewegen, gar nicht anders kann, als nach extremen Lösungen zu suchen, mußte fast auf Anhieb auf den Humor stoßen. Die ersten Lustspiele von Mack Sennett, einige Filme von Chaplin (»Charlot s'évade, le Pèlerin«) und die unvergeßlichen Fatty und Picratt führen die Linie an, die unweigerlich zu jenen leicht verschießenden nachtschwarzen Stoffen wie »One Million Dollar Legs« und »Animal Crackers« führen muß und zu jenen Ausflügen mitten in die geistige Fingalshöhle und nach Puzzuoli wie »Un Chien andalou« und »L'age d'or« von Buñuel und Dali und »Entracte« von Picabia.

»Es ist Zeit«, sagt Freud, »daß wir uns mit einigen Charakteren des Humors vertraut machen. Der Humor hat nicht nur etwas Befreiendes wie der Witz und die Komik, sondern auch etwas Großartiges und Erhebendes, *welche Züge an den beiden anderen Arten des Lustgewinns aus intellektueller Tätigkeit nicht gefunden werden. Das Großartige liegt offenbar im Triumph des Narzißmus, in der siegreich behaupteten Unverletzlichkeit des Ichs. Das Ich verweigert es, sich durch die Veranlassungen aus der Realität kränken, zum Leiden nötigen zu lassen, es beharrt dabei, daß ihm die Traumen der Außenwelt nicht nahe gehen können, ja es zeigt, daß sie ihm nur Anlässe zu Lustgewinn sind.«*

Freud führt dafür das folgende krasse, aber zulängliche Beispiel an: Der zum Tode Verurteilte, den man an einem Montag zum Galgen führt, ruft aus: »Na, diese Woche fängt es gut an.« Bekanntlich erklärt er am Ende seiner Untersuchung des Humors, in diesem eine Art zu denken zu sehen, die auf die Ersparnis der durch den Schmerz bedingten Kosten *abzielt. »Dieser wenig intensiven Lust schreiben wir – ohne recht zu wissen, warum – einen* hochwertigen *Charakter zu, wir empfehlen sie als besonders befreiend und erhebend.«*

Ihm zufolge soll das Geheimnis des humoristischen Verhaltens darauf beruhen, daß es manchen Menschen möglich ist, bei starker Gefährdung ihrem Ich *den psychischen Akzent zu entziehen und ihn auf ihr* Über-Ich *zu übertragen, wobei dieses letztere genetisch als das Erbe der elterlichen Instanz anzusehen ist. (»Es hält das* Ich *oft in strenger Abhängigkeit, behandelt es wirklich noch wie einst in früheren Jahren die Eltern – oder der Vater – das Kind behandelt haben.«) Es schien uns interessant, mit dieser These eine bestimmte Anzahl besonderer, auf Humor beruhender Verhaltensweisen zu konfrontieren, sowie Texte, in denen dieser Humor literarisch am stärksten zum Ausdruck kam. Um sie auf einen gemeinsamen Nenner zu bringen, glaubten wir, trotz der Vorbehalte, die bei Freud die notwendig künstliche Unterscheidung zwischen* Es, Ich *und* Über-Ich *erweckt, in unserer Darstellung der Einfachheit halber das Freudsche Vokabular benutzen zu können.*

Wir leugnen nicht, daß wir diese Auswahl mit großer Parteilichkeit getroffen haben, denn nur eine solche Haltung will uns bei diesem Gegenstand statthaft erscheinen. Höchstens steht zu befürchten, daß wir uns im vor-

liegenden Fall nicht wählerisch genug gezeigt haben. Um am schwarzen Wettkampf des Humors teilzunehmen, muß man in der Tat zahlreiche Ausscheidungskämpfe bestanden haben. Der schwarze Humor wird eingegrenzt von zu vielen Dingen, als da sind die Dummheit, die skeptische Ironie, der gewichtslose Scherz ... (die Aufzählung würde lang werden), aber er ist par excellence der Todfeind einer Sentimentalität mit stets gehetztem Ausdruck – der Telegrammstil-Sentimentalität – sowie einer gewissen befristeten Phantasie, die sich allzu oft für Dichtung ausgibt und ziemlich aussichtslos darauf beharrt, den Geist ihren vergänglichen Gaukeleien zu unterwerfen, und er braucht sicher nicht mehr lange seinen Pfauenkranichkopf mitten unter den anderen Mohnsamen zur Sonne zu rekken.

1939

Anthologie des Schwarzen Humors

Jonathan Swift

1665–1745

Alles weist auf ihn als den wahren Initiator des schwarzen Humors hin. Es ist tatsächlich unmöglich, die flüchtigen Äußerungen eines solchen Humors vor seiner Zeit, so zum Beispiel bei Heraklit oder den Zynikern wie auch im Werk der englischen Bühnendichter der elisabethanischen Epoche, als kongenial anzusehen. Swifts unbestreitbare Originalität, die vollkommene Einheitlichkeit seines Werks in bezug auf die höchst eigentümliche und geradezu beispiellose Emotion, die es hervorruft, und der in dieser Hinsicht unübertreffliche Charakter seiner verschiedensten Erfolge, rechtfertigen hier historisch seine Voranstellung. Im Gegensatz zur Meinung Voltaires hat er nämlich nichts von einem »veredelten Rabelais«. Am wenigsten teilt er mit Rabelais die Freude am derben und harmlosen Spaß und die ständige gute Trinklaune. Dem Urteil Voltaires widerspricht zudem die ganze Art, wie sie sich dem Schauspiel des Lebens gegenüber verhalten, was ihre beiden Masken klar zu erkennen geben: Die eine, die fortwährend grinst, ist die des Menschen, der die Dinge verstandesmäßig erfaßt hat, nie gefühlsmäßig, und der sich in Skeptizismus eingekapselt hat; die andere, unzugänglich, eisig, ist die des Menschen, der die Dinge in gerade umgekehrter Weise erfaßt hat und immerzu indigniert gewesen ist. Man hat darauf aufmerksam gemacht, daß Swift »das Lachen provoziert, ohne sich an ihm zu beteiligen«. Gerade deswegen kann der Humor, so wie wir ihn verstehen, das Großartige, das ihm nach Freud inhärent ist, zum Ausdruck bringen und die Formen des Komischen transzendieren. Auch in dieser Hinsicht kann Swift mit vollem Recht als der Erfinder des grausamen und schaurigen Scherzes gelten. Die höchst singuläre Beschaffenheit seines Geistes hat ihn zu einer Reihe von Apologen und Reflexionen inspiriert wie die »Philosophie der Kleider« und die »Meditation über einen Besenstiel«, die in erstaunlichem Maße von modernstem Geiste zeugen. Vielleicht gibt es kein Werk, das weniger gealtert ist.

Swifts Augen waren, scheint es, so veränderlich, daß sie von Hellblau in Schwarz übergehen konnten, vom Treuherzigen zum Schrecklichen. Dieser Wechsel paßt wunderbar zu seiner Art zu fühlen: »Ich habe stets«, sagte er, »alle Nationen, Stände oder Zünfte gehaßt und mag den Menschen nur als einzelnen. Ich verabscheue und hasse vor allem das Tier, das den Namen eines Menschen trägt, obgleich ich Hans, Peter, Thomas usw. sehr gern habe.« Er, der das Menschengeschlecht mehr als sonst jemand verachtet, hat nichtsdestoweniger ein frenetisches Verlangen nach Gerechtigkeit. Er pendelt zwischen den Gerichten Dublins und seiner klei-

nen Pfarre Laracor hin und her, nicht recht wissend, ob er dazu geschaffen ist, seine Weidenbäume zu beschneiden und sich am munteren Spiel seiner Forellen zu erfreuen oder sich mit Staatsgeschäften zu befassen.
Übrigens befaßt er sich mit ihnen, gleichsam gegen seinen Willen, zu wiederholten Malen und auf die tatkräftigste und wirksamste Weise. »Dieser Ire«, hat man mit Recht gesagt, »der sich in seinem eigenen Land wie im Exil vorkommt, bringt es nicht fertig, anderswo seinen Wohnsitz zu nehmen; dieser Ire, immer bereit, Schlechtes über Irland zu sagen, setzt für dieses Land sein Vermögen, seine Freiheit, sein Leben aufs Spiel und bewahrt es fast ein Jahrhundert lang vor der Unterwerfung, die ihm von England droht.« Desgleichen ist dieser Weiberfeind, der Verfasser des »Briefes an ein sehr junges Mädchen über ihre Heirat«, in seinem eigenen Leben in schlimmste Gefühlsverwicklungen verstrickt: Drei Frauen, Varina, Stella und Vanessa, machen sich seine Liebe streitig, und wenn er mit der ersteren schmählich bricht, muß er mit ansehen, wie die beiden anderen sich gegenseitig zerfleischen und sterben, ohne ihm vergeben zu haben. Er ist der Priester, dem eine von ihnen schreibt: »Wäre ich sehr fromm, wären Sie der Gott, den ich anbeten würde.« Sein ganzes Leben lang ist allein seine Misanthropie der Gemütszustand, für den sich kein Korrektiv findet und dem die Ereignisse nicht widersprechen. Er hatte einmal gesagt, auf einen vom Blitz getroffenen Baum zeigend: »Ich bin wie dieser Baum, ich werde von oben anfangen zu sterben.« Gleich-

sam wie er sich gewünscht hatte, »jenen Grad von Glückseligkeit zu erreichen, wie das Talent heißt, sehr betrogen zu werden, diese friedliche und heitere Gemütsverfassung, die darin besteht, daß man ein Narr ist unter lauter Schurken«, versinkt er 1736 in geistige Umnachtung, deren Fortschreiten er zehn Jahre lang mit grausamer Luzidität wird verfolgen können. Er hinterläßt testamentarisch zehntausend Bücher für den Bau einer Irrenanstalt.

Anweisungen für die Dienerschaft

Die Herrschaften zanken für gewöhnlich mit den Bedienten, wenn diese die Türen hinter sich nicht schließen; weder Herr noch gnädige Frau jedoch bedenken, daß besagte Türen offen sein müssen, bevor sie geschlossen werden können, daß es zudem doppelte Arbeit ist, Türen zu öffnen und zu schließen; in Anbetracht dessen ist es das beste, kürzeste und bequemste Verfahren, keins von beidem zu tun. Wirst du aber so oft ermahnt, die Tür zu schließen, daß du es nicht leichthin vergessen kannst, so schlage sie beim Hinausgehen so heftig zu, daß das ganze Zimmer bebt und alles schüttert: dergestalt wirst du deiner Herrschaft in Erinnerung rufen, ihre Anweisungen würden befolgt.

Weißt du dich in Gunst beim Herrn oder bei der Gnädigen, ergreif die nächste beste Gelegenheit, um ihnen auf sehr freundliche Art und Weise den Dienst aufzusagen; wenn sie nun nach dem Grund fragen und nicht geneigt scheinen, sich von dir zu trennen, mußt du antworten, lieber als bei sonst jemandem möchtest du bei ihnen dienen, aber ein armer Dienstbote sei nicht zu tadeln, wenn er sich zu verbessern trachte: eine Dienststellung sei keine Erbschaft, deine Arbeit sei groß und die Löhnung gering; woraufhin der Herr, hat er auch nur eine großzügige Ader, deinem Dienstlohn lieber fünf oder zehn Schilling im Vierteljahr hinzufügen wird, als daß er dich gehen ließe. Erlebst du aber eine Enttäuschung und hast keine Lust zu gehen, so heiß einen Dienstgenossen dem Herrn weismachen, er habe dich zum Bleiben bewogen.

Was an guten Bissen dir tagsüber in die Quere kommt, sollst du für den abendlichen Festschmaus mit deinen Dienstgefährten aufheben; lade dazu auch den Kellermeister ein, vorausgesetzt, daß er den Trunk herbeischafft.

Schreib deinen eigenen Namen und den deines Liebchens mit Kerzenrauch ans Dekkengewölbe der Küche oder der Gesindestube, um deine Bildung zu beweisen.

Bist du ein junger, stattlicher Bursche, so drück immer, wenn du an der Tafel der Hausherrin etwas zuflüsterst, deine Nase tief in ihre Wange; ist dein Atem gut, hauche ihr geradewegs ins Gesicht; ich weiß, daß dies in einigen Familien ausgezeichnete Folgen hatte.

Erscheine erst, wenn man dich drei- oder viermal gerufen hat, denn nur Hunde pflegen auf den ersten Pfiff zu kommen, ruft aber der Herr: »Wer ist da?«, ist kein Bedienter verpflichtet zu kommen, denn Wer-ist-da ist niemandes Name.

Es gibt gewisse Dämchen, die sich vor einem Schnupfen zieren: die wollen beobachtet haben, daß Mägde und Burschen vom Gesinde oft die Tür zu schließen vergessen, wenn sie hereinkommen oder in die Hinterhöfe hinausgehen. Sie haben deshalb ausgeheckt, daß ein Block und ein Seil mit einem großen Stück Blei am Ende so angebracht werden sollten, daß die Tür von selbst schließt und nur unter Kraftanstrengung geöffnet werden kann. Das ist eine ungeheure Mühe für Bedienstete, deren Pflicht sie vielleicht zwingt, an einem Morgen fünfzigmal ein und aus zu gehen. Aber Findigkeit vermag viel, denn kluge Bediente haben ein wirksames Mittel gegen diese unerträgliche Zumutung gefunden: sie binden den Block so an, daß das Gewicht des Bleis seine Wirkung verfehlt. Ich für meinen Teil freilich würde vorziehen, die Türe durch einen schweren Stein, den man gegen ihre Unterkante lehnt, immer offenzuhalten.

Die Leuchter der Dienerschaft sind im allgemeinen zerbrochen, denn nichts hält ewig, aber ihr findet zweifellos mancherlei Auswege: ihr könnt die Kerze bequem in eine Flasche stecken oder mit einem Klumpen Butter gegen das Getäfel kleben oder in ein Pulverhorn, in einen alten Schuh, in ein gespaltenes Scheit, in einen Pistolenlauf, in ihre eigene Talgabsonderung auf dem Tisch, in eine Kaffeetasse oder ein Trinkglas, eine Puderdose, einen Teetopf, ein zusammengerolltes Mundtuch, einen Senftopf, ein Tintenhorn, einen Markknochen, ein Stück Teig – oder ihr könnt ein Loch in einen Laib Brot schneiden und sie dort hineinstecken.

Lädst du die benachbarten Dienstboten zu einem abendlichen Schmaus in deinem Hause ein, solltest du ihnen beibringen, auf besondere Art am Küchenfenster zu pochen oder zu kratzen, daß du selbst es hörst, nicht aber die Herrschaft, welche – darauf mußt du achten – zu so ungelegener Stunde nicht stören oder Verwirrung stiften darf.

Gib alle Schuld dem Schoßhund, der Lieblingskatze, dem Affen, dem Papagei, der Elster, einem Kind oder dem Bedienten, der kürzlich fortgejagt wurde; in Befolgung dieser Regel wirst du dich selbst entlasten, tust niemandem sonst ein Unrecht und bewahrst die Herrschaft vor Mühe und Verdruß des Scheltens.

Fehlen dir zu einer vorgenommenen Arbeit die passenden Werkzeuge, so greif eher nach jedem Notbehelf, dessen du habhaft werden kannst, als daß du deine Arbeit ungetan läßt. Sollte zum Beispiel der Feuerhaken abhanden gekommen oder zerbrochen sein, schüre das Feuer mit der Zange; ist die Zange nicht da, benutze die Mündung des Blasebalgs, das verkehrte Ende der Kohlenschaufel, den Griff des Kohlenbesens, den Zipfel eines Scheuerlappens oder des gnädigen Herrn Rohrstock. Fehlt Papier, um ein Federvieh zu sengen, so zerreiß das erstbeste Buch, das dir in die Finger kommt. Reinige deine Schuhe in Ermanglung eines Lappens mit dem unteren Ende eines Vorhangs oder mit einem damastenen Mundtuch. Schneide die Spitzenborten deiner Livree ab (für Strumpfbänder). Sollte der Kellermeister ein Nachtgeschirr benötigen, mag er im Dringlichkeitsfalle den großen Silberbecher benutzen.

Es gibt verschiedene Arten, Kerzen zu löschen, und du solltest über sie alle auf dem laufenden sein: du kannst das Kerzenende gegen das Getäfel drücken, was die Schnuppe sofort löscht; du kannst es auf den Fußboden legen und die Schnuppe austreten; du kannst die Kerze mit der Flamme nach unten halten, bis sie im eigenen Talg erstickt, du kannst sie auch verkehrt in den Leuchter stopfen, du kannst sie rundherum wirbeln, bis sie verlöscht, beim Zubettgehen kannst du sie, hast du dein Wasser gelassen, in den Nachttopf tauchen; du kannst auf Zeigefinger und Daumen spucken und die Schnuppe zwicken, daß sie ausgeht; der Koch kann die Kerzenspitze ins Mehlfaß drücken, der Roßknecht in einen Haferbehälter oder in ein Bündel Heu oder einen Streuhaufen; das Hausmädchen kann seine Kerze löschen, indem es sie gegen einen Spiegel drückt, welchen nichts so schön sauber macht wie die Kerzenschnuppe: Aber die schnellste und beste Methode ist das Ausblasen; es erhält die Kerze rein, zum Wiederanzünden aufs beste bereit.

Bescheidener Vorschlag, wie Kinder armer Leute in Irland davor bewahrt werden sollen, ihren Eltern oder dem Staat zur Last zu fallen, und wie sie dem Gemeinwesen zum Nutzen gereichen können

Es ist ein trauriger Anblick für alle, die durch diese große Stadt[1] gehen oder aufs Land fahren, daß die Straßen, Wege und Katen-

1 Dublin.

türen wimmeln von Bettlerinnen, denen drei, vier oder sechs völlig zerlumpte Kinder folgen, welche jeden Vorbeigehenden um ein Almosen bestürmen. Da die Not diese Mütter zwingt, Nahrung für ihre hilflosen Kinder zu erbetteln, streunen sie den lieben langen Tag umher, statt daß sie auf menschenwürdige Weise ihr Brot verdienen könnten. Die Kinder aber, kaum erwachsen, werden aus Mangel an Arbeit Diebe, oder sie kehren ihrem lieben Vaterland den Rücken, um in Spanien für den Thronprätendenten zu kämpfen, oder sie verkaufen sich nach Barbados.

Ich denke, alle Beteiligten sind sich einig, daß diese ungeheure Zahl von Kindern auf den Armen, dem Rücken oder an den Fersen ihrer Mütter (oft auch ihrer Väter) beim gegenwärtigen beklagenswerten Zustand des Königreiches eine zusätzliche schwere Plage ist; wer eine hübsche, billige und gängige Methode fände, diese Kinder zu gesunden, nützlichen Mitgliedern der menschlichen Gesellschaft zu machen, würde sich deshalb so große Verdienste um das Gemeinwesen erwerben, daß ihm ein Denkmal gesetzt werden müßte als Retter des Vaterlandes.

Mein Plan beschränkt sich freilich keineswegs auf eine Vorsorge für Kinder professioneller Bettler; er reicht viel weiter und soll alle Kinder eines bestimmten Alters erfassen, deren Eltern sie in Tat und Wahrheit ebensowenig ernähren können wie diejenigen, die auf den Straßen unsere Barmherzigkeit anrufen.

Was mich betrifft, so habe ich manches Jahr über diesem wichtigen Problem gegrübelt und die verschiedenen Entwürfe anderer Planer reiflich erwogen: in ihren Berechnungen fanden sich stets grobe Fehler. Tatsächlich kann eine Mutter ihr frisch geworfenes Kind mit ihrer Milch ein volles Jahr lang am Leben erhalten, ohne viel andere Nahrung, die jedenfalls nicht über zwei Schilling zu stehen kommen sollte. Soviel wird die Mutter durch ihre gesetzlich anerkannte Betteltätigkeit sicherlich auftreiben, oder doch wenigstens den Gegenwert in Brosamen. Just auf diese nun Einjährigen bezieht sich mein Vorschlag. Statt daß sie Eltern oder Kirchspiel zur Last fallen, statt daß es ihnen für den Rest des Lebens an Nahrung und Kleidern gebricht, soll für sie dergestalt Vorsorge getroffen werden, daß sie im Gegenteil zur Ernährung und teilweise zur Bekleidung von vielen Tausenden beitragen.

Mein Plan zeitigt einen weiteren großen Vorteil: er wird absichtliche Fehlgeburten ebenso verhüten wie den gräßlichen, bei uns leider nur zu oft geübten Brauch, daß Frauen ihre unehelichen Kinder umbringen, wobei meines Erachtens die armen unschuldigen Kindlein mehr der kommenden Ausgaben denn der Schande wegen hingeschlachtet werden, was Tränen und Mitleid in der wildesten und unmenschlichsten Brust erregen müßte.

Irland wird für gewöhnlich mit anderthalb Millionen Seelen veranschlagt; unter diesen werden schätzungsweise zweihunderttausend Paare sein, die Kinder haben; davon ziehe ich dreißigtausend ab, die imstande sind, ihre Kinder zu ernähren (obwohl ich befürchte, daß es in der gegenwärtigen Notlage des Landes nicht so viele sein werden), aber selbst wenn wir dies einräumen, bleiben noch hundertsiebzigtausend Schwangere. Ich ziehe nochmals fünfzigtausend ab für Frauen, die fehlgebären oder deren Kinder durch Unfall oder Krankheit im ersten Jahr sterben. Bleiben demnach nur hundertzwanzigtausend Kinder armer Eltern pro Jahr. Die Frage ist also: Wie soll diese Schar ernährt und versorgt werden? Vermittels der hierzu vorgeschlagenen Methoden ist das, wie ich schon gesagt habe, nach Sachlage der Dinge ganz unmöglich: weder im Handwerk noch beim Ackerbau können wir sie beschäftigen, denn wir bauen ja keine Häuser (jedenfalls auf dem Lande nicht), und den Boden bestellen wir auch nicht. Selten genug können sie vor ihrem sechsten Jahr durch Stehlen ihr Auskommen finden, und auch dann nur schlecht und recht, es sei denn, sie hätten dahin neigende Veranlagungen. Eingestandenermaßen lernen sie zwar die Anfangsgründe wesentlich früher, doch sind sie während dieser Zeit beim besten Willen erst als Novizen zu betrachten, wie mir ein Vorsteher der Grafschaft Cavan berichtet hat; der Betreffende erklärte, er habe nie von mehr als ein bis zwei Fällen unter sechs Jahren gehört – sogar in dem Teil des Landes, der berühmt ist für seine große Fertigkeit in dieser Kunst!

Unsere Händler versichern, Knaben und Mädchen unter zwölf Jahren seien schwer verkäufliche Ware; und selbst wenn sie dieses Alter erreicht haben, werden sie auf dem Markt nicht über drei Pfund oder höchstens drei Pfund und eine halbe Krone abwerfen, was weder den Eltern noch dem Staat Gewinn bringt, da sich die Ausgaben für Futter und Lumpen bis dahin mindestens auf das Vierfache belaufen.

Deshalb will ich nun untertänigst meine eigenen Gedanken darlegen, welche, wie ich hoffe, nicht dem leisesten Einwand begegnen werden.

Ein vielerfahrener Amerikaner aus meinem Bekanntenkreis in London hat mir versichert, daß ein junges, gesundes, gut gestilltes Kind im Alter von einem Jahr eine überaus delikate, nahrhafte und bekömmliche Speise sei, ob gedämpft, gebraten, gebacken oder gekocht, und ich zweifle nicht, daß es als Frikassee oder Ragout ebenso famos schmeckt.

Ich stelle also untertänigst der öffentlichen Beratschlagung anheim, daß von den hundertzwanzigtausend schon genannten Kindern zwanzigtausend zur Weiterzucht aufgespart werden, wovon nur der vierte Teil Männchen zu sein brauchen, das ist immer noch mehr, als wir es mit Schafen, Hornvieh oder Schweinen halten. Dabei ist meine Überlegung, daß diese Kinder selten Früchte der Ehe sind, einer Formalität, der diese Wilden wenig Beachtung schenken; ein einziges Männchen wird deshalb genügen, um vier Weibchen zu bedienen. Ferner schlage ich vor, die verbleibenden hunderttausend im Alter von einem Jahr möchten Personen von Stand und Vermögen im ganzen Land zum Verkauf angeboten werden, wobei den Müttern zu empfehlen ist, sie im letzten Monat reichlich saugen zu lassen, um sie drall und fett für eine gute Mahlzeit abliefern zu können. Für die Bewirtung von

Freunden ergibt ein Kind zwei Schüsseln; speist die Familie allein, füllt eine Vorder- oder Hinterhand noch eine ansehnliche Schüssel, und mit etwas Pfeffer und Salz gewürzt wird es auch am vierten Tag als Siedfleisch noch ausgezeichnet schmecken, besonders im Winter.

Nach meinen Berechnungen wiegt ein neugeborenes Kind durchschnittlich zwölf englische Pfund und nimmt in einem Jahr bei leidlichem Stillen auf achtundzwanzig Pfund zu.

Zugegeben, diese Speise ist nicht billig, gerade deshalb aber für Gutsbesitzer angemessen; da diese schon den Großteil der Eltern verschlungen haben, besitzen sie offenbar auch den nächsten Anspruch auf deren Kinder.

Eine sehr angesehene Persönlichkeit, Patriot von ganzem Herzen, dessen Wirksamkeit ich höchlich schätze, geruhte neulich während einer Erörterung dieser Probleme eine Verfeinerung meines Systems vorzuschlagen. Viele Edelleute dieses Landes, sagte er, hätten Raubbau getrieben an ihrem Wildbestand. Es sei jedoch vorstellbar, daß dem Mangel an Wildbret sehr wohl abgeholfen werden könne durch die Körper junger Burschen und Mädchen zwischen zwölf und vierzehn Jahren, da von solchen gegenwärtig in jeder Grafschaft eine bedeutende Anzahl beiderlei Geschlechts infolge Arbeitslosigkeit am Verhungern sei. Sie könnten von ihren Eltern, soweit diese am Leben seien, andernfalls von ihren nächsten Verwandten, verkauft werden. Aber bei aller schuldigen Hochachtung vor einem so ausgezeichneten Freund und verdienten Landsmann kann ich seinem Plan nicht zustimmen. Denn was die Männchen betrifft, versicherte mir mein Bekannter aus Amerika auf Grund häufiger Erfahrung, sei ihr Fleisch im allgemeinen zäh und mager (so wird es auch bei unsern Schuljungens sein, weil sie sich fortwährend körperlich ausarbeiten) und ihr Geschmack widerlich; sie zu mästen, würde die Ausgabe nicht lohnen. Was aber die Weibchen betrifft, wäre es (wie ich mir untertänigst zu bemerken erlaube) ein Verlust für das Gemeinwesen, da sie selbst bald Mütter zu werden versprechen. Und übrigens ist es nicht unwahrscheinlich, daß gewisse skrupelhafte Leute (obwohl ganz zu Unrecht) geneigt wären, dieses Verfahren als etwas anzusehen, was an Grausamkeit grenzt – und das, offen sei's gesagt, ist für mich stets der stärkste Einwand gegen einen Plan, wie trefflich er sonst auch sei.

Die Vorteile meines Plans scheinen mir augenfällig, mannigfach und von größter Gewichtigkeit.

Erstens nämlich würden – wie schon bemerkt – die Papisten, die uns alljährlich überschwemmen, wesentlich dezimiert, und sie sind ja die wahren Karnickel der Nation, zugleich aber unsere gefährlichsten Feinde; sie bleiben vorsätzlich im Lande, um das Königreich dem Thronprätendenten auszuliefern, und hoffen dergestalt ihren Nutzen zu ziehen aus der Abwesenheit so mancher guter Protestanten, die lieber ihr Land verlassen haben, als gegen ihr Gewissen an eine götzendienerische Episkopalkirche den Zehnten zu zahlen.

Zweitens gelangen dadurch die ärmeren Pächter in den Besitz einer Wertsache, die durch Gesetz der Pfändbarkeit unterworfen werden könnte und so zur Zahlung des Pachtzinses beitrüge, wo doch Getreide und Vieh sowieso schon beschlagnahmt sind und Geld nicht einmal dem Namen nach bekannt ist.

Drittens wird auf diese Weise der Grundstock des nationalen Vermögens um fünfzigtausend Pfund per annum wachsen, denn die Verköstigung von hunderttausend Kindern vom zweiten Lebensjahr an, die nicht tiefer veranschlagt werden kann als zehn Schilling das Stück per annum, würde wegfallen. Dazu gewinnen wir noch ein neues Gericht; es sollte im ganzen Königreich die Tafel von vermöglichen Standespersonen bereichern, denen Feinschmeckerei ein Herzensanliegen ist. Auch wird der Geldumlauf im Lande belebt werden, da die Ware mit Haut und Haar eigenes Erzeugnis ist.

Viertens werden die Dauerfortpflanzer neben dem Gewinn von acht Schilling per annum durch den Verkauf ihrer Kinder auch der Pflicht ledig sein, diese nach dem ersten Jahr noch weiter zu füttern.

Fünftens würde diese Speise auch den Schenken mehr Kundschaft zuführen; sicher wären die Wirte klug genug, vortreffliche Rezepte für eine vollendete Zubereitung zu kreieren, um all jene hochfeinen Herrchen als Gäste zu gewinnen, die sich untereinander billigerweise im Hinblick auf ihre gastronomischen Kenntnisse einschätzen. Ein geschickter Koch, der sich seine Gäste zu verpflichten weiß, wird das Mahl so verschwenderisch ausrichten, wie sie es wünschen.

Sechstens wäre es ein großer Anreiz zum Heiraten, welches alle einsichtigen Nationen durch Belohnungen fördern oder durch Gesetze und Strafen erzwingen. Die Sorge und Zärtlichkeit der Mütter für ihre Kinder würde wachsen, wenn sie sicher sein dürften, daß gewissermaßen das Gemeinwesen ihre armen Würmchen fürs Leben in eine ruhige Stellung versetzte, wobei sie, statt Ausgaben zu haben, noch jährlich einen Gewinn einsacken könnten. Alsbald würde unter den verheirateten Frauen ein ehrenvolles Wetteifern anheben, welche das fetteste Kind auf den Markt bringen könne. Männer wären auf ihre schwangeren Frauen so versessen, wie sie es jetzt auf ihre trächtigen Stuten, kalbenden Kühe und ferkelnden Schweine sind; sie würden sie weder prügeln noch treten (wie es allzu häufig geschieht), um nicht eine Fehlgeburt zu verursachen.

Meditation über einen Besenstiel

Diesen Stecken da, den Ihr nun so gering in einer Rumpelecke lehnen seht, kannte ich einst in blühendem Zustand in einem Walde, er war voll Saft, voll Laub und voller Zweige; jetzt aber wetteifert geschäftige Menschenhand vergeblich mit der Natur, wenn sie diesen dürren Strohwisch an den saftlosen Strunk schnürt; er ist allenfalls noch das Kehrbild dessen, was er war, ein kopfstehender Baum, Zweige auf der Erde und Wurzel in der Luft; er muß jeder Schlampe zu Willen sein, ist verdammt dazu, ihre Dreckarbeit zu tun und durch ein launenhaftes Schicksal dazu bestimmt, anderes zu reinigen und selber schmutzig zu sein; schließlich wird er, abgestumpft im Dienste der Dienstboten, sei's vor die Tür gefeuert oder zu seiner letzten Fron verdammt, zum Feueranfachen. Als ich solches sah, seufzte ich und sagte mir im stillen: »Ja, der Mensch ist ein Kehrbesen; stark und froh schickte Natur ihn in die Welt, in blühender Verfassung, auf dem Kopf sein eigenes Haar als rechtes Gezweig für dieses vernunftbegabte Gewächs, bis die Axt der Völlerei sein grünes Holz abgehackt und nur seinen dürren Strunk hat stehenlassen. Da nimmt er Zuflucht zur Kunst und setzt eine Perücke auf, prunkt mit einer unnatürlichen Haarkrone, über und über mit Puder bestäubt, die gar nie aus seinem Kopfe sproß; sollte hingegen dieser unser Kehrbesen sich einfallen lassen, öffentlich aufzutreten, stolz auf jenes Birkenstroh, das er nie hervorgebracht, und ganz mit Staub bedeckt – und sei's der Kehricht aus der schönsten Dame Schlafgemach – so wären wir flugs bei der Hand, seine Eitelkeit zu höhnen und zu schmähen, wir ungerechten Richter unserer eigenen Vortrefflichkeit und anderer Menschen Schwächen.«

Indes, ein Kehrbesen, werdet Ihr vielleicht sagen, ist Sinnbild eines Baums, der auf dem Kopfe steht; und mit Verlaub, was anderes ist der Mensch als eine überzwerche Kreatur, deren niedrige Instinkte stets auf dem hohen

Roß sitzen und die Oberhand behalten? Der Kopf, wo die Fersen hingehörten; ein Wurm, der über die Erde kriecht und sich doch, bei all seinen Schwächen, zum Weltverbesserer aufwirft, zum Sittenrichter und Übelabwender, jeden Schmutzwinkel der Natur durchstöbert, verborgene Fäulnis an den Tag bringt und mächtigen Staub aufwirbelt, wo vordem keiner war, und dabei die ganze Zeit zutiefst in eben dem Unrat steckt, den er angeblich hinwegfegt. Seine letzten Tage verbringt er im Sklavendienst der Weiber, und zumeist der allerunwürdigsten, um schließlich, bis auf die Stoppeln verschlissen, genau wie sein Bruder Besen, entweder vor die Tür geworfen zu werden oder ein Feuer zu nähren, an dem andere sich wärmen.

Gedanken über verschiedene Gegenstände

Wer mit offenen Augen durch die Straßen geht, der wird bestimmt die fidelsten Gesichter in den Trauerkutschen sehen.

Venus, eine schöne und gefällige Dame, war die Göttin der Liebe; Juno, ein abscheulicher Drache, war die Göttin der Ehe; und die beiden sind stets Todfeindinnen gewesen.

Er schicke die Krankheiten, hieß es von Apoll, dem Gott der Heilkunst. Die gleiche Person war ursprünglich für beides zuständig und ist es bis heute geblieben.

Die Greise und die Kometen werden aus dem gleichen Grund verehrt: wegen ihrer langen Bärte und weil sie angeblich die Zukunft prophezeien.

Pausanias berichtet, wie ein Komplott zur Übergabe einer belagerten Stadt durch das Geschrei eines Esels vereitelt wurde; das Geschnatter der Gänse rettete das Kapitol, und die Verschwörung Catilinas wurde durch eine Hure aufgedeckt. Diese drei Tiere sind meines Wissens die einzigen, die als Gewährsleute und Zuträger in die Geschichte eingingen.

Wenn jemand mich von sich fernhält, so tröste ich mich damit, daß er auch sich von mir fernhält.

Trefflich bemerkt, sage ich bei der Lektüre einer Stelle, an der die Ansicht des Autors mit der meinen übereinstimmt. Sind wir uneins, so erkläre ich, hier irre er.

Ein Mann, der für drei Pence vorführen wollte, wie er ein glühendes Eisen in ein Pulverfaß stecke, ohne daß es in die Luft flöge, würde wenig Zulauf finden.

Frage: Sind die Kirchen nicht Schlafsäle für Lebende und Tote?

Eifersucht mag wohl, wie Feuer, die Hörner unsichtbar machen, dafür riecht man sie von weitem.

Gedanken über Gegenstände

Der Hut eines Dienstboten muß sich vor jedermann lüpfen; deshalb hat Merkur, der Bote Jupiters, Flügel auf seinem Reisehut.

Gesichte nennt man die Fähigkeit, Unsichtbares zu sehen.

Ich fragte einen Armen, wie es ihm gehe; er antwortete: »Wie einem Stück Seife, ich werde immer weniger.«

In den »Gesichten« heißt es von den Pferden, ihre Kraft stecke in ihrem Maul und in ihrer Mähne. Was die Gesichte von den Pferden sagen, könnte man im Leben von den Frauen behaupten.

Den Elefanten stellt man meist kleiner dar, als er ist, den Floh hingegen stets größer.

Keiner nimmt guten Rat an, aber jeder wird Geld annehmen. Geld ist also teuerer als guter Rat.

In Windsor machte ich Lord Bolingbroke darauf aufmerksam, daß der Turm, worin die (zu jener Zeit sehr schönen) Hofdamen wohnten, stark von den Raben umschwärmt werde. Mylord erwiderten, die Vögel witterten eben das Aas.

Jonathan Swift

Quellenverzeichnis: »Anweisungen für die Dienerschaft« und »Bescheidener Vorschlag ...« (Auszüge) aus: *Brevier des schwarzen Humors.* Übersetzung: Brigitte Weidmann. Mit freundlicher Genehmigung des Deutschen Taschenbuch Verlags, München. – »Meditation über einen Besenstiel« und »Gedanken über verschiedene Gegenstände« aus: *Prose Writings.* Übersetzung: Hedda Soellner.

Bibliographie: *Satyrische und ernsthafte Schriften von Dr. Jonathan Swift,* Hamburg und Leipzig, 1756. – *Ausgewählte humoristische Werke,* Stuttgart, 1844. – *Prosa-Schriften,* Berlin, 1909. – *The Prose Writings,* 1938–56. – *Gullivers Reisen,* München, 1958. – *Satiren,* Frankfurt am Main, 1965. – *Ausgewählte Werke,* Berlin und Weimar, 1967.

D.-A.-F. de Sade

1740–1814

Es kann sich nicht darum handeln, dem besonderen Gesichtspunkt, der diese Sammlung bestimmt, ein Werk zu unterziehen, dessen mannigfache Aspekte man erst in unserer Zeit zu entdecken beginnt. Im übrigen gibt es wohl kein Werk, das so gewichtig *ist wie dieses, zumal auf ihm mitten in einer »zivilisierten« Gesellschaft immer noch das Tabu eines fast vollständigen Verbots lastet. Es bedurfte der ganzen Intuition der Dichter, um der endgültigen Nacht, der die Hypokrisie es überantwortete, den Ausdruck eines für höchst subversiv gehaltenen Denkens zu entreißen, das Denken des Marquis de Sade, dieses nach Guillaume Apollinaires Zeugnis »freiesten Geistes, der je gelebt hat«. Es bedurfte nichts weniger als des Willens, den die wahren Analytiker aufbringen, das Gebiet menschlichen Wissens durch Überwindung aller Vorurteile zu erweitern, um den Hauptbestrebungen dieses Denkens auf die Spur zu kommen. Darum bemühten sich nacheinander in einer 1887 anonym erschienenen Broschüre mit dem Titel »La verité sur le Marquis de Sade« Charles Henry, nachmaliger Leiter des Laboratori-*

ums für Physiologie der Empfindungen an der Sorbonne, zu Beginn dieses Jahrhunderts Dr. Eugen Dühren (»Der Marquis de Sade und seine Zeit«) und von 1912 bis heute (1939) Maurice Heine, dessen systematische Forschungen eine ganze Reihe neuer Ergebnisse brachten. Dank Maurice Heine steht die ungeheure Bedeutung des Sadeschen Werkes heute außer Frage: In psychologischer Hinsicht kann es für den echtesten Vorläufer jenes von Freud und der ganzen modernen Psycho-Pathologie gelten; in sozialer Hinsicht strebt es nichts weniger an als die von Revolution zu Revolution aufgeschobene Gründung einer echten Moralwissenschaft.

Wenn man bedenkt, daß es Sade gefiel, auf das Manuskriptblatt seiner »Contes« zu schreiben: »In allen Literaturen Europas gibt es weder eine Erzählung noch einen Roman, wo das düstere Genre einen solchen Grad an Schrecken und Pathos erreicht hat«, ist der Gedanke nicht so überraschend, daß er gelegentlich dem schwarzen Humor hat huldigen können. Schon die Exzesse der Phantasie, zu denen sein natürliches Genie ihn treibt und die langen Gefängnisjahre ihn disponieren, die ungeheuer stolze Entschlossenheit, die ihn, in der Lust wie im Verbrechen, vor dem Überdruß seiner Helden bewahrt, und seine Bemühung, die zur Aufrechterhaltung ihrer Ausschweifung günstigen Umstände unendlich zu variieren, und sei es nur dadurch, daß er sie immer mehr kompliziert, lassen es durchaus möglich erscheinen, daß in seiner Erzählung irgendeine Passage von offensichtlicher Übertreibung auftaucht, die den Leser entspannt und ihm gleichzeitig zu denken gibt, daß der Autor nicht einfältig ist. Für sehr kurze Zeit bemächtigt sich das Phantastische de Sades Werk: Das Wirkliche, das Glaubwürdige werden willentlich überschritten. Es ist eine der größten poetischen Wirkungen dieses Werkes, soziale Ungerechtigkeit und menschliche Verderbtheit im Lichte der Phantasmagorien und der Schrecken der Kindheit zu zeigen, und das auf die Gefahr hin, daß sie manchmal ineinandergreifen, wie in der Episode des Menschenfressers der Apenninen, die wir zum Abdruck gewählt haben.

Sade dürfte das, was wir schwarzen Humor nennen, in mancher Hinsicht in noch höherem Maße verkörpern. Wahrscheinlich ist er es, der im Leben, übrigens zu seinem furchtbaren Schaden, *das Genre der an den »vergnüglichen Mord« grenzenden schauerlichen Mystifikation, so wie sie später Jacques Vaché versteht, eingeführt hat. Die Missetaten, die ihm seine ersten Jahre Kerker einbrachten, waren bei weitem nicht so entsetzlich, wie man behauptet hat*[1]. *Dieser grimmige Verächter der Familie, dieses Monstrum an Grausamkeit ist derselbe, der, um seine Schwiegereltern vor dem Schafott zu bewahren, wie man annimmt, aber doch wohl eher aus Uneigennützigkeit und tiefer Überzeugung, während der Schreckenszeit sich kühn gegen die Todes-*

1 Siehe Maurice Heine: »L'affaire des bonbons cantharidés du Marquis de Sade, documents inédits« (»Hippocrate«, März 1933). – »Le Marquis de Sade et Rose Keller ou l'affaire d'Arcueil devant le Parlement de Paris« (»Annales de Médecine légale«, März 1933).

strafe erklärt und von der Revolution, der er vom ersten Tage an mit Begeisterung gedient hat, wieder ins Gefängnis geworfen wurde. Nach dem 9. Thermidor befreit, wird er 1803 infolge der Veröffentlichung eines Pamphlets gegen den Ersten Konsul und dessen Umgebung erneut verhaftet und als Geisteskranker von seinem Gefängnis ins Spital von Bicêtre überführt und später in die Irrenanstalt von Charenton, wo er sterben soll.

In dem nachstehenden Paragraphen seines Testaments, das in schmerzlichem Widerspruch zu der Tatsache steht, daß Sade wegen seiner Anschauungen unter drei Regimen siebenundzwanzig Jahre in elf Gefängnissen verbracht und mit dramatischerer Hoffnung als irgend jemand sonst an das Urteil der Nachwelt appelliert hat, darf man wohl die Manifestation eines unübertrefflichen Humors sehen:

»Ich verbiete, daß mein Leichnam geöffnet werde, unter welchem Vorwand es auch immer sei; ich ersuche mit allem Nachdruck, ihn achtundvierzig Stunden lang in dem Zimmer zu belassen, in dem ich sterbe, und zwar in einem offenen Holzsarg, der erst nach den oben vorgeschriebenen achtundvierzig Stunden zugenagelt werden darf. In der Zwischenzeit soll ein Eilbote zu Herrn Lenormand, Holzfäller, Boulevard d'Egalité Nr. 101, Versailles, geschickt werden, um ihn zu bitten, persönlich mit einem Wagen hierherzukommen, um meinen Leichnam abzuholen, den er mit besagtem Wagen in den Wald meines Gutes Malmaison, Gemeinde Emancé bei Epernon, bringen soll. In dem besagten

Wald soll mein Leib ohne jede Zeremonie im ersten Unterholz rechts, wenn man vom ehemaligen Schloß durch die Allee kommt, beigesetzt werden. Das Grab soll von Bauern in Malmaison unter der Aufsicht von Lenormand ausgehoben werden, der meine sterblichen Überreste erst verlassen wird, wenn sie in besagtem Grab liegen. Wenn er will, kann er sich dabei von denjenigen meiner Verwandten und Freunde begleiten lassen, die gewillt sind, mir ohne jeden Aufwand dieses letzte Zeichen von Anhänglichkeit zu erweisen. Nachdem die Grube zugedeckt ist, sollen Eicheln gesät werden, damit das Stück Erde über besagter Grube wieder bewachsen und das Unterholz wieder ebenso dicht wird wie zuvor, so daß die Spuren meines Grabes von der Erdoberfläche verschwinden, wie ich mir schmeichle, daß die Erinnerung an mich aus dem Geist der Menschen ausgelöscht werden wird, mit Ausnahme der wenigen, die mich bis zum letzten Augenblick geliebt haben und an die ich eine sehr zärtliche Erinnerung mit ins Grab nehme.

Ausgefertigt in Charenton-Saint-Maurice, im Vollbesitz seiner geistigen und körperlichen Kräfte, am 30. Januar 1806.

Gezeichnet: D.-A.-F. Sade.«

»Sade«, sagt Paul Eluard, »hat dem zivilisierten Menschen die Macht seiner natürlichen Triebe wiedergeben wollen, er hat die in ihre eigenen Gebilde verliebte Phantasie befreien wollen. Er hat geglaubt, dadurch, und nur dadurch, könne wahre Gleichheit entstehen. Er war bestrebt, die Tugend mit

dem ihr innewohnenden Glück im Namen all derer, die leiden, zu erniedrigen und zu beleidigen, ihr wider jede Illusion, wider jede Vorspiegelung, das oberste Gesetz des Unglücks aufzuzwingen, damit sie all jenen, die sie verdammt, helfen kann, auf Erden eine Welt nach dem ungeheuren Maß des Menschen aufzubauen.«[1]

Sades posthumer Erfolg – als sollte er die irrsinnige Strenge des Schicksals, das ihm zu Lebzeiten beschieden war, kompensieren – besteht nicht nur darin, daß er auf lange Sicht die ihm würdigsten Exegeten anzog, sondern daß sich über sein Werk, über diesen völlig verwüsteten Boden – ein Boden, der sich zur Veränderung des Lebens ganz besonders eignet – die tüchtigsten Goldschürfer beugten, um neue kostbare Adern zu entdecken. Seit dem Tod von Maurice Heine im Jahre 1940 – er fiel mit Sades zweihundertstem Geburtstag zusammen – sorgt für würdige Weiterführung Gilbert Lély, der, in seiner Liebe und in seinem Fleiß seinerseits von reinstem Glück begünstigt, im Begriff ist, zahlreiche Schriften und Dokumente herauszugeben, die sich unserer Kenntnis bisher entzogen haben und von denen manche auf eine der Seiten des Marquis – die verborgenste – ein neues Licht werfen. »L'aigle, Mademoiselle«, das diese Reihe von Publikationen eröffnet, führt uns wie zum ersten Mal zu den heißen Quellen seiner Leidenschaft und läßt uns ihr Sprudeln auch im menschlichen Bereich erleben. In der Betroffenheit dieses Augenblicks, des-

1 »L'Evidence poétique«.

sen Paroxysmus der im folgenden wiedergegebene Brief darstellt, wird man sehen, daß der Humor die Intelligenz des Adlers erfordert und sie insbesondere für sich in Anspruch nimmt beim heimlichen Anstellen jener arithmetischen Berechnungen, die, nach Gilbert Lély, »eine Art Verteidigungsreaktion seines seelischen Zustands darstellen, einen unbewußten Kampf gegen die Verzweiflung, in die sein Geist ohne den Beistand einer solchen Ablenkung gesunken wäre.«

Juliette

Nachdem wir die Vulkanebene von Pietra-Mala verlassen hatten, erstiegen wir in einer Stunde einen hohen Berg, der sich zur Rechten befand. Vom Gipfel dieses Berges sahen wir in Abgründe, die mehr als dreitausendachthundert Meter tief waren, dorthin führte uns unser Marsch. Die ganze Gegend dort war von so buschigem und dichtem Gehölz überwuchert, daß man Mühe hatte, seinen Weg zu bahnen. Als wir mit Hilfe von Picken in drei Stunden hinabgestiegen waren, erreichten wir das Ufer eines großen Sees. Auf einer Insel, die in seiner Mitte lag, sahen wir den Turm des Palastes, der unserem Führer als Wohnsitz diente. Die Mauern, die ihn umgaben, waren so hoch, daß man nur das Dach erkennen konnte. Sechs Stunden lang waren wir marschiert, ohne einer Behausung zu begegnen ... kein Mensch war uns unter die Augen gekommen. Am Ufer des Sees erwartete uns eine schwarze Barke, die den venezianischen Gondeln glich. Von dort unten konnten wir den schrecklichen Talkessel betrachten, in dem wir uns befanden: er war von allen Seiten von Gebirgen eingeschlossen, deren Gipfel und steile Hänge mit Kiefern, Lärchen und Steineichen bedeckt waren. Es war unmöglich, sich irgend etwas Wilderes und Düstereres vorzustellen, man glaubte sich am Ende der Welt. Wir bestiegen die Barke, der Riese lenkte sie selbst. Bis zum Tor des Schlosses waren es noch sechshundert Meter. Wir legten am Fuße eines Eisentores an, welches in die dicken Mauern, die das Schloß umgaben, eingelassen war, von hier aus sahen wir dreieinhalb Meter breite Gräben, die wir mittels einer Brücke überquerten, welche sich, nachdem wir hinübergegangen waren, in die Luft hob. Eine zweite Mauer bot sich unseren Blicken, wir durchschritten wieder ein eisernes Tor und befanden uns dann in einem so dichten Gestrüpp, daß wir glaubten, es sei nun unmöglich, weiterzugehen. Wir vermochten es auch wirklich nicht mehr. Dieses Gestrüpp, das von einer Hecke gebildet wurde, zeigte nichts als Dornen und bot nirgendwo Durchlaß. In seiner Mitte befand sich der letzte Schutzwall des Schlosses. Er war dreieinviertel Meter dick. Der Riese wälzte einen riesigen Stein fort, den nur er selbst bewegen konnte, eine Wendeltreppe tat sich unter uns auf. Der Stein verschloß die Öffnung wieder und durch einen unterirdischen Gang gelangten wir (immer im Dunkeln) mitten in die Keller des Hauses, von wo aus wir durch eine Öffnung, die durch einen ähnlichen Stein gesichert wurde, wie die, von der wir bereits sprachen, wieder emporstiegen. Schließlich befanden wir uns in einem tiefgelegenen Saal, der rundum mit Skeletten dekoriert war. Die Sessel dort bestanden nur aus Knochen, und man setzte sich widerwillig auf Totenschädel. Wir glaubten schreckliche Schreie zu vernehmen und erfuhren bald, daß sich in den Seitengewölben dieses Saales Gefängnisse befanden, in denen die Opfer des Ungetüms stöhnten.

»Ich behalte Euch«, sagte er zu uns, nachdem wir uns gesetzt hatten, »Sie sind in meiner Macht. Ich will mit Ihnen tun, was mir Spaß macht. Erschrecken Sie aber nicht. Die Handlungen, die ich Sie begehen sah, sind meiner Art zu denken zu ähnlich, als daß ich Sie nicht für würdig hielte, die Freuden meines Wohnsitzes kennenzulernen und zu teilen. Hören Sie mir zu, ich habe vor dem Essen Zeit, Sie zu unterrichten. Man kocht, während ich mit Ihnen sprechen werde. Ich bin Moskovit und bin in einer kleinen Stadt am Ufer der Wolga geboren. Man nennt mich Minski. Mein Vater hinterließ mir, als er starb, unendliche Reichtümer, und die Natur, die durch mein Vermögen günstig beeinflußt wurde, setzte meine körperlichen Fähigkeiten und meine Neigungen ins richtige Verhältnis zueinander. Da ich mich nicht dafür gemacht hielt, in der Tiefe einer dunklen Provinz – also dort, wo ich geboren bin - dahinzuvegetieren, reiste ich. Das Universum selbst erschien mir für das Ausmaß meiner Wünsche noch nicht groß genug, es setzte mir Grenzen: die wollte ich nicht. Schon ausschweifend, ruchlos, verderbt, blutrünstig und grausam geboren, durchquerte ich die Welt nur, um Laster kennenzulernen, und ich habe diese nur angenommen, um sie noch zu verfeinern. Ich fing mit China, der Mongolei und der Tartarei an. Ich besuchte ganz

Asien. Über Kamtschatka kam ich nach Amerika, indem ich die berühmte Beringstraße überquerte. Ich durchzog diesen großen Teil der Welt, war abwechselnd bei den Zivilisierten und bei den Wilden und ahmte nur die Verbrechen der einen und die Laster und Grausamkeiten der anderen nach. Ich brachte in unser Europa so gefährliche Neigungen mit zurück, daß ich in Spanien verurteilt wurde, verbrannt zu werden, in Frankreich sollte ich gerädert werden, in England gehängt und in Italien massakriert werden: meine Reichtümer bewahrten mich vor alledem.

Ich war in Afrika. Dort erkannte ich, daß das, was Sie dummerweise Verderbtheit nennen, nur der natürliche Zustand des Menschen ist und öfter noch das Ergebnis des Bodens, auf dem er geboren ist. Diese tüchtigen Kinder der Sonne machten sich über mich lustig, als ich ihnen die Roheit, die sie bei ihren Frauen anwendeten, vorwarf. Was ist denn eine Frau anderes, antworteten sie mir, als ein Haustier, das uns die Natur gegeben hat, um gleichzeitig unsere Bedürfnisse und unser Verlangen zu befriedigen. Welches Anrecht haben sie darauf, für uns wertvoller zu sein als das Vieh in unseren Ställen. Der einzige Unterschied, den wir erkennen können, so sagten mir diese gescheiten Völker, ist, daß unsere Haustiere wegen ihrer Freundlichkeit und ihres Gehorsams Nachsicht verdienen, während die Frauen angesichts ihrer ewigen Betrügereien, ihrer Bösartigkeit, Hinterlist und Untreue nur Härte und Brutalität verdienen. Wir ficken sie deshalb, und was kann man mit einer Frau, die man gefickt hat, noch Besseres machen, als sich ihrer entweder als Ochse oder als Esel zu bedienen oder sie zu töten, um sich davon zu nähren?

Mit einem Wort, dort lernte ich den Menschen kennen, der lasterhaft aus Temperament, grausam aus Instinkt und blutdürstig aus Genußsucht ist. Dieser Charakter gefiel mir, ich fand, daß er der Natur am nächsten kommt, und ich zog ihn der einfachen Grobheit des Amerikaners, der europäischen Schurkerei und der zynischen Schwäche des Asiaten vor. Nachdem ich den ersten Menschen bei der Jagd getötet hatte, mit dem zweiten getrunken und gelogen und mit dem dritten viel gefickt hatte, verspeiste ich mit diesem hier Menschen. Ich habe diesen Geschmack beibehalten. Alle Überreste von Kadavern, die Sie hier sehen, sind nichts weiter als Überbleibsel von Kreaturen, die ich verschlungen habe. Ich ernähre mich nur mit Menschenfleisch. Ich hoffe, daß Sie mit dem Festmahl zufrieden sein werden, das ich Ihnen davon zubereiten lassen möchte. Man hat für unser Essen einen fünfzehnjährigen Jüngling getötet, den ich gestern gefickt habe und der ganz köstlich sein muß. Nachdem ich zehn Jahre herumgereist war, kehrte ich in mein Vaterland zurück. Meine Mutter und meine Schwester lebten noch. Ich war der natürliche Erbe von beiden, und da ich nicht noch einmal nach Rußland kommen wollte, hielt ich es in meinem Interesse für notwendig, in den Besitz der Erbschaft beider zu kommen: ich schändete und massakrierte sie noch am selben Tag. Meine Mutter war noch sehr schön und ebenso groß wie ich; und obwohl meine Schwester nur etwas über zwei Meter groß war, war sie doch das erlesenste Geschöpf, das man in ganz Rußland sehen konnte. Ich nahm das, was ich von diesen beiden Erbschaften gebrauchen konnte, und da ich jedes Jahr fast zwei Millionen verschlang, ging ich nach Italien zurück, um mich dort niederzulassen. Aber ich suchte einen einzigartigen, wilden und mysteriösen Ort, an dem ich mich allen perfiden Ausschweifungen meiner Phantasie hingeben konnte; und diese Ausschweifungen sind bestimmt nicht gewöhnlich: wenn wir einige Tage miteinander verbringen können, so werden Sie sie kennenlernen, hoffe ich. Es gibt keine einzige wüste Leidenschaft, die mein Herz nicht liebt, und keine Qual, die mich nicht amüsiert. Wenn ich noch nicht mehr Verbrechen begangen habe, so nur aus Mangel an Gelegenheit. Ich kann mir jedenfalls keine Vorwürfe machen, auch nur ein einziges außer acht gelassen zu haben. Und ich habe all diejenigen ausgeweitet, die nicht mit genug Gewalt begangen wurden. Wenn ich das Glück gehabt hätte, die Summe meiner Gewalttaten zu verdoppeln, so wären mir angenehmere Erinnerungen geblieben, denn von den Genüssen des Verbrechens kann man nicht genug haben.

Dieses Debüt wird mich in Ihren Augen als Wüstling erscheinen lassen. Was Sie in diesem Hause sehen werden, wird, so hoffe ich, diesen Eindruck bestätigen. Sie können sich keine Vorstellung von der Größe dieses Hauses machen. Es ist riesig und beherbergt zweihundert kleine Jungen im Alter von fünf bis sechzehn Jahren, die gewöhnlich von meinem

Bett in meine Fleischerei wandern und fast genau die gleiche Anzahl junger Leute, die dazu bestimmt sind, mich zu ficken. Ich liebe dieses Gefühl unendlich. Es gibt nichts Süßeres auf der Welt, als wenn der Hintern heftig gescheuert wird, während man sich selbst auf eine ähnliche Art köstlich amüsiert.

Die Freuden, die ich Sie so sehr am Rande des Vulkans genießen sah, beweisen mir, daß auch Sie diese Art Saft zu verspritzen schätzen. Und deshalb spreche ich ganz offen zu Ihnen: ohne diesen Umstand würde ich ganz einfach Opfer aus Ihnen machen.

Ich habe zwei Harems. Der erste enthält zweihundert kleine Mädchen im Alter von fünf bis zwanzig Jahren. Ich esse sie, wenn sie durch die Kraft meiner Wollust genügend zerschunden sind; zweihundert Frauen im Alter von zwanzig bis dreißig sind im zweiten. Sie werden sehen, wie ich mit ihnen umgehe. Fünfzig Diener beiderlei Geschlechts sind mit den Diensten an dieser beträchtlichen Zahl meiner Wollustopfer betraut, und ich habe als Anwerber hundert Agenten, die in allen großen Städten der Welt verstreut sind.

Würden Sie glauben, daß bei der außerordentlichen Bewegung, die das alles mit sich bringt, es dennoch nur einen Weg gibt, um auf meine Insel zu gelangen, nämlich den, den Sie gekommen sind? Man kann sich die Zahl der Kreaturen, die diesen mysteriösen Pfad durchwandern, bestimmt nicht vorstellen.

Niemals werden die Schleier, die ich über alledem ausbreite, zerrissen werden. Ich habe nicht das geringste zu befürchten. Dieses hier gehört zu den Besitzungen des Großherzogs von Toskana. Man kennt dort alle Auswüchse meines Verhaltens, das Geld, das ich verteile, beschützt mich vor allem.

Ich muß Ihnen jetzt, um meine Vorstellung abzuschließen, noch ein paar Enthüllungen über meine Person machen. Ich bin fünfundvierzig Jahre alt, meine sexuellen Fähigkeiten sind so groß, daß ich niemals schlafen gehe, ohne zehnmal gespritzt zu haben. Es ist wahr, daß die große Menge Menschenfleisch, die ich esse, sehr zur Mehrung und Verdickung der Samenflüssigkeit beiträgt. Wer auch immer diese Lebensweise ausprobiert, seine geschlechtlichen Fähigkeiten werden sich ganz sicher verdreifachen, unabhängig von der Stärke, der Gesundheit und der Frische, die diese Nahrung ihm verleihen wird. Ich erzähle Ihnen nichts vom Vergnügen, es möge Ihnen genügen zu wissen, daß, wenn man einmal davon gekostet hat, es unmöglich ist, wieder etwas anderes zu essen, und daß es kein einziges Fleisch, weder von Tieren noch von Fischen gibt, das mit diesem verglichen werden kann. Man muß zunächst einmal den ersten Widerwillen überwinden, und wenn man das geschafft hat, kann man sich nicht satt genug daran essen. Da ich hoffe, daß wir uns zusammen entleeren werden, ist es unbedingt notwendig, daß ich Ihnen die erschreckenden Symptome dieses Höhepunktes bei mir im voraus sage. Entsetzliches Geheul geht ihm voraus, begleitet ihn, und die Stöße des Samens, die in die Höhe schießen, spritzen oft fünfzehn- oder zwanzigmal hintereinander bis unter die Decke. Niemals erschöpft mich die Vielzahl der Freuden. Meine Ausspritzungen sind beim erstenmal genauso stürmisch und reichlich wie beim zehntenmal. Und ich habe niemals am nächsten Morgen die Ermüdungen des Vorabends gespürt. Was das Glied anbetrifft, von dem all das kommt, hier ist es«, sagte Minski, indem er eine Rute hervorholte, die fünfundvierzig Zentimeter lang war und zweiundvierzig Zentimeter Umfang hatte; obenauf saß ein purpurner Champignon, der so groß war wie ein randloser Hut . . . »Ja, da ist es, es ist immer in dem Zustand, den Sie jetzt sehen, selbst wenn ich schlafe oder spazierengehe . . .«

»Oh, gerechter Himmel«, schrie ich, indem ich dieses Werkzeug sah . . . »Aber, mein lieber Gastgeber, Sie töten also genauso viele Frauen und Knaben, wie Sie zu Gesicht bekommen . . .?«

»Ungefähr«, antwortete mir der Moskovit. »Und da ich das esse, was ich ficke, brauche ich keinen Schlachter. Es bedarf großer Philosophie, um mich zu verstehen . . . ich weiß das: ich bin ein Ungetüm, das die Natur ausgespien hat, damit ich mit ihr gemeinsam an den Zerstörungen arbeite, die sie fordert . . . Ich bin einzig in meiner Art . . . ein . . . O ja, ich kenne alle Schmähungen, mit denen man mich überhäuft, aber da ich mächtig genug bin, um auf niemanden angewiesen zu sein, klug genug, um mich an meiner Einsamkeit zu erfreuen, um alle Menschen zu verachten, um ihrem Urteil zu trotzen und mich über ihre Gefühle für mich lustig zu machen, genug unterrichtet, um auf alle Kulte zu verzichten, um alle Religionen zu verhöhnen und mich von allen Göttern am Arsch lecken zu lassen, stolz genug, um alle Regierungen zu verabscheuen, mich keinen Zügeln, keinen Ketten, keinen moralischen Prinzipien zu unterwerfen, bin ich glücklich in meinem kleinen Reich. Ich habe hier alle Rechte eines Herrschers, ich genieße alle Freuden der Willkür, ich fürchte keinen Menschen, und ich lebe zufrieden. Ich habe wenige Besucher, oder gar keine, es sei denn, ich treffe bei meinen Spaziergängen Wesen, die, wie Sie, mir philosophisch genug erscheinen, um sich bei mir einige Zeit zu amüsieren. Das sind die einzigen, die ich einlade, und davon treffe ich wenige. Die Kräfte, die mir die Natur gegeben hat, lassen mich sehr weite Spaziergänge machen. Es gibt keinen Tag, an dem ich nicht siebzig oder achtzig Kilometer zurücklege ...«

»Und daher einige Fänge«, unterbrach ich ihn.

»Fänge, Diebstähle, Brände, Morde, alles, was sich mir an Verbrechen bietet, führe ich aus, denn die Natur hat mir die Neigung und die Fähigkeit zu allen Verbrechen gegeben und es gibt keines, das ich nicht liebe und bei dem ich nicht die süßesten Freuden erlebe.«

»Und die Justiz?«

»Sie ist in diesem Land gleich null. Deshalb habe ich mich ja hier niedergelassen. Mit Geld kann man alles machen ... und ich gebe viel aus.«

Zwei männliche Sklaven von Minski, sonnenverbrannt und von scheußlicher Gestalt, kamen, um zu verkünden, daß das Essen serviert war. Sie fielen vor ihrem Meister in die

Knie und küßten ihm ehrerbietig die Eier und das Afterloch; wir gingen in einen anderen Saal hinüber.

»Es ist nichts Besonderes für Sie vorbereitet«, sagte der Riese. »Wenn alle Könige der Erde mich besuchen kämen, so würde ich doch nicht von meinen Gewohnheiten abweichen.«

Aber die Art und die Ausstattung des Saales, den wir betraten, verdienen einige Beschreibungen.

»Die Möbel, die Sie hier sehen«, sagte uns unser Gastgeber, »sind lebendig. Alle werden sich bei dem kleinsten Zeichen in Bewegung setzen.«

Minski gab ein Zeichen.

Der Tisch bewegte sich vorwärts. Erst befand er sich in einer Ecke des Saales, nun stand er in der Mitte. Fünf Sessel stellten sich um ihn herum. Zwei Lüster kamen von der Decke und schwebten über der Mitte des Tisches.

»Der Mechanismus ist einfach«, sagte der Riese, indem er uns von nahem das Material, aus dem diese Möbel gemacht waren, sehen ließ. »Sie sehen, daß dieser Tisch, diese Lüster, diese Sessel, nur aus Mädchengruppen bestehen, die kunstvoll arrangiert sind. Meine Gerichte werden ganz heiß auf die Hüften dieser Geschöpfe gestellt, meine Kerzen stecken in ihren Votzen, und mein Hintern wird, wenn er sich in den Sessel niederläßt, genauso wie der Ihre, von den weichen Gesichtern oder den weißen Brüsten dieser Mädchen gestützt werden. Deshalb bitte ich Sie, meine Damen, ihre Röcke hochzuheben und Sie, meine Herren, ihre Hosen herunterzuziehen, damit, nach den Worten der Heiligen Schrift, das Fleisch auf dem Fleische ruhen kann.«

»Minski«, sagte ich zu unserem Moskoviten, »die Rolle dieser Mädchen ist ermüdend, vor allem, wenn Sie lange Zeit zu Tisch sitzen.«

»Es kann sein«, sagte Minski, »daß einige von ihnen krepieren. Diese Verluste sind zu leicht zu ersetzen, als daß ich mich auch nur einen Augenblick damit aufhalte.«

In dem Augenblick, da wir unsere Röcke aufhoben und die Männer ihre Hosen herunterließen, forderte Minski, daß ihm unsere Hinterbacken gezeigt würden. Er befühlte sie, er biß hinein und wir bemerkten, daß von unseren vier Hintern der von Sbrigani, auf Grund einer besonderen Laune, wie sie leicht bei einem solchen Mann vermutet werden kann, am meisten gefeiert wurde. Er liebkoste ihn eine Viertelstunde lang. Nach dieser Zeremonie setzten wir uns mit der bloßen Haut auf die Brüste und Gesichter der Sultaninnen oder vielmehr der Sklavinnen Minskis.

Zwölf Mädchen im Alter von zwanzig bis fünfundzwanzig Jahren servierten uns die Schüsseln auf den lebenden Tischen und da sie aus Silber und sehr heiß waren und die Hintern und Brüste der Geschöpfe, die diese Tische bildeten, verbrannten, entstand eine sehr lustige zuckende Bewegung, die dem Rollen der Meereswogen glich. Mehr als zwanzig Vorgerichte oder Fleischplatten garnierten den Tisch und auf Beistelltischchen, die jeweils aus vier Mädchen gebildet wurden und die sich auf das kleinste Zeichen hin näherten, wurden Weine jeder Art bereitgestellt. »Meine Freunde«, sagte uns unser Gastgeber, »ich habe Ihnen vorausgesagt, daß man sich hier nur von Menschenfleisch ernährt. Kein Gericht, das Sie hier sehen, besteht aus etwas anderem.«

»Wir werden es probieren«, sagte Sbrigani. »Der Widerwille dagegen ist absurd: er entsteht nur aus Mangel an Gewohnheit. Alle Fleischarten sind dazu da, den Menschen zu ernähren, zu diesem Zweck hält die Natur sie für uns bereit, es ist nicht ungewöhnlicher, einen Menschen zu essen als ein Huhn.«

Und während er das sagte, drang mein Begleiter mit einer Gabel in den Teil des Jungen, der ihm besonders gut erschien. Und nachdem er wenigstens zwei Pfund auf seinen Teller gelegt hatte, verschlang er sie. Ich ahmte ihn nach. Minski ermutigte uns. Und da sein Appetit seinen Leidenschaften gleichkam, hatte er bald ein Dutzend Schüsseln geleert.

Minski trank wie er aß. Er war schon bei der dreißigsten Flasche Burgunder, als man die Zwischengerichte servierte, die er mit Champagner übergoß. Aleatico, Falerne und andere kostbare Weine Italiens wurden zum Dessert hinuntergespült.

An Madame de Sade

[Vincennes, 19. September 1783]

Heute morgen habe ich einen langen Brief von Ihnen erhalten, der nicht enden wollte. Bitte schreiben Sie doch nicht so lang: glauben Sie, ich hätte nichts anderes zu tun, als Ihre ewigen Wiederholungen zu lesen? Sie müssen viel Zeit zu verlieren haben, daß Sie Briefe von dieser Länge schreiben, und ich selbst, das müssen Sie zugeben, um sie zu beantworten. Da indes das Thema meines Briefes sehr folgenschwer ist, bitte ich Sie, ihn mit ruhigem Kopf und kaltem Blut zu lesen.

Ich fand drei Zeichen von größter Schönheit. Es ist mir unmöglich, sie Ihnen zu verheimlichen. Sie sind so erhaben, daß ich überzeugt bin, Sie werden beim Lesen trotz allem meinem Geist und Kenntnisreichtum Beifall zollen. Man könnte von Ihrer Clique sagen, was Piron von der Académie sagte: *Ihr seid da vierzig, die den Verstand von vieren haben.* Mit Ihrer Familie ist es das gleiche: Ihr seid da sechs, die den Verstand von *zweien* haben. Nun, mit all Ihrem Geist, und obwohl Sie erst seit zwölf Jahren an *dem großen Werk* arbeiten, wette ich mit Ihnen, wenn Sie wollen, zwei gegen eins[1], daß meine drei Zeichen mehr wert sind als alles, was Sie gemacht haben ... Warten Sie, ich irre mich, es sind tatsächlich bei mir vier ... Nun gut, also sind es drei oder vier, und Sie wissen, daß die dreivier eine besondere Kraft hat.

1. Zeichen, von mir, Christoph de Sade, erfunden:

Beim ersten Schnitt oder Riß, den Sie mir anzuzeigen haben, müssen die H... des Cadet de la Basoche [Albaret] abgeschnitten

1 Nicht wahr, zwei gegen eins, das ist hübsch. Hatten Sie es herausfinden können? [*Anmerkung de Sades.*]

und mir in einer Schachtel geschickt werden. Ich werde die Schachtel öffnen, werde aufschreien und sagen: Ja, mein Gott, was soll das? – Jacques der Souffleur, der dahintersteckt, wird antworten: *Nichts, Monsieur, sehen Sie nicht, daß es eine 19 ist?* – Aber nein! sage ich ... – Ohne eitel zu sein, haben Sie etwas, was das aufwiegt?

2. Zeichen, von demselben:

Wenn Sie *die 2, das Double, das Duplikat, das zweite Du, zweimal bezahlen etc.* bezeichnen wollen, müssen Sie folgendes nehmen: Man soll mir in mein Zimmer in der Haltung ein schönes Geschöpf stellen (gleich, welchen Geschlechts; ich bin darin Ihren Verwandten ein wenig ähnlich, ich sehe nicht so genau darauf; und im übrigen dann *tollwütiger Hund* etc.), man soll mir, sage ich, in mein Zimmer ein hübsches Geschöpf in der Haltung der *farnesischen Kallipyga* stellen – das sich da recht schön präsentiert. Ich verachte diese Partie durchaus nicht, sondern denke wie der Präsident, ich finde, sie ist fleischiger als das übrige und bedeutet folglich für den, der Fleisch liebt, mehr als das, was *flach* ist ... Wenn ich eintrete, werde ich zu dem Souffleur oder der Souffleuse sagen: Was soll denn diese Gemeinheit bedeuten? (Natürlich nur der Form halber.) Und der Souffleur wird antworten: *Monsieur, es ist ein Duplikat.*

3. Zeichen, immer von demselben:

Wenn Sie, wie in diesem Sommer, eine große *Brücke* machen wollen mit dem Donner und dem Kondukteur (schreckliche Wirkung, die zur Folge hatte, daß ich beinah an Krämpfen starb), muß man Feuer an das Pulvermagazin legen (es liegt *vertikal* zu dem Zimmer, in dem ich schlafe): das wird einen großen Effekt geben.

Dies ist das Schönste, nicht wahr?
Als 4. schließlich:

Wenn Sie eine 16 zur 9 machen wollen (hören Sie gut zu!), müssen Sie zwei *Totenköpfe* nehmen (*zwei*, verstehen Sie; ich würde sagen, sechs, aber obwohl ich bei den *Dragonern* gedient habe, bin ich bescheiden: ich sage also *zwei*), und Sie werden sie, während ich im Garten bin, in meinem Zimmer so aufstellen, daß ich die Dekoration sofort beim Eintreten bemerke. Oder Sie kündigen mir ein Paket an, das aus der Provence gekommen sei und das man für mich in Empfang genommen habe: ich werde es voll Eifer öffnen, und ... es wird *das* sein – und ich werde große Angst haben (denn von Natur aus bin ich äußerst schüchtern, das habe ich ein paarmal in meinem Leben bewiesen).

O ihr guten Leute, ihr guten Leute! glaubt mir, erfindet nicht, denn um solche Plattheiten zu erfinden, die so dumm und so leicht zu erraten sind, lohnt es nicht der Mühe, sich in Unkosten zu stürzen. Es gibt genug bessere Dinge zu tun, als zu erfinden, und wenn man keinen Erfindungsgeist hat, macht man besser Schuhe oder Rohre, als daß man *mühsam, ungeschickt* und *töricht* erfindet.

Den 19. und abgeschickt am 22.

A propos, schicken Sie mir doch meine Wäsche; und sagen Sie denen, die *entscheiden,* ich hätte sie nicht nötig, daß sie sehr schlecht *entscheiden,* den Monsieur le directeur de Rougemont, der sehr gut *entscheidet,* hat *entschieden,* daß an meinen Laken sehr viel zu flicken sei, und er läßt es machen. Also ziehen Sie doch, wenn's geht, einmal im Leben am gleichen Strang, solche Karrengäule wie Ihr sollten wirklich darauf achten, daß nicht immer der eine nach rechts zieht und der andere nach links.

Quellenverzeichnis: Sades Testament (Auszug) aus *Werke*; ausgewählt, übersetzt, mit Dokumentation und Nachwort von Gerd Henninger. Mit freundlicher Genehmigung des Kurt Desch Verlags, München. »Juliette« (Auszüge) aus: *Ausgewählte Werke,* Band 3. Übersetzung: Helge Koch und Manfred Unruh. Mit freundlicher Genehmigung des Merlin Verlags, Hamburg. – »An Madame de Sade« aus: *Briefe.* Übersetzung: Hilda von Born-Pilsach. Mit freundlicher Genehmigung des Karl Rauch Verlags, Düsseldorf.

Bibliographie: *Justine ou les malheurs de la Vertu,* 1791. – *Aline et Valcour,* 1793. – *La Philosophie dans le Boudoir,* 1795. – *Juliette ou la suite de Justine, 1796.* – *Les Crimes de l'Amour,* 1800. – *Les 120 Journées de Sodome,* 1904. – *Die 120 Tage von Sodom,* Leipzig 1906. – *Contes et Fabliaux, 1926.* – *L'Aigle, Mademoiselle,* 1949. *Briefe,* Düsseldorf, 1962. – *Ausgewählte Werke,* Hamburg, 1962–1965. – *Philosophie im Boudoir,* München 1967.

Georg Christoph Lichtenberg

1742–1799

Glauben oder nicht glauben, *dieses Dilemma ist nie pathetischer und genialer erörtert worden als von Lichtenberg, einem Mann, der in höchstem Grade einen Sinn für geistige Qualität besaß, ihn, den man im Jahre 1775 in einer Theaterloge in London sieht, ganz Auge für das Spiel des großen Schauspielers Garrick in Hamlets Monolog: »Das Kinn unterstützt er mit der rechten Hand und den Ellbogen des rechten Arms mit der linken und sieht mit großer Würde seitwärts auf die Erde nieder. Hierauf, indem er den rechten Arm von dem Kinn wegbringt, aber, wo ich mich recht erinnere, ihn noch durch den linken unterstützt hält, spricht er die Worte* ›To be or not to be‹ *etc. leise, aber wegen der großen Stille (und nicht aus einer besondern Gabe des Mannes, wie sogar in einigen Schriften steht) überall vernehmlich.« Die Stimme Lichtenbergs ist nicht minder bewunderswert ernst und ruhig, und seinem eigenen Fragen auf dem Gebiet der Wissenschaft gelingt es, aus seiner Mißgestalt (er war bucklig) in überraschender Weise Nutzen zu ziehen und dabei in ein Schweigen ohnegleichen zu versinken, das bis heute noch gewachsen ist und auf völlige Vergessenheit hinausläuft. Es wäre wohl vergeblich, sich über dieses Schweigen, das nach seinem Tode selten gebrochen wurde, zu empören, wären die Männer, die sich auf Lichtenberg berufen haben, und wirklich nur diese, nicht just einige von jenen, die von der Nachwelt am meisten geschätzt wurden. Obgleich er Grund genug gehabt hätte, ihm zu grollen, »können wir uns«, erklärt Goethe, »Lichtenbergs Schriften als der wunderbarsten Wünschelrute bedienen; wo er einen Spaß macht, liegt ein Problem verborgen.«*

Kant schätzte am Ende seines Lebens Lichtenberg besonders hoch, und er hatte seine Freude daran, in seinem Handexemplar der »Aphorismen« manche Stelle rot oder schwarz zu unterstreichen. Schopenhauer sieht in ihm den Denker par excellence, nämlich jenen, der für sich *denkt und nicht für andere. Nietzsche zählt die* »Aphorismen«, *zusammen mit* »Eckermanns Gespräche mit Goethe«, *zum Kostbarsten des »Schatzes deutscher Prosa«. Wagner glaubt 1878, darin eine Vorwegnahme seines eigenen Denkens zu erblicken. Tolstoi läßt sich 1904 von Lichtenberg sogar noch entscheidender beeinflussen als von Kant und wundert sich über dessen ungerechtes posthumes Schicksal: »Es ist mir unverständlich, daß die heutigen Deutschen diesem Schriftsteller so wenig Beachtung schenken und für einen feuilletonistischen Gecken wie Nietzsche schwärmen.«*

Lichtenbergs Leben ist nicht minder als das Swifts voller erregender Widersprüche, die um so erregender sind, als sie hier einen außerordentlich nüchternen Geist affizieren. Als zutiefst überzeugter Atheist hält er das Christentum nicht nur für »das perfekteste System, um den Frieden und das Glück auf Erden zu fördern«, es passiert ihm in der Gefühlsverwirrung auch, daß er sich ganz dem mystischen Leben anderer verschreibt und sogar »inbrünstig betet«. Nachdem er geschrieben hat: »Die Französische Revolution ist das Werk der Philosophie, doch welch ein Sprung von dem Cogito ergo sum bis zum Ruf: Auf zur Bastille! der im Palais-Royal erschallte«, und die Schreckensherrschaft billigt, rührt ihn der Tod der Marie-Antoinette zu Tränen. Als ganz großer Verächter der Liebe à la Werther, verliebt er sich 1777 in ein zwölfjähriges Mädelchen: »Von Ostern 1780 an«, schreibt er sechs Jahre später an Pfarrer Amelung, »blieb sie ganz bei mir ... Wir waren beständig beisammen. Wenn sie in der Kirche war, so war es mir, als hätte ich meine Augen und alle meine Sinnen weggeschickt. Mit einem Wort – sie war ohne priesterliche Einsegnung (verzeihen Sie mir, bester Mann, diesen Ausdruck) meine Frau ... O du großer Gott! und dieses himmlische Mädchen ist mir am 4. August 1782 abends mit Sonnenuntergang gestorben.« Obgleich er als Mann der »Aufklärung« ein entschiedener Gegner der Sturm- und Drang-Bewegung ist, die sich damals die deutsche Literatur erobert, ist er sofort der enthusiastischste Bewunderer von Jean Paul. Auch lebt er als Mann des wissenschaftlichen Experiments (als Professor für Physik an der Universität Göttingen war er Humboldts Lehrer und entdeckte, daß die *positiven und negativen elektrischen Ströme in den nicht leitenden Stoffen nicht in gleicher Weise fließen) in engster Nachbarschaft mit dem Träumer (der Rationalist Lichtenberg hielt eine Lobrede auf Jakob Böhme; er war der erste, der die tiefe Bedeutung der Träume erkannte, und das mindeste, was man sagen kann, ist, daß seine Ansichten über dieses Thema an Aktualität nichts eingebüßt haben). Er muß gefeiert werden als der Prophet des* Zufalls, *jenes Zufalls, von dem Max Ernst sagen wird, daß er der »Meister des Humors« ist. Nichts ist dafür symptomatischer als die Tatsache, daß er seine ersten Vorlesungen über die Wahrscheinlichkeitsrechnung dem Spiel widmet. »Einer der merkwürdigsten Züge in meinem Charakter ist gewiß der seltsame Aberglaube, womit ich aus jeder Sache eine Vorbedeutung ziehe und in einem Tage hundert Dinge zum Orakel mache. Ich brauche es hier nicht zu beschreiben, indem ich mich hier nur allzu wohl verstehe. Jedes Kriechen eines Insekts dient mir zu Antworten über Fragen über mein Schicksal. Ist das nicht sonderbar von einem Professor der Physik?«*

Er mache sich anheischig, sagt er ferner, zu beweisen, daß man zuweilen an etwas glaube und daß man dennoch nicht daran glaube. Nichts sei unergründlicher als die Motive unseres Handelns.

In dem hellen Schein seines berühmten »brennenden Rauchkerzchens« auf Abels Pastellbild entdeckt man gerührt das feinste Lächeln, das man je sah. Es ist, möchte man meinen, das Lächeln des Vorläufers einer

Erstausgabe von Paul Valéry, der von Monsieur Teste entschieden revidiert und korrigiert wäre (doch verdankt Valéry Lichtenberg gerade nur die Kunst, seine Tagebücher zu numerieren). Wir haben es hier mit einem Großmeister des Humors zu tun. Er ist der Erfinder jenes höheren philosophischen Blödsinns, der mittels des Absurden das dialektische Meisterstück zuwege bringt: »Ein Messer ohne Klinge, dem der Griff fehlt«. In seiner Einsamkeit hat er weit mehr erreicht als jene Männer, die die Stellungen der Liebe variieren: Er hat 62 Arten beschrieben, den Kopf in die Hand zu stützen.

Bemerkungen

Ich habe die Hypochondrie studiert, mich so recht darauf gelegt.

Meine Hypochondrie ist eigentlich eine Fertigkeit, aus jedem Vorfalle des Lebens, er mag Namen haben wie er will, die größtmögliche Quantität Gift zu eigenem Gebrauch auszusaugen.

Die Täfelchen von Schokolade und Arsenik, worauf die Gesetze geschrieben sind.

Wir ziehen unsere Köpfe in Treibhäusern.

Er war einer von denen, die alles besser machen wollen, als man es verlangt. Dies ist eine abscheuliche Eigenschaft in einem Bedienten.

Gott, der Vergelder alles Guten.

Das Höchste, wozu sich ein schwacher Kopf von Erfahrung erheben kann, ist die Fertigkeit, die Schwächen besserer Menschen auszufinden.

Rede eines Selbstmörders kurz vor der Tat aufgesetzt.

Freunde! Ich stehe jetzo vor der Decke im Begriff sie aufzuziehen, um zu sehen ob es hinter derselben ruhiger sein wird als hier. Es ist dieses keine Anwandlung einer tollen Verzweiflung, ich kenne die Kette meiner Tage aus den wenigen Gliedern, die ich gelebt habe, zu wohl. Ich bin müde weiter zu gehen, hier will ich ganz ersterben oder doch wenigstens über Nacht bleiben. Hier nimm meinen Stoff wieder, Natur, knete ihn in die Masse der Wesen wieder ein, mache einen Busch, eine Wolke, alles was du willst aus mir, auch einen Menschen, aber mich nicht mehr. Dank sei es der Philosophie, daß mich jetzo keine fromme Possen in dem Zug meiner Gedanken stören. Genug ich denke, ich fürchte nichts, gut, also weg mit dem Vorhang! – –

Wer recht sehen will, was der Mensch tun könnte, wenn er wollte, darf nur an die Personen gedenken, die sich aus Gefängnissen gerettet haben oder haben retten wollen. Sie haben mit einem einzigen Nagel so viel getan wie mit einem Mauerbrecher.

Der Mensch liebt die Gesellschaft, und sollte es auch nur die von einem brennenden Rauchkerzchen sein.

Es gibt Leute, die zu keinem Entschluß kommen können, sie müssen sich denn erst über die Sache beschlafen haben. Das ist ganz gut, nur kann es Fälle geben, wo man riskiert, mitsamt der Bettlade gefangen zu werden.

Wenn man jung ist, so weiß man kaum, daß man lebt. Das Gefühl von Gesundheit erwirbt man sich nur durch Krankheit. Daß uns die Erde anzieht, merken wir, wenn wir in die Höhe springen und durch Stoß beim Fallen. Wenn sich das Alter einstellt, so wird der Zustand der Krankheit eine Art von Gesundheit, und man merkt nicht mehr, daß man krank ist. Bliebe die Erinnerung des Vergangenen nicht, so würde man die Änderung wenig merken. Ich glaube daher auch, daß die Tiere nur in unsern Augen alt werden. Ein Eichhörnchen, das an seinem Sterbetage ein Auster-Leben führt, ist nicht unglücklicher als die Auster. Aber der Mensch, der an drei Stellen lebt, im Vergangenen, im Gegenwärtigen und in der Zukunft, kann unglücklich sein, wenn eine von diesen dreien nichts taugt. Die Religion hat sogar noch eine vierte hinzugefügt – die Ewigkeit.

Bittschrift der Narren!

My Lords,

Wir Endes Unterschriebnen haben mit Beistand und auf Anraten der unter uns befindlichen Barden, und Druiden unserer Absicht zu entsprechen geglaubt wenn wir eine unsern Köpfen entsprechende oder entsagende Bibliothek hätten. Wir haben Originale und hohen Genius unter uns. Hier in der Ewigkeit, dort in der Ewigkeit, dort, dort, dort ists noch wie ein weißer Punkt, immer kleiner, immer grauer, immer spitzer – – ho, ho – nun ists fort. O wenn wir Worte hätten, ein Buch ein Wort, ein Wort ein Buch, aber hoher Genius und euer Deutsch, eure Grammatik, guckt,

guckt, Colossus badet sich in einem Fingerhut, großer kochender Gedanken-Schwall hebt sich und hebt sich und hebt sich in mir, erst wie das Rauschen des Eichenwaldes in dem Ohr des furchthorchenden Wandrers um Mitternacht, dann kochts deutlicher, dann keichts deutlicher, wie das stürmende Weltmeer in der Ferne, und dann horch, fast wie ein niesendes Regiment. Nun ists gut, Shakespear, so, so. Nun ists gut. Aber Hochzuehrende Herrn. Wir alle waren Kinder und Ihr könnt es wieder werden, wenn hart weich und weich hart bei Euch wird. Sammelt Ihr nicht und lest Ihr nicht? Gut. Wir in diesem Haus sind nicht immer Kinder, zwanzigmal des Tags. Weh! weh! wie schrecklich, die hellen Augenblicke sind die schlimmsten, ihr bedauert uns wegen der unrechten. Der Himmel straft die Vernünftigen mit Narrheit und die Narren mit den kurzen Visiten einer treulos gewordenen Vernunft. Was! Was! Was!

Er hatte seine Bibliothek verwachsen, so wie man eine Weste verwächst. Bibliotheken können überhaupt der Seele zu enge und zu weit werden.

Es wäre vortrefflich, wenn sich ein Katechismus oder eigentlich ein Studienplan erfinden ließe, wodurch die Menschen vom dritten Stande in eine Art von *Biber* verwandelt werden könnten. Ich kenne kein besseres Tier auf Gottes Erdboden: Es beißt nur, wenn es gefangen wird, ist arbeitsam, äußerst matrimonial, kunstreich und hat ein vortreffliches Fell.

Der Mann hat so viel Verstand, daß er fast zu nichts mehr in der Welt zu gebrauchen war.

Wenn ich die Genealogie der Dame *Wissenschaft* recht kenne, so ist die *Unwissenheit* ihre ältere Schwester; und ist denn das etwas so himmelschreiendes, die ältere Schwester zu nehmen, wenn einem die jüngere auch zu Befehl steht? Von allen, die sie gekannt haben, habe ich gehört, daß die älteste ihre eigenen Reize habe; daß sie ein fettes, gutes Mädchen sei, die eben deswegen, weil sie mehr schläft als wacht, eine vortreffliche Gattin abgibt.

Wir fressen einander nicht, wir schlachten uns bloß.

A.: Von der Luft kann man nicht leben.
B.: Ja, aber ohne Luft auch nicht, es ist gut, wenn es einem einmal ein bißchen knapp geht.

Dieser Mann arbeitete an einem System der Naturgeschichte, worin er die Tiere nach der Form der Exkremente geordnet hatte. Er hatte drei Klassen gemacht: die zylindrischen, sphärischen und kuchenförmigen.

Ich lobe mir die Leute, die Nerven haben wie Vierpfennigstricke.

Er wunderte sich, daß den Katzen gerade an der Stelle zwei Löcher in den Pelz geschnitten wären, wo sie die Augen hätten.

Wer eine Scheibe an seine Gartentür malt, dem wird gewiß hineingeschossen.

A.: Warum unterstützen Sie Ihren Schwiegervater nicht?
B.: Warum?
A.: Er ist ein armer Mann.
B.: Aber fleißig, und ich habe nicht Geld genug, um ihn zum Faulenzer zu machen.

»Es gibt sehr viele Menschen, die unglücklicher sind als du« – gewährt zwar kein Dach, darunter zu wohnen, allein sich bei einem Regenschauer darunter zu retirieren, ist das Sätzchen gut genug.

Ich habe schon lange gedacht, die Philosophie wird sich noch selbst fressen. Die Metaphysik hat sich zum Teil schon selbst gefressen.

Er hatte seinen beiden Pantoffeln Namen gegeben.

Ich möchte was darum geben, genau zu wissen, für wen eigentlich die Taten getan worden sind, von denen man öffentlich sagt, sie wären *für das Vaterland* getan worden.

Galgen mit einem Blitzableiter.

Nicht zu vergessen, daß ich einmal die Frage: Was ist das Nordlicht? auf den Graupnerschen Boden mit einer Adresse an einen Engel hinlegte und ganz schüchtern am andern Morgen nach dem Zettel hinschlich.

O, wäre da ein Schelm gewesen, der den Zettel beantwortet hätte!

In der Nacht vom 9. auf den 10. Februar 99 träumte mir, ich speiste auf einer Reise in einem Wirtshause, eigentlich auf einer Straße in einer Bude, worin zugleich gewürfelt wurde. Gegen mir über saß ein junger gut angekleideter, etwas windig aussehender Mann, der ohne auf die umher Sitzenden und Stehenden zu achten seine Suppe aß, aber immer den zweiten oder dritten Löffel voll in die Höhe warf, wieder mit dem Löffel fing und dann ruhig verschluckte. Was mir diesen Traum besonders merkwürdig macht, ist, daß ich dabei meine *gewöhnliche* Bemerkung machte, daß solche Dinge nicht könnten erfunden werden, man müsse sie sehen. (Nämlich kein Romanenschreiber würde darauf verfallen), und dennoch hatte ich dieses doch in dem Augenblick erfunden. Bei dem Würfel-Spiel saß eine lange, hagere Frau und strickte. Ich fragte, was man da gewinnen könnte: sie sagte: *Nichts*, und als ich fragte, ob man was verlieren könne, sagte sie: *Nein!* Dieses hielt ich für ein wichtiges Spiel.

Unsere Erde ist vielleicht ein Weibchen.

Quellenverzeichnis: »Aphorismen« (Auszüge) aus: *Vermischte Schriften.*

Bibliographie: *Auserlesene Schriften*, Bayreuth und Leipzig, 1800. – *Vermischte Schriften*, Göttingen, 1800 bis 1806. – *Gesammelte Werke*, Frankfurt am Main, 1949. – *Schriften und Briefe*, München, 1968 ff.

Charles Fourier

1772–1837

Die ihm wohlgesinntesten Kommentatoren und selbst die begeistertsten Adepten seines ökonomischen und sozialen Systems beklagen bei Fourier einhellig die ausschweifende Phantasie; sie wußten nicht, wie sie die »Extravaganzen«, in denen er sich gefallen hat, vertuschen sollten und haben sich über den »wunderlichen und irren« Aspekt seines Denkens, das doch zumeist so wundervoll gelenkt wird, einfach hinweggesetzt. Wie in ein und demselben Geist das Nebeneinander von hervorragendsten intellektuellen Fähigkeiten und den äußerst großen Hang zur Wahrsagerei erklären? Marx und Engels, die mit ihren Vorläufern so streng verfuhren, haben Fouriers Genialität auf soziologischem Gebiet zu würdigen gewußt; der erstere, indem er anläßlich der »séries passionnelles«, die den Eckstein seines Werkes bilden, daran erinnerte, daß »solche Konstruktionen, ganz wie die Hegelsche Methode, nur kritisiert werden können, indem man zeigt, wie man sie entwickeln muß, und dadurch beweist, daß man sie beherrscht«, und der zweite, indem er ihn vorstellt als »einer der größten Satiriker, der je gelebt hat, und ein unvergleichlicher Dialektiker dazu«. Wie hat Fourier es nur vermocht, solchen Ansprüchen zu genügen und zugleich fast all jene zu verblüffen, die ihm durch seine schwindelerregenden Höhenflüge im Bereich des Unkontrollierbaren und Wunderbaren nahegekommen sind? Seine Naturgeschichte – derzufolge die Kirsche die Frucht der Kopulation der Erde mit sich selbst ist und die Traube die Frucht der Kopulation der Erde mit der Sonne – wurde für rein verrückt gehalten, und man war der Ansicht, daß seine Kosmologie kaum mehr tauge – wo der Erde nur der unbedeutende Platz einer Biene in einem Bienenkorb zukommt, der aus einigen hunderttausend siderischen Welten besteht, deren Gesamtheit einen Doppelvers *bildet, wobei diese* Doppelverse *ihrerseits zu Tausenden in* Dreierversen *geordnet sind und so fort; wo die Schöpfung sich stufenweise vollzieht und in fortgesetzten tastenden Versuchen; wo unsere individuelle Existenz 1260 Verwandlungen durchmacht, die 54 000 Jahre in der anderen Welt und 27 000 in der hiesigen in Anspruch nehmen usw.*

Immerhin ist Fouriers Kosmologie, der man seine aufregendsten Ausschweifungen in Anrechnung bringen kann, im neunzehnten Jahrhundert nicht ohne Wirkung auf den Geist der Dichter und insbesondere auf Victor Hugo gewesen. Dieser letztere hat sie sich im Umgang mit Victor Hennequin zu eigen gemacht und ohne Zweifel auch durch die Lektüre der Werke von Eliphas Lévy (des Ex-Abbés Constant), »der auf dem Wege vom Priesterseminar zur Magie die phalanstersche

Buchhandlung findet und die Theorie der Serien und jene der Anziehungskräfte, die im rechten Verhältnis zu den Schicksalen stehen, unter den Schutz Rabelais' stellt«[1]. *Es wäre an der Zeit, eindeutig festzustellen, was diese Kosmologie wie auch die anderen ungewöhnlichen Thesen, die Fourier vertreten hat, der hermetischen Philosophie verdanken und was nicht, wenn man nur bedenkt, daß die »*Theorie der vier Bewegungen« *die »Entwürfe« von Vorträgen vereinigen sollen, die ihr Begründer während des Konsulats in den Freimaurerlogen gehalten hat. Immerhin steht fest, daß ihre ständige Interferenz mit den kühnsten Plänen sozialer Veränderung, deren Richtigkeit und Ausführbarkeit sich zum großen Teil erwiesen haben, ihnen ein ungewöhnliches Ansehen verleiht. Ihnen ihre Botschaft in Abzug bringen zu wollen, um Fourier annehmbar zu machen, heißt ihn verraten und so tun, als vergäße man, daß Fourier 1818 die absolute Notwendigkeit proklamiert hat, »den Menschenverstand neu zu schaffen und alles, was man gelernt hat, zu vergessen«*[2], *was erforderlich macht, daß man zuerst die weltweiten Übereinkünfte angreift und mit dem angeblichen »gesunden Menschenverstand« aufräumt.*

Baudelaire hat sich in seiner Einschätzung Fouriers zweimal sehr engherzig gezeigt und hat ihm nicht die Anerkennung zollen wollen, die ihm gebührt. »Fourier«, schreibt er in

1 *Auguste Viatte: »Victor Hugo et les Illuminés de son temps«, S. 73.*

2 *»Publication des Manuscripts de Fourier«,* T. IV, *S. 327.*

»L'Art romantique«, »kam eines Tages recht pompös daher und wollte uns die Geheimnisse der Analogie *enthüllen. Ich leugne nicht den Wert einiger seiner minuziösen Entdeckungen, obgleich ich glaube, daß sein Kopf zu sehr in sachliche Exaktheit verliebt war, um nicht Fehler zu begehen, um auf einen Schlag die innere Gewißheit der Intuition zu erlangen ... Im übrigen hatte Swedenborg, der eine weit größere Seele besaß (?), uns schon gelehrt, daß* der Himmel ein vielgroßer Mensch ist; *daß alles, Gestalt, Bewegung, Zahl, Duft im* Geistigen *wie in der* Natur *bedeutsam, reziprok, entgegengesetzt, entsprechend ist.« (Man lese das im Kontext). In seinem Brief vom 21. Januar 1856 an Alphonse Toussenel läßt ihn seine Voreingenommenheit sogar gegen alle Evidenz bestreiten, daß der vortreffliche Autor der »Monde des Oiseaux« Fourier etwas verdanke: »Ohne Fourier wären Sie der gewesen, der Sie sind. Der* Vernunftsmensch *hat nicht darauf gewartet, daß Fourier auf die Welt komme, um zu begreifen, daß die Natur ein Wort ist, eine Allegorie, ein Modell, eine* Reliefarbeit, *wenn Sie so wollen. Wir wissen das, und wir wissen es nicht von Fourier – wir wissen es von uns selbst, und von den Dichtern.« (Die Beschwerde wegen widerrechtlicher Aneignung der Leitgedanken von Swedenborg und Claude de Saint-Martin - die heutzutage noch etwas gründlicher vergessen sind als zu ihrer Zeit – könnte, da man annehmen darf, daß auch sie nicht deren Erben waren, ebenso fälschlich auch gegen Baudelaire vorgebracht werden.)*

Gewiß, die Art und Weise der Aufnahme und Verbreitung dieser Ideen ist bei Fourier einerseits und bei Nerval und Baudelaire andererseits sehr verschieden gewesen. Was bei diesen letzteren ihre unwandelbare Konzeption vom Heiligen bestimmt und bestärkt, entfesselt in dem von Grund auf profanen Geist des ersteren ein Prinzip von Turbulenz, das kein anderes Ziel kennt als die Eroberung des Glücks. Der Kontrast *– in Fouriers System erste »serielle« Bedingung, die die Befriedigung des »Schmetterlings- oder Veränderungstriebes« garantiert – ist die Minerva in Waffen, die jenem Haupt entspringt, wo Hyper-Luzidität und äußerste Strenge auf der Ebene der Gesellschaftskritik sich auf der transzendentalen Ebene mit der vollen Freiheit des Mutmaßens verbinden. »Vielleicht«, so hat man angeregt, »bleibt noch eine schöne Dissertation zu schreiben über den Humoristen und Mystifikator Fourier.«[1] Sicher ist, daß ein Humor sehr hoher Spannung, der von jenem Witz sprüht, mit dem die beiden Rousseau (Jean-Jacques und der Zöllner) Tauschhandel treiben könnten, diesen Leuchtturm des Geistes, einen der hellsten, den ich kenne, dessen Fundament der Zeit trotzt und der bis in die Wolken ragt, mit einem Nimbus umgibt.*

1 »Bei der Prüfung der bereits veröffentlichten Manuskripte zeigt sich, daß alles, was von den Beziehungen der beiden Geschlechter in Harmonie und zu anderen Zeiten handelt, stark gereinigt worden ist. Die Tagebücher 50 bis 54 mit der Ziffer 9 des beim Tode Fouriers aufgestellten Inventar-Verzeichnisses sind unveröffentlicht oder nahezu gänzlich unveröffentlicht.« (Maurice Lansac: »Les Conceptions méthologiques et sociales de Charles Fourier«.) Jüngsten Berichten zu-

folge sollen diese Tagebücher während des Krieges, als man beabsichtigte, die wertvollsten Dokumente aus der Bibliothèque de l'École Normale Supérieure in Sicherheit zu bringen, auf dem heimlichen Abtransport verlorengegangen sein.

Die boreale Krone

Wenn die Menschheit einmal die Erde über den fünfundsechzigsten Grad nördlicher Breite hinaus bebaut hat, wird das Klima auf der Erde milder und gleichförmiger werden; die Brunft unseres Planeten wird an Intensität gewinnen, das Nordlicht wird häufig auftreten, sich am Pol festsetzen und sich zur Form eines Ringes oder einer Krone erweitern. Das Fluidum, das heute nur leuchtet, wird neue Eigenschaften erwerben, die, mit dem Licht auch Wärme zu verbreiten.

Die Krone wird so groß sein, daß sie immer an irgendeinem Punkt die Sonne berührt, deren Strahlen nötig sind, um den ganzen Umfang des Ringes zu entflammen; sie muß der Sonne stets als Bogen erscheinen, selbst bei der stärksten Neigung der Erdachse.

Der Einfluß der borealen Krone wird sich auf einem Drittel ihrer Hemisphäre bemerkbar machen. Sie wird in Petersburg und Ochotsk sichtbar sein wie überall auf sechzig Grad nördlicher Breite.

Vom sechzigsten Grad bis zum Nordpol nimmt die Temperatur zu, so daß der Nordpol selbst sich eines Klimas wie Andalusien oder Sizilien erfreuen wird. Zu dieser Zeit wird die ganze Erde bebaut sein, was eine Milderung um fünf oder sechs Grad erzeugt, ja selbst zwölf, nämlich in den jetzt noch unbebauten Regionen wie Sibirien und dem nördlichen Kanada.

Bevor die zukünftigen Ereignisse dargelegt werden, wollen wir uns gewissen Anzeichen zuwenden, die sie ankündigen: zuerst dem Gegensatz in den Formen der Kontinente, die dem Südpol, und jenen, die dem Nordpol benachbart sind. Die drei südlichen Kontinente sind zu einer Spitze geformt, um die Einflüsse aus dem Polarkreis abzuwenden. An den nördlichen Kontinenten kann man die entgegengesetzten Formen beobachten, in der Nähe des Pols sind sie ausgeweitet, sie gruppieren sich um ihn, um die Strahlen des Lichtkranzes zu empfangen, der ihn eines Tages krönen wird. Ihre großen Flüsse entströmen ihnen in Richtung auf den Pol, als wollten sie eine Verbindung mit dem Eismeer herstellen. Wenn also Gott nicht vorgehabt hätte, dem Nordpol die befruchtende Krone zu geben, so folgt daraus, daß die Stellung der Kontinente um den Nordpol die Arbeit eines Pfuschers wäre und Gott sich mit dieser Arbeit um so lächerlicher machte, als er an dem Gegenpol, auf den südlichen Kontinenten mit größter Weisheit vorgegangen ist. Denn er gab ihnen, die einem Pol nahe sind, der nie eine befruchtende Krone tragen wird, die angemessene Größe.

Man könnte sich höchstens beklagen, daß Gott das Kap Magellans so weit vorgetrieben hat, so daß es heute ein Hindernis bildet. Aber Gott wollte nicht, daß diese Straße befahren werde, sondern daß man durch die Landengen von Suez und Panama schiffbare Kanäle baue. Diese Arbeit und viele andere, vor denen die Zivilisierten zurückschrecken, werden für die Arbeiterheere der sphärischen Hierarchie ein Kinderspiel sein.

Ein anderes Anzeichen, das auf die Entstehung der borealen Krone deutet, ist die fehlerhafte Stellung der Erdachse. Wollte man annehmen, daß die boreale Krone niemals entstehen wird, so müßte die Achse um des Wohls beider Kontinente willen um ein Vierundzwanzigstel oder sieben und einen halben Grad über den Meridian von Sandwich und Konstantinopel höher aufgerichtet sein, so daß diese Hauptstadt sich auf dem »drei« und dreißigsten Grad nördlicher Breite befände; daraus würde sich ergeben, daß auf dem zweihundertfünfundzwanzigsten Längengrad (Lage der Insel Fer) die nördliche Meerenge und die nördlichen Teile von Amerika und Asien entsprechend tiefer im Eis stecken würden; damit wäre der unnützeste Teil der Erde zu Gunsten anderer geopfert.

Solche Betrachtungen über die unschickliche Stellung der Achse sind nie gemacht worden, weil die Philosophie uns von jeder vernünftigen Kritik an den Werken Gottes abhält und uns in zwei entgegengesetzte Richtungen drängt, entweder in den Zweifel an der Vorsehung, oder in blinde und törichte Bewunderung wie die gewisser Gelehrter für Spinnen, Kröten und anderen Unflat, in denen man nur einen Schandfleck der Schöpfung sehen kann, solange man nicht die Gründe für diese Ausgeburten versteht. Ebenso verhält es sich mit der Stellung der Achse, deren falsche Lage zu einer Mißbilligung Gottes hätte führen oder uns die Geburt der borealen Krone hätte voraussehen lassen müssen, die diesen scheinbaren Schnitzer Gottes rechtfertigt. Aber unsere philosophischen Übertreibungen, unser Atheismus oder unsere Bewunderung haben uns von jeder unvoreingenommenen Betrachtung der Schöpfung abgehalten; wir haben weder ihre Fehler korrigiert, noch die materiellen und politischen Umwälzungen vorausgesehen, durch die Gott diese Korrekturen vornehmen wird.

Methode der Vereinigung der Geschlechter in der siebenten Periode (nicht aber in der achten)

In der Welt der Gehörnten kann man neun Grade von Hahnreitum unterscheiden, unter den Männern sowohl wie unter den Frauen, denn diese sind weit mehr die Gehörnten als die Männer; wenn die Hörner der Gatten dem Geweih des Hirsches nicht nachstehen, so erheben sich die der Frauen so hoch wie die Äste der Bäume.

Ich werde mich darauf beschränken, die drei am bestimmtesten abgegrenzten Klassen anzuführen, nämlich den *Hahnrei*, den *Cornett* und den *Cornard*[1].

1. Der *typische Hahnrei* ist ein ehrenwer-

ter, eifersüchtiger Ehemann, der von seiner Schande nichts weiß und sich im Alleinbesitz seiner Frau wähnt. Solange die Welt in löblicher Diskretion seine Illusionen schont, liegt kein Grund vor, ihn zu verhöhnen: kann er denn durch eine Beleidigung, von der er nichts weiß, aufgebracht werden? Die Lächerlichkeit fällt auf den Verführer, der demjenigen schmeichelt und vor ihm kriecht, mit dem er sich wissentlich in die Schöne teilt.

2. Der *Cornett* ist derjenige Gatte, der die Ehefreuden satt hat und der, weil er sich anderswo trösten möchte, nicht zu sehen vorgibt, wie seine Frau sich aufführt, und der sie ganz offen ihren Liebhabern überläßt, mit der Einschränkung, deren Kinder nicht anzuerkennen. Über so einen Gatten gibt es nichts zu spötteln, und er hat im Gegenteil alles Recht, über den Kopfschmuck anderer Witze zu reißen, so, als trüge er selbst keinen.

3. Der *Cornard* ist ein lächerlicher, eifersüchtiger Mensch, der seiner Gattin, von deren Untreue er weiß, auf die Nerven fällt; er ist ein Wüterich, der gegen den Stachel des Schicksals löckt, der aber in seinem Widerstand ungeschickt ist und durch seine unnötige Vorsicht, seinen Zorn und seine Ausbrüche zum Gespött wird. George Dandin von Molière ist der vollendete Typus des Cornard.

1 Die vollständige Aufzählung enthält vierundsechzig Arten, die in Klassen, Ordnungen und Familien eingeteilt sind, vom Cucu en herbe bis zum Cucu posthume; hier schildere ich nur drei Arten, um, wie bei so vielen anderen Gegenständen, erst einmal zu sondieren, welcher Raum der *Abhandlung* angemessen wäre.

Charles Fourier

Einzelheiten einer Schöpfung von übermäßiger Klaviatur

Die Erkenntnis des inneren Zusammenhangs der Natur wäre für uns ganz sinnlos, wenn sie uns nicht die Mittel gäbe, der vorhandenen Not zu steuern, die aus dem Rahmen fallenden Hervorbringungen, die dem Menschen schädlichen Wesen durch Gegengebilde oder nützliche Diener zu ersetzen. Was hülfe es uns, zu wissen, in welcher Reihenfolge jedes Gestirn in die Schöpfung eingegriffen hat; zu wissen, daß Pferd und Esel in ihrer Art vom Saturn geschaffen wurden; Zebra und Quagga vom Proteus (einem nicht entdeckten Stern, der gleichwohl existiert, da man in allen Bereichen seine Wirkung sieht); daß in seiner Art Jupiter Rind und Bison gab und Mars Kamel und Dromedar? Außer diesen Einzelheiten bliebe uns nur die ärgerliche Gewißheit, daß diese Gestirne, die man für müßige Wanderer hielt, im Gegenteil auf unserer Erdkugel siebenmal mehr als nötig getan haben, da sie uns eine Ausstattung gaben, die zu sieben Achteln schädlich ist.

Was wirklich wertvoll für uns sein wird, ist die Kunst, die Gestirne durch Arbeit an Gegengebilden wieder auf die Bühne der Schöpfung zu führen, eine Arbeit, durch die uns jenes, das uns den Löwen gab, nun als Gegengebilde einen herrlichen gefügigen Vierfüßler geben wird, ein geschmeidiges Reittier, den Antilöwen, mit dem, bei rechtzeitigem Wechsel, ein Reiter, der morgens von Calais oder Brüssel aufgebrochen ist, in Paris frühstücken, in Lyon mittagessen und in Marseille soupieren kann, weniger ermüdet von einem solchen Tage als einer unserer Kuriere, der mit verhängtem Zügel reitet; denn das Pferd ist ein plumpes und simples Reittier (Einhufer), im Vergleich zum Antilöwen, was ein ungefederter Wagen neben einem gefederten Wagen ist. Das Pferd wird nur noch für Gespanne und Paraden benutzt, dann nämlich, wenn man einmal die Familie der elastischen Reittiere hat, den Antilöwen, den Antitiger, den Antileoparden, die dreimal so groß sein werden wie ihre heutigen Entsprechungen. So wird der Antilöwe in waagerechtem Laufe mit jedem Schritt leicht vier Klafter zurücklegen, und der Reiter wird auf dem Rücken dieses Läufers so weich sitzen wie in einer wohlgefederten Berline. Es wird ein Vergnügen sein, diese Welt zu bewohnen, wenn man dort im Genuß derartiger Diener steht.

Diese neuen Formen der Schöpfung, deren Anfang man binnen fünf Jahren erleben kann, werden solche Bereicherungen im Übermaß *auf allen Gebieten der Natur* ergeben, in den Meeren wie auf dem Lande. Anstatt Walfische und Haie, Flußpferde und Krokodile zu schaffen – hätte man nicht ebensogut wertvolle Diener schaffen können:

Antiwalfische, die bei Flauten die Schiffe ziehen;

Antihaie, die beim Fischfang helfen;

Antiflußpferde, die unsre Flußschiffe ziehen;

Antikrokodile oder Helfer am Fluß;

Antirobben oder Reittiere des Meeres?

All diese glänzenden Hervorbringungen werden notwendige Ergebnisse einer Schöpfung mit gegenbildnerischen Aromen sein, die mit einem sphärischen Aromalbad beginnen wird, das die Meere von ihren Bitumina reinigt.

Ersparen wir uns, die nächsten Wunder zu malen: weit entfernt, die Leser zufriedenzustellen, ermüdet diese Aussicht eine Generation, die zur Respektlosigkeit, zum Zweifel an der Vorsehung erzogen wurde, und die in ihrer Querköpfigkeit wähnt, Gott habe, um Gutes zu tun, weniger Macht, als er hat, um Übles zu tun, dessen siebenfache Überzahl er zu feindlichen Schöpfungen hat ordnen müssen, so wie er das Gute in siebenfacher Überzahl zu harmonischen Schöpfungen ordnen sollte.

Geläufige Nachweise des Grauen Stars

Ist die Harmonie einmal hergestellt, so muß es eine der ersten Maßnahmen sein, einen Kongreß von Sprachwissenschaftlern und Naturforschern einzuberufen, um eine einheitliche Sprache zu schaffen, die auf der Analogie mit den Schreien der Tiere und andern Bezeugungen der Natur beruhen muß. Diese Arbeit wird mindestens ein Jahrhundert dauern; und um sie zu vollenden, muß man *einen untrüglichen Kompaß* haben, *den bekannt zu machen die Zeit noch nicht da ist.*

Interpunktion

Außer dem Alphabet der Buchstaben muß man eins der Interpunktion schaffen, das die gleiche Zahl von Zeichen enthalten muß; dieses ist so vollkommen unbekannt, daß die Franzosen nur sieben Interpunktionszeichen haben, nämlich , ; : . ! ?). Die eckige Klammer ist nicht mehr im Gebrauch, sie war das achte; was die Akzente é è ê ë betrifft, so sind es Zeichen für verschiedene Vokale und keine Interpunktionen. Das gleiche gilt vom Apostroph, der ein eigenes Zeichen erforderte und nicht ein nach oben gerücktes Komma. In dieser Hinsicht ist unsere Sprache so arm, daß man genötigt ist, entweder einen Punkt oder zwei Punkte zu benutzen; was zur Verwirrung führt.

Ich hatte eine Arbeit über die Skala der Interpunktionen begonnen, ich hatte diese auf fünfundzwanzig Zeichen ausgedehnt, gestützt auf Beispiele, die die Zweideutigkeit unserer heutigen Zeichen deutlich machen: ich habe diese Arbeit verloren, noch ehe sie vollendet war, und habe sie seither nicht wieder begonnen. Bemerken wir hierzu, daß das erste und unterste unserer Zeichen, *Komma* genannt, mindestens vierfach differenziert werden muß, um den verschiedenen Bedeutungen des Kommas, seinen Sinnwerten zu entsprechen, deren unendliche Abwandlungen verworren durch ein einziges Zeichen ausgedrückt werden: das ist der Gipfel der Unordnung. Genauso ist es mit den anderen Zeichen, sie haben einen dreifachen oder vierfachen Sinn: die Interpunktion der zivilisierten

Sprachen ist ein wahres Chaos, ganz wie die Orthographie, die in jeder Pariser Druckerei anders ist. Die Akademie hat mit ihrem finsteren Grundsatz, die Korrektur auch der am meisten ins Auge springenden Mängel nicht zu erlauben, die Leute von Geist derartig aufgebracht, daß daraus ein allgemeiner Aufruhr geworden ist, eine allumfassende Anarchie der Grammatik.

Der Elefant, der Hund ...

Definieren wir zuerst eine echte und eine falsche Tugend, und zwar durch den Vergleich zwischen dem Elefanten und dem Hund: der eine von ihnen ist ein Wahrzeichen edler Freundschaft, der andre falscher Freundschaft.

1. Die Freundschaft. – Sie ist edel beim Elefanten; immer stimmt sie mit der Ehre überein. Er hat nicht die niedrige Gesinnung des Hundes, der, auch wenn er manchmal grundlos geschlagen wird, keine Erinnerung daran bewahrt. Der Elefant erträgt gerechte Züchtigungen, aber er läßt sich nicht ohne Grund mißhandeln; Beleidigungen vergibt er nicht; im übrigen ist seine Freundschaft genauso unerschütterlich, so ergeben wie die des Hundes. Diese edle Freundschaft ist die gleiche, die zu kollektiven und korporativen Bindungen führt; die kriecherische Freundschaft des Hundes jedoch begünstigt nur den Despotismus, jene Herrschaftsform der zivilisierten und barbarischen Völker, in der keineswegs

die edlen Leidenschaften regieren, die man beim Elefanten wahrnehmen kann. Die Despoten lieben die Freundschaft des Hundes, der, ungerecht mißhandelt und erniedrigt, auch weiterhin dem, der ihn beleidigt hat, dient und ihn liebt.

2. Die Liebe. – Sie ist beim Elefanten sittsam und treu: anstößig und verbrecherisch ist sie beim Hund, der unter Vierfüßlern in der Liebe am niedrigsten ist und mit dieser Leidenschaft sämtliche Laster verbindet, wie die zivilisierten Völker, in deren Liebesverhältnissen Arglist, Betrug und Unterdrückung vorherrschend sind.

3. Die Vaterschaft. – Sie ist verständig und achtbar beim Elefanten. Er will keine Kinder erzeugen, die im Unglück leben würden, und er enthält sich der Vermehrung, sowie er nicht mehr frei ist. Damit erteilt er den zivilisierten Völkern eine Lektion, die an ihren Kindern zu Mördern werden durch die Menge, in der sie sie erzeugen, ohne sicher zu sein, für ihr Wohlergehen sorgen zu können. Die Moral oder Theorie der falschen Tugend treibt sie, Kanonenfutter zu produzieren, Scharen von Rekruten, die sich aus Not selber verkaufen müssen. Diese unbedachte Vaterschaft nämlich ist eine falsche Tugend, Egoismus der Lust. Auch hat die Natur den Elefanten vor diesem Laster bewahrt, der das Vorbild der vier affektiven Leidenschaften ist, genommen in ihrem wahrhaft sozialen und für umfassende Bindungen günstigen Sinn. Der Hund, Wahrzeichen der falschen Tugenden, hat die Gabe jener falschen Vaterschaft, die ganze Scharen in die Welt setzt, Würfe von

elf Jungen (elf: die erste der antiharmonischen Zahlen), Haufen, von denen drei Viertel durch Waffen, Zähne oder Hunger umkommen müssen.

4. Die Ehre. – Ist die vierte beim Elefanten ausgebildete Tugend; doch nicht jene Ehre nach dem Moralkodex, die die Verachtung der Reichtümer predigt und will, daß man aus der hohlen Hand trinkt, wie weiland Diogenes. Der Elefant will nicht nur gute Nahrung (80 Pfund Reis pro Tag); er schätzt außerdem einen großen Luxus in Kleidung, Delikatessen, Geschirr und Getränken; wenn Silbergeschirr durch Tongeschirr ersetzt wird, fühlt er sich erniedrigt.

Wenn der Elefant Muster der vier sozialen Tugenden ist, so muß er, wenn das Bild treu sein soll, uns auch das Los der in der Zivilisation zum Spott gewordenen Tugend zeigen. So hat ihn denn auch die Natur mit Schmutz bedeckt. Er selber liebt es, sich mit Staub zu bestreuen, als Bild des tugendhaften Menschen, der lieber die Straßen des Elends einschlägt, als daß er nach einem Reichtum strebt, den er nur durch Anwendung aller Laster erreichen könnte: Erpressung, Gemeinheit, Bestechlichkeit, Ungerechtigkeit, Schacher, Börsenschwindel, Preiswucher, Zinswucher. Die Natur hätte diesem edlen Wesen einen reichen Mantel geben können wie den des Tigers; doch wäre das ein Widersinn gewesen, ein falsches Porträt; denn in unsern Gesellschaftsordnungen führt die echte und wahrhaft achtbare Tugend allein zur Armut; ich sage die echte Tugend und nicht die Tugenden der Philosophie, Weisheit des Chamäleons, das sich zu allen Niederträchtigkeiten hergibt, wenn sie nur zum Reichtum führen.

Die Natur hat dem Elefanten Stoßzähne aus Elfenbein gegeben, sehr kostbare Waffen, in Analogie zu unserem gesellschaftlichen Zustand, der den Luxus der Gewalt vorbehält, der unproduktiven herrschenden Klasse. Auch trägt der Rüssel, der Waffe und Werkzeug zugleich ist, nur ein ärmliches Haarkleid, denn er ist produktiv, und der Elefant muß den Zustand der Geschäftigkeit und der Tugend zum Ausdruck bringen, beide Opfer von Ungerechtigkeit und Verspottung. Als Wahrzeichen des Schicksals der Tugend ist er lächerlich, wenn man ihn von *hinten* sieht, und zwar durch den Kontrast zwischen seiner Kruppe und seinem dürftigen und unschönen Schwanz.

Seine äußerst kleinen Augen stehen in auffallendem Kontrast zu den riesigen Ausmaßen seines Körpers. Das ist ein Abbild der eingeengten Aussichten des tugendhaften Menschen ... Seine Ohren stehen zu seinen Augen im Gegensatz. Ihr mächtiger Umfang und ihre zerquetschte Form stellen das Leiden des guten Menschen dar, der nur die Sprache der Heuchelei und der Verderbtheit in unseren Gesellschaftsordnungen hört, wo die einen die Tugend preisen, ohne sie doch zu üben, die anderen unverschämt das glückliche Laster preisen. Der gerechte Mensch ist von dieser doppelten Sprache der Verkommenheit niedergedrückt und wund; sein Ohr ist davon zerquetscht, nur Lug und Trug zu hören: Dies Mißgeschick ist im Ohre des Elefanten abgebildet.

Quellenverzeichnis: »Die boreale Krone« und »Methode der Vereinigung ...« (Auszüge) aus: *Theorie der vier Bewegungen und der allgemeinen Bestimmungen.* Übersetzung: Gertrud von Holzhausen. Mit freundlicher Genehmigung der Europäischen Verlagsanstalt, Frankfurt am Main. »Einzelheiten einer Schöpfung von übermäßiger Klaviatur« (Auszug) aus: *Traité de l'Association domestique-agricole.* Übersetzung: Johannes Hübner. »Geläufige Nachweise des Grauen Stars« (Auszüge) aus: *Le Nouveau Monde industriel et sociétaire.* Übersetzung: Johannes Hübner. »Der Elefant, der Hund ...« (Auszüge) aus: *Dernières Analogies.* Übersetzung: Johannes Hübner.

Bibliographie: *Théorie des quatre Mouvements,* 1806. – *Traité de l'Association domestique-agricole,* 1822. – *Le Nouveau Monde industriel et sociétaire,* 1829. – *Pièges et Charlatanisme des deux sectes de Saint-Simon et d'Owen,* 1831. – *La fausse Industrie morcelée,* 1835/36. – *Publication des Manuscrits de Fourier dans »La Phalange«, Die harmonische Erziehung,* Berlin 1958. – *Theorie der vier Bewegungen ...,* Frankfurt am Main 1966. – *Œuvres complètes, 1967.*

Thomas de Quincey

1784–1859

»De Quincey«, sagt Baudelaire, »liebt in hohem Maße die Ausschweifung; die Bezeichnung Humorist *paßt auf ihn besser als auf jeden anderen; er vergleicht sein Denken einmal mit einem Thyrsus, diesem einfachen Stab, der sein ganzes Gepräge und seinen ganzen Reiz von dem wirren Blattwerk bekommt, das ihn umrankt.« In seinen beiden berühmten Erinnerungen (1827 und 1839), zusammengefaßt unter dem Titel: »Der Mord als eine schöne Kunst betrachtet«, ist er bestrebt, das Verbrechen nicht länger an seinem, wie er sagt, »moralischen Griff« anzupacken, sondern außer-gefühlsmäßig, rein intellektuell, und es einzig und allein im Verhältnis zu den mehr oder weniger bemerkenswerten Fähigkeiten, von denen es Gebrauch macht, zu betrachten. Von dem überaus konventionellen Entsetzen, das er einflößt, abgesehen, will der Mord seiner Meinung nach* ästhetisch *behandelt und vom Standpunkt der Qualität aus beurteilt werden, geradeso wie eine Plastik oder ein klinischer Fall. Als Gegenstand reiner Spekulation, zu dem er damit wird, eignet er sich zumal in dem Maße, wie er gewisse Vorausset-*

zungen erfüllt: Rätselhaftigkeit, Unbestimmbarkeit der Motive, Überwindung von Schwierigkeiten, Ausmaß und Eklat des Gelingens. Wenn nur eine dieser Bedingungen glänzend erfüllt wird, kann das für ausreichend gelten: »Es gibt ... von Thurtell den unausgeführten Plan der Ermordung eines Menschen mit einem Paar Hanteln, den ich sehr bewundere.« Einer der Helden des Buches, Kröte-in-ihrem-Loch, eine höchst besorgniserregende konvulsivische Person, ist identisch mit dem »Alten vom Berge, Vorläufer und Meister des Genres«, »Gleißendem Licht«, der später Alfred Jarry betören wird[1]? In einem Postskriptum von 1854 zu seinem Buch, das er der Beschreibung dreier exemplarischer Morde widmet, rechtfertigt der Autor die gesuchte Extravaganz seiner Ausführungen damit, daß ihm nichts ferner liegt, als bei einem so heiklen Thema aller Heiterkeit abzuschwören, und beruft sich des langen auf das Beispiel Swift.

»Der Leser«, sagt de Quincey anderswo, »wird vielleicht glauben, daß ich zu scherzen beliebe, doch ist es eine alte Gewohnheit von mir, im Leid zu spaßen.«[2] Kaum ein Leben war so pathetisch wie das seine, kaum eine Lebensgeschichte so grausam und so wunderbar. Er ist noch nicht siebzehn, als er aus der Schule in der Provinz, wo er auf Wunsch seiner Vormünder bleiben soll, ausreißt. Schon bald auf den Hund gekommen, irrt er in Wales umher, sich gerade nur von Brombee-

1 Siehe »Les Jours et les Nuits«.
2 »Bekenntnisse eines Opiumessers.«

ren und Hagebutten ernährend, gelangt jedoch nach London, wo er Obdach findet in einem großen verlassenen Haus, in dem ein Geschäftsmann mit dem Kopf eines Marders seine Mahlzeiten einnimmt und das Tag und Nacht ein furchtsames zehnjähriges Mädchen beherbergt, welches bei diesem rätselhaften Menschen die Stelle der Dienerin vertritt. Sein Gastgeber überläßt ihm mittags seine Brotkrusten, und das kleine Mädchen, das auf dem bloßen Fußboden schläft, kuschelt sich des Nachts an ihn. Auf seinen Streifzügen durch London verliebt sich der junge de Quincey, der es sich zum philosophischen Grundsatz gemacht hat, mit allen Menschen, denen er begegnet, Männern, Frauen und Kindern, vertraulich sich zu unterhalten, platonisch in eine sechzehnjährige Prostituierte, Anne, ein überaus zartfühlendes und unschuldiges Geschöpf. Baudelaire hat davon geträumt, »einem Engel eine Feder aus seinem Flügel« zu stibitzen, um zu beschreiben, was sie an Liebe und Leid verbindet. »Die arme Anne«, erzählt Marcel Schwob, »eilte auf Thomas de Quincey zu . . . ohnmächtig lag er auf der breiten Oxford Street unter den großen hellen Laternen. Mit feuchten Augen führte sie ihm ein Glas süßen Weins an die Lippen, herzte und küßte ihn. Dann verschwand sie in der Nacht. Vielleicht starb sie kurz darauf. Sie hustete, sagte de Quincey, als ich sie das letzte Mal sah. Vielleicht aber irrte sie noch durch die Straßen; doch trotz aller Nachforschungen, die er anstellte, obgleich er von den Leuten, die er nach ihr fragte, ausgelacht wurde, blieb Anne für immer verschwunden.

Als er später ein schönes warmes Haus hatte, dachte er oft unter Tränen daran, daß die arme Anne dort bei ihm hätte leben müssen, anstatt sie sich krank oder sterbend oder zu Tode betrübt in der abscheulichen Atmosphäre eines Londoner B... vorzustellen; und sie hatte die ganze armselige Liebe seines Herzens mitgenommen.«[1]

Für immer verschwunden? Nein, denn sie taucht siebzehn Jahre später wenigstens in den Träumen des Opiumessers wieder auf (erst 1812 hatte er begonnen, zu dieser Droge zu greifen, um die Qualen zu lindern, die von seiner frühen und allzu langen Bekanntschaft mit dem Hunger herrührten). Ihre strahlende Erscheinung mildert noch einmal die Angst vor dem völligen Verlust, die bei de Quincey die schreckliche Kehrseite der »erstaunlichsten, verwirrendsten und herrlichsten Vision« ist.

Niemand hat mit dem menschlichen Elend so tiefes Mitleid gezeigt wie de Quincey. Bei seinem innigen Wunsch nach weltweiter Verbrüderung begeistert er sich 1819 für Ricardos »Grundlagen politischer Ökonomie« und ist bestrebt, zur Entwicklung der neuen Wissenschaft auch selber beizutragen (»Prolegomena für alle künftigen Systeme politischer Ökonomie«). Schon wegen dieses Mitgefühls hat es nie einen größeren Verächter des guten Rufs gegeben: »Die wenigen Menschen, die auf dieser Welt meinen Abscheu erregt haben, waren zumeist erfolgreiche und angesehene Leute. Was die Schurken betrifft, die ich ken-

1 *»Le Livre de Monelle.«*

nengelernt habe, und es waren ihrer nicht wenige, denke ich an sie, an alle ohne Ausnahme, mit Freuden und Wohlwollen.«

Der Mord als eine schöne Kunst betrachtet

Aber es ist jetzt wohl die Zeit, Ihnen ein paar Prinzipien zur Kunst des Mordes an Hand zu geben, weniger für Ihre praktische Arbeit als zur Übung des kritischen Intellekts. Alten Weibern und der Masse der Zeitungsleser gefällt ja rein alles, vorausgesetzt, daß genügend Blut dabei fließt. Doch der denkende Mensch verlangt mehr. Lassen Sie mich daher bitte erstens vom personellen Objekt sprechen, das sich für die Zwecke des Mörders am besten eignet; zweitens von den lokalen Bedingungen; und drittens über die Abhängigkeit von zeitlichen und anderen, weniger wichtigen, Tatumständen.

Was die Person angeht, so halte ich es für evident, daß sie ein »guter Mensch« sein muß. Ist diese Forderung nicht erfüllt, dann besteht die Gefahr, daß das präsumtive Opfer selber Mordabsichten hat. Es kann zum Handgemenge Mörder gegen Mörder kommen. Das ist als Kuriosität ganz reizvoll, strenger ästhetischer Kritik hält es nicht stand. Ich will keine Namen nennen, aber ich könnte leicht mehrere Fälle aufzählen, wo in einer dunklen Allee jemand umgebracht wurde und hinterher der Tatverlauf sonnenklar zu sein schien. Bei genauerer Prüfung stellte sich dann heraus, daß die Ermordeten selber die Absicht gehabt hatten, ihre Mörder zu überfallen, auszurauben und, falls die physischen Kräfte es zulassen, auch noch umzubringen. Wo aber das geschieht, ja wo nur die Möglichkeit besteht, daß es geschehen könnte, dort sind wir mit den genuinen Ausdruckswerten der Kunst am Ende. Denn der finale Sinn des Mordes ist doch der gleiche wie in der Tragödie, die Aristoteles als die Kunst definiert, »das menschliche Herz durch Furcht und Mitleid zu läutern«. Vielleicht ist Furcht hier noch mit im Spiel. Allein, wie soll man Mitleid empfinden, wo ein Tiger den andern zerfleischt?

Ebenso klar scheint mir zu sein, daß das Mordopfer niemand sein darf, der im öffentlichen Leben steht. Ein Künstler mit Urteil würde zum Beispiel niemals daran gedacht haben, Abraham Newland[1] zu ermorden. Denn den Namen dieses Mannes las jeder Mensch in London so oft, daß er für das große Publikum ein abstrakter Begriff geworden war, wenn auch die wenigsten ihn jemals gesehen hatten. Ich entsinne mich, daß ich einmal gesprächsweise erwähnte, ich hätte in einem Caféhaus zusammen mit Abraham

1 Abraham Newland, Chefkassierer der Bank von England, im Jahre 1807 gestorben, ist heute völlig vergessen. Zur Zeit jedoch, als dieses Buch entstand (1827), war von allen Namen in England der seine wohl der populärste, denn man las ihn auf allen großen und kleinen Banknoten, und ein Vierteljahrhundert hindurch (ganz besonders während der Französischen Revolution) war dieser Name das Garantiezeichen höchster Sicherheit im Papiergeldverkehr.

Newland gespeist, und werde nie die ungläubigen Blicke vergessen, die mir das eintrug. Es war, als hätte ich behauptet, Prester John sei mein Billardpartner, oder der Papst habe sich mit mir duelliert. Übrigens gehört der Papst gleichfalls in die Kategorie der zum Mordopfer gänzlich ungeeigneten Persönlichkeiten. Als Vater der Christenheit besitzt er die Tugend der Allgegenwart. Man hört beständig von ihm, sieht ihn allerdings so selten wie den Kuckuck, und die Vermutung liegt nahe, auch er sei darum bereits zu einer abstrakten Größe geworden. Etwas anderes freilich ist es, wenn eine Person im öffentlichen Leben steht und Parties gibt, bei denen »das letzte Raffinement der Saison« aufgeboten wird. In einem solchen Fall darf man überzeugt sein, es nicht mit einer abstrakten Größe zu tun zu haben, und der Ermordung einer Persönlichkeit dieser Kategorie stünde nichts im Wege. Allerdings wäre dann die Tat in die Klasse der Meuchelmorde einzuordnen, von denen ich bisher noch nicht gesprochen habe.

Drittens. Das auserwählte Opfer muß vollkommen gesund sein. Eine kranke Person umzubringen, die dem Mörder keine Gegenwehr leisten kann, ist krasse Barbarei. Aus diesem Grunde sollte man sich niemals einen Schneider im Alter von über fünfundzwanzig Jahren aussuchen. Denn von diesem Alter an leiden die meisten unter ihnen schon an Störungen im Verdauungstrakt. Will man aber auf die Jagd in diesen Revieren nicht verzichten, dann sollte man nach alter Waidmannsregel wenigstens eine Potenz von neun, also achtzehn, siebenundzwanzig oder sechsunddreißig auf einmal zur Strecke bringen. Gerade hier, in dieser zarten Rücksicht auf das Befinden kranker Menschen, verrät sich wieder der durchgehende Effekt jeglicher Kunstausübung, daß sie nämlich veredelnd und verfeinernd wirkt. Die Welt da draußen, meine Herren, schreit nach Blut. Sie verlangt von einem Mord weiter nichts, als daß Blut in Strömen fließt. Sie will die grelle Schau. Das ist ihr genug. Aber der Kenner ist damit nicht zufrieden. Sein Geschmack ist anspruchsvoller. Hat er doch die veredelnde Wirkung seiner Kunst schon am eigenen Leibe erfahren, denn

»Ingenuas didicisse fideliter artes
Emollit mores, nec sinit esse feros.«

Ein philosophischer Parteigänger unserer Sache, bekannt für seine Menschenfreundlichkeit und Nächstenliebe, stellt das Postulat auf, der Ermordete müsse eine Schar hilfloser, unversorgter Kinder hinterlassen; das sei zur Steigerung des artistischen Effektes unerläßlich. Ich gebe gern zu, daß eine bestimmte letzte Perfektion auf diese Weise zu erzielen ist. Indessen, wo das vom Künstler gekürte Opfer moralisch und gesundheitlich sonst auf der Höhe ist, möchte ich dieser Einengung nicht das Wort reden.

Quellenverzeichnis: »Der Mord als eine schöne Kunst betrachtet« (Auszug) aus: *Bekenntnisse eines englischen Opiumessers und andere Schriften.* Übersetzung: Walter Schmiele. Mit freundlicher Genehmigung des Henry Goverts Verlags, Stuttgart.

Bibliographie: *Confessions of an English Opium Eater,* 1822. – *On Murder as one of the Fine Art,* 1827. – *Bekenntnisse eines englischen Opiumessers und andere Schriften,* Stuttgart 1962.

Pierre-François Lacenaire

1800–1836

»Ich gelange auf einem schlechten Wege zum Tode«, sagte er, »ich muß zu ihm eine Treppe hinaufsteigen.«

Deserteur und Urkundenfälscher in Frankreich, Mörder in Italien, dann Raubmörder in Paris und, wie er selbst gesagt hat, »ständig finstere Pläne gegen die Gesellschaft schmiedend«, widmet Lacenaire die wenigen Monate vor seiner Hinrichtung dem Schreiben seiner »Mémoires, révélations et poésies« und tut sein möglichstes, die spektakuläre Anziehungskraft seines Prozesses noch zu verstärken. Die Erinnerung an seine Opfer, den Schweizer aus Verona, einen seiner ehemaligen Mithäftlinge, Chardon, und dessen Mutter, bringt ihn ebensowenig wie das Bild des Kassenboten, den er, in der Absicht, ihn zu berauben, zu töten versuchte, auch nur einen Augenblick von der halb zerstreuten, halb belustigten Haltung ab, die er bis zum Ende der Verhandlung bewahrt. Ohne im geringsten zu versuchen, seinen Kopf zu retten, macht er sich einen letzten grausamen Spaß daraus, seine Komplizen zu belasten, die sich wenigstens verteidigen, während er selbst sich darauf beschränkt, für seine Verbrechen eine materialistische Rechtfertigung vorzubringen. In moralischer Hinsicht hat es wohl nie ein ruhigeres Gewissen gegeben als das dieses Banditen.

Am Vorabend seines Todes zieht er die Priester auf, die ihn belästigen, und treibt seinen Scherz mit den Phrenologen und Anatomikern, die ihm auflauern; er gesteht, »kleine Anwandlungen von Melancholie« zu haben, die ihn »belustigen«; in der Nacht ist er drauf und dran, dem Wachtposten durch das Gitter Kuckuck *zuzurufen.*

Ein Kritiker, der jüngst das Zentenar eines berühmten Werkes von Balzac feierte, schrieb: »1836, als das Buch erschien und von der Presse kühl aufgenommen und sogar bekrittelt wurde, schwärmte man gerade wahnsinnig für Lacenaire, den eleganten Mörder im blauen Gehrock, den Gerichtshofdichter und Theoretiker des ›Rechts auf Verbrechen‹, und schien an dem ganzen Zauber von »Lys dans la Vallée« nicht sogleich Geschmack zu finden.«

Träume eines zum Tode Verurteilten

Wie ist man, wenn man träumt,
so glücklich! ...
Auch ohne Schlaf, welch süßer Wahn.
Kaum eine Stunde, schon entwickl' ich
Den allerherrlichsten Roman.
Schaff eine Welt mir nach Belieben,
Die besten Lose sind für mich,
Mir das des Königs zuzuschieben,
Das wagt' ich nie – wie könnte ich.

Auf meinem Ruhesitz, dem leisen,
Um meine Zukunft unbesorgt,
Laß ich mich von Chimären speisen,
Auch von Erinnrung wird geborgt;
Ihr Träume, frisch aus Jugendquellen,
Noch frei von Unglück und Verdruß,
Kommt, mir mein Alter zu erhellen:
Alt ist man, wenn man sterben muß.

Manchmal, in prächtigem Palaste,
Versamml' ich Mädchen weit und breit;
Noch öfter ich im Grünen raste,
Hab dort die Lise nur zur Seit.
Der Flor auf ihrer Brust, der schönen,
Reißt mich noch weit zu träumen hin.

Nur daß, um diesen Traum zu krönen,
Ich leider ganz alleine bin.

Zuweilen, in bescheidner Hütte,
Als Vater froh, als Gatte zart,
Sitz ich in der Familie Mitte,
Kinder und Weib um mich geschart;
Auch bin ich Buch und Brief gewogen
Im Schatten unter dichtem Baum;
Ach! ein Gewitter kommt gezogen,
Warum ist er so kurz, der Traum?

Rêves d'un condamné à mort

Que l'on est heureux quand on rêve! . . .
Sans dormir, rêver c'est charmant.
En moins d'une heure, ainsi j'achève
Le plus agréable roman.
Je me crée un monde à ma guise,
Tous les meilleurs lots sont pour moi,
Aussi jamais je ne m'avise
De me choisir celui de roi.

Dans ma retraite solitaire,
Peu soucieux de l'avenir,
Je me repais de ma chimère
En y mêlant un souvenir;
Rêves si frais de ma jeunesse,
Que le malheur n'a pu flétrir,
Venez égayer ma vieillesse:
On est vieux quand on va mourir.

Parfois, dans un palais superbe,
Je rassemble mille beautés;

Rêves

Plus souvent étendu dans l'herbe,
Je n'ai que Lise à mes côtés;
La gaze que son sein soulève
Malgré moi m'invite à rêver.
C'est grand dommage pour ce rêve
Que l'on soit seul à l'achever.

Tantôt, dans un humble chaumière,
Heureux père et sensible époux,
J'ai près de moi ma bonne mère,
Et mes enfants sur mes genoux;
A l'ombre d'un épais feuillage,
Je lis et j'écris tour à tour;
Mais, hélas! survient un orage,
Pourquoi ce rêve est-il si court?

Quellenverzeichnis: »Träume eines zum Tode Verurteilten« (Auszug) aus: *Mémoires, Révélations et Poésies.* Übersetzung: Johannes Hübner.

Bibliographie: *Mémoires, Révélations et Poésies de Lacenaire,* 1836.

Christian Dietrich Grabbe

1801–1836

Der durch und durch schlechte Ruf, der Grabbes Leben anhaftet, ist nicht einmal seiner Kindheit erspart geblieben. Kein Autor ist von seinen Biographen derber gescholten worden, keiner hat der Kritik, der unwissenschaftlichsten und dünkelhaftesten, nämlich der moralisierenden, mehr Handhabe geboten. Man weiß, daß er unter den schlechtesten Einflüssen aufwuchs: Sein Vater leitete eine Besserungsanstalt, von seiner Mutter erbte er die Neigung zum Trinken. Als Student der Rechte in Berlin schreibt er mit achtzehn Jahren sein erstes Drama, »Herzog Theodor von Gothland«, ist für eine Weile die Hoffnung der romantischen Schule, aber enttäuscht schon bald die Erwartungen des Publikums, das zu schockieren, ja zu ärgern er sich nicht verkneifen kann. Selbst Heine und Tieck, die ihm freundschaftlich verbunden sind, können seinen unverträglichen Charakter und seine unglaubliche Zügellosigkeit nicht lange ertragen. Nachdem er sich als Schauspieler versucht hat, wendet er sich erneut dem Jurastudium zu und übt in seiner Vaterstadt eine Zeitlang den Beruf eines Ad-

vokaten und danach den eines Auditeurs aus. Zu dieser Zeit heiratet er, zögert aber nicht, seine Frau zu verlassen, und wird seines Amtes enthoben. Von dem Theaterleiter Immermann angestellt, Rollen abzuschreiben, findet er sich nur sehr schlecht in dieses neue Leben, wird vom Alkohol völlig zerrüttet und stirbt im Hause seiner Frau, dem wohl einzigen Menschen, der noch bereit war, ihn aufzunehmen.

In Grabbes dramatischem Werk nimmt das Stück »Scherz, Satire, Ironie und tiefere Bedeutung« einen besonderen Platz ein. Eine kurze Analyse könnte die Vorzüge eines Werkes, dessen geniale Possenhaftigkeit nie übertroffen wurde, nur eben ahnen lassen. Es schlug zu seiner Zeit wie eine Bombe ein und hat bis heute mehr Aufführungen erlebt als irgendein anderes.

Scherz, Satire, Ironie und tiefere Bedeutung

I

Heller, warmer Sommertag
(Der Teufel sitzt auf einem Hügel und friert)

Teufel. 'S ist kalt, – kalt – in der Hölle ist's wärmer! – Satirische Großmutter hat mir zwar, weil sieben am häufigsten in der Bibel vorkommt, sieben Pelzhemdchen, sieben Pelzmäntelchen und sieben Pelzmützchen angezogen, – aber's ist kalt, – kalt – Hol mich Gott, es ist sehr kalt! – – Könnt' ich nur Holz stehlen oder 'nen Wald anzünden, – 'nen Wald anzünden! – Alle Engel, 's wäre doch kurios, wenn der Teufel erfrieren müßte! – – Holz stehlen, – Wald anzünden – anzünden! – stehlen –

(Er erfriert)

II

Ein Naturhistoriker (tritt auf, botanisierend): Wahrhaftig, es finden sich in dieser Gegend seltene Gewächse; Linnäus, Jussieu

– Herr Christus, wer liegt hier auf der Erde? Ein toter Mensch, und, wie man deutlich sieht, erfroren! Nun, das ist doch sonderbar. Ein Wunder, wenn es nämlich ein Wunder gäbe! Wir schreiben heute den 2. August, die Sonne steht flammend am Himmel, es ist der heißeste Tag, den ich je erlebt habe, und der Mensch da wagt es, unterwindet sich's, gegen alle Regeln und Beobachtungen weiser Männer zu erfrieren! – Nein, es ist unmöglich, absolut unmöglich! Ich will meine Brille aufsetzen!

(Er setzt sich die Brille auf)

Sonderbar! sonderbar! Ich habe meine Brille aufgesetzt, und der Kerl ist nichtsdestoweniger erfroren! Höchst sonderbar! Ich will ihn zu meinen Kollegen bringen!

(Er packt den Teufel beim Kragen
und schleppt ihn mit sich fort)

III

Saal auf dem Schlosse

(Der Teufel liegt auf dem Tische
und die vier Naturhistoriker
stehen um ihn herum)

Erster Naturhistoriker. Sie geben mir zu, meine Herren, es ist mit diesem Toten ein verwickelter Casus.

Zweiter Naturhistoriker. Wie man es nimmt! Es ist nur schlimm, daß seine Pelzkleider so labyrinthisch zugeknöpft sind, daß selbst der Weltumsegler Cook sie nicht würde aufknöpfen können.

Erster Naturhistoriker. Sie geben mir zu, daß es ein Mensch ist!

Dritter Naturhistoriker. Gewiß! er hat fünf Finger und keinen Schwanz.

Vierter Naturhistoriker. Hier ist also nur die Frage zu lösen, was es für ein Mensch sein mag.

Erster Naturhistoriker. Richtig! Dabei kann man aber nicht vorsichtig genug zu Werke gehen; obschon es also heller Tag ist, so rate ich doch, daß man noch außerdem ein Licht anzündet.

Dritter Naturhistoriker. Sehr wahr, Herr Kollege!

(Sie zünden ein Licht an und setzen es neben den Teufel auf den Tisch)

Erster Naturhistoriker (nachdem sie alle vier den Teufel mit der angestrengtesten Aufmerksamkeit betrachtet haben). Meine Herren, ich denke jetzt mit diesem rätselhaften Kadaver im klaren zu sein, und ich hoffe, daß ich mich nicht irre. Bemerken Sie diese zurückgestülpte Nase, diese breiten, großmäuligen Lippen, – bemerken Sie, sage ich, diesen unnachahmlichen Zug von göttlicher Grobheit, welcher über das ganze Antlitz ausgegossen ist, und Sie werden nicht zweifeln, daß Sie einen unsrer jetzigen Rezensenten, und zwar einen echten, vor sich liegen sehen.

Zweiter Naturhistoriker. Lieber Kollege, ich kann nicht so völlig mit Ihrer übrigens außerordentlich scharfsinnigen Meinung übereinstimmen. Nicht zu erwähnen, daß unsre heurigen Rezensenten, besonders die Theaterkritiker, mehr einfältig als grob sind, so spüre ich auch in diesem toten Gesichte kein einziges von den Merkmalen, welche Sie uns aufzuzählen belieben. Ich gewahre im Gegenteil durchaus etwas Mädchenartiges darin; die buschigen, überhängenden Augenbrauen deuten auf jene zarte, weibliche Verschämtheit, welche sogar ihre Blicke zu verstecken trachtet, und die Nase, welche Sie zurückgestülpt nennen, scheint sich vielmehr aus Höflichkeit zurückgebeugt zu haben, um dem schmachtenden Liebhaber einen recht großen Platz zum Kusse offen zu lassen; – genug, wenn mich nicht alles trügt, so ist dieser erfrorene Mensch eine Pastorstochter.

Dritter Naturhistoriker. Ich muß gestehen, mein Herr, daß mir Ihre Hypothese etwas gewagt vorkommt. Ich vermute, daß es der Teufel ist.

Erster und zweiter Naturhistoriker. Das ist ab initio unmöglich, denn der Teufel paßt nicht in unser System!

Vierter Naturhistoriker. Streiten Sie sich nicht, meine wertgeschätzten Kollegen! Nun will ich Ihnen m e i n e Meinung sagen, und ich wette, daß Sie derselben sofort beistimmen werden. Betrachten Sie die enorme Häßlichkeit, welche uns aus jeder Miene dieses Gesichtes entgegenkreischt, und Sie sind ja gezwungen, mir einzuräumen, daß solch eine Fratze gar nicht existieren könnte, wenn es keine deutsche Schriftstellerinnen gäbe.

Die drei andren Naturhistoriker. Ja, es ist eine deutsche Schriftstellerin; wir weichen Ihren triftigern Argumenten.

Vierter Naturhistoriker. Ich danke Ihnen, meine Kollegen! – Aber, was ist das? Sehen Sie auch, wie die Tote, seitdem wir ihr das brennende Licht vor die Nase gesetzt haben, anfängt sich zu regen? Jetzt zuckt sie mit dem Finger, – jetzt schüttelt sie mit dem Kopf, – sie macht die Augen auf, – sie ist lebendig!

Teufel (sich auf dem Tische emporrichtend): Wo – bin ich? – Hu, friere noch immer!

(Zu den Naturforschern): Bitte, meine Herren, machen Sie doch dort die beiden Fenster zu, – ich kann den Luftzug nicht recht gut vertragen!

Der erste Naturhistoriker (indem er die Fenster zumacht): Sie haben gewiß eine schwache Lunge!

Teufel (indem er vom Tische herunterklettert): Nicht immer! Wenn ich in einem wohleingeheizten Ofen sitze, nicht!

Zweiter Naturhistoriker. Wie? Sie setzen sich in einen wohleingeheizten Ofen?

Teufel. Ja, ich pflege mich bisweilen hineinzusetzen.

Dritter Naturhistoriker. Eine merkwürdige Gewohnheit!

(Er schreibt es auf)

Vierter Naturhistoriker. Nicht wahr, Madam, Sie sind eine Schriftstellerin?

Teufel. Schriftstellerin? Was soll das heißen? Solche Weiber plagt der Teufel, aber Gott behüte den Teufel, daß sie der Teufel selbst wären.

Alle vier Naturhistoriker. Was? also doch der Teufel? der Teufel?

(Sie wollen davonlaufen)

Teufel (beiseit): Ha, nun kann ich einmal weidlich lügen!

(Laut) Meine Herren, meine Herren!

wohin? Beruhigen Sie sich! Sie werden doch vor keiner Spielerei, die ich mit meinem Namen mache, davonlaufen?

(Die Naturhistoriker kehren wieder um)

Ich heiße Teufel, aber ich bin's wahrhaftig nicht!

Erster Naturhistoriker. Mit wem denn haben wir die Ehre zu sprechen?

Teufel. Mit Theophil Christian Teufel, Generalsuperintendenten in herzoglich – – schen Diensten, Ehrenmitglied einer Gesellschaft zur Beförderung des Christentums unter den Juden, und Ritter des päpstlichen Zivilverdienstordens, welcher mir nämlich im Mittelalter vom Papste dafür, daß ich ihm den Pöbel in steter Furcht erhielt, verliehen worden ist.

Vierter Naturhistoriker. So müssen Sie ja schon ein bedeutendes Alter erreicht haben!

Teufel. Sie irren, ich bin erst 11 Jahr alt.

Dritter Naturhistoriker (zum zweiten): Das ist der größte Lügenbeutel, den ich je gesehen habe.

Zweiter Naturhistoriker (zum dritten): So wird er den Damen sehr gefallen! –

Teufel (ist dem Lichte näher gerückt und hat unwillkürlich den Finger hineingesteckt).

Erster Naturhistoriker. Herr Gott, was machen Sie da Herr Generalsuperintendent? Sie stecken ja den Finger in's Licht!

Teufel (verwirrt; den Finger zurückziehend): Ich – ich liebe es, den Finger in's Licht zu stecken!

Dritter Naturhistoriker. Sonderbare Passion!

(Schreibt es auf)

Der Teufel, den man im heißesten August erfroren ins Schloß gebracht hat, schlägt dem Freiherrn Mordax vor, er wolle ihm die junge Baronin Liddy verschaffen, und stellt dafür zwei Bedingungen: Erstens muß Mordax seinen ältesten Sohn Philosophie studieren lassen, und zweitens muß er 13 Schneidergesellen ermorden.

Freiherr. Dreizehn Schneidergesellen ermorden! Weswegen denn gerade Schneidergesellen?

Teufel. Weil es die Unschuldigsten sind.

Sie feilschen um die Zahl der Schneidergesellen und einigen sich schließlich auf zwölf. Dem Dreizehnten sollen nur ein paar Rippen zerbrochen werden. Der Teufel kauft die junge Frau ihrem Verlobten Wernthal für 19 999 Taler, 18 Groschen und 2 Pfennige ab, eine Summe, die nach genauem Abwägen von Liddys physischen und moralischen Qualitäten errechnet wurde (z. B. zieht der Teufel 5 Groschen und 2 Pfennige ab, weil Liddy »Verstand hat«). Man kommt überein, daß der Dichter Rattengift das junge Mädchen in das Waldhäuschen von Lopsbrunn locken solle.

Der Dichter Rattengift ist gerade auf der Suche nach einer poetischen Inspiration. Er blickt aus dem Fenster und sieht einen Jungen, der im stillen Winkel ein natürliches Bedürfnis befriedigt, kein passendes Sujet. Doch dort drüben sitzt ein alter Mann, der ein Stück hartes Brot kaut, und Rattengift schreibt begeistert folgende Verse:

Ich saß an meinem Tisch und kaute Federn,
So wie der Löwe, eh' der Morgen grauet,
Am Pferde, seiner schnellen Feder kauet –
Teufel (tritt ein): Entsetzen Sie sich nicht! Ich habe Ihre Gedichte gelesen!

»Ganz natürlich«, vertraut der Teufel ihm an; denn die Verdammten beschäftigten sich vorzugsweise mit der denkbar jämmerlichsten Literatur, der deutschen.

Rattengift. Ei, wenn die deutsche Literatur in der Hölle das Hauptgeschäft ist, – was mag es denn darin für kuriöse Nebenbeschäftigungen geben?

Teufel. Nu, in den Nebenstunden machen wir gewöhnlich aus den Geistern, weil sie unsichtbar und deshalb auch durchsichtig sind, Fensterscheiben oder Brillengläser. So hatte neulich meine Großmutter, als sie die sonderbare Grille bekam, das Wesen der Tugend einzusehen, sich die beiden Philosophen Kant und Aristoteles auf die Nase gesetzt; da es ihr aber dadurch nur immer dunkler vor den Augen wurde, so machte sie sich statt dessen eine Lorgnette aus zwei pommerschen Bauern und konnte nun so deutlich sehen, als sie nur wollte.

Warum ist der Teufel auf die Erde gekommen? »Weil in der Hölle gescheuert wird.« Alle die unsterblichen Heroen und Genies, nach denen Rattengift den Teufel fragt, sind in der Hölle. Marquis Posa, der Maler Spinarosa, desgleichen Schillers Wallenstein und Millners Hugo; ferner Shakespeare, Dante, Horaz – letzterer als Ehemann Maria Stuarts –, Schil-

ler, Ariost – der sich einen neuen Regenschirm gekauft hat –, Calderon, etc ...

Der Schulmeister, ein Unikum à la Groucho Marx, der seine akademische Beredsamkeit über ein paar unglückliche Zöglinge aus dem Dorfe und über seine Zechgenossen ausschüttet, hält einen längeren Monolog und bemerkt dann erst Mollfels:

Schulmeister (emporblickend): Herr Mollfels?! – Ich bin entzückt vor freudiger Überraschung! – – Wie hat's Ihnen in Italien, dem Lande, wo die Steine sprechen, gefallen? Gewahrt man an der Venus von Medici noch immer keine Altersschwäche? Der Papst hatte doch nicht mit dem Stiefel in den Dreck getreten, als Sie ihm den Fuß küßten? Ist –

Schulmeister. Haben Sie auch gehört, Herr Tobies, daß vor einer Stunde im Wirtshause ein Zahnarzt angekommen ist, der die Zähne umsonst auszieht?

Tobies. Meinetwegen! Sehen Sie, ich habe ein paar Reihen Zähne, die so gesund sind, daß ich meine Heugabel daran scharf wetzen könnte.

Schulmeister. Was tut das? Sie haben das Ausziehen umsonst! So was muß man mitnehmen!

Tobies. Ja, das ist auch wahr! Man muß ein Profitchen nicht verschmähen. Ich will hingehn und mir alle meine Backenzähne ausreißen lassen!

(Er geht ab)

Um den Teufel einzufangen, schwankt der bezechte Schulmeister allein in den Wald. Er trägt auf dem Rücken ein riesiges Vogelbauer. Er setzt den Käfig ab, legt ein paar unzüchtige Bücher hinein und versteckt sich im Gebüsch. Der Teufel tritt schnüffelnd auf.

Schulmeister. Ha, da ist er schon! Wie es ihm in die Nase sticht!

Teufel. Ich rieche hier zweierlei! Links etwas Unzüchtiges, Kinderverhinderndes, – rechts etwas Versoffenes, sich mit Kindern Beschäftigendes.

Schulmeister. Schwerenot, das ist doch keine Anspielung auf mich?

Teufel (indem er auf die Kodons zugeht): Das Unzüchtige zieht mich gewaltig an, (sich nach dem Schulmeister wendend), aber auch das Versoffene kirrt mich nicht minder, – (stehenbleibend) wenn ich nur wüßte, welches von beiden das unmoralischste wäre!

(Er schnüffelt stärker)

Schulmeister (in großer Angst): Alle Henker, mein Gewissen!

Teufel. Ich hab's heraus: Das Versoffene, sich mit Kindern Beschäftigende zu meiner Rechten ist das schlimmste, und das Unzüchtige, Kinderverhindernde zu meiner Linken ist, damit verglichen, die wahre Unschuld!

Der Teufel fällt auf die List herein. Er fängt sich in dem Käfig,[1] *und wird erst befreit*

1 wird in das Waldhäuschen gebracht ... (Anm. d. Ü.)

durch das Dazwischentreten seiner Großmutter – einer blühenden jungen Frau in russischem Winteranzug –, in deren Begleitung sich Nero und Tiberius befinden (Nero steht draußen auf der Treppe und putzt Reitstiefel, sein »Kamerad« Tiberius liegt auf der Bleiche und trocknet seine Wäsche).

Die ganze Gesellschaft, einschließlich der jungen Baronin Liddy, findete sich im Waldhäuschen zu Lopsbrunn zusammen.

Rattengift (am Fenster): Aber wer kommt dort noch mit der Laterne durch den Wald? Es scheint, daß er seinen Weg hierher richtet!

Schulmeister (ebenfalls am Fenster): O so schlage der Donner darein! Kommt mir der Kerl mit seiner Laterne noch spät in der Nacht durch den Wald, um uns den Punsch aussaufen zu helfen! Das ist der vermaledeite Grabbe, oder wie man ihn eigentlich nennen sollte, die zwergigte Krabbe, der Verfasser dieses Stücks! Er ist so dumm wie'n Kuhfuß, schimpft auf alle Schriftsteller und taugt selber nichts, hat verrenkte Beine, schielende Augen und ein fades Affengesicht! Schließen Sie vor ihm die Tür zu, Herr Baron, schließen Sie vor ihm die Tür zu!

Grabbe (draußen vor der Tür:) O du verdammter Schulmeister! Du unermeßlicher Lügenbeutel!

Schulmeister. Schließen Sie die Tür zu, Herr Baron, schließen Sie die Tür zu!

Liddy. Schulmeister, Schulmeister, wie erbittert sind Sie gegen einen Mann, der Sie geschrieben hat!

(Es klopft)

Herein!

(Grabbe tritt herein mit einer brennenden Laterne)

Quellenverzeichnis: »Scherz, Satire, Ironie und tiefere Bedeutung« (Auszüge).

Bibliographie: *Scherz, Satire, Ironie und tiefere Bedeutung*, 1827. – *Don Juan und Faust*, 1829. – *Napoleon oder die hundert Tage*, 1831. – *Hannibal*, 1835. – *Werke und Briefe*, 1960.

Pétrus Borel

1809–1859

»Yo soy que soy« (Ich bin der ich bin), dieser Satz, der Borels Devise war, ist auch der letzte, den Swift drei Jahre vor seinem Tod ausgesprochen hat, als er sich gerade mitleidig im Spiegel betrachtete und man sich beeilte, das in seiner Reichweite liegende Messer zu entfernen. Und Pétrus Borel hält auf dem Porträt, das als Frontispiz in seinem Versband »Rapsodies« erschien, einen Dolch auf seine Brust gerichtet. Sein »Champavert, Contes immoraux«, »ein Buch, das seinesgleichen sucht, eine schaurige Mystifikation, der Scherz einer grauenvollen Phantasie«, in dem »das halb komische, halb abstoßende grausige Wort« (Jules Claretie) triumphiert, und seine herrliche »Madame Putiphar«, ein Werk, das ein mächtiger revolutionärer Atem durchweht (Jules Janin vergleicht es in den »Débats« gehässigerweise mit den Werken des Marquis de Sade), sind voller Situationen, die zugleich zum Lachen reizen und zu Tränen rühren, und voller spritziger Einfälle, in denen schmerzlichste Aufrichtigkeit sich verbindet mit einem geschärften Sinn für Provokation, mit einem unwiderstehlichen Bedürf-

nis nach Herausforderung. »Ich möchte Sie um einen Gefallen bitten«, sagt einer der Helden Borels, der Schüler Passereau, zum Henker. »Ich möchte Sie untertänigst bitten und wäre Ihnen für diese Gefälligkeit sehr dankbar, wollten Sie sich dazu herablassen, mir gütigst die Ehre und die Liebe anzutun, mich zu guillotinieren ... – Was soll das? – Ich habe den sehnlichen Wunsch, daß Sie mich guillotinieren!« Der Stil des Schriftstellers, auf den sich wie auf keinen anderen das Epitheton »frenetisch« anwenden läßt, und seine geflissentlich barocke Schreibweise scheinen es darauf abzusehen, beim Leser einen relativen Widerstand gegen die Gemütsbewegung, in die man ihn versetzen will, zu provozieren, ein Widerstand, der auf der äußerst eigentümlichen Form beruht, ohne die die höchst alarmierende Botschaft des Autors wohl auch nicht vernommen werden würde.

Die nach Louis Boulangers Gemälde von Célestin Nanteuil angefertigte Lithographie bewahrt uns den Ausdruck jener »glänzenden und traurigen großen Augen«, von denen Théophile Gautier spricht, der hinzufügt: »Man fühlt, daß er kein Zeitgenosse ist, nichts an ihm erinnert an den Menschen von heute, er muß aus längst vergangenen Zeiten stammen.« Ein gewisser zwiespältiger Eindruck entsteht in der Tat durch den Kontrast zwischen diesem Ausdruck und dem gespenstischen Äußeren des aufrecht stehenden Mannes, der eine Hand auf den Kopf seines Hundes gelegt hat, jenes Hundes, der sterben mußte, weil er sein Elend zu lange geteilt hatte. Dieses Elend war so groß, daß sich

Borel nach dem Erscheinen von »Champavert« genötigt sah, um nicht zu verhungern, serienweise Preisverleihungsreden zu verfassen. 1846, durch diese Lohnarbeit zermürbt, physisch gealtert und in seinem Wesen kaum wiederzuerkennen, bewirbt er sich durch Gautier um den damals vakanten Posten des Kolonialinspektors von Mostaganem. Kurz nach seiner Ankunft des Amtes enthoben, in Constantine dann wieder mit dem Amt betraut, wird er abermals abgesetzt und muß sich in seiner Verzweiflung als Landarbeiter verdingen. Bis zum Ende ist dieser Mann, dem das Leben wenig erspart hat, den Naturkräften gegenüber ohne Arg. Unter der glühenden Sonne lebend, sagt er, »warum sollte ich mir den Kopf bedecken. Die Natur macht ihre Sache schon richtig, und es steht uns nicht an, sie zu korrigieren. Wenn mir die Haare ausfallen, so weil es sich für meinen Kopf jetzt ziemt, kahl zu bleiben.« Binnen weniger Tage stirbt er an einem Sonnenstich.

Rhapsodien[1]

Die mich nach diesem Buch beurteilen und an mir verzweifeln, werden sich täuschen; die mir ein großes Talent zuschreiben, täuschen sich auch. Ich übe mich nicht in Bescheidenheit, denn für die, die mich nur leeres Stroh zu dreschen bezichtigen, habe ich meine poetische Überzeugung, ich lache darüber.

Ich habe nichts mehr zu sagen, außer, daß ich als Einleitung sehr wohl eine Lobrede hätte liefern können, oder meine Sittenbeschreibung, oder auch über die Kunst ein langes Traktat *ex professo*; aber es widerstrebt mir, mit meinem Vorwort hausieren zu gehn; und dann, wär es nicht lächerlich, so viel zu sagen bei einem so winzigen Anlaß? Ich denke trotzdem daran; ich habe da ein paar Proben, die von Politik infiziert sind: wird man mich nicht in den Bann tun und als Republikaner verschreien? – Um jedem Verhör zuvorzukommen, sage ich also frei heraus: Ja, ich bin Republikaner! Frage man doch den Herzog von Orléans, ich meine den Vater, ob er sich der Stimme erinnert, die

1 Einleitung.

ihm, als er am 9. August zum Eid auf die Verfassung in die Ex-Kammer ging, folgte und ihm mitten im Jubel einer betrogenen Volksmenge Freiheit und Republik ins Gesicht schrie? Ja! Ich bin Republikaner, doch nicht die Juli-Sonne hat diesen hohen Gedanken in mir zur Blüte gebracht, ich bin es von Kind auf, doch nicht Republikaner mit rotem oder blauem Hosenband zur Jakobinerjacke, der im Wagenschuppen Reden schwingt und Pappeln pflanzt; ich bin Republikaner, wie ein Luchs das Wort verstünde: mein Republikanertum ist Lykanthropie! – Wenn ich von Republik spreche, dann vor allem, weil dieses Wort für mich die größte Unabhängigkeit bedeutet, die innerhalb von Zivilisation und Gesellschaft möglich ist. Ich bin Republikaner, weil ich nicht Karibe sein kann; ich brauche eine enorme Menge an Freiheit: wird die Republik sie mir geben? Ich selbst weiß es nicht aus Erfahrung. Doch wenn diese Hoffnung wie so viele andere Illusionen einst mit Enttäuschung endet, bleibt mir nur der Missouri! ... Wenn man auf dieser Welt ein Los hat wie ich, wenn man durch so viele Übelstände verbittert ist und träumte dann von Gleichheit, riefe nach dem Agrargesetz, man würde nichts andres als leeren Beifall ernten.

Manche sagen vielleicht: Dies Buch ist das Werk eines Verrückten, eines von jenen romantischen Böcken, die wieder die Seele und den lieben Gott in Mode gebracht haben, die nach Meinung der Superschwätzer Kinder fressen und Grog in Totenschädeln machen. Um diese Leute kann ich leicht einen

Bogen schlagen, ich weiß, wie sie aussehen.

Die Stirn eingedrückt oder von Geburtszangen verengt, die Haare spärlich, auf jeder Seite der Wangen einen Streifen behaarter Schwarte, den Kopf in einem Kragen vergraben, der ein doppeltes Dreieck aus weißem Leinen bildet, den Hut wie ein Ofenrohr, den Rock geschweift und einen Regenschirm.

Die Leute, die sagen: Das ist das Werk eines irren Saint-Simonisten! ... die Leute, die sagen: Das ist das Werk eines Republikaners, eines Königsfressers: richtet ihn hin! ... Diese Leute sind Kleinkrämer ohne Kundschaft: die Höker ohne Kunden freilich sind Tiger! ... Notare, die bei einer Veränderung der Verhältnisse alles zu verlieren haben: ein Notar ist für Louis-Philippe wie ein Posamentierer! ... Das sind die braven Leute, die unter Republik nur Guillotine und Assignaten verstehen. Für sie heißt die Republik nur Kopf ab. Von Saint-Justs hoher Mission haben sie nichts verstanden: ihm werfen sie ein paar unvermeidliche Dinge vor, und dann bewundern sie die Blutbäder Buonapartes! – und seine acht Millionen Gefallenen!

Den Leuten, die sagen: Dies Buch hat einen Vorstadtgeruch, der widerlich ist, ihnen wird man zur Antwort geben, daß in der Tat der Verfasser dem König nicht das Bett gemacht hat.

Ist das nicht übrigens ganz im Geiste einer Epoche, in der die Regierenden stumpfsinnige Diskontierer und Flintenhändler sind und der Monarch ein Mann, dessen Münzen und Medaillen die Umschrift tragen: »Gelobt sei Gott und meine Kramläden!«

Um sich über all das zu trösten, bleibt uns glücklicherweise der Ehebruch! der Tabak aus Maryland! und papel español por cigaritos.

Händler und Dieb ist einunddasselbe

Ein Armer, der aus Not die mindeste Kleinigkeit stiehlt, wird eingekerkert; aber die Händler eröffnen, mit allerhöchster Erlaubnis, Läden am Rande der Wege, um die Vorübergehenden auszuplündern, die sich zu ihnen verirren. Diese Diebe haben weder Nachschlüssel noch Brecheisen, aber sie haben Waagen, Geschäftsbücher, Waren, und keiner kommt bei ihnen heraus, ohne sich sagen zu müssen, ich bin geschröpft worden. Diese Diebe im Kleinen werden auf lange Sicht reich, ja erwerben Besitz, wie sie sich selbst unverschämterweise auch als Eigentümer bezeichnen.

Bei der geringsten politischen Unruhe versammeln und bewaffnen sie sich, schreien, man wolle sie plündern, und ziehen los, um jedes großzügige Herz niederzumachen, das sich gegen die Tyrannei empört.

Stumpfsinnige Trödler! Ihr müßt gerade von Eigentum sprechen und dabei wie Räuber über die Rechtschaffenen herfallen, die an euren Ladentischen arm gemacht werden!... Verteidigt doch eure Besitztümer! Ihr übles Pack vom Lande! Das die Felder im Stich gelassen und sich auf die Stadt gestürzt hat, wie Horden von verhungerten Raben und Wölfen, um das Aas der Stadt auszusaugen; verteidigt doch eure Besitztümer! ... Dreckige Roßtäuscher! Was besitzt ihr denn ohne eure barbarischen Plünderungen? Was besitzt ihr denn ... wenn ihr nicht Messing für Gold verkauftet, flüssige Farbe statt Wein, ihr Giftmischer!

Ich glaube nicht, daß man reich werden kann, ohne ein Raubtier zu sein, nie wird ein sensibler Mensch etwas zusammenbringen.

Um reich zu werden, muß man nur eine einzige Idee im Kopfe haben, einen starren, harten, unwandelbaren Gedanken, die Begierde, blindlings Gold zu häufen, und um diesen Goldhaufen erfolgreich zu vergrößern, muß man Wucherer, Gauner, unerbittlich, Erpresser und Mörder sein! Vor allem aber die Schwachen und Kleinen mißhandeln!

Und wenn dieses Gebirge von Gold gehäuft ist, kann man hinaufsteigen und von der Höhe des Gipfels, mit lächelndem Munde, das Tal der Elenden betrachten, die man selber elend gemacht hat.

Der Großhandel plündert den Kaufmann, der Kaufmann plündert den Händler, der Händler plündert den Heimarbeiter, der Heimarbeiter plündert den Fabrikarbeiter, und der Fabrikarbeiter stirbt vor Hunger.

Nicht die mit ihren Händen arbeiten, machen ihr Glück, sondern die Ausbeuter anderer Menschen.

Ich werde nichts über die Todesstrafe sagen, genug beredte Stimmen haben sie gebrandmarkt, seit Beccaria: aber ich werde aufstehen und Schande rufen über den Belastungszeugen, ihn mit Schmach bedecken! Begreift man, wie einer als Belastungszeuge auftreten kann? ... Was für ein Scheusal! Allein die Menschheit gibt solche Beispiele von Ungeheuerlichkeit! Existiert eine durchtriebenere, zivilisiertere Barbarei als die Aussage des Belastungszeugen? ...

In Paris gibt es zwei verrufene Häuser, das eine für Diebe, das andere für Mörder; das für Diebe ist die Börse, das für Mörder der Justizpalast.

Der Leichenträger

Sie wollen eben mit Freunden in fröhlicher Runde rauchen und erwarten zur Erfrischung einen Kasten Weißbier – klopf! klopf! man pocht an ihre Tür: »Wer ist da?« – »Ich bin's, Monsieur, ich bringe den Kasten.« – »Weiß?« – »Ja, Monsieur.« – »Gut: stellen Sie ihn ins Vorzimmer, und kommen Sie morgen die Flaschen abholen.« Der Mann gehorcht und zieht sich zurück. Aber welche Überraschung, wenn Sie, sowie der Mann weg ist, hinausgehn und eine scheußliche Sargkiste vor der Nase haben!

... Allen Scherz, alle Antithesen beiseite, wenn die alte französische Fröhlichkeit mit ihrem dicken Wanst und ihren kleinen Karnevalstuten wirklich noch in einem Winkel der Erde blüht, dann, glauben Sie mir, ich sage Ihnen die Wahrheit, dann gewiß beim Leichengepränge. Dort wird Tabarins Narrenbühne noch gepflegt. – Nirgend als dort läßt Momus noch seine Schellen klappern. – So sind, meine Herren Leichenfuhrpächter (denn seit der Verordnung vom Jahre XII hat man auch die Toten in Pacht gegeben, ganz wie den Tabak), die Leute, die ihr euch in Trauer gebadet und voller Grabschriften vorstellt, bei Gott und der Ehre! im Gegenteil lustige Brüder, fidele Kerle, die alles auf der Welt von der besten Seite nehmen und tapfer drauflos leben! Mehr oder minder reizende Chansonsänger sind es, allesamt oder doch beinah alle großartige Operettendichter, die auf diese Weise am Boulevard, am Palais-Royal, auf dem Jahrmarkt und in den Katakomben zugleich das Monopol innehaben. – Und wenn sie uns abends dahin gebracht haben, vor Lachen zu sterben, dann lassen sie uns am nächsten Tag auch beerdigen.

Allerseelentag ist das Fest der Beerdigungsinstitute, der Karneval des Leichenträgers! Wie kurz erschien dieser Tag nach Allerheiligen, aber wie glanzvoll war er!... Schon am Morgen versammelte sich die ganze Belegschaft in neuen Röcken, und während die Herren Pächter, in elegantestem Trauergewand, mit ihrem lässig über die Schulter geworfenen Mantel, ihre Freigebigkeit entfalteten, kreisten Gläser und Krüge, leerte man in aller Eile ein beachtliches Faß. Dann gab ein Herold das Signal zum Aufbruch, und man stürzte sich in die Equipagen; mit hängender Zunge, in gestrecktem Galopp ging's los, und bald erreichte man das »Höllenfeuer«, eine bei gutem Wetter sehr geschätzte Kneipe. Dort war in einem einsamen Garten, unter einem großartigen Katafalk, eine lange Tafel aufgestellt (das Tischtuch war schwarz und mit silbernen Tränen und gekreuzten Totengebeinen aus Stickerei übersät), und bald nahm jedermann Platz. – Man servierte die Suppe in einem Grabdenkmal –, den Salat in einem Sarkophag –, die Sardellen in Särgen! – Man ließ sich auf Grabsteinen nieder –, setzte sich auf Zypressen; die Pokale waren Urnen, man trank Biere von Totenbahren; man aß Pfannkuchen, dünn wie Trauerflöre; und indem man der Natur nachgeformten Gelees Bezeichnungen gab wie Embryos in weißer Sauce, Waisenragout, Greisenklein, Kürassierfilets, verschlang man die leckersten und aufwendigsten Gerichte. – Alles war reichlich nach Menge und Größe! – Alles wurde in Bergen serviert! – Dem gegenüber war das Hochzeitsmahl des Gamache nur eine Fastenspeise und Rubens' Kirmes nur eine betrübliche Szene. – Die Geister belebten und erhitzten sich mehr und mehr, und wie ein Schlag tausend Funken aufsprühen läßt, ergossen sich schließlich die Scherze nach allen Seiten – prasselten die Bonmots wie Regen hernieder – heckten die Gassenhauer ganze Würfe von Jungen. – Man sang, man schrie, man brachte Gesundheiten aus auf die Verstorbenen, stieß auf das Wohl des Todes an, und bald entfesselte sich die ungeheuerste, die wildeste Orgie. Alles ging drunter und drüber! Alles ging kurz und klein! Alles ging futsch! Alles ging durcheinander. Man hätte sagen mögen: ein Massengrab, das von den Trompeten des Jüngsten Gerichts aus dem Schlafe gerissen wird. – Dann, als sich das erste Getümmel etwas gelegt hatte, zündete man den Punsch an; und in seinem höllischen Leuchten improvisierten ein paar Leichenträger, die leere Särge mit Darmsaiten bespannt, aus Haaren Geigenbogen und aus Schienbeinen Flöten gemacht hatten, eine abscheuliche Musik, und als nun in die Menge Ordnung kam, formierte sich ein riesiger Rundtanz und drehte sich unaufhörlich um sich selbst, indem er schreckliche Schreie ausstieß wie eine Runde von Verdammten der Hölle.

Quellenverzeichnis: »Rhapsodien« (Auszug). Übersetzung: Johannes Hübner. »Händler und Dieb ist ein und dasselbe« (Auszug) aus: *Champavert*. Übersetzung: Johannes Hübner. »Der Leichenträger« (Auszug) aus der Zeitschrift *L'Artiste*. Übersetzung: Johannes Hübner.

Bibliographie: *Rhapsodies*, 1831. – *Champavert, contes immoraux*, 1833. – *Madame Putiphar*, 1839.

Edgar Allan Poe

1809–1849

Wenn es auch Edgar Allan Poes Hauptforderung gewesen war, wie es in seiner »Philosophie der Komposition« heißt, die Vollendung des Kunstwerks zwecks der zu erzielenden Wirkung von vorheriger methodischer Anordnung seiner Elemente abhängig zu machen, muß man doch annehmen, daß er auf diese Strenge oft verzichtet hat, um der Phantasie in seinem Werk freien Lauf zu lassen. Was immer man auch sagen mochte, seine Vorliebe für das Künstliche und Außergewöhnliche sollte in nicht wenigen Fällen über seinen Vorsatz, alles genau zu berechnen, den Sieg davontragen: Man kann sich schlecht vorstellen, daß dieser Liebhaber des Zufalls nicht liebend gern mit den Zufällen des Ausdrucks gerechnet haben soll. Wir erinnern uns des scheinbaren Unterschieds, den Paul Valéry vor ungefähr zwanzig Jahren gesprächsweise zwischen dem festzustellen versuchte, was er die »seltsamen« und die »absonderlichen« Zufälle nannte. Nur die ersteren fanden Gnade vor seinen Augen, und Poe gehörte natürlich mit in diese Kategorie. Anderen, wie zum Beispiel Jarry, machte er den Vorwurf, daß sie sich bemühten, nach außen hin den Sonderling zu spielen. Aber in Poe, den Mallarmé beschrieben hat als »der leibhafte Teufel, wie er insgeheim ständig mit dem Tragischen und Düsteren kokettiert«, darf man, wie Apollinaire das getan hat, getrost »den herrlichen Trunkenbold von Baltimore« sehen: »Die literarischen Feindschaften, die Sucht nach dem Absoluten, das Eheleid, die Schmach des Elends, Poe«, berichtet Baudelaire, »flüchtete vor alledem in die Nacht der Trunkenheit wie in die Nacht des Grabes; denn er trank nicht wie ein Gourmet, sondern wie ein Barbar ... An eben dem Morgen, da in New York die Zeitschrift Whig den »Raben« veröffentlichte und Poes Name in aller Munde war, alle Welt sein Gedicht diskutierte, zog er betrunken und torkelnd den Broadway hinunter.« Allein schon ein solcher Widerspruch könnte Humor erzeugen, sei es, daß er voll hervorbricht aus dem Widerstreit zwischen der außerordentlichen Fähigkeit zu logischem Denken, der hohen Geisteshaltung und den Nebeln des Rauschs (»Der Engel des Sonderbaren«) sei es, daß er in seiner düstersten Gestalt menschlichem Fehlverhalten auflauert, dem gewisse krankhafte Zustände zugrunde liegen (»Der Dämon der Perversität«).

Der Engel des Sonderbaren

Es war an einem frostigen November-Nachmittag. Ich hatte just ein ungewöhnlich herzhaftes Mahl zu mir genommen, bei dem die dyspeptische *truffe* keine unwesentliche Rolle spielte, und saß nun allein im Speisezimmer, die Füße auf dem Kamingitter und unter meinen Ellbogen einen kleinen Tisch, den ich näher zum Feuer gerückt hatte und auf dem nun diverse Flaschen meiner harrten, als Ersatz einer Nachspeise: Wein, Liqueur und Schnaps. Am Morgen hatte ich verschiedentlicher Lektüre gepflogen: Glover's »Leonidas«, Wilkie's »Epigoniade«, Lamartine's »Pilgerreise«, Barlow's »Columbiade«, Tukkerman's »Sizilien« und Griswold's »Denkwürdigkeiten«; ich bin daher durchaus bereit zu gestehen, daß ich mich ein bißchen dösig fühlte. Ich strengte mich an, mit Hilfe einer hochmögenden Dosis Lafitte wieder auf die Beine zu kommen, und als dies alles nichts fruchten wollte, griff ich voller Verzweiflung nach einem herumliegenden Zeitungsblatt. Nachdem ich mit Gründlichkeit die Spalten »Zu vermieten« und »Entlaufene Hunde« studiert und anschließend noch die beiden Spalten »Entflohene Ehefrauen und Dienstboten«, nahm ich mit Todesverachtung den redaktionellen Teil in Angriff, las ihn von Anfang bis Ende, ohne auch nur eine Silbe zu verstehen, sah gefaßt der Möglichkeit ins Auge, es könnte sich um Chinesisch handeln, und las ihn also noch einmal, von Anfang bis zum Ende, doch mit keinerlei befriedigenderm Resultate. Schon stand ich im Begriff,

dies Folio von vier Seiten. glücklich' Werk,
das selbst die Kritiker nicht kritisieren,

voller Ekel von mir zu schleudern, als meine Aufmerksamkeit vom Anblick der folgenden Zeilen ein wenig gehoben wurde:

»Die Wege zum Tode sind vielfältig und wunderlich. Ein Londoner Blatt berichtet vom Ableben eines Menschen, das aus recht einzigartiger Ursache erfolgte. Er beschäftigte sich eben mit ›Pfeilblasen‹, einem Spiel, welches darin besteht, daß man eine lange, mit etwas Kammgarn umsponnene Nadel durch ein Blechröhrchen nach einer Zielscheibe bläst. Nun steckte er aber die Nadel in das verkehrte Ende des Rohrs, und indem er heftig Luft holte, um den Bolzen mit aller Kraft hinauszustoßen, fuhr ihm derselbe in die Kehle. Er geriet in die Lunge und führte nach wenigen Tagen zum Tode des Mannes.«

Als ich dies überlesen, bemächtigte sich meiner große Wut, ohne daß ich eigentlich genau wußte, warum. »Diese Meldung«, rief ich aus, »ist eine abscheuliche Fälschung – eine ganz armselige Zeitungsente – Abschaum der Phantasie eines jämmerlichen Zeilenschinders – eines nichtswürdigen Artikelschmierers aus Cockney-Land! Diese Kerls kennen die überspannte Leichtgläubigkeit des Zeitalters und setzen ihr ganzes bißchen Witz darein, sich alle möglichen Unwahrscheinlichkeiten aus den Fingern zu saugen – sonderbare Vorkommnisse, wie sie's nennen; doch für einen wägenden Geist (wie den meinen, setzte ich, in Parenthese, hinzu, indem ich, ganz unbewußt, den Zeigefinger an die Nase legte), für einen kritischen Verstand, wie er mir selber eignet, liegt es sogleich am Tag, daß das wundersame Überhandnehmen all dieser ›Sonderbaren Vorkommnisse‹ in letzter Zeit bei weitem das Allersonderbarste daran ist. Ich für meinen Teil habe die Absicht, von nun an grundsätzlich nichts mehr zu glauben, was irgend nur ›Einzigartiges‹ an sich hat.«

»Ja, Heilichäs naa, wos bis' du doch für a Depp!« entgegnete mir da eine der merkwürdigsten Stimmen, die ich je vernahm. Zuerst hielt ich sie schlicht für ein Ohrensausen – der Art, wie es Einem zuweilen widerfährt, wenn man zu tief ins Glas geblickt hat –, doch beim zweiten Gedanken schon wollte sie mir eher jenem Geräusch ähneln, das von einem leeren Fasse ausgeht, wenn man mit einem Knüttel daran schlägt; und in der Tat hätte ich mich mit dieser Erklärung wohl beschieden, wäre nicht die Artikulation der Silben und Worte gewesen. Nun bin ich keineswegs von nervöser Natur, und die sehr wenigen Gläser Lafitte, die ich zu mir genommen, gereichten zudem meinem Mute eher zur Stärkung, so daß ich keinerlei Zittrigkeit spürte, sondern lediglich gelassen den Blick erhob und mich mit Sorgfalt im Raum nach dem Eindringling umsah. Doch war ich's nicht im Stande, auch nur das mindeste zu entdecken.

»Hoh!« ließ sich da die Stimme erneut vernehmen, als ich in meiner Inspektion fortfuhr, »du mußt ja säuisch bäsuffn sei, deß d' mich net sichst, wu ich doch doo gleich neber dir höck'.«

Hierauf entschloß ich mich, einen geraden Blick in Richtung meiner Nase zu tun, und siehe da, grad vor mir, dort am Tische, saß eine Persönlichkeit, wie sie wohl noch nie beschrieben wurde, wennschon sie unbeschreiblich durchaus nicht ist. Ihr Leib war ein Wein-Butt oder ein Rum-Puncheon oder irgend etwas der Art und bot einen förmlich Falstaffischen Anblick. An ihrem Unterleibe waren zwei Herings-Fäßchen angesetzt, die sämtlichen Zwecken der Beine zu genügen schienen. Als Arme baumelten am obern Teil des Leibgehäuses zwei leidlich lange Flaschen, die Hälse auswärts gerichtet als Hände. Was schließlich den Kopf betraf, von dem das Monstrum beherrscht ward, so erblickte ich einzig eine jener hessischen Feldflaschen, welche große Schnupftabakdosen, mit einem Loch in der Mitte des Deckels, ähnlich sehen. Diese Feldflasche (mit einem Trichter obendrauf, der wie eine Reitermütze fesch-schlampig über die Augen gezogen war) saß mit der Randkante auf dem fässernen Leib, das Loch mir zugekehrt; und durch dieses Loch, das runzelig und verkniffen wirkte wie der Mund einer sehr pedantischen alten Jungfer, entsendete das Geschöpf jene brummelnden und grummelnden Geräusche, mit welchen es offenbar die Absicht faßlicher Mitteilung verband.

»Ich hobs ja gsocht«, so wiederholte es, »du mußt säuisch bäsuffn sei, deß d' doohöckst und mich net sitzen sichst; und ich soch der, du mußt noch närrischer sei als a Gaas, deß d' net glabst, wos im Druck gädruckt is. Is alläs die reina Wohrheit – des issäs – jeds Wort dävon is wohr.«

»Wer sind Sie, bitte?« gab ich voller Würde zurück, wenngleich doch einigermaßen verdutzt; »wie sind Sie hierher gekommen? und was ist, wenn's beliebt, der Sinn Ihrer Rede?«

»Wie ich doo herkumma bin«, erwiderte die Gestalt, »des geht dich an Dreck oo; und wos der Sinn vo meinä Red' is, so red' ich, wos und wie mers paßt; und wer ich bin – des issäs ja grod, weswegn ich herkumma bin, deß de's nochät selber sichst.«

»Sie sind ein betrunkener Vagabund«, sagte ich, »und ich werde läuten und meinen Diener anweisen, Sie auf die Straße zu setzen.«

»He! he! he!« rief der Bursche, »hu! hu! hu! – des brings' du long net fertich!«

»Nicht fertig?« fragte ich, »wie meinen Sie das? – was soll ich nicht fertig bringen können?«

»Läut' halt amol«, erwiderte er, indem sein kleiner garstiger Mund sich an einem Grinsen versuchte.

Auf dieses hin unterzog ich mich der Anstrengung, auf meine Beine zu kommen, um meiner Drohung die Tat folgen zu lassen; doch der Rüpel langte ganz einfach gemächlich über den Tisch und versetzte mir mit einem seiner Flaschenhälse einen derartigen Taps vor die Stirn, daß ich sogleich wieder in meinen Armstuhl zurückbefördert ward, von dem ich mich zur Hälfte schon erhoben. Ich war ausgesprochen verblüfft und, für einen Augenblick, so ziemlich ratlos, was ich tun sollte. Inzwischen setzte der Eindringling sein Gewäsch fort.

»Do sichst es«, so sagte er, »stillhöckn is des besta; und etzet kost äs aa wissn, wer ich bin. Schau mich oo! Schau her! Ich bin dä Engl von'n Sonderbarn.«

»Und selber wahrlich sonderbar genug«, wagte ich zu erwidern; »bislang war ich stets von der Ansicht befangen, ein Engel hätte Flügel.«

»Flügl« schrie er da, gar höchstlich aufgebracht, »wos soll ich'n bloß mit Flügln? Jessäs naa, ja glabst'n du, ich bin a Gögerla?«

Quellenverzeichnis: »Der Engel des Sonderbaren« (Auszug) aus: *Werke*, Band 1. Übersetzung: Hans Wollschläger. Mit freundlicher Genehmigung des Walter Verlags, Olten und Freiburg.

Bibliographie: *Ausgewählte Werke*, Leipzig 1853. – *Ausgewählte Werke*, Minden 1901–1904. – *Ausgewählte Werke*, Minden 1911–1914. – *Werke*, Olten und Freiburg 1966.

Xavier Forneret

1810–1885

Xavier Forneret oder der Schwarze Mann *oder der* Unbekannte der Romantik. *»Was die Annalen der Literatur dieser ersten Hälfte des neunzehnten Jahrhunderts betrifft«, sagte er 1840, »so wird es ein ganzes Buch mit einer Unmenge Namen geben (ohne den meinen), von denen Sie die wichtigsten kennen. Vergessen wir nicht den Umschlag; man wird dort* die halbe Akademie *wie auch* Scribe *finden. Sie wissen, daß der Umschlag eines Buches, das man binden läßt, nicht erhalten bleibt.« Man würde in der Tat nichts von dieser in vieler Hinsicht faszinierenden Persönlichkeit wissen ohne den Artikel, den ihm Charles Monselet unlängst im »Figaro« gewidmet hat, und aus welchem dann Auszüge in seinen Bücherkatalog aufgenommen wurden (»Catalogue détaillé, raisonné et anecdotique d'un Homme de lettres bien connu«). Dieser Artikel ist allerdings dazu angetan, unsere Neugier eher zu erregen, denn zu befriedigen. Wir stehen nicht an zu behaupten, daß es einen* Fall *Forneret gibt, dessen beharrliches Rätsel heute geduldige und systematische Forschungen rechtfertigen würde:*

Wie kommt es, daß der Autor von rund zwanzig höchst ungewöhnlichen Büchern fast völlig unbeachtet geblieben ist; wie läßt sich die überaus große Unterschiedlichkeit seines Werkes erklären, wo der glücklichste Fund neben dem schlimmsten Geschwätz steht, wo Sublimes mit Albernem im Streit liegt, während die gleichbleibende Originalität des Ausdrucks nicht selten Gedankenarmut verrät; wer war dieser Mann, dessen ganzes Verhalten zu bezwecken schien, die Aufmerksamkeit der breiten Masse auf sich zu lenken, die er sich durch seine Art zu schreiben doch nur entfremden konnte; dieser Mann, der so hochmütig war, in Zeitungen die folgende Anzeige eines seiner Bücher einrücken zu lassen: »Das neue Werk von Xavier Forneret wird nur an Personen abgegeben, die dem Drucker, Monsieur Duverger, Rue de Verneuil, ihre Karte schicken, und nach erfolgter Prüfung ihrer Bitte durch den Autor«, und so bescheiden, sich am Schluß mehrerer Bücher für seine Unfähigkeit zu entschuldigen und das Publikum um Nachsicht zu bitten? Dieses Verhalten hat in mancher Hinsicht erstaunliche Ähnlichkeit mit demjenigen, das später Raymond Roussel annehmen wird. Fornerets Stil gehört übrigens zu denen, die auf Lautréamont hinweisen, so wie sein Repertoire an kühnen und ganz neuen Bildern bereits Saint-Pol-Roux ankündigt. Ein Gedicht wie »Jeux de mère et d'enfant« in »Vapeurs ni vers ni prose« nimmt mit verblüffender Naivität die klinische Darstellung der psychoanalytischen Theorien von heute vorweg.

»Dijon«, schrieb Monselet, »gedenkt noch

heute der Uraufführung des ›Homme Noir‹, eines Prosadramas in fünf Akten. Sie fand 1834 oder 35 statt. Der Autor war ein Burgunder, ein reicher junger Mann, dessen Lebensweise außerhalb der provinziellen bürgerlichen Gesellschaft allerdings den Vorzug besaß, bei seinen Landsleuten Mißtrauen zu wecken. Schon daß er sich nicht wie sie kleidete, wurde beanstandet. – Er liebte Samt, Mäntel, trug einen absonderlich geformten Hut und einen weiß-schwarzen Stock. Man erzählte sich seltsame Dinge von ihm: daß er in einem gotischen Turm wohne und die ganze Nacht Geige spiele. Aus diesen und anderen Gründen waren die Einwohner von Dijon vor Xavier Forneret auf der Hut, aber die Ankündigung des ›Homme Noir‹ erregte auch ihre Neugier. Xavier Forneret hatte keine Kosten gescheut; am Tage vor der Aufführung zogen in mittelalterlichen Kostümen Hellebardiere und Herolde durch die Straßen und schwenkten Fahnen, auf denen der Titel des Stückes prangte. Man konnte daher, wenn nicht mit einem Erfolg, so doch mit einer vollen Kasse rechnen.

Tatsächlich war der Theatersaal voll besetzt, aber der ›Homme Noir‹ fiel durch; wir glauben sogar, daß man nicht bis zu Ende spielte; es wurde gelärmt und intrigiert. Xavier Forneret ließ sein Drama mit einem symbolischen Umschlag drucken: weiße Schrift auf schwarzem Grund. Er tat ein übriges, indem er den Beinamen Homme Noir *annahm und mehrere Exemplare so signierte. Zu dieser Zeit suchte er seine Zuflucht mehr denn je in einer außergewöhnlichen Lebens-*

weise. Dieser hervorstechende Mann hat, wiewohl er nichts Verletzendes besaß, die Einwohner von Dijon und Beaune fast zwanzig Jahre lang geärgert. Die Lokalblätter konnten der Versuchung nicht widerstehen, sich über ihn lustig zu machen, er wurde das Original der Gegend, man versuchte seine Eigenbrötelei zu erklären; wiederholt kam es zu Prozessen und Skandalen. Xavier Forneret setzte sich stets durch.«

Nachdem er verschiedener Exzentrizitäten Erwähnung getan, durch die die Aufmachung seiner Bücher sich auszeichnet (Druck in sehr großer Schrift, übermäßige Verwendung von Weiß: zwei oder drei Zeilen auf der Seite oder der Text jeweils nur auf der Vorderseite; das Wort »Ende« unterbricht nicht unbedingt den Verlauf der Handlung, da ihm ein »Ende des Endes« folgen kann; ein mitten unter anderen ausnahmsweise rot gedrucktes Gedicht; eine ganz eigene, übrigens fast immer sehr gelungene Titelei), bemerkt Monselet zum Schluß: »Man kann also sicher sein, daß wir es mit einem humoristischen Schriftsteller zu tun haben«, und fügt hinzu: »doch darin liegt eher eine Gefahr als ein Reiz. Frankreich hat an humoristischen Schriftstellern nie Mangel gehabt, doch werden sie bei uns weniger geschätzt als überall sonst ... Es ist viel geredet worden von den Kühnheiten des Revoluzzers Pétrus Borel und den Hirngespinsten Lassaillys; Xavier Forneret hat sie in allem übertroffen.« Monselet, couragierter als die ganze Kritik der letzten hundert Jahre, scheut sich nicht, bei Forneret zu bewundern, was bewundernswert ist: »Temps perdu!« –

wir schließen uns dieser Meinung voll und ganz an – »enthält ein Meisterwerk, es ist ›Le Diamant de l'Herbe‹, eine Erzählung von nicht mehr als zwanzig Seiten. Das Ungewöhnliche und Geheimnisvolle, das Angenehme und Schreckliche sind noch unter keiner Feder eine so enge Verbindung eingegangen. Der Autor unterschätzt seine Begabung, wenn er erklärt: ›Alles bei mir ist empfunden, doch kommt das nie so recht heraus‹.« Alles deutet darauf hin, daß Monselet richtig gesehen hat und die Nachwelt sich seinem Urteil anschließen wird: »Xavier Forneret übertreibt mit seiner Unfähigkeit; sein ernstes Bemühen und eifriges Bestreben taugt mehr als die stupide und ungetrübte Produktivität von hundert Schriftstellern. Er hat etwas Urwüchsiges. Unter der Spitzhacke der Kritik erglänzt bisweilen eine Ader reinen Metalls.«

Es sei noch darauf hingewiesen, daß man vergeblich versuchen würde, dem Autor von »Sans titre« dadurch Abbruch zu tun, daß man vorgibt, er sei für das Echo, das er bei unparteiischer und aufmerksamer Lektüre hervorruft, nicht voll verantwortlich gewesen, er, der sein Buch unter den Satz von Paracelsus stellte: »Oft ist nichts oben, alles ist unten, sucht.«

Ein armer Schüchterner

Er zog sie schlicht
Aus der Tasche ans Licht,
Hielt sie jäh in die Höh
Und besah sie von dicht
Und sprach ratlos: O weh!

Er hauchte und
Nahm sie fast in den Mund;
Dabei schlich ihm, mit Schmerz
Und Entsetzen im Bund,
Ein Gedanke ins Herz.

Er netzte sie
Mit der Eisträne, die
In dem Augenblick schmolz;
Ihre Kammer war wie
Aus durchlöchertem Holz.

Er rieb mit Fleiß,
Doch sie wurde nicht heiß,
Sie blieb fühllos und hart
Und entzog sich ihm leis,
Von der Kälte erstarrt.

Ein armer Schüchterner

Er wog sie dann,
Wie man wägt einen Plan,
Ob die Luft sie wohl trägt.
Und er maß sie, wie man
Das mit Eisendraht pflegt.

Er hob sie dicht
An sein Runzelgesicht.
Und sie schrie voller Schreck:
Warum küßt du mich nicht?
Lebe wohl, ich muß weg!

Dann küßte er,
Und er lud sie sich quer
Auf des Leibs blanke Uhr,
Doch die schlug schon kaum mehr
Und verröchelte nur.

Er griff nach ihr
Mit entschlossener Gier
Und gebot ihren Tod:
Ja, ein Schmaus wie der hier
Macht die Wangen uns rot.

Er faltete sie,
Er spaltete sie,
Er legte sie hin,
Er schnitt sie dünn,
Er wusch sie fein,
Er warf sie rein,
Er briet sie weich,
Er aß sie gleich.

Als er noch klein war, hatte man ihm gesagt:
»Wenn du Hunger hast, iß deine Hand!«

Xavier Forneret

Un pauvre honteux

Il l'a tirée
De sa poche percée,
L'a mise sous ses yeux;
Et l'a bien regardée
En disant: »Malheureux!«

Il l'a soufflée
De sa bouche humectée;
Il avait presque peur
D'une horrible pensée
Qui vint le prendre au cœur.

Il l'a mouillée
D'une larme gelée
Qui fondit par hasard;
Sa chambre était trouée
Encor plus qu'un bazar.

Il l'a frottée,
Ne l'a pas réchauffée,
A peine il la sentait;
Car, par le froid pincée,
Elle se retirait.

Il l'a pensée
Comme on pèse une idée,
En l'appuyant sur l'air.
Puis il l'a mesurée
Avec du fil de fer.

Il l'a touchée
De sa lèvre ridée. –
D'un frénétique effroi
Elle s'est récriée:
Adieu, embrasse-moi!

Un pauvre honteux

Il l'a baisée,
Et après l'a croisée
Sur l'horloge du corps,
Qui rendait, mal montée,
De mats et lourds accords.

Il l'a palpée
D'une main décidée
A la faire mourir.
– Oui, c'est une bouchée
Dont on peut se nourrir.

Il l'a pliée
Il l'a cassée,
Il l'a placée,
Il l'a coupée,
Il l'a lavée,
Il l'a portée,
Il l'a grillée,
Il l'a mangé.

Quand il n'était pas grand, on lui avait dit: – Si tu as faim, mange une de tes mains.

Ohne Titel

Man kann kopflos sein. –

Es gibt Herzen, die gleichen einer gefüllten Flasche, die man in ein feuchtes Tuch wickelt und in die pralle Sonne stellt. – Das Tuch wird heiß, der Inhalt der Flasche gefriert. –

Das Versprechen und die Wahrheit sind wie Bälle, die die Menschen sich gegenseitig zuwerfen und die in der Luft bleiben. –

Die Tanne, aus der die Särge gemacht werden, ist ein immergrüner Baum. –

Wie erbärmlich, daß die Frau ißt! – sogar Erdbeeren in Milch. –

Il n'est pas d'1 plus vrai qu'un 2 qui fait un 3. –

Ich liebe die Frau zu sehr, um ihr nicht eine Wahrheit zu gestehen: nämlich die, daß sie manchmal verrucht ist. – Möge sie mir dieses Wort verzeihen: ein lächelnder Knochen aus meinem Friedhof. –

Eine Kleinstadt ist ein großes Loch, und ihre großen Ideen sind eine kleine Maus. –

Ich habe auf einem Friedhof einen Briefkasten gesehen. –

Es wäre lustig, wenn alles, wonach man greift, an den Händen wie Warzen haften bliebe, weil es auf der Welt dann nur noch Höllenstein-Händler gäbe. –

Aux expositions du Louvre et des magasins – que de grands portraits *en petit*, que de statuettes *en platre* – auxquels il manque un nom, comme il manque le jambage d'un M pour réunir deux mots, précédents, et faire celui – selon l'Académie – qui indique la chose qu'employait Figaro, sur des yeux perdus. –

Alles oder Nichts. – Diese drei Worte sind eine Brille, die man der Frau schenken sollte, die sagt, nur in unserem Herzen gut *lesen* zu können. *Alles* und *Nichts* sind die beiden Gläser, und *oder* – das, was ihr auf der Nase sitzt. –

Die Hotelrechnungen sind Flügel ohne Vogel. –

Wie schrecklich sind doch die schönen Hände mit ihren langen Nägeln[1]. –

Tageszeitung: Welch großes Blatt Papier ist doch die Erde; welche Lettern der *Tag*; welche Tinte die *Nacht!* – Alle Welt druckt, alle Welt liest; niemand versteht. –

Nicht daß man gut ist, man ist zufrieden. –

Um bitter zu werden, genügt es zu sehen, wie ein Schloß von einer lebendigen Hand berührt wird – und einen Friedhof, auf dem die toten Hände nicht *ergriffen* werden. –

1 Diese Worte haben sich hier mit den Monaten verändert, und sie wären gealtert, wenn es erstens die schönen Hände und zweitens ihre langen Nägel nicht seit eh und je gäbe.

Xavier Forneret

Quellenverzeichnis: »Ein armer Schüchterner« aus: *Vapeurs ni verse ni prose.* Übersetzung: Lothar Klünner. »Ohne Titel« aus: *Encore un an de sans titre.* Übersetzung: Rudolf Wittkopf.

Bibliographie: *L'Homme Noir, blanc de visage,* 1834 oder 1835. – *Deux Destinées,* 1834. – *Vingt-trois, trente-cinq,* 1835. – *Et la lune donnait, et la rose tombait. Rien, au profit des pauvres,* 1836. – *Sans titre, par un homme noir, blanc de visage,* 1839. – *Pièce de pièces, temps perdu,* 1840. – *A mon fils naturel,* 1847. – *Rêves – Lettres à M. Victor Hugo,* 1851. – *Voyage d'agrément de Beaune à Autun,* fait pour la première fois le 8 septembre 1850. – *Quarante-sept phrases à propos de 1852.* – *Lignes rimées,* 1853. – *Mère et fille,* 1855. – *Caressa,* 1856. – *Ombres de poésie,* 1860. – *Mon mot aussi,* 1861. – *Lettre à Dieu,* o. J. – *Broussailles de la pensée, de la famille de Sans titre,* 1870. – *Mort de Monseigneur l'Archevêque de Paris (3 janvier 1857): Un crime de l'Enfer.*

Charles Baudelaire

1821–1867

Der Humor ist bei Baudelaire integrierender Bestandteil seiner Konzeption des Dandyismus. *Man weiß, daß für ihn »das Wort Dandy große Charakterstärke und tiefe Einsicht in den ganzen moralischen Mechanismus dieser Welt impliziert«. Niemand war mehr darum bemüht, den Humor im Gegensatz zur trivialen Heiterkeit oder zum grinsenden Sarkasmus zu definieren, worin der »französische Geist« sich wiederzuerkennen gefällt. Er stellt Molière an den Anfang der »lächerlichen modernen Religionen«; und Voltaire ist der »Antipoet, der König der Gimpel, der Fürst der Flachköpfe, der Antikünstler, der Kanzelredner der Conciergen, der Vater Gigogne der Redakteure des Siècle«. Der Dandy lebt sowohl in der narzißtischen Sorge um sein Gebaren und seine Handlungen (»Er muß danach trachten, ununterbrochen sublim zu sein. Er muß leben und sterben vor seinem Spiegel«) als auch in dem Verlangen, auf seinem Wege ein anhaltendes Gemurmel der Mißbilligung hervorzurufen (»Es ist etwas Berauschendes am schlechten Geschmack, nämlich das aristokratische Vergnügen, zu mißfallen«). Bei Baudelaire könnte von dieser entschiedenen Haltung, die über alle Wechselfälle des Lebens triumphieren wird, allein schon die Gesuchtheit seiner Kleidung zeugen, angefangen mit den blaßrosa Handschuhen seiner pompösen Jugend, über die grüne Perücke, mit der er sich im Café Riche zeigte, bis hin zu der scharlachroten Samtboa, dieser höchsten Zierde schlechter Zeiten. Seine Apostrophierungen und phantasievollen vertraulichen Mitteilungen in der Öffentlichkeit entspringen dem Bedürfnis, die anderen stutzig zu machen, zur Empörung zu reizen, zu verblüffen (ganz unvermittelt zu Nadar: »Meinst du nicht auch, daß das Hirn kleiner Kinder nach Haselnuß schmecken muß?«; zu einem Passanten, der ihm kein Feuer geben wollte, weil er um die Asche seiner Zigarre bangte: »Pardon, Monsieur, wären Sie wohl so gütig, mir Ihren werten Namen zu nennen? Ich möchte mir den Namen des Menschen merken, dem daran liegt, seine Asche zu behalten«; zu einem Bürger, der ihm die Vorzüge seiner beiden Töchter pries: »Und welches dieser beiden Mädchen bestimmen Sie zur Prostitution?«; zu einer jungen Frau in einer Brasserie: »Mademoiselle, die Sie mit goldenen Ähren gekrönt sind und mir* mit so hübschen Zähnen *zuhören, ich möchte Sie anbeißen ... Ich möchte Ihnen die Hände zusammenbinden und Sie an meine Zimmerdecke hängen; dann würde ich niederknien und Ihre nackten Füße küssen«). Er ist darauf bedacht, daß die Leute eine gräßliche Vorstellung von seinem Leben bekommen: »Seine Liebe«, kann man im »Gau-*

lois« vom 30. September 1886 lesen, »galt ungewöhnlichen Frauen. Er hatte abwechselnd eine Zwergin und eine Riesin zur Geliebten und warf der Vorsehung vor, daß sie diesen privilegierten Geschöpfen oft die Gesundheit vorenthielt. Einige Riesinnen waren ihm an der Schwindsucht und zwei Zwerginnen an der Gastritis gestorben. Er seufzte, als er das erzählte, versank in tiefes Schweigen und schloß: ›Eine dieser Zwerginnen war nur zweiundsiebzig Zentimeter groß. Man kann nicht alles haben auf dieser Welt‹, murmelte er philosophisch.« Wohl oder übel muß man zugeben, daß Baudelaire diese Seite seiner Persönlichkeit ganz besonders gepflegt hat, und obendrein – diese Seite scheint dem finalen Schiffbruch wunderbarerweise entgangen zu sein – hat sie sich während der Jahre geistigen Verfalls vor seinem Tode gewissermaßen noch sublimiert. »Als er sich im Spiegel betrachtete, erkannte er sich nicht wieder und grüßte«; seine letzten Worte, mit denen er ein mehrere Monate langes Schweigen brach, sprach er bei Tisch, indem er auf das einfachste von der Welt darum bat, man möge ihm den Senf reichen. Der schwarze Humor bei Baudelaire erweist sich damit als ihm wesenseigen. Sein Genie wird einem unverständlich bleiben, wenn man diese seine Veranlagung ignoriert oder sie ihm nachsieht. Sie bestätigt vollauf die ästhetische Konzeption, auf der sein Werk beruht, und in enger Verbindung mit ihr entwickelt sich auf der Ebene der Dichtung die Reihe von Regeln, von denen die ganze spätere Sensibilität zutiefst erschüttert wird. »Mit erhabener Feier-

lichkeit komische Dinge erzählen. – Das Unregelmäßige, das heißt das Unerwartete, die Überraschung, das Erstaunen sind wesentlicher Bestandteil und das Merkmal des Schönen. – Zwei literarische Grundeigenschaften: Surnaturalismus und Ironie. – Die Mischung von Groteskem und Tragischem ist dem Geist geradeso angenehm wie blasierten Ohren Mißtöne. – Sich einen Stoff für eine lyrische und zauberhafte Posse, für eine Pantomime, einfallen lassen und zu einem ernsten Roman verarbeiten. Das ganze in eine anomale und träumerische Atmosphäre tauchen, die Atmosphäre großer Zeiten ... *Bereich reiner Poesie.« (Fusées)*

Der schlechte Glaser

Es gibt rein kontemplative und zur Tat völlig unfähige Naturen, die indessen, unter einem geheimnisvollen und unbekannten Antrieb, manchmal mit einer Schnelligkeit handeln, deren sie sich selbst nicht für fähig gehalten hätten.

Mancher, der bei seiner Portiersfrau eine ärgerliche Nachricht vorzufinden fürchtet und feige eine Stunde lang vor seiner Haustür herumstreicht, ohne den Mut zum Eintreten aufzubringen, mancher, der vierzehn Tage lang einen Brief ungeöffnet mit sich herumträgt oder sich erst nach ganzen sechs Monaten zu einem Schritt entschließt, der schon seit einem Jahr notwendig gewesen wäre, fühlt sich manchmal von einer unwiderstehlichen Macht ganz plötzlich zum Handeln getrieben wie der Pfeil vom Bogen. Der Moralist und der Arzt, die alles zu wissen behaupten, vermögen nicht zu erklären, woher diesen trägen und wollüstigen Seelen so unvermittelt eine derart wahnwitzige Energie kommt, und wie sie, die nicht imstande sind, die einfachsten und notwendigsten Angelegenheiten zu erledigen, in einer bestimmten Minute einen ganz überflüssigen Mut aufbringen, um die absurdesten und oft sogar die gefährlichsten Handlungen auszuführen.

Einer meiner Freunde, der harmloseste Träumer, der je gelebt hat, hat einmal einen Wald in Brand gesteckt, um, wie er sagte, zu sehen, ob das Feuer wirklich so rasch um sich greife, wie man allgemein behauptet. Zehnmal hintereinander schlug der Versuch fehl, doch beim elften Mal gelang er nur allzu gut.

Ein anderer wäre imstande, sich neben einem Pulverfaß eine Zigarre anzuzünden, *um zu sehen, was passiert, weil er es wissen will, um das Schicksal zu versuchen,* um sich selbst zu einer Energieprobe zu zwingen, um den Spieler zu markieren, um die Freuden der Angst kennenzulernen, einfach so, aus einer Laune heraus, weil er nichts zu tun hat.

Es handelt sich da um eine Art Energie, die der Langeweile und der Träumerei entspringt; und jene, bei denen sie so resolut zutage tritt, sind gewöhnlich, wie ich schon sagte, die trägsten und verträumtesten Geschöpfe.

Ein anderer, der so schüchtern ist, daß er selbst vor Männern die Augen niederschlägt, daß er seinen ganzen armseligen Willen zusammennehmen muß, um ein Café zu betreten oder sich an einer Theaterkasse anzustellen, wo ihm die Kontrolleure so majestätisch vorkommen wie Minos, Äakus und Rhadamanthys, kann ganz plötzlich einem alten Herrn neben ihm um den Hals fallen und ihn vor den Augen der erstaunten Menge voller Begeisterung küssen.

Warum? Weil . . . weil ihm diese Physiognomie so unwiderstehlich sympathisch war? Vielleicht; aber es ist wohl eher anzunehmen, daß er selbst nicht weiß warum.

Ich bin mehr als einmal Opfer solcher Anfälle und solcher plötzlichen Anwandlungen gewesen, die uns mit Recht glauben machen, daß boshafte Dämonen in uns fahren und uns zwingen, ohne unser Wissen, nach ihrem absurden Willen zu handeln.

Eines Morgens war ich übelgelaunt, traurig, vom Nichtstun müde aufgestanden und fühlte mich, wie mir schien, zu irgend etwas Großem, zu einer aufsehenerregenden Tat getrieben; und ich öffnete das Fenster, leider!

(Man beachte, ich bitte darum, daß der Geist der Mystifikation, der bei manchen Menschen nicht das Resultat einer Arbeit oder einer Kombination, sondern einer zufälligen Eingebung ist, großen Anteil, und wäre es nur durch heftiges Verlangen, an jener Laune hat, die den Ärzten zufolge hysterisch ist, satanisch aber jenen zufolge, die etwas klarer denken als die Ärzte, einer Laune, die uns unwiderstehlich zu einer Reihe gefährlicher oder unziemlicher Handlungen drängt.)

Der erste Mensch, den ich auf der Straße erblickte, war ein Glaser, dessen durchdringender, mißtönender Ruf durch die schwere und schmutzige Pariser Luft zu mir heraufdrang. Ich wüßte jedoch nicht zu sagen, warum ich beim Anblick dieses armen Mannes von ebenso plötzlichem wie despotischem Haß erfüllt wurde.

»He! heh!« rief ich ihm zu und hieß ihn heraufkommen. Unterdessen dachte ich nicht ohne eine gewisse Freude daran, daß der Mann, da mein Zimmer im sechsten Stock lag und die Treppe sehr eng war, einige Mühe haben müßte, den Aufstieg zu bewerkstelligen und er mit den Ecken seiner zerbrechlichen Ware an manchen Stellen anstoßen würde.

Endlich erschien er: Neugierig prüfte ich alle seine Scheiben und sagte zu ihm: »Wie? Sie haben kein farbiges Glas? Kein rosiges, rotes, blaues Glas, keine magischen Scheiben, Scheiben des Paradieses? Unverschämter Kerl, Sie! Da ziehen Sie durch die Viertel der Armen und haben nicht einmal Scheiben, durch die man das Leben in Schönheit sehen kann!« und heftig stieß ich ihn auf die Treppe, wo er murrend strauchelte.

Ich trat auf den Balkon und nahm einen kleinen Blumentopf, und als der Mann wieder aus der Haustür kam, ließ ich meine Kriegsmaschine senkrecht hinten auf seine Trage fallen; durch den Aufprall kippte er hinten über, und so zerbrach er unter seinem Rücken vollends seine armselige Hausiererware, was einen Lärm machte, als wäre ein Kristallpalast vom Blitz zerschmettert worden.

Und trunken vor Freude über meine Tat schrie ich ihm wütend nach: »Das Leben in Schönheit! Das Leben in Schönheit!«

Solche derben Späße sind nicht ungefährlich, und man muß sie oft teuer bezahlen. Doch was bedeutet die Ewigkeit der Verdammnis dem, der in einer Sekunde eine Unendlichkeit an Genuß gefunden hat.

Der schlechte Glaser

Quellenverzeichnis: »Der schlechte Glaser« aus: *Le Spleen de Paris.* Übersetzung: Rudolf Wittkopf.

Bibliographie: *Blumen des Bösen.* Umdichtung von Stefan George, Berlin 1901. – *Werke* in deutscher Ausgabe, Minden 1901–1905. – *Ausgewählte Werke,* München, 1925. – *Prosadichtungen,* Heidelberg, 1947. – *Œuvres,* 1954. – *Le Spleen de Paris,* 1960. – *Die Blumen des Bösen.* Übertragen von Friedhelm Kemp, Frankfurt am Main, 1962. – *Tableaux Parisiens.* Deutsch von Walter Benjamin, Frankfurt am Main, 1963. – *Die künstlichen Paradiese,* Reinbek, 1964. – *Gedichte.* Ausgewählt, übertragen und eingeleitet von Walter Benjamin, Frankfurt am Main, 1970.

Lewis Carroll

1832–1898

Wenn ein anglikanischer Pastor obendrein ein ausgezeichneter Mathematiklehrer und Fachlogiker ist, kann man gewärtig sein, daß der non-sens *in die Literatur einzieht oder in ihr doch fröhliche Urständ feiert (die sehr merkwürdigen Gedichte von Lewis Carroll stehen immerhin in einem Kindschaftsverhältnis – was scheint's übersehen wird – zu gewissen »inkohärenten« Gedichten des französischen XIII. Jahrhunderts, die unter dem Namen »fatrasies« bekannt sind und mit denen man niemand anders verbindet als Philippe de Beaumanoir). Der* non-sens *bei Lewis Carroll erhält seine Bedeutung dadurch, daß er für ihn die lebenswichtige Lösung eines krassen Widerspruchs darstellt einerseits zwischen der Akzeptation des Glaubens und der Praktik der Vernunft und andererseits zwischen dem klaren poetischen Bewußtsein und den strengen beruflichen Pflichten. Das Eigentümliche an dieser subjektiven Lösung ist, daß sie mit einer objektiven von eindeutig poetischer Art verbunden ist: Der Geist kann bei jedweder Schwierigkeit einen idealen Ausweg im* Absurden *finden. Die Bereitschaft, das Absurde zu bejahen, erschließt dem Men-*

schen wieder das geheimnisvolle Reich, in dem die Kinder leben. Das Spiel *der Kindheit als verlorengegangenes Mittel des Ausgleichs zwischen Handeln und Träumen zwecks innerer Befriedigung, angefangen mit dem einfachen »Wortspiel«, wird solchermaßen rehabilitiert und aufgewertet. Bei Kräften, die den »Realismus« leiten, den Animismus und den kindlichen und für eine zwanglose Moral streitenden Artifizialismus, die zwischen dem fünften und dem zwölften Lebensjahr nachlassen, kann man nie sicher sein, daß sie nicht systematisch wiedererlangt werden und die ernste und stumpfe Welt, in der zu leben uns bestimmt ist, bedrohen. Die rechte Hand gleichsam auf dem Griff der Hintertür (der Heimkehr), in Wirklichkeit um eine Orange geschlossen, so verharrt ein kleines Mädchen, das der Dichter Lewis Carroll – in Wirklichkeit der ehrenwerte Mr. Dodgson, der sich hinter diesem Pseudonym verbirgt – vor einen Spiegel führte und das, um eine Erklärung dafür zu finden, daß es sich sieht, wie es die Frucht in der linken Hand hält, wo es doch fühlt, sie immer noch in der rechten zu halten, annimmt, es halte sie in der rechten Hand »auf der anderen Seite des Spiegels«. (Dieses Thema des Durch-den-Spiegel-Gehens wird von Jacques Rigaut in »Lord Patchogue« ins Tragische verkehrt). Sicher liegt hier* a priori *die Auffassung echter »Verkehrtheit« vor. Es läßt sich nicht leugnen, daß in Alices Augen eine Welt der Unachtsamkeit, des folgewidrigen Verhaltens, kurz, der Ungehörigkeit schwindelerregend dem Kern der Wahrheit zustrebt.*

Rosaroter Humor? Schwarzer Humor? Es ist wahrlich nicht leicht, ihn näher zu bestimmen: »›The Hunting of the Snark‹«, hat Aragon bemerkt, »erschien zur gleichen Zeit wie die ›Chants de Maldoror‹ und ›Une Saison en Enfer‹. In den schmachvollen Fesseln jener Tage der Massaker in Irland, der unsäglichen Unterdrückung in den Fabriken, wo die von Bentham gepriesene ironische Buchführung über Freud und Leid eingeführt wurde, obgleich aus Manchester wie eine Herausforderung die Theorie des Frei*handels kam: was war aus der Freiheit des Menschen geworden? Sie lag ganz in den zarten Händen Alices, in die dieser seltsame Mann sie gelegt hatte.« Es scheint nicht minder maßlos übertrieben, wenn man Lewis Carroll als einen »politischen« Aufsässigen hinstellt und seinem Werk direkte satirische Absichten unterschiebt. Es ist reiner Betrug, wenn man insinuiert, das Ersetzen eines Regimes durch ein anderes könnte einer solchen Forderung ein Ende machen. Es geht um den Widerstand, den das Kind von Natur aus immer jenen entgegenstellen wird, die es formen, das heißt, in ihre Gewalt bringen wollen, indem sie ihm mehr oder weniger willkürlich sein wundervolles Feld der Erfahrung begrenzen. All jene, die sich den Sinn für Auflehnung bewahren, werden in Lewis Carroll ihren ersten Lehrer im Schuleschwänzen sehen.*

Die Hummer-Quadrille

Die Falsche Suppenschildkröte seufzte tief auf und wischte sich mit einem Flossenrücken die Augen. Sie sah Alice an und mühte sich zu sprechen, aber eine ganze Zeitlang erstickte ihre Stimme in Schluchzen. »Sieht fast so aus, als hätte sie eine Gräte im Hals«, sagte der Greif und machte sich daran, sie zu schütteln und in den Rücken zu puffen. Endlich fand die Falsche Suppenschildkröte ihre Stimme wieder, und während ihr die Tränen über die Wangen strömten, fuhr sie mit ihrer Erzählung fort:

»Du hast vielleicht noch nicht längere Zeit im Meer gelebt – « (»Allerdings nicht«, sagte Alice) »– und vielleicht auch noch nie die Bekanntschaft eines Hummers gemacht –« (»Doch, einmal beim Abendesssen habe ich –«, begann Alice, unterbrach sich aber schnell und sagte: »Leider nicht«) »– und deswegen hast du sicher keine Vorstellung davon, wie wunderschön eine Hummer-Quadrille ist!«

»Das ist wahr«, sagte Alice. »Wie wird die denn getanzt?«

»Also«, sagte der Greif, »zuerst stellen sich alle in einer Reihe am Meeresstrand auf –«

»In zwei Reihen!« rief die Falsche Suppenschildkröte. »Seehunde, Schildkröten und so fort; und dann, wenn die Quallen weggeräumt sind –«

»Und das braucht meistens seine Zeit«, fiel der Greif ein.

»– zwei Schritte vor –«

»Jeder mit seinem Hummer im Arm!« rief der Greif.

»Mit wem sonst!« sagte die Falsche Suppenschildkröte; »zwei Schritte vor, Verbeugung –«

»– Hummer wechseln und wieder zurück«, fuhr der Greif fort.

»Und dann, mußt du wissen«, erklärte die Falsche Suppenschildkröte weiter, »wirft man –«

»Die Hummer!« schrie der Greif und machte einen Luftsprung.

»– ins Meer hinaus, so weit man nur kann!«

»Schwimmt ihnen nach!« japste der Greif.

»Schlägt einen Purzelbaum im Meer«, rief die Falsche Suppenschildkröte und hüpfte wie närrisch umher.

»Wechselt noch mal die Hummer!« heulte der Greif.

»Zurück ans Ufer, und – das ist die erste Figur«, sagte die Falsche Suppenschildkröte, und wiederum erstarb ihre Stimme, und die zwei Wesen, die eben noch wie besessen umhergesprungen waren, ließen sich sehr traurig und still nieder und sahen Alice an.

»Das muß aber ein sehr hübscher Tanz sein«, sagte Alice zaghaft.

»Möchtest du sehen, wie es geht?« fragte die Falsche Suppenschildkröte.

»Sehr gerne«, sagte Alice.

»Machen wir doch die erste Figur«, sagte die Falsche Suppenschildkröte zum Greif. »Es geht nämlich auch ohne Hummer, weißt du. Wer singt?«

»Ach, sing nur du«, sagte der Greif. »Ich habe vergessen, wie es heißt.«

Und damit fingen sie an, feierlich um Alice herumzutanzen, traten ihr auch ab und zu auf die Zehen, wenn sie zu nahe kamen, und schwenkten im Takt ihre Vorderpfoten, während die Falsche Suppenschildkröte sehr langsam und traurig sang:

»Bitte, geh doch etwas schneller!« sprach der Weißfisch zu der Schnecke.

»Hinter uns – dreh dich nicht um – krabbelt zwickzwack eine Zwecke.

Sieh! Die Schildkröte und der Hummer laufen schon aufs Ufer zu!

Und sie warten schon am Strande – sagst du mir das Tänzchen zu?

Willst du, magst du, willst du, magst du, sagst du mir das Tänzchen zu?

Willst du, magst du, willst du, magst du, sagst du mir das Tänzchen zu?

Denk dir doch, wie schön das wird, ich kanns genügend kaum erläutern,

Wenn sie uns aufs offne Meer zusammen mit den Hummern schleudern!«

»Zu weit! Zu weit!« die Schnecke spricht und schaut dabei auf ihre Schuh,

Dankt dem Weißfisch allerherzlichst, doch sie sagt den Tanz nicht zu:

Könnt und möcht nicht, könnt und möcht nicht, sagt den Tanz nicht zu,

Könnt und möcht nicht, könnt und möcht nicht, sagt den Tanz nicht zu.

»Was macht es denn, wie weit es ist?« versetzt ihr schuppiger Galan,
»Wir kommen auf der drübern Seit' ja auch an einem Ufer an!
Und je weiter wir hier weg sind, desto näher liegt Peru –
So zittre nicht, geliebte Schneck, und sag mir doch das Tänzchen zu!
Willst du, magst du, willst du, magst du, sagst du mir das Tänzchen zu?
Willst du, magst du, willst du, magst du, sagst du mir das Tänzchen zu?«

»Vielen Dank, das ist ein sehr schöner Tanz zum Zuschauen«, sagte Alice, die froh war, daß sie endlich aufgehört hatten; »und ganz besonders gefällt mir das merkwürdige Lied mit dem Weißfisch!«

»Ach, was den Weißfisch angeht«, sagte die Falsche Suppenschildkröte, »also – du hast doch sicher schon einmal welche gesehen?«

»Ja«, sagte Alice, »es gibt sie öfters am Freita–.« Sie hielt plötzlich inne.

»Ich weiß zwar nicht, wo der Freita mündet«, sagte die Falsche Suppenschildkröte, »aber dann weißt du ja jedenfalls, wie sie aussehen.«

»So ungefähr«, sagte Alice nachdenklich. »Sie haben die Schwänze im Mund und sind voller Brösel.«

»Mit den Bröseln bist du im Irrtum«, sagte die Falsche Suppenschildkröte; »Brösel würden im Meer abgehen. Aber das mit den Schwänzen im Maul stimmt, und zwar deswegen, weil –«, und dabei gähnte die Falsche Suppenschildkröte und schloß die Augen. »Erkläre du ihr diesen ganzen Klimbim mit dem

Deswegen und Weil«, sagte sie zu dem Greif. »Das kommt daher«, sagte der Greif, »weil sie immer partout mit den Hummern tanzen wollten. Und deswegen sind sie ins Meer geschleudert worden. Und deswegen sind sie sehr lange durch die Luft geflogen. Und deswegen haben sie sich mit dem Maul am Schwanz festgehalten. Und deswegen haben sie dann den Schwanz nicht mehr herausbekommen. Darum.«

»Vielen Dank«, sagte Alice, »das ist sehr interessant. Ich habe das alles über Weißfische bisher noch nicht gewußt.«

»Ich kann dir gern noch mehr darüber sagen, wenn du es wissen willst«, sagte der Greif. »Ist dir denn überhaupt klar, warum ein Weißfisch Weißfisch heißt?«

»Das habe ich mir noch nie überlegt«, sagte Alice. »Warum denn?«

»Weil er so viel weiß. Zum Beispiel weiß er, wie man die Koralle dirigiert«, sagte der Greif feierlich.

Alice wußte nicht mehr, wo ihr der Kopf stand. »Die Koralle dirigiert!« sagte sie voller Staunen.

»Na ja, bei einem Konzert«, sagte der Greif; »wie sagst du denn dazu, wenn alle zusammen singen?«

Alice dachte eine Weile nach, bevor sie antwortete: »Das ist ein Chor, glaube ich.«

»Im Meer«, fuhr der Greif mit tiefer Stimme fort, »macht einer den Chor für alle. Das ist die Koralle. Jetzt weißt du's. Dabei hat es die gar nicht so leicht, mußt du wissen, weil dauernd jemand dazwischenkommt oder überhaupt ganz taub ist.«

»Wer denn?« fragte Alice neugierig.

»Die Störe und die Stockfische natürlich«, sagte der Greif ziemlich ungehalten. »Das weiß doch jede Flunder.«

»Wenn ich der Weißfisch gewesen wäre«, sagte Alice, der das Lied noch immer im Kopfe herumging, »ich hätte mich einfach umgedreht und zu der Zwecke gesagt: ›Laß uns gefälligst in Ruhe, wir können dich nicht brauchen!‹«

»Sie mußten die Zwecke dabeihaben«, sagte die Falsche Suppenschildkröte; »kein vernünftiger Fisch würde ohne sie auch nur einen Schritt tun.«

»Ach, wirklich?« sagte Alice voller Überraschung.

»Natürlich nicht«, sagte die Falsche Suppenschildkröte, »und wenn zu mir ein Fisch käme und sagte, er wolle auf Reisen gehen, dann wäre meine erste Frage: ›Mit welcher Zwecke?‹«

»›Mit welchem Zweck‹, meinst du sicher«, sagte Alice.

»Ich meine, was ich sage«, erwiderte die Falsche Suppenschildkröte beleidigt. Und der Greif setzte hinzu: »Nun, jetzt laß einmal hören, was du alles erlebt hast.«

»Ich könnte euch erzählen, was ich seit heute morgen erlebt habe«, sagte Alice zaghaft; »aber weiter zurückzugehen hätte keinen Sinn, weil ich da noch jemand anderer war.«

»Erkläre das alles erst einmal«, sagte die Falsche Suppenschildkröte.

»Nein! Zuerst die Erlebnisse«, sagte der Greif ungeduldig; »Erklärungen brauchen immer so furchtbar lange.«

Alice begann alles zu erzählen, was ihr zugestoßen war, seit sie dem Weißen Kaninchen begegnet war. Anfangs war sie ein wenig ängstlich, denn die zwei Wesen rückten von beiden Seiten näher und näher an sie heran und rissen ihre Augen und Mäuler sperrangelweit auf; aber langsam wurde sie beim Weitererzählen wieder etwas zutraulicher. Ihre Zuhörer saßen ganz wortlos da, bis sie zu der Stelle kam, wo sie der Raupe ›Ihr seid alt, Vater Franz‹ hergesagt hatte und die Wörter alle anders herausgekommen waren. Da holte die Falsche Suppenschildkröte tief Luft und sagte: »Das ist sehr merkwürdig.«

»Merkwürdiger geht es gar nicht«, sagte der Greif.

»Kamen alle anders heraus!« wiederholte die Falsche Suppenschildkröte nachdenklich. »Da möchte ich doch wissen, was passiert, wenn sie hier etwas aufsagt. Sag ihr, sie soll anfangen.« Und dabei sah sie den Greifen an, als meinte sie, der hätte über Alice zu bestimmen.

»Steh auf und sage das Gedicht her: ›Wer so spricht, ist ein Faulpelz‹«, sagte der Greif.

»Wie diese Wesen hier einen herumkommandieren und Gedichte aufsagen lassen!« dachte sich Alice. »Da könnte man ja ebensogut gleich in der Schule sitzen!« Trotzdem stand sie auf und fing mit dem Gedicht an; aber der Kopf war ihr noch so voll von der Hummer-Quadrille, daß sie selbst kaum wußte, was sie sagte, und ihr die Wörter in der Tat äußerst sonderbar aus dem Munde kamen:

Wer so spricht, ist ein Hummer; er sagt ja ganz klar:
»Bin zu dunkel gebacken, muß zuckern mein Haar.«
Wie ein Storch mit den Ohren, schob er mit der Nas
Seinen Gurt etwas höher und die Zehen ins Gras.

Der Strand ist kaum trocken, frohlockt er auch schon
Und spricht von dem Haifisch im keckesten Ton;
Doch kommt dann die Flut mit den Haifischen drin,
Verliert sein Gespräch sowohl Wohlklang wie Sinn.

»Zu meiner Zeit hat man dieses Gedicht anders vorgetragen«, sagte der Greif.

»Ich kenne es zwar nicht von früher«, sagte die Falsche Suppenschildkröte, »aber mir kam es wie kompletter Unsinn vor.«

Alice sagte nichts; sie saß am Boden, bedeckte das Gesicht mit den Händen und fragte sich, ob denn *jemals* wieder alles mit rechten Dingen zugehen würde.

»Ich möchte das gern erklärt haben«, sagte die Falsche Suppenschildkröte. »Sie kann es nicht erklären«, sagte der Greif schnell. »Sag die nächste Strophe her.«

»Aber die Zehen!« sagte die Falsche Suppenschildkröte eigensinnig. »Die Zehen mit der Nase ins Gras schieben, wie kann denn das möglich sein?«

»Das ist die erste Figur bei diesem Tanz«,

sagte Alice; aber in ihrem Kopf ging alles durcheinander, und sie brannte darauf, von etwas anderem zu reden.

»Sag die nächste Strophe her«, wiederholte der Greif »sie beginnt mit den Worten: ›Ich besuchte ihn einst‹.«

Alice wagte nicht, ihm zu widersprechen, obwohl sie sicher war, daß alles falsch herauskommen würde, und fuhr mit zittriger Stimme fort:

Ich besuchte ihn einst: hinter einer Tapete
Aß der Kauz mit dem Leu da eine Pastete:
Und zwar aß der Leu Fleisch, Kruste und Soß,
Und dem Kauz blieb die leere Schüssel zum Trost.

Die Pastete war fort, und der Leu ward spendabel:
Er vermachte dem Kauz zur Erinn'rung die Gabel;
Er selbst griff zum Messer, und dann, mit pardauz!
Beschloß er das Mahl wohlgemut mit dem –

»Was *soll* das nur für einen Sinn haben«, unterbrach sie die Falsche Suppenschildkröte, »daß du dieses ganze Zeugs hersagst und erklärst es nicht gleichzeitig? So etwas Wirres habe ich mein Lebtag noch nicht gehört!«

»Ja, am besten hörst du jetzt wohl auf«, sagte der Greif, und Alice tat ihm diesen Gefallen nur allzu gerne.

»Sollen wir dir noch eine andere Figur aus der Hummer-Quadrille zeigen?« fuhr der

Greif fort, »oder möchtest du, daß dir die Falsche Suppenschildkröte etwas vorsingt?«

»O ja, ein Lied, bitte, wenn es der Falschen Suppenschildkröte nichts ausmacht«, versetzte Alice so eifrig, daß der Greif etwas pikiert sagte: »Hm! Na ja, die Geschmäcker sind verschieden. Also los, dann sing ihr die ›Schildkrötensuppe‹ vor, was, Alte?«

Die Falsche Suppenschildkröte seufzte tief auf und sang, von häufigem Schluchzen unterbrochen, das folgende Lied:

Schalippe, schaluppe! Seht doch die Suppe,
Die fette! Die grüne! In der Terrine!
Komm, meine Puppe! Riechst du die Suppe?
Die Suppe der Suppen, die herrliche Suppe!
Die Suppe der Suppen, die herrliche Suppe!
Her-r-r-liche Suppe!
Her-r-r-liche Suppe!
Suppe der Suppen,
Herrliche, herrliche Suppe!

Herrliche Suppe! Wem fällt da die Schuppe
Nicht von den Augen? Was kann da noch taugen?
Salz oder Schmalz. Vom Brotlaib die Kuppe?
Sind sie nicht schnuppe, verglichen mit Suppe?
Verglichen mit herrlicher Suppe?
Her-r-r-liche Suppe!
Her-r-r-liche Suppe!
Suppe der Suppen,
Herrliche, herrliche Suppe!

Die Hummer-Quadrille

»Und den Refrain noch mal!« rief der Greif, und die Falsche Suppenschildkröte hatte damit gerade angefangen, als in der Ferne der Ruf erscholl: »Der Prozeß beginnt!«

»Komm jetzt!« rief der Greif, nahm Alice an der Hand und eilte mit ihr davon, ohne das Ende des Liedes abzuwarten.

»Welcher Prozeß denn?« keuchte Alice im Laufen; aber der Greif sagte nur: »Komm jetzt!« und rannte noch schneller, während ein Windhauch, der sie begleitete, ihnen die immer schwächer werdenden, wehmütigen Worte nachtrug:

»Suppe der Suppen,
Herrliche, herrliche Suppe!«

Quellenverzeichnis: »Die Hummer-Quadrille« aus: *Alice im Wunderland.* Übersetzung: Christian Enzensberger. Mit freundlicher Genehmigung des Insel Verlags, Frankfurt am Main.

Bibliographie: *Alice im Wunderland/Alice hinter den Spiegeln,* Frankfurt am Main, 1966. – *Briefe an kleine Mädchen,* Frankfurt am Main, 1966. – *Die Jagd nach dem Schnark,* Frankfurt am Main, 1968. –

Villiers de l'Isle-Adam

1840–1889

Mit dumpfem Geräusch stürzen Wände ein. In den Wäldern springt das Eichhörnchen des Blitzes von Wipfel zu Wipfel. Das Realitätsprinzip wird von einem grundsätzlichen Zweifel bedrängt, der danach trachtet, den gegenwärtigen Formen des Lebens den despotischen Charakter, den sie für gewöhnlich annehmen, wieder zu nehmen, damit das Menschenleben in seinem kontinuierlichen Werden begriffen werde. Diese echt Hegelsche Haltung Villiers führt bei ihm notwendig zu einer gewissen Abneigung gegen seine Zeit, stört das philosophische Gleichgewicht zugunsten des Unzeitgemäßen. Gefühl und Geist des Dichters, der dem unmittelbaren Schauspiel gegenüber gleichgültig bleibt, werden ganz von der Vergangenheit und der Zukunft in Beschlag genommen. Es sind dies zwei Zaubertränke von höchster Klarheit, sobald man sich nicht mehr von dem trüben Niederschlag, der die Welt von heute *ausmacht, hypnotisieren läßt. Das Mögliche wird hier als »ebenso schrecklich« empfunden wie das Wirkliche, und für den reinen Idealisten, der Villiers ist, versteht es sich von selbst, daß es keine Identi-*

tät gibt zwischen dem Holzscheit, das man ins Feuer wirft, und demselben Holzscheit, das brennt: »Wo ist die Substanz? – Zwischen euren beiden Brauen!« So sehen die meisten seiner Helden die Außenwelt mit trüben Augen, sofern sie diese Augen, die nicht mehr sehen, wie die schöne Claire Lenoir nicht hinter einer riesigen »himmelblauen Brille« verbergen. Diese um jeden Preis (selbst um den Preis des Erblindens) gewollte Hellsichtigkeit hat, wie bei Maeterlinck, der sagen konnte: »Alles, was ich gemacht habe, verdanke ich Villiers«, nie einen schlimmeren Feind erblickt als den gesunden Menschenverstand, dessen Karikatur die tragische und sich rächende Gestalt Tribulat Bonhomet, »der Archetyp seines Jahrhunderts«, ist.

Villiers de l'Isle-Adam läßt keine Gelegenheit ungenutzt, diesem gesunden Menschenverstand im Laufe dessen, was Mallarmé sein »Scheinleben« nennt, hohnzusprechen. Es zeugt, mag man meinen, von demselben Verhalten, wenn er seine Rechte auf den griechischen Thron geltend macht und in extremis *sein armes, ungebildetes Dienstmädchen heiratet. »In Villier's Temperament«, sagt Huysmans, »gab es ein Versteck grausamen Scherzes und grimmigen Spotts; das waren nicht mehr die paradoxen Mystifikationen eines Edgar Allen Poe, es war Verhöhnung von schauriger Komik so wie Swift sie liebte.«*

Der Schwanentöter

Durch Nachschlagen in den Bänden einer Naturgeschichte hatte unser berühmter Freund, der Doktor Tribulat Bonhomet, schließlich gelernt, daß *»der Schwan singt, bevor er stirbt«*. Tatsächlich half ihm (so hat er es uns jüngst noch anvertraut) allein diese Musik, seit er sie einmal gehört hatte, die Enttäuschungen des Lebens zu ertragen, und jede andere schien dagegen nur noch wie Katzenmusik, wie »Wagner«.

»Wie hatte er sich diesen Kunstgenuß verschafft?«

So: In der Umgebung der sehr alten mauerbewehrten Stadt, die er bewohnte, hatte der praktische alte Herr eines Tages in einem verlassenen hundertjährigen Park, beschattet von großen Bäumen, einen alten verwunschenen Teich entdeckt – auf dessen dunklem Spiegel zwölf oder fünfzehn dieser stillen Vögel dahinglitten –, und während er sorgfältig ihre Lebensgewohnheiten studiert und die Entfernungen abgewogen hatte, war ihm insbesondere der schwarze Schwan aufgefallen, ihr Wächter, der abseits in einem Sonnenstrahl schlief.

Alle Nächte war er da, die Augen weit offen, einen glatten Stein in seinem langen rosa Schnabel, und beim geringsten Geräusch, das ihm eine Gefahr für seine Schutzbefohlenen anzeigte, hatte er mit einer jähen Bewegung seines Halses den Weckstein in die Wellen geschleudert, mitten in den weißen Kreis seiner Schläfer: Und auf dieses Zeichen hin war der Schwarm unter seiner Führung durch die Dunkelheit davon gestoben, in die Tiefe der Alleen, zu irgendwelchen fernen Rasenplätzen hin oder einer Quelle, in der sich graue Statuen spiegelten, oder einem andern ihrem Gedächtnis wohlbekannten Zufluchtsort. – Und Bonhomet hatte sie lange beobachtet, stumm – und ihnen sogar zugelächelt. War's wegen ihres letzten Gesanges, an dem er, als vollkommener Kunstliebhaber, bald seine Ohren zu weiden träumte?

Zuweilen also – wenn die Mitternachtsstunde irgendeiner mondlosen Herbstnacht schlug – erhob sich Bonhomet plötzlich, von Schlaflosigkeit geplagt, und bekleidete sich auf besondere Weise, um wieder das Konzert zu hören. Der riesige knochige Doktor, der seine Beine in unmäßigen eisenbeschlagenen Gummistiefeln vergrub, die nahtlos in einen weiten undurchlässigen und gehörig pelzgefütterten Gehrock übergingen, schob seine Hände in ein Paar Handschuhe aus wappengeschmücktem Stahl, die zu irgendeiner mittelalterlichen Rüstung gehört hatten (Handschuhe, deren glücklicher Besitzer er zum Preis von achtunddreißig Soldi – ein Wahnsinn! – bei einem Altwarenhändler geworden war). Danach setzte er seinen großen modischen Hut auf, blies die Lampe aus, stieg die Treppe hinab, ließ den Wohnungsschlüssel in seiner Tasche verschwinden und machte sich, mit den Schritten des biederen Bürgers, auf den Weg zu dem verlassenen Park.

Kühn schritt er dort sogleich auf den dunklen Pfaden dem Zufluchtsort seiner Lieblingssänger zu – dem Teich, dessen nicht sehr tiefes Wasser, das er an allen Stellen wohl ergründet hatte, ihm nicht über den Gürtel reichte. Und unter den Laubgewölben, die das Ufer begrenzten, dämpfte er seinen Schritt, tastend nach toten Zweigen.

Am Ufer des Teiches angelangt, setzte er – langsam, ganz langsam – und ohne das mindeste Geräusch! – erst den einen, dann den anderen Stiefel hinein und schritt durchs Wasser voran, mit unerhörter Vorsicht, so unerhört, daß er kaum zu atmen wagte. Wie ein Musiknarr unmittelbar vor der ersehnten Arie. Also daß er, um die zwanzig Schritte zurückzulegen, die ihn von seinen geliebten Virtuosen trennten, insgesamt zwei bis zweieinhalb Stunden brauchte; so groß war seine Furcht, den schwarzen Wächter in seiner höchsten Wachsamkeit zu alarmieren.

Der Hauch des sternlosen Himmels fuhr klagend durch das hohe Astwerk in der Finsternis rund um den Teich – aber Bonhomet ging ungerührt, ohne sich durch das geheimnisvolle Rauschen beirren zu lassen, immer weiter voran, und so kam es, daß er sich gegen drei Uhr früh, unsichtbar, einen halben Schritt vom schwarzen Schwan entfernt fand, ohne daß dieser auch nur eine Spur von seiner Gegenwart geahnt hätte.

Der gute Doktor, lächelnd im Schatten, kräuselte dann leise, ganz leise, streifte kaum mit der Spitze seines mittelalterlichen Zeigefingers, vor dem Wächter die Wasserfläche, die zwischen ihnen kaum mehr vorhanden war! ... Und er kräuselte sie mit solcher Zartheit, daß jener, obwohl erschrocken, diesem vagen Alarmzeichen nicht solche Bedeutung beimessen konnte, um den Stein zu werfen. Er lauschte. Mittlerweile, als in seinen Instinkt sich dunkel die Vorstellung der Gefahr einschlich, begann sein Herz – o sein armes argloses Herz! – schrecklich zu schlagen: was Bonhomet mit Jubel erfüllte.

Wie da die schönen Schwäne, einer nach dem andern, aufgestört durch das Geräusch aus tiefstem Schlaf, in Wellenlinien den Kopf unter das bleiche Silbergefieder reckten – und, unter der Last von Bonhomets Schatten, allmählich in Angst gerieten, wie durch ein unbestimmtes und unerklärliches Bewußtsein von der tödlichen Gefahr, die sie bedrohte. Aber in ihrem unendlichen Zartgefühl litten sie stumm, wie der Wächter – denn sie konnten nicht fliehen: *Der Stein war nicht geworfen worden!* Und die Herzen all dieser weißen Gefangenen fingen an in dumpfer Agonie zu schlagen – deutlich zu vernehmen für das entzückte Ohr des vortrefflichen Doktors, der – wohl wissend, was allein seine Nähe ihnen antat – sich an dem unvergleichlichen Kitzel des Entsetzens ergötzte, das seine Reglosigkeit ihnen einflößte.

»Wie lieblich ist es, die Künstler zu fördern!« sagte er leise zu sich.

Drei Viertelstunden ungefähr dauerte diese

Ekstase, die er nicht gegen ein Königreich eingetauscht hätte. Plötzlich glitt der Strahl des Morgensterns durch die Zweige und erleuchtete unverhofft Bonhomet, das schwarze Wasser und die Schwäne mit den Augen voll Träumen! Der Wächter, von Grausen gepackt bei diesem Anblick, warf den Stein ... Zu spät! ... Mit lautem schrecklichem Schrei, durch den sich sein sirupartiges Lächeln entlud, stürzte sich Bonhomet mit erhobenen Krallen, gestreckten Armen durch die Reihen der heiligen Vögel! – Und im Nu schlossen sich die Eisenfinger dieses modernen Recken: Und die reinen Schneehälse von zwei oder drei Sängern lagen durchbohrt oder gebrochen vor dem strahlenden Schwarm der anderen Dichter-Vögel.

Dann entwich die Seele der sterbenden Schwäne, nicht achtend des guten Doktors, in einem Gesang von unsterblicher Hoffnung, Befreiung und Liebe, zu unbekannten Himmeln.

Der klügliche Doktor lächelte über diese Sentimentalität, an der er, als ernsthafter Kenner, nur eine Sache zu goutieren geruhte – das Timbre. – Musikalisch schätzte er nur den einzigartigen Schmelz *des Timbres* dieser symbolischen Stimmen, die den Tod intonierten wie eine Melodie.

Bonhomet sog mit geschlossenen Augen die harmonischen Schwingungen in sein Herz hinein: dann stieg er, schwankend wie unter einem Krampf, ans Ufer, legte sich dort ins Gras, drehte sich auf den Rücken in seiner warmen, undurchlässigen Kleidung.

Und dort, befangen in einer wollüstigen

Starre, genoß dieser Mäzen unserer Tage noch einmal aus tiefsten Zügen die Erinnerung an den hinreißenden Gesang seiner geliebten Künstler – bezaubert von einer, wie er fand, altmodischen Erhabenheit.

Und er überwand Benommenheit und Ekstase, indem er, nach Art des biederen Bürgers, so lange den köstlichen Eindruck wiederkäute, bis die Sonne aufging.

Quellenverzeichnis: »Der Schwanentöter« aus: *Tribulat Bonhomet*. Übersetzung: Lothar Klünner.

Bibliographie: *Tribulat Bonhomet*, München 1920. – *Novellen der Grausamkeit*, Wien 1923. – *L'Eve future*, Paris 1960. – *Grausame Geschichten*, München 1962. *Die Eva der Zukunft*, München 1972.

Charles Cros

1842–1888

Verse, die überdauern, schaff ich euch.
Es trauen
Die Menschen meiner Stimme,
die die Wahrheit spricht.
Die oberste Vernunft, mein Erbteil,
darf ich schauen,
Entbehrte sie für alles Gold
der Erde nicht.

Und alles rührt ich an, ob Feuer,
Früchte, Frauen;
Den Winter, Lenz und Sommer
fühlt ich im Gesicht;
Und alles spürt ich auf, mich hielten
keine Mauern.
Doch, Glück, sag mir,
mit welchem Namen nennst du dich?

Je sais faire les vers perpétuels. Les hommes
Sont ravis à ma voix qui dit la vérité.
La suprême raison dont j'ai, fier, hérité
Ne se payerait pas avec toutes les sommes.

J'ai tout touché: le feu, les femmes et les pommes;
J'ai tout senti: l'hiver, le printemps et l'été;
J'ai tout trouvé, nul mur ne m'ayant arrêté.
Mais, Chance, dis-moi donc de quel nom tu te nommes?

Wenn dem, der sich, ohne im geringsten zu übertreiben, so hat darstellen können – dessen dichterisches Werk ein »morgendliches Paradies« erschließt und dessen Herz immer noch nichts als einen Strauß Flieder vom Mont Valérien bindet – noch längst nicht der ihm gebührende Rang zuerkannt wurde, so ist zweifellos sein Genie daran schuld, durch das er wie kein anderer in das Spiel von Licht und Schatten gleich mehrerer Sphären gerät. Die Finger Charles Cros' werden, wie später jene Marcel Duchamps, von Schmetterlingen geführt, die so bunt sind wie das Leben selbst und sich ebenfalls von Blütenhonig nähren, doch die von keinen anderen Lichtquellen angelockt werden, denn von denen der Zukunft. Es sind die Finger eines unentwegten Erfinders. Zwischen dem Gegenstand und dem Vorhaben immerfort hin und her schwirrend, flattern sie von dem Blatt, wo die Pläne entworfen werden, während sich gleichzeitig die Verse einem einfachen Stoff in mehr oder weniger unvorhergesehener Anordnung fügen, und aus denen eine Eroberung für alle Menschen resultieren kann. Charles Cros hat in den Worten »Verfahren« gesehen, Verfahren, die er geradeso geliebt hat wie jene, deren Entdeckung und Anwendung den

Weg des wissenschaftlichen Fortschritts markieren. Der Grund für seine gleichzeitige Berufung zum Dichter und zum Gelehrten ist darin zu sehen, daß es ihm immer darum zu tun war, der Natur einen Teil ihrer Geheimnisse zu entreißen. Daher zum Beispiel die erstaunliche Orchestrierung einiger seiner Gedichte in Prosa (»Über drei Aquatinten von Henri Cros«), die bereits die »Illuminationen« ankündigen, daher auch die Großtat, die er vollbracht hat, im »Räucherhering« die dichterische Mühle im Leerlauf sich drehen zu lassen. Sein Geist ist so frisch, daß ihm nichts, das man sich nur wünschen kann, a priori utopisch erscheint, daß er weniger als jeder andere auf dem, was nicht ist (in seinen Augen, was noch nicht ist) im Verhältnis zu dem, was ist, ein Verbot liegen fühlt. Als erster ist ihm die Synthese des Rubins gelungen; »er hat alle Voraussetzungen zur Konstruktion des Radiometers, mit dem Sir William Crookes den luftleeren Raum ausmißt und das Imponderable eicht, ersonnen, beschrieben und präzisiert, und auch die des ›Photophonen‹, dessen sich zu bedienen Graham Bell sich so sehr gewünscht hatte, um das Licht zum Sprechen zu bringen und die Echos der Sonne aufzunehmen«. Er hat das Prinzip der Farbphotographie entwickelt, und es ist erwiesen, daß er achteinhalb Monate vor der Erfindung des Phonographen durch Edison in der Akademie der Wissenschaften einen versiegelten Brief hinterlegt hatte, in dem er einen in fast allen Einzelheiten gleichen Apparat beschrieb. Emilie Gautier, der alles daran gesetzt hat, ihm in diesem Punkt zu sei-

nem Recht zu verhelfen, erinnert außerdem an »die Arbeiten von Charles Cros über die Elektrizität, deren ›aufreizende Trägheit‹ und ›sirupartige Beschaffenheit‹ er zutiefst beklagte, an seinen Musikstenographen, der inzwischen von anderen unter dem Namen ›Melotrop‹ verwirklicht wurde, an seinen automatischen Telegraphen, seinen Chronometer, sein schwindelerregendes Projekt interplanetarischer optischer Telegraphie usw. . .«.

Die Kehrseite von Charles Cros' wunderbarem geistigen Abenteuer waren die lächerlichsten Lebensbedingungen, mit denen er zu kämpfen hatte. In seiner Dachstube im »Chat-noir«, wo er das Genre des »Monologs« schaffen sollte, war es ihm nur vergönnt, die Armut jeden Tag gegen die Bohème zu vertauschen. Das hat zur Folge, daß der Humor bei ihm als Nebenprodukt jener »bitteren und tiefen Philosophie« auftritt, die Verlaine ihm zuschreibt und ohne die er sich in der Gesellschaft nicht hätte behaupten können. Über der echten Heiterkeit mancher rein phantastischen Stellen in seinem Werk sollte man jedoch nicht vergessen, daß mitten in einigen der schönsten Gedichte von Charles Cros ein Revolver gezogen wird.

Der Räucherhering

War eine große weiße Wand –
nackt, nackt, nackt,
Da lehnte eine Leiter dran –
hoch, hoch, hoch,
Ein Räucherhering stand davor –
dürr, dürr, dürr.

Er kommt und hält in seiner Hand –
schmutzig, schmutzig, schmutzig,
Hammer und Nagel, riesengroß –
spitz, spitz, spitz,
Ein Knäuel Strippe noch dazu –
dick, dick, dick.

Dann klettert er die Leiter rauf –
hoch, hoch, hoch,
Und schlägt den spitzen Nagel ein –
bum, bum, bum,
Ganz oben in die weiße Wand –
nackt, nackt, nackt.

Dann läßt er seinen Hammer los –
der fällt, der fällt, der fällt,
Die Schnur macht er am Nagel fest –
lang, lang, lang,

Am andern End der Räucherhering –
  dürr, dürr, dürr.

Die Leiter steigt er dann herab –
  hoch, hoch, hoch,
Trägt sie mitsamt dem Hammer fort –
  schwer, schwer, schwer,
Dann geht er weg, woanders hin –
  weit, weit, weit.

Was wurde aus dem Räucherhering –
  dürr, dürr, dürr?
Am Ende seiner dicken Schnur –
  lang, lang, lang,
Schaukelt er langsam hin und her –
  immer, immer, immer.

Hab mir dies Liedchen ausgedacht –
  simpel, simpel, simpel,
Und so die Leut in Wut gebracht –
  die ernsten, ernsten, ernsten,
Und hab den Kindern Spaß gemacht –
  den kleinen, kleinen, kleinen.

Le hareng saur

Il était un grand mur blanc –
  nu, nu, nu,
Contre le mur une échelle –
  haute, haute, haute,
Et, par terre un hareng saur –
  sec, sec, sec.

Il vient, tenant dans ses mains –
  sales, sales, sales,

Charles Cros

Un marteau lourd, un grand clou –
    pointu, pointu, pointu,
Un peloton de ficelle –
    gros, gros, gros.

Alors il monte à l'échelle –
    haute, haute, haute,
Et plante le clou pointu –
    toc, toc, toc,
Tout en haut du grand mur blanc –
    nu, nu, nu.

Il laisse aller le marteau –
    qui tombe, qui tombe, qui tombe,
Attache au clou la ficelle –
    longue, longue, longue,
Et, au bout, le hareng saur –
    sec, sec, sec.

Il redescent de l'échelle –
    haute, haute, haute,
L'emporte avec le marteau –
    lourd, lourd, lourd,
Et puis, il s'en va ailleurs –
    loin, loin, loin.

Et, depuis, le hareng saur –
    sec, sec, sec,
Au bout de cette ficelle –
    longue, longue, longue,
Très lentement se balance –
    toujours, toujours, toujours.

J'ai composé cette histoire –
    simple, simple, simple,
Pour mettre en fureur les gens –

graves, graves, graves,
Et amuser les enfants –
petits, petits, petits.

Die Wissenschaft der Liebe

Als ich sehr jung war, verfügte ich über beträchtlichen Reichtum und hatte Neigung zur Wissenschaft. Nicht zu jener vergeblichen Wissenschaft, die voller Anmaßung glaubt, die Welt in allen Stücken neuschaffen zu können und in der blauen Atmosphäre der Phantasie herumflattert. Ich war immer der Meinung, eines Sinnes mit der straff formierten Kohorte der modernen Gelehrten, daß der Mensch nur ein Stenograph der brutalen Tatsachen ist, nur ein Sekretär der greifbaren Natur; daß die Wahrheit, die ich nicht in ein paar leeren Verallgemeinerungen sah, sondern in einer Unermeßlichkeit von verworrener Dichte, von Fall zu Fall zugänglich ist nur denen, die die realen, feststellbaren, unabweislichen Tatsachen zusammenkratzen, zurechtstutzen, ausspähen, kommissionieren und magazinieren; mit einem Wort, daß man Ameise sein muß, Made, Rädertier, Zitterwurm, kurz, daß man ein Nichts sein muß, um sein eignes Atom der Unendlichkeit der Atome hinzuzufügen, die die majestätische Pyramide der wissenschaftlichen Wahrheiten bilden. Beobachten, nur beobachten, vor allem nie denken, träumen, phantasieren: darin besteht der Glanz der aktuellen Methode.

Mit diesen gesunden Ansichten trat ich ins Leben ein; und von meinen ersten Schritten an lag mir ein wunderbarer Plan, ein wahrer wissenschaftlicher Glücksfund im Sinn.

Als ich Physik lernte, sagte ich mir:

Man hat die Schwerkraft untersucht, die Wärme, die Elektrizität, den Magnetismus, das Licht. Das mechanische Äquivalent dieser Kräfte ist fraglos aufs strengste determiniert – oder muß es jedenfalls sein. Doch alle, die mit der Ausarbeitung dieser Grundelemente künftigen Wissens beschäftigt sind, spielen in der Welt nur eine erbärmliche Rolle.

Es gibt andere Kräfte, die durch kluge und geduldige Beobachtung dem Geist des Wissenschaftlers zu unterwerfen sind. Ich werde sie nicht im allgemeinen klassifizieren, weil das meines Erachtens dem Studium nur schadet und weil ich auch gar nichts davon verstehe. Kurz, ich kam schließlich auf den Gedanken (wie und warum weiß ich nicht), die wissenschaftliche Erforschung der Liebe in Angriff zu nehmen.

Ich sehe nicht unbedingt schlecht aus, bin weder zu groß noch zu klein, und niemand hat mir je sagen können, ob ich braun oder blond bin. Nur meine Augen sind etwas klein, nicht leuchtend genug, was mir einen stumpfsinnigen Ausdruck gibt, der zwar in gelehrten Gesellschaften nützlich, in der Welt jedoch schädlich ist.

Von dieser Welt habe ich übrigens, trotz so vieler wissenschaftlicher Bemühungen, keine sehr klare Kenntnis, und es ist ein wahres Meisterwerk an Kaltblütigkeit, daß ich, ohne aufzufallen, mein unverrückbares Ziel habe verfolgen können.

Die Wissenschaft der Liebe

Ich hatte mir gesagt: Ich will die Liebe erforschen, nicht wie die Don Juans, die ihrem Vergnügen nachgehen, ohne zu schreiben, nicht wie die Literaten, die alles in unklare Empfindsamkeit hüllen, sondern nach Art ernsthafter Wissenschaftler. Um die Einwirkung der Wärme auf Zink festzustellen, nimmt man einen Zinkbarren, erhitzt ihn im Wasser auf eine Temperatur, die mittels eines möglichst guten Thermometers streng bestimmt wird; man mißt genau die Länge des Barrens, seine Härte, seinen Klang, sein Erwärmungsvermögen, und dasselbe führt man bei einer anderen, nicht minder streng bestimmten Temperatur durch.

Mit genau so exakten Verfahrensweisen nahm ich mir vor (ein bemerkenswerter Vorsatz in einem so zarten Alter – kaum fünfundzwanzig Jahre), die Liebe zu *erforschen.* Schwieriges Unterfangen!

Wir tauschten unsere Porträts aus. Meines war eine Photographie auf Email, goldgerahmt, an einem dünnen Kettchen, um unter den Kleidern getragen werden zu können.

Dieses Porträt enthielt, verborgen zwischen einer Elfenbeinplatte und dem Email, zwei Thermometer für *Maxima* und *Minima,* zwei Meisterwerke der Präzision bei so winzigen Ausmaßen.

So konnte ich die Veränderungen der normalen Temperatur an einem von Liebe erregten Körper prüfen.

Unter oft schwierig zu erfindenden Vorwänden ließ ich mir das Porträt für ein paar

Stunden zurückgeben, notierte die erhaltenen Zahlenwerte mit Zeitangabe und brachte die Thermometer wieder in Ausgangshöhe.

Eines Abends hatte ich zweimal mit einer kleinen brünetten Dame getanzt, ich erinnere mich, eine Temperatursenkung um vier Zehntel festgestellt zu haben, der eine Erhöhung um sieben Zehntel gefolgt oder vorausgegangen war (die Reihenfolge der Phänomene war mit nichts feststellbar). So weit die Tatsachen.

Wie dem auch sein mag, als alles vorbereitet war, traf ich folgende Maßnahmen: Ich sagte zu Monsieur D.: »Eigentum ist Diebstahl« (das ist nicht von mir, ist auch nicht neu, aber das wirkt immer); zu Madame D., die eine Fehlgeburt hinter sich hatte, von der sie nur allzu viel sprach: »Vom ökonomischen und sozialen Standpunkt kann und muß die Frau als Fötusfabrik betrachtet werden«; und ich trällerte nach der Melodie »Bei einer Wiege« ein paar Verse aus einem Chanson von W., das den Titel »Bei einem Becher« hatte.

... Seh ihn im weißen Vatermörder,
Der würd'ge Posen frisch ersetzt ...
Und wär der Herr nicht stockbesoffen,
Wie große Dinge tät er jetzt!

Dann spielte ich Virginie folgendes Briefchen in die Hand:

»Später werde ich Ihnen alles erklären. Vollkommener Bruch zwischen Ihren Eltern und mir. Vor uns das Ideal, der Traum, das Prisma des Unmöglichen. Um zu leben, muß man lieben ... Unten wartet eine Kutsche:

Komm, oder ich töte mich, und du trägst die Schuld.«

So entführte ich sie.

Die Leichtigkeit, auf die ich bei diesem Unternehmen gestoßen war, versetzte mich in Erstaunen, als ich in der Eisenbahn das junge Mädchen betrachtete, das, in der Stille erzogen, vielleicht für einen mittelmäßigen Angestellten bestimmt war und das mir nun unter dem Einfluß etlicher gefühlvoller Redensarten gefolgt war, die ich dabei nicht einmal erfunden hatte, und denen ich wahrlich keine ausreichende Erklärung gab.

Wie man sich denken kann, fuhren wir irgendwohin.

In der Tat hatte ich längst mit dem mir eigenen Scharfsinn eine köstliche und zugleich wissenschaftliche Einrichtung vorbereitet, deren Sinn weiter unten deutlich werden wird.

Die Eisenbahnfahrt dauerte drei Stunden, viel Zeit für Aufregungen, Schluchzen und Herzklopfen. Glücklicherweise waren wir nicht allein im Abteil.

Vor allen Dingen hatte ich, soweit wie möglich, die Situation in den Romanen studiert:

»O du ... Du opferst mir alles ... Wie nur dir danken ...« Dann, nach einer Pause: »Ich liebe dich, ich liebe dich ... Oh! mit der Geliebten reisen! Der Horizont rötet sich abends, oder der Morgen schmückt sich mit Perlen im Morgenrot, und wir zwei sind zusammen, Auge in Auge, hinter uns heitere Stunden oder der Schlaf, in Ländern mit neuen Düften.«

Diesen Satz hatte ich mir von meinem Freunde, dem Dichter W., machen lassen.

Wir kommen an, sie wie ein Vogel mit nassen Flügeln, ich entzückt über den Anfangserfolg meiner Forschungspläne. Denn ohne mich von dieser Entführung zu romanhafter Eitelkeit hinreißen zu lassen, hatte ich für die ganze Zeit der Reise, während der ich das junge aufgescheuchte Mädchen beruhigte, zwischen seiner zehnten und elften Rippe geschickt einen Kardiographen von besonders langer Funktionsfähigkeit angebracht, der so genau arbeitete, daß Dr. Marey, dem ich die komplette Beschreibung des Apparats verdanke, sich seine Herstellung aus Sparsamkeit versagt hatte.

Dann ein Wagen, der uns vom Bahnhof abholte. Schrecken, Verwirrung, trunkene Unruhe der jungen Dame. Meine nur schwach abgewehrten Umarmungen erlaubten dem Kardiographen, die Reaktionen der inneren Organe auf die gegebene Lage zu registrieren.

Und in dem köstlichen Boudoir, in dem sie sich, das Gesicht in den Händen verbergend, ihren endgültigen Bruch mit den Forderungen der Moral und der öffentlichen Meinung zum Vorwurf machte, konnte ich glücklicherweise zur genauen Bestimmung ihres Körpergewichts schreiten (was gerade in diesem Augenblick unbedingt wichtig war). Und zwar auf folgende Art:

In Gedanken verloren, hatte sie sich auf einem Sofa niedergelassen. Bewegt, ja bezaubert von ihrem Anblick, blieb ich stehen und drückte mit dem Absatz auf einen elektrischen Klingelknopf, der unter dem Teppich angebracht war, und nebenan, in einem verborgenen Zimmer, am Ende der Hebevorrichtung einer Art Brückenwaage, deren anderes Ende das Sofa bildete, konnte Jean (ein ergebener und wohlunterwiesener Diener) das Gewicht der jungen Dame in bekleidetem Zustand feststellen.

Ich setzte mich an ihre Seite und sparte nicht mit allen möglichen Tröstungen, Zärtlichkeiten, Küssen, ich streichelte, hypnotisierte sie – Tröstungen, die, nach meinem Forschungsplan, trotzdem nur vorläufig sein sollten.

Ich übergehe die Zwischenstationen, die mir schließlich erlaubten, immer noch auf dem Sofa, sie auch ihrer letzten Kleidungsstücke zu entledigen und sie dann in den Alkoven zu tragen, wo sie Familie, öffentliche Meinung und Gesellschaft vergaß.

Während dieser Zeit wog Jean die auf dem besagten Sofa zurückgelassenen Kleidungsstücke, Schuhe und Strümpfe mit einbegriffen, woraus sich durch Substraktion das Nettogewicht des Körpers der Frau ergab.

In dem Zimmer übrigens, wo sie sich, trunken von Liebe, meiner Leidenschaft hingab, die natürlich fingiert war (denn ich hatte keine Zeit zu verlieren), waren wir gleichsam in einer Retorte. Die mit Kupfer verdoppel ten Mauern verhinderten jede Verbindung mit der Luft außerhalb des Zimmers; und die Luft im Zimmer selbst war, zuerst ehe sie es betrat, dann als sie es verließ, der strengsten Analyse unterworfen. Die Pottaschelösungen in kugelförmigen Vorrichtungen gaben jedem geschickten Chemiker Stunde um Stunde die jeweilige Menge von Kohlensäure bekannt.

Ich erinnere mich in dieser Hinsicht an kuriose Meßwerte, aber ihnen fehlt doch die gerade auf den Tabellen erforderliche Genauigkeit, da mein Atem, der eines nicht Verliebten, mit dem Virginies vermischt war, dem einer wahrhaft Verliebten. Es genügt, ganz allgemein das Übermaß von Kohlensäure in besonders stürmischen Nächten zu erwähnen, in denen die Leidenschaft ihre *Maxima* erreichte, sowohl an Intensität wie in ihrem zahlenmäßigen Niederschlag.

Streifen von Lackmuspapier, die geschickt im Futter ihrer Kleidung verteilt waren, haben mir gezeigt, daß ihr Schweiß beständig eine starke Säurereaktion hervorrief. Und dann, an den folgenden Tagen, in den folgenden Nächten, wieviele Zahlen waren da zu registrieren über die mechanischen Auswirkungen nervlicher Kontraktionen, über die Menge der ausgeschiedenen Tränen, über die Zusammensetzung des Speichels, über die wechselnde Feuchtigkeit der Haare, über die Spannungswerte sorgenvoller Seufzer und lustvollen Stöhnens!

Die Ergebnisse des *Küssezählers* sind besonders merkwürdig. Das Instrument, das ich selber erfunden habe, ist nicht größer als jene Apparate, die die Jahrmarktgaukler in den Mund nehmen, wenn sie als Pulcinella auftreten, und die sie als *Stimmröhre* bezeichnen. Sowie das Gespräch zärtlich wurde und die Situation sich günstig anließ, schob ich mir den aufgezogenen Apparat, natürlich in aller Heimlichkeit, zwischen die Zähne.

Für Ausdrücke wie »tausend Küsse«, die man ans Ende von Liebesbriefen setzt, hatte ich bislang nur Verachtung empfunden. Das sind, sagte ich mir, in die Vulgärsprache übergegangene Hyperbeln, nach dem Vorbild gewisser geschmackloser Dichter, wie Jean Second zum Beispiel. Nun denn, ich bin glücklich, eine experimentelle Bestätigung für jene triebhaften Floskeln beibringen zu können, die auch vor mir schon viele Wissenschaftler für vollkommen aus der Luft gegriffen hielten. Im Zeitraum von etwa anderthalb Stunden hatte mein Zähler *neunhundertvierundvierzig Küsse* registriert.

Dabei störte mich das Instrument im Munde; ich war mit meinen Forschungen beschäftigt, und außerdem gleichen fingierte Handlungen nie ganz den wirklichen. Wenn man das alles in Rechnung stellt, wird man einsehn, daß jene Zahl neunhundertvierundvierzig von heftig verliebten Leuten möglicherweise oft überschritten wird.

Quellenverzeichnis: »Der Räucherhering« aus: *Le Coffret de Santal.* Übersetzung: Johannes Hübner. »Die Wissenschaft der Liebe« (Auszüge) aus: *Le Collier de griffes.* Übersetzung: Johannes Hübner.

Bibliographie: *Le Coffret de Santal,* 1874. – *Le Collier de griffes,* 1908. – *Œuvres complètes,* o. J.

Friedrich Nietzsche

1844–1900

Es ist augenfällig, daß Nietzsche sich der Aufsicht der Psychiater empfohlen hat, als er den herrlichen Brief vom 6. Januar 1889 unterschrieb. Man ist versucht, ihn als den größten lyrischen Ausbruch seines Werkes zu betrachten. Nie hat der Humor eine solche Intensität erreicht, noch ist er jemals auf ärgere Borniertheit gestoßen. Nietzsches ganzes Unternehmen zielt in der Tat darauf ab, das »Über-Ich« durch Steigerung und Erweiterung des Ichs zu stärken (der Pessimismus wird als Quelle des guten Willens begriffen, der Tod als Form der Freiheit, die sexuelle Liebe als ideale Verwirklichung der Einheit der Gegensätze: »Sich zugrunde richten, um wiederzuerstehen«). Es handelt sich allein darum, dem Menschen die ganze Macht zurückzugeben, mit der er den Namen Gottes *auszustatten imstande gewesen war. Mag sein, daß das Ich bei dieser Temperatur zerfällt (»Ich ist ein anderer«, wird Rimbaud sagen, und warum sollte dieses Ich für Nietzsche nicht eine ganze Reihe von anderen sein, je nach Laune gewählt und mit Namen versehen.) Allerdings tritt hier Euphorie auf:*

Sie funkelt als schwarzer Stern in dem rätselhaften »Astu«, einem Seitenstück zu dem »Baou!« in dem Gedicht »Devotion« von Rimbaud, und beweist, daß die Brücken der Kommunikation abgebrochen sind. Aber die Brücken der Kommunikation mit wem, *wenn man alle auf einmal ist, alle in einer Person, auf derselben Seite?*

»Alle bisherigen Moralen«, sagt Nietzsche, »waren nützlich, um der Gattung zuerst *unbedingte Haltbarkeit zu geben:* wenn *diese erreicht ist, kann das Ziel höher genommen werden. Die* eine *Bewegung ist unbedingt: die Nivellierung der Menschheit, große Ameisen-Bauten, usw. Die* andere *Bewegung,* meine *Bewegung, ist umgekehrt: die Verschärfung aller Gegensätze und Klüfte, Beseitigung der Gleichheit, das Schaffen Über-Mächtiger.«*

Man redet irre nur nach Meinung der anderen, und Nietzsche ist immer nur für kleine Leute größenwahnsinnig gewesen.

An Jacob Burckhardt

Am 6. Januar 1889
[Poststempel: Turin, 5. 1. 1889]

Lieber Herr Professor, zuletzt wäre ich sehr viel lieber Basler Professor als Gott; aber ich habe es nicht gewagt, meinen Privat-Egoismus so weit zu treiben, um seinetwegen die Schaffung der Welt zu unterlassen. Sie sehen, man muß Opfer bringen, wie und wo man lebt. – Doch habe ich mir ein kleines Studenten-Zimmer reserviert, das dem *Palazzo Carignano* (– in dem ich als Vittorio Emanuele geboren bin) gegenüberliegt und außerdem erlaubt, die prachtvolle Musik unter mir, in der *Galleria Subalpina*, von seinem Arbeitstisch aus zu hören. Ich zahle 25 frs. mit Bedienung, besorge mir meinen Tee und alle Einkäufe selbst, leide an zerrissenen Stiefeln und danke dem Himmel jeden Augenblick für die *alte* Welt, für die die Menschen nicht einfach und still genug gewesen sind. – Da ich verurteilt bin, die nächste Ewigkeit durch schlechte Witze zu unterhalten, so habe ich hier eine Schreiberei, die eigentlich nichts zu wünschen übrig läßt, sehr hübsch und ganz und gar nicht anstrengend. Die Post ist fünf Schritt weit, da stecke ich selber die Briefe hinein, um den großen Feuilletonisten der *grande monde* abzugeben. Ich stehe natürlich mit dem Figaro in näheren Beziehungen, und damit Sie einen Begriff bekommen, wie harmlos ich sein kann, so hören Sie meine ersten zwei schlechten Witze:

Nehmen Sie den Fall Prado nicht zu schwer. Ich bin Prado, ich bin auch der Vater Prado, ich wage zu sagen, daß ich auch Lesseps bin ... Ich wollte meinen Parisern, die ich liebe, einen neuen Begriff geben – den eines anständigen Verbrechers. Ich bin auch Chambige – auch ein anständiger Verbrecher.

Zweiter Witz. Ich grüße die Unsterblichen. Monsieur Daudet gehört zu den *quarante*.

Astu

Was unangenehm ist und meiner Bescheidenheit zusetzt, ist, daß im Grund jeder Name in der Geschichte ich bin; auch mit den Kindern, die ich in die Welt gesetzt habe, steht es so, daß ich mit einigem Mißtrauen erwäge, ob nicht alle, die in das »Reich Gottes« kommen, auch *aus* Gott kommen. In diesem Herbst war ich, so gering gekleidet als möglich, zweimal bei meinem Begräbnisse zugegen, zuerst als Conte Robilant (– nein, das ist mein Sohn, insofern ich Carlo Alberto bin, meine Natur unten) aber Antonelli war ich selbst. Lieber Herr Professor, dieses Bauwerk sollten Sie sehn; da ich gänzlich unerfahren in den Dingen bin, welche ich schaffe, so steht Ihnen jede Kritik zu, ich bin dankbar, ohne versprechen zu können, Nutzen zu ziehn. Wir Artisten sind unbelehrbar. – Heute habe ich mir eine Operette – genial-maurisch – angesehn, bei dieser Gelegenheit auch mit Vergnügen konstatiert, daß jetzt Moskau sowohl wie Rom grandiose Sachen sind. Sehen Sie, auch für die Landschaft spricht man mir das Talent nicht ab. – Erwägen Sie, wir machen eine schöne schöne Plauderei, Turin ist nicht weit, sehr ernste Berufspflichten fehlen vor der Hand, ein Glas Veltliner würde zu beschaffen sein. Negligé des Anzugs Anstandsbedingung.

In herzlicher Liebe Ihr
Nietzsche

Ich gehe überall hin in meinem Studentenrock, schlage hier und da jemandem auf die Schulter und sage: *siamo contenti? son dio, ho fatto questa caricatura ...*

Morgen kommt mein Sohn Umberto mit der lieblichen Margherita, die ich aber auch nur hier in Hemdsärmeln empfange.

Der *Rest* für Frau Cosima ... Ariadne ... Von Zeit zu Zeit wird gezaubert ...

Ich habe Kaiphas in Ketten legen lassen; auch ich bin voriges Jahr von den deutschen Ärzten auf eine sehr langwierige Weise gekreuzigt worden. Wilhelm Bismarck und alle Antisemiten abgeschafft.

Sie können von diesem Brief jeden Gebrauch machen, der mich in der Achtung der Basler nicht heruntersetzt. –

Quellenverzeichnis: »An Jacob Burckhardt« aus: *Werke in drei Bänden.*

Bibliographie: *Werke in 16 Bänden.* – *Werke in drei Bänden,* München 1954–1956. – *Umwertung aller Werte,* München 1969.

Isidore Ducasse Comte de Lautréamont

1846–1870

Man muß die Farben finden, die Lewis im Mönch *verwandte, um die Erscheinung des infernalischen Geistes zu beschreiben, diese Gestalt eines wunderschönen nackten Jünglings mit karmesinroten Flügeln, von einem antiken Hauch von Rosen umgeben, die Glieder in diamantene Reifen gefaßt, den Stern auf der Stirn und eine ebenso wilde wie scheue Melancholie im Blick; wie auch jene Farben, mit deren Hilfe es Swinburne gelang, uns die wahre Gestalt des Marquis de Sade vor Augen zu führen: »Mitten in der heroischen Kaiserzeit sieht man dieses vom Blitz getroffene Haupt lodern, diese breite, blitzdurchflammte Brust, den Phallus-Menschen mit dem majestätischen und zynischen Profil und dem Antlitz eines furchterregenden und göttlichen Titanen; man spürt gleichsam den Schauer des Unendlichen, der sich dieser fluchbeladenen Seiten bemächtigt, und auf seinen verbrannten Lippen das Beben des Hauchs eines gewittrigen Ideals. Kommt näher, und ihr hört in diesem schlammigen, blutigen Aas die Schlagadern der Weltseele pochen, seht die von göttlichem Blut geschwollenen Arterien.*

Diese Kloake ist ganz aus Azur . . .« Man muß, wie gesagt, zuerst diese Farben wiederfinden, um die von schwarzem Licht blendende Gestalt des Comte de Lautréamont in jenen außer-*literarischen Bereich – und damit ist noch viel zu wenig gesagt – zu stellen, in den sie gehört. In den Augen mancher Dichter von heute haben die* Chants de Maldoror *und die* Poésies *einen unvergleichlichen Glanz. Sie sind Ausdruck einer rückhaltlosen Enthüllung, die menschliche Kraft zu übersteigen scheint. Alles, was das heutige Leben ausmacht, sieht sich jäh verklärt. Sein Dekor liebäugelt mit den Versatzstücken königlicher Zeiten, die das saphirblaue Parkett sehen lassen; auf der Seine zieht die geflügelte und lächelnde Lampe mit dem Silberschnabel dahin; die grünen Membranen des Raums und die Läden in der Rue Vivienne sind den kristallinen Strahlen der Erdmitte ausgesetzt. Ein völlig ungetrübtes Auge lauert auf die wissenschaftliche Vervollkommnung der Welt, sieht über den bewußt utilitaristischen Charakter dieser Vervollkommnung hinweg und zeigt sie mit allem übrigen im Licht der Apokalypse. Dieses Werk, in dem die mächtigen Triebe bei der Berührung eines Amiantkäfigs, in dem ein weißglühendes Herz eingesperrt ist, erstarken und erlahmen, ist die* definitive Apokalypse. *Alles noch so Kühne, das man in den kommenden Jahrhunderten denken und unternehmen wird, es ist hier in seinem magischen Gesetz im voraus formuliert worden. Die Sprache, geradeso wie der Stil, gerät mit Lautréamont in eine schwere Krise, sie markiert einen* Neubeginn. *Die*

Grenzen sind gefallen, in denen Worte in Beziehung zu Worten, Dinge in Beziehung zu Dingen treten konnten. Ein Prinzip ständiger Verwandlung hat sich der Dinge wie der Ideen bemächtigt und zielt auf ihre totale Befreiung ab, die die des Menschen impliziert. Was dies betrifft, ist Lautréamonts Sprache ein unvergleichliches Lösungsmittel und Keimplasma zugleich.

Worte wie Wahnsinn, Mumpitz oder Höllenmaschine, die auf ein solches Werk wiederholt angewandt wurden, beweisen nur, daß die Kritik sich ihm nie genähert hat, ohne früher oder später vor ihm zu kapitulieren. Führt man es nämlich auf das menschliche Maß zurück, zwingt dieses Werk, das zugleich der Ort aller geistigen Interferenzen ist, der Sensibilität ein tropisches Klima auf. Indes hat Léon Pierre-Quint in seiner sehr luziden Schrift: Le Comte de Lautréamont et Dieu *einige der gebieterischsten Züge dieser Botschaft, die nur mit feuerfesten Handschuhen empfangen werden kann, herausgearbeitet: 1. Da das »Böse« für Lautréamont (wie für Hegel) die Form ist, in der die treibende Kraft der geschichtlichen Entwicklung sich zeigt, ist es geboten, es in seiner Existenzberechtigung zu bestärken, was man nicht besser tun kann, als ihm die verbotenen Triebe zugrunde zu legen, die der ursprünglichen sexuellen Betätigung inhärent sind, so wie sie sich insbesondere im Sadismus manifestieren; 2. Die dichterische Inspiration bei Lautréamont stellt sich dar als Ergebnis des Bruchs zwischen dem gesunden Menschenverstand und der Phantasie, ein Bruch, der am häufigsten zu-*

gunsten dieser letzteren vollzogen wird, und der herbeigeführt wird durch vorsätzliche, schwindelerregende Beschleunigung des Sprachflusses (Lautréamont spricht von der »überaus schnellen Entwicklung« seiner Sätze. Bekanntlich geht von der Systematisierung dieses Ausdrucksmittels der Surrealismus aus); 3. Die Revolte Maldorors wäre nicht die ewige Revolte, wenn sie eine Denkform auf Kosten einer anderen für immer aussparen müßte; es ist daher unumgänglich, daß sie sich mit den Poésies *in ihr eigenes dialektisches Spiel vertieft.*

Der auffallende Gegensatz, den diese beiden Werke vom moralischen Gesichtspunkt aus darstellen, bedarf keiner weiteren Erörterung. Sucht man jedoch darüber hinaus nach dem, was ihre Einheit, vom psychologischen Gesichtspunkt aus ihre Identität, ausmacht, so wird man entdecken, daß diese vor allem auf dem Humor beruht; die verschiedenen Verfahren, als da sind die Verabschiedung des logischen Denkens, des moralischen Denkens und hernach der beiden neuen, zu diesen vorgenannten im Widerspruch stehenden Denkarten, lassen letztlich keinen anderen gemeinsamen Faktor erkennen: das Überbieten der Evidenz, das Aufbieten eines Haufens kühnster Vergleiche, die Torpedierung alles Feierlichen, das verkehrte oder verdrehte Wiederzusammensetzen der berühmten »pensées« oder Maximen usw.: alles, was die Analyse in dieser Hinsicht an Verfahren entdeckt, bleibt hinter der infalliblen Vorstellung, die wir uns vom schwarzen Humor machen, und die ebenjene ist, die wir Lau-

tréamont verdanken, zurück. Es handelt sich um einen Humor, der mit ihm zur höchsten Macht gelangt ist, und der uns voll und ganz seinem Gesetz unterwirft.

Die Gesänge des Maldoror

Im Tale zeigten sich, größer als zwei Stecknadeln, zwei Pfeiler, die für Affenbrotbäume zu halten nicht schwer, geschweige denn unmöglich war. In Wirklichkeit waren es zwei riesige Türme. Und obgleich zwei Affenbrotbäume auf den ersten Blick weder zwei Stecknadeln noch zwei Türmen gleichen, kann man doch, wenn man gewitzt genug ist und zur List der Schläue greift, behaupten, ohne befürchten zu müssen, unrecht zu haben (denn wenn diese Behauptung auch nur ein Quentchen Furcht enthielte, wäre es keine Behauptung mehr; obgleich ein und derselbe Name zwei seelische Phänomene bezeichnet, die zu verschieden geartet sind, als daß sie leicht verwechselt werden könnten), ein Affenbrotbaum unterscheide sich von einem Pfeiler nicht so sehr, daß ein Vergleich zwischen diesen architektonischen Formen ... oder geometrischen ... oder den einen und den anderen ... oder weder den einen noch den anderen ... oder vielmehr zwischen diesen emporstrebenden und massiven Formen unzulässig wäre. Ich habe soeben, und ich bin nicht so anmaßend, das Gegenteil behaupten zu wollen, die zu den Substantiven Pfeiler und Affenbrotbaum passenden Epitheta gefunden. Daß man es ja weiß, ich erwähne dies nicht ohne stolze Freude jenen gegenüber, die, sobald sie die Augen aufschlugen, den hochlöblichen Entschluß faßten, diese Seiten zu überfliegen, nachts bei brennender Kerze, tags beim Schein der Sonne. Und selbst dann, wenn uns eine höhere Macht mit Worten von größter Bestimmtheit befehlen würde, den sinnvollen Vergleich, an dem sich wohl jeder ungestraft hat weiden können, wieder den Schlünden des Chaos zu überantworten, selbst dann, ja gerade dann möge man diesen vornehmsten Grundsatz nicht aus den Augen lassen, daß die durch die Jahre, die Bücher und den Umgang mit seinesgleichen angenommenen Gewohnheiten und der rasch sich entfaltende eigene Charakter eines jeden den menschlichen Geist mit dem unauslöschlichen Stigma des Rückfalls in den verbrecherischen Gebrauch (verbrecherisch insofern, als man sich augenblicklich und spontan auf den Standpunkt der höheren Gewalt stellt) einer rhetorischen Figur versehen würden, die von manchen verachtet, aber von vielen beweihräuchert wird. Sollte der Leser diesen Satz zu lang finden, bitte ich ihn, mir zu verzeihen, doch erwarte er nicht von mir, daß ich mich demütige. Ich kann meine Fehler eingestehen, nicht aber sie durch Feigheit noch verschlimmern. Meine Schlußfolgerungen bringen manchmal die Schellen der Narretei zum Klingeln, und etwas, das den Anschein von Ernsthaftigkeit erweckt, ist im Grunde nur grotesk (obgleich es nach Meinung gewisser

Philosophen ziemlich schwer ist, den Narren vom Melancholiker zu unterscheiden, da das Leben selbst ein komisches Drama oder eine dramatische Komödie ist); indessen ist es jedermann gestattet, Fliegen und sogar Rhinozerosse zu töten, um sich von Zeit zu Zeit von einer zu mörderischen Arbeit zu erholen. Hier die schnellste Art, Fliegen zu töten, wenn es auch nicht die beste ist: Man zerquetscht sie zwischen Daumen und Zeigefinger. Die meisten Schriftsteller, die dieses Thema eingehend behandelt haben, berechneten, daß es in manchen Fällen eher vorzuziehen sei, ihnen den Kopf abzuschneiden. Wenn mir einer vorwirft, von Stecknadeln zu sprechen, als wäre das ein äußerst frivoles Thema, muß er, wenn er unvoreingenommen ist, zugeben, daß die größten Wirkungen oft aus den kleinsten Ursachen entstehen. Und um mich nicht noch weiter aus dem Rahmen dieses Blattes Papier zu entfernen: Sieht man denn nicht, daß das mühselige Stück Literatur, das ich seit Beginn dieser Strophe verfasse, vielleicht weniger gefallen würde, wenn es auf eine knifflige Frage der Chemie oder der inneren Pathologie Bezug nähme? Im übrigen bietet die Natur etwas für jeden Geschmack; und als ich am Anfang die Pfeiler ganz richtig mit Stecknadeln verglich (ich hatte wirklich nicht vermutet, daß man mir das eines Tages vorwerfen würde), stützte ich mich auf die Gesetze der Optik, denen zufolge feststeht, daß, je weiter der Sehpunkt von einem Gegenstand entfernt ist, desto kleiner das Bild sich auf der Netzhaut widerspiegelt.

So kommt es, daß, was wir ob der Vorliebe

unseres Geistes zur Posse für einen faulen Witz halten, im Denken des Autors meistens nichts anderes ist als eine bedeutende Wahrheit, die er majestätisch verkündet. O dieser Tor von Philosoph, der in Gelächter ausbrach, als er einen Esel eine Feige fressen sah! Ich erfinde nichts: Die Bücher der Antike haben in aller Ausführlichkeit von diesem freiwilligen und schändlichen Verzicht auf menschlichen Adel berichtet. Ich, ich kann nicht lachen. Ich habe nie lachen können, obgleich ich es mehrere Male versucht habe. Es ist sehr schwer, lachen zu lernen. Ich darf wohl annehmen, daß ein Gefühl des Ekels vor dieser Ungeheuerlichkeit ein Grundzug meines Wesens ist. Nun, ich war Zeuge von etwas Ärgerem: Ich habe eine Feige einen Esel fressen sehen! Und trotzdem habe ich nicht gelacht; wirklich, keine Partie meines Mundes hat sich verzogen. Das Bedürfnis zu weinen war so stark, daß meine Augen eine Träne fallen ließen. »Natur, Natur!« rief ich schluchzend aus, »der Sperber zerreißt den Sperling, die Feige frißt den Esel, und der Bandwurm verschlingt den Menschen!« Unschlüssig, ob ich fortfahren soll, stelle ich mir innerlich die Frage, ob ich so gesprochen habe, wie man Fliegen tötet. Ja, nicht wahr? Ebenso wahr ist, daß ich nicht von der Vernichtung der Rhinozerosse gesprochen habe! Sollten gewisse Freunde das Gegenteil behaupten, würde ich nicht auf sie hören und mir ins Gedächtnis zurückrufen, daß Lob und Schmeichelei zwei große Steine des Anstoßes sind. Um jedoch mein Gewissen so gut wie möglich zu befriedigen, kann ich nicht umhin zu bemerken, daß eine solche Abhandlung über das Rhinozeros mich verleiten würde, die Grenzen der Geduld und des Gleichmuts zu überschreiten, und daß sie ihrerseits die heutigen Generationen wahrscheinlich (haben wir doch die Kühnheit zu sagen: bestimmt) entmutigen würde. Nach der Fliege nicht vom Rhinozeros gesprochen zu haben! Wenigstens hätte ich als leidliche Entschuldigung auf diese nicht vorsätzliche Unterlassung sofort hinweisen müssen (und ich habe es nicht getan), eine Unterlassung, die jene nicht wundernehmen wird, die die tatsächlichen und unerklärlichen Widersprüche, die in den Lappen des menschlichen Gehirns zu Hause sind, gründlich studiert haben. Nichts ist einer großen und schlichten Intelligenz unwürdig: Die kleinste Naturerscheinung ist, wenn sie ein Geheimnis enthält, für den Weisen ein unerschöpflicher Gegenstand der Betrachtung. Wenn jemand einen Esel eine Feige fressen sieht oder eine Feige einen Esel (was beides nicht oft vorkommt, es sei denn in der Dichtung), könnt ihr sicher sein, daß er, nachdem er zwei oder drei Minuten überlegt hat, wie er sich verhalten soll, den Pfad der Tugend verlassen und in Gelächter ausbrechen wird wie ein Hahn! Noch ist nicht eindeutig bewiesen, daß die Hähne ihren Schnabel in der Absicht aufsperren, den Menschen nachzuahmen und eine gequälte Grimasse zu schneiden. Ich nenne beim Federvieh Grimasse, was bei der Menschheit den gleichen Namen hat. Wenn der Hahn nicht aus seiner Natur herausgeht, so geschieht das weniger aus Unfähigkeit als aus Stolz. Lehrt sie nur lesen: Sie lehnen sich auf. Kein Papagei würde über seine unbewußte und unverzeihliche Schwäche so in Ekstase geraten. O welch entsetzliche Schmach! Wie sehr ähnelt man einer Ziege, wenn man lacht! Die Ruhe der Stirn ist verschwunden, und an ihre Stelle sind zwei riesige Fischaugen getreten, die (ist das nicht zum Heulen?) ... die ... die ... zu strahlen beginnen wie Leuchttürme! Es wird mir oft passieren, daß ich feierlich die närrischsten Behauptungen aufstelle ... ich finde aber nicht, daß dies ein ein für allemal ausreichender Grund sei, den Mund in die Breite zu ziehen. Ich kann mir nicht helfen, ich muß lachen, werdet ihr mir entgegnen; ich will diese absurde Erklärung gelten lassen, aber wenn ihr schon lachen müßt, dann lacht melancholisch. Lacht, aber weint zugleich. Wenn ihr nicht mit den Augen weinen könnt, dann weint mit dem Mund. Ist euch auch das nicht möglich, dann uriniert; aber laßt euch gesagt sein, irgendeine Flüssigkeit ist hier vonnöten, um die Trockenheit zu vermindern, die das Lachen mit den aufgeborstenen Zügen in seinem Schoße birgt. Was mich betrifft, so werde ich mich nicht von dem lächerlichen Glucksen und dem eigentümlichen Geblöke jener irre machen lassen, die an einem Charakter, der dem ihren nicht ähnelt, immer etwas auszusetzen haben, weil er eine der unzähligen geistigen Modifikationen ist, die Gott, ohne von seinem Urtypus abzugehen, schuf, um über die Knochengerüste zu regieren. Bis zum heutigen Tag war die Dichtung auf dem falschen Wege; indem sie sich bis zum Himmel erhob oder im Staube kroch, hat sie die Grundsätze ihres Daseins verkannt und wurde so, nicht zu Unrecht, von den ehrbaren Leuten dauernd verhöhnt. Sie war nicht bescheiden ... die schönste Eigenschaft, die ein unvollkommenes Geschöpf besitzen sollte! Ich dagegen will meine guten Eigenschaften hervorkehren; aber ich bin nicht scheinheilig genug, um meine Laster zu verbergen. Das Lachen, das Böse, der Hochmut, die Narretei werden sich der Reihe nach zwischen dem Mitgefühl und der Liebe zur Gerechtigkeit einstellen und der Verblüffung des Menschen als Beispiel dienen. Jeder wird sich darin wiedererkennen; nicht so, wie er sein sollte, sondern so, wie er ist. Und vielleicht wird dieses schlichte, von meiner Phantasie geborene Ideal alles Erhabene und Heilige, das die Dichtung bisher ersonnen hat, noch übertreffen. Denn wenn ich auf diesen Seiten meine Laster ruchbar werden lasse, so wird man nur um so fester an die Tugenden glauben, denen ich dabei Glanz verleihe und deren Glorie ich so hoch erhebe, daß die größten Geister der Zukunft mir aufrichtigen Dank wissen werden. So wird also die Scheinheiligkeit schonungslos aus meinem Hause verjagt. Eine unwiderstehliche Macht wird von meinen Gesängen ausgehen und die feststehenden Meinungen verachten. Er singt für sich selbst und nicht für seinesgleichen. Er wirft das Gewicht seiner Inspiration nicht in die Waagschale der Menschen. Frei wie der Sturmwind, wurde er eines Tages an die unbeugsamen Küsten seines furchtbaren Willens geworfen! Er fürchtet nichts, es sei denn sich selbst! In seinen übernatürlichen Kämpfen wird er den Menschen und den Schöpfer angreifen, und mit Erfolg, so wie der Schwertfisch sein Schwert in den Leib des Wals stößt: Verflucht sei derjenige, von seinen Kindern und von meiner Knochenhand, der die unerbittlichen Känguruhs des Gelächters und die kecken Läuse der Karikatur noch immer nicht verstehen will! ... Zwei riesige Türme waren im Tal zu sehen; ich sagte es schon zu Anfang. Wenn man sie mit zwei multiplizierte, wäre das Ergebnis vier ... aber ich sah die Notwendigkeit eines solchen Rechenexempels nicht recht ein. Mit fieberndem Gesicht setzte ich meinen Weg fort und rief unaufhörlich: »Nein ... nein ... ich sehe die Notwendigkeit eines solchen Rechenexempels nicht recht ein!« Ich hatte Kettengerassel und Wehklagen gehört. Daß ja niemand, der an diesem Ort vorbeikommt, es für möglich halte, die Türme mit zwei zu multiplizieren, um als Ergebnis vier zu erhalten! Einige Leute verdächtigen mich, die Menschen zu lieben, als wäre ich ihre eigene Mutter und hätte sie neun Monate lang in meinem duftenden Schoße getragen; darum gehe ich nicht mehr durch das Tal, in dem sich die beiden Einheiten des Multiplikanden erheben!

Ich finde es blöd, daß ich, um zur Sache zu kommen, erst ein offenes Tintenfaß und einige Blatt unzerknülltes Papier neben mich legen muß (ich nehme an, daß nicht jeder meiner Ansicht sein wird, wenn ich mich irren sollte). So wird es mir möglich sein, mit diesem sechsten Gesang liebevoll die Reihe der Lehrgedichte zu beginnen, die zu verfassen ich kaum erwarten kann. Dramatische Episoden von unerbittlichem Nutzen! Unser Held merkte, daß er dadurch, daß er häufig Höhlen aufsuchte sowie sich unzugängliche Orte als Zuflucht erkor, die Gesetze der Logik übertrat und sich einen circulus vitiosus zuschulden kommen ließ. Denn wenn er so einerseits, durch Einsamkeit und Absonderung entschädigt, seinen Abscheu gegen die Menschen begünstigte und unter verkrüppeltem Gesträuch, Brombeeren und wildem Wein tatenlos seinen begrenzten Horizont absteckte, fand andererseits seine Tatkraft keine Nahrung mehr, um den Minotaurus seiner perversen Triebe zu verköstigen. Infolgedessen beschloß er, sich wieder menschlichen Siedlungen zu nähern, überzeugt, daß seine verschiedenen Leidenschaften bei so vielen bereitwilligen Opfern weitgehende Befriedigung finden würden. Er wußte, daß die Polizei, dieser Schild der Zivilisation, ihn seit unzähligen Jahren beharrlich suchte und daß ihm ständig eine ganze Armee von Agenten und Spitzeln auf den Fersen war. Jedoch gelang es ihr nicht, seiner habhaft zu werden. Seine verblüffende Geschicklichkeit schlug ihren Listen, deren Erfolg ganz außer Frage zu stehen schien, und ihren nach reiflichster Überlegung getroffenen Anordnungen immer wieder ein Schnippchen. Er besaß die besondere Gabe, immer wieder eine andere Gestalt anzunehmen, in der er selbst für geübte Augen nicht wiederzuerkennen war. Höhere Verkleidungen! wenn ich als Künstler sprechen darf. Ausstaffierungen von recht mäßiger Wirkung, wenn ich an die Moral denke.

In diesem Punkt war er fast ein Genie. Ist euch in den Kloaken von Paris nicht die Anmut einer hübschen Grille mit munteren Bewegungen aufgefallen? Es gibt nur diese Antwort: Das war Maldoror! Er magnetisiert die blühenden Hauptstädte mit einem gefährlichen Fluidum und versetzt sie in einen lethargischen Zustand, in dem sie unfähig sind, sich so zu überwachen, wie es notwendig wäre. Ein Zustand, der um so gefährlicher ist, als man ihn nicht vermutet. Heute ist er in Madrid, morgen wird er in Sankt Petersburg sein; gestern befand er sich noch in Peking. Aber den Ort genau zu bezeichnen, den die Taten dieses poetischen Rocambole gerade jetzt mit Schrecken erfüllen, ist eine Arbeit, die zu leisten mein unbeholfener Verstand nicht in der Lage ist. Dieser Bandit ist vielleicht siebenhundert Meilen von diesem Land entfernt, vielleicht aber nur ein paar Schritte von euch. Es ist nicht leicht, die Menschen allesamt zu vernichten, zudem gibt es da die Gesetze; aber mit Geduld kann man die menschlichen Ameisen eine nach der anderen vertilgen. Nun, seit den Tagen meiner Geburt, als ich mit den Urahnen unserer Rasse zusammen lebte und im Fallenstellen noch unerfahren war, seit jenen frühen Zeiten, die jenseits der Geschichte liegen, als ich in raffinierten Verwandlungen zu verschiedenen Epochen die Länder der Erde durch Eroberungen und Blutbäder verwüstete und den Bürgern den Bürgerkrieg schmackhaft machte, zertrat ich da nicht unter meinen Fersen, Mann um Mann oder alle auf einmal, ganze Generationen, deren unendliche Zahl sich vorzustellen nicht schwer wäre? Die strahlende Vergangenheit hat der Zukunft glänzende Versprechungen gemacht: sie wird sie halten. Auf das Durchkämmen meiner Sätze werde ich zwangsläufig die natürliche Methode anwenden, die darin besteht, bis zu den Wilden zurückzugehen, damit sie mir Unterricht erteilen. Der anmutige Mund dieser schlichten und würdevollen Gentlemen veredelt alles, was von ihren tätowierten Lippen fließt. Ich habe soeben bewiesen, daß nichts lächerlich ist auf diesem Planeten. Ein drolliger, aber prachtvoller Planet! Indem ich mir einen Stil zu eigen mache, den manche naiv finden werden (wo er doch so tiefsinnig ist), werde ich ihn zur Vermittlung von Gedanken verwenden, die einem unglücklicherweise vielleicht gar nicht großartig erscheinen werden. Gerade dadurch, daß ich auf die leichte und skeptische Art der gewöhnlichen Unterhaltung verzichte und vorsichtig genug bin, um nicht ... jetzt weiß ich nicht mehr, was ich sagen wollte, denn ich erinnere mich nicht an den Anfang des Satzes. Jedoch müßt ihr wissen, daß die Dichtung überall dort ist, wo das blöd spöttische Lächeln des Menschen mit dem Entengesicht nicht ist. Ich werde mich erst einmal schneuzen, weil ich es muß, und dann werde ich, kräftig von meiner Hand unterstützt, den Federhalter, den meine Finger hatten fallen lassen, von neuem ergreifen. Wie konnte der Pont du Carrousel neutral bleiben, als er die herzzerreißenden Schreie hörte, die der Sack auszustoßen schien!

Brief

22. Mai 1869.

Sehr geehrter Herr,

bereits gestern erhielt ich Ihren vom 21. Mai datierten Brief; es war der Ihre. Nun, Sie müssen wissen, daß ich leider nicht einfach die Gelegenheit vorübergehen lassen kann, mich bei Ihnen zu entschuldigen. Hier warum: Wenn Sie mir neulich in Unkenntnis der Unannehmlichkeiten, die mir in der Lage, in der meine Person sich befindet, entstehen könnten, angekündigt hätten, daß die Gelder zusammenschmelzen, hätte ich mich zwar nicht gehütet, sie anzurühren, sicher aber hätte es mir ebenso große Freude gemacht, diese drei Briefe nicht zu schreiben, wie Ihnen, sie nicht lesen zu müssen. Sie haben das erbärmliche System des Mißtrauens in Kraft gesetzt, das Ihnen die Wunderlichkeit meines Vaters vage anempfohlen hatte; aber Sie haben erraten, daß mein Kopfweh mich nicht hindert, aufmerksam die schwierige Lage zu betrachten, in die Sie bis jetzt ein Bogen Briefpapier aus Südamerika gebracht hat, und dessen Hauptfehler der Mangel an Klarheit war; denn ich ziehe die Anstößigkeit gewisser melancholischer Bemerkungen nicht in Betracht, die man einem Greis leicht verzeiht und die mich bei der ersten Lektüre daran denken ließen, Ihnen künftig vielleicht die Notwendigkeit nahezulegen, einem Herrn gegenüber, der jetzt in der Hauptstadt wohnt, die strikten Befugnisse eines Bankiers zu überschreiten ...

... Verzeihen Sie, mein Herr, ich habe eine

Bitte an Sie: Wenn mein Vater vor dem 1. September, dem Zeitpunkt, da meine Person an der Tür Ihrer Bank erscheinen wird, weitere Gelder schicken sollte, wollen Sie dann die Güte haben, es mich wissen zu lassen? Übrigens bin ich zu jeder Stunde des Tages zu Hause; aber Sie würden mir nur ein Wort zu schreiben brauchen, und ich werde es dann wahrscheinlich fast ebenso schnell erhalten wie das Fräulein, das die Tür öffnet, oder sogar noch früher, wenn ich mich im Vestibül befinde . . .

. . . Und all das, ich wiederhole es, wegen einer unbedeutenden Bagatelle von Formalität! Zehn trockene Fingernägel hinhalten anstatt fünf, eine schöne Geschichte! Nach reiflicher Überlegung muß ich gestehen, daß sie mir voller Nichtigkeiten zu sein schien, und zwar in gehörigem Maße . . .

Quellenverzeichnis: »Die Gesänge des Maldoror« (Auszüge) aus: *Les chants de Maldoror*, 4. und 6. Gesang. Übersetzung: Rudolf Wittkopf. »Brief« aus: *Œuvres complètes*. Übersetzung: Rudolf Wittkopf.

Bibliographie: *Les chants de Maldoror*, 1869. – Poésies, 1870. – *Das Gesamtwerk*, Reinbek 1963.

Joris-Karl Huysmans

1848–1907

»Dieser Schriftsteller«, sagt Huysmans von sich selbst in einem angeblichen Interview, das unter dem Namen A. Meunier erschien, in Wirklichkeit jedoch von ihm allein verfaßt wurde, »ist die absonderliche Mischung eines verfeinerten Parisers und eines holländischen Malers. Von der gleichen Mischung, der man noch eine Prise schwarzen Humor und spröde englische Komik hinzutun kann, ist das Gepräge der Werke, die uns hier beschäftigen« (es handelt sich in vorliegendem Fall um seine ersten Bücher bis einschließlich »A Rebours«). Die Art von Humor, die in diesem Satz wie ein Gewürz empfohlen wird, scheint für Huysmans bis zum Erscheinen von »En route« im Jahre 1892, dem Zeitpunkt, da er für uns verloren geht, die Voraussetzung gewesen zu sein, geistig bei Appetit zu bleiben. Durch die übermäßige Verwendung von dunklen Farben in seiner Darstellung und dadurch, daß er in trostlosen Situationen immer einen gewissen kritischen Punkt erreicht, sowie durch die minuziöse, eindringliche Schilderung der Enttäuschungen, die jede Wahl, selbst bei einfachster Alternative, in

seinen Augen zwangsläufig mit sich bringt, erzielt er die paradoxe Wirkung, in uns das Prinzip der Freude freizusetzen. Die äußeren Realitäten, systematisch von ihrer armseligsten, feindlichsten und verletzendsten Seite dargestellt, fordern vom Leser Huysmans' eine ständige Auffrischung seiner Lebenskraft, die von der wachsenden Zahl der täglichen Scherereien, die ihm auf einmal nur allzu deutlich vor Augen geführt werden, fast völlig aufgezehrt wird. Die große Originalität des Autors von »En ménage« besteht darin, daß er für seine Person auf die Wohltat des Humors zu verzichten scheint und wir meinen, diese Wohltat sei ausschließlich uns vorbehalten, zumal der Autor in seiner Niedergeschlagenheit, die uns jeden Augenblick die Illusion gibt, ihm etwas voraus zu haben, verharrt. Es handelt sich dabei jedoch um volle Absicht, um eine überlegt angewandte Heilmethode, um eine List, die darauf abzielt, daß wir unsere eigene Misere überwinden. »Und an Abenden, wenn düstere Stimmung ihn befiel«, liest man in »En ménage«, »ging er zeitig zu Bett, verweilte zuvor jedoch noch des langen vor seinen Bücherschränken auf der Suche nach einem Buch, das zu der Art Gedanken, die ihn bewegten, paßte. Er hatte eins finden wollen, das ihn zugleich tröstete und seine Bitterkeit noch verstärkte, eins, das von größerem Verdruß, doch von der gleichen Art Verdruß wie dem seinen erzählte, eins, das ihn durch einen Vergleich erleichtert hätte. Natürlich fand er kein solches.«

Huysmans' Stil, für eine eindringliche Ver-

mittlung von Gefühlen wunderbar frisch, ist das Ergebnis der Plünderung mehrerer Vokabulare, deren Kombination allein schon einen Lachkrampf auslöst, selbst dann, wenn die Umstände der Handlung dazu am wenigsten Anlaß geben. Es ist der reinste Hohn, daß sich dieser so phantasievolle Mensch damit abgefunden hat, sein Leben zwischen den Akten eines Ministerbüros zu verbringen (in den Rapporten seiner Vorgesetzten wird er als mustergültiger Beamter geschildert). Es paßt zu der ganzen niederschmetternd-erhebenden Art dieses Schriftstellers, daß er dort in den dienstfreien Stunden – immer einige technische Handbücher in Reichweite, darunter ein groß aufgeschlagenes Kochbuch – mit einem Scharfblick ohnegleichen die Mehrzahl der Gesetze, die das heutige Gefühlsleben lenken, formuliert und als erster die histologische Beschaffenheit der Wirklichkeit untersucht hat. Schließlich hat er sich mit »En rade« zu den Höhen der Inspiration aufgeschwungen.

Zu zweit

Er hatte Hunger. Die Müdigkeit und der Weg hatten die Schärfe seines Verdrusses gleichsam abgestumpft. Er war beinahe froh, als er eine kleine Weinkneipe erblickte, hinter deren Schaufensterscheibe sich eine alkoholgeschwängerte Melone blähte.

Reihen von Flaschen mit Bleikapseln auf dem Kopf und leuchtenden Sternen in der Mitte des Bauches bildeten einen Halbkreis, umgaben zwei Borde mit angequetschten Käsen, kaltem Rindfleisch in Petersilienessig, eingekochtem Ragout mit Kohlrüben, Krausgebacknem mit schwarzen Brandflecken, dessen gelber Morast Falten warf.

In einer eisernen Schüssel breitete sich ein rissiger Milchreis; weinfarbene Eier füllten eine blumengemusterte Salatschüssel; ein Kaninchen, das abgezogen auf einer Schüssel lag, die vier Pfoten in die Luft gestreckt, stellte das klebrige Violett seiner Leber auf einem gewaschenen, fahlroten Rumpf zur Schau. Eine Mauer von ineinander gestellten Näpfen, ein Turm von blaugeränderten Tellern erhoben sich an der Fensterscheibe der Auslage hinter einem Glase, das früher Pflaumen in Aquavit enthalten hatte und jetzt mit Wasser gefüllt war, in dem halbwelke Schwertlilien ihre Stengel feuchteten.

André setzte sich an einen leeren Tisch. Während er auf die Suppe wartete, betrachtete er das Lokal. Es war ein ziemlich großer Raum, ausgestattet mit Gaslampen und grünen Lampenschirmen, einem eisernen Ofen, einer Theke mit Mahagonibemalung und schattierten Leisten, auf der sich eine Glasvase voller Blumen befand, ferner zinnerne Maße in Form von Pansflöten, ein Torso aus Nickel, eine gähnende Katze und ein Tintenfaß. Hinter diesem Möbelstück standen in übereinander angeordneten Fächern geöffnete Literflaschen, eine Teekanne aus Porzellan, weiße Tassen mit drei Füßen und scharlachrotem Henkel, in der Mitte Initialen aus schmutzig verblichenem Gold. Ein in die Mitte der Fächer eingelassener Spiegel reflektierte den oberen Teil des Blumenstraußes, der in dem trüben Wasser der blauen Vase steckte, das im Zickzack verlaufende Ofenrohr, drei leere, an der Wand befestigte Kleiderhaken, das schäbige Futter eines Überziehers, den Glanz eines speckigen Hutes. Auf einem kleinen Tisch in der Ecke verfiel ein Burgunderkäse mit eingekerbtem Bauch unterm Ansturm von tausend Fliegen; neben den Fächern, in denen zusammengesunken beringte Servietten lagen, enthielt ein Kasten dünne und weiche Brote, die fast einen an der Decke befestigten Käfig berührten. Dieser Käfig war leer, da der Vogel gestorben war, und nur eine Sepiaschale bewohnte ihn, die einsam an einem Faden hing.

Dieser Betrieb hatte etwas vom Landgasthof und vom Milchladen des ärmeren Paris. In Hemdsärmeln, den Bauch vorgeschoben wie einen Buckel, mit aufgestülpter Nase ging gemächlich der Wirt herum, die Serviette über dem Arm, wobei seine mit Dominosteinen und Spielkarten bestickten Pantoffeln über den schmutzigen Fußboden schlurften, wo sich Auswurf und Sand mischten.

Geklapper von Abwasch und Kesseln, Bratgeräusche und Saucengeblubber drangen aus der immer auf- und zuschlagenden Küchentür. Das wütende Schrumpfen in der Pfanne gebratenen Fleisches, auf dem Rost schwitzender Beefsteaks, plötzlich rot aufleuchtender Dampf, stinkende blaue Schwaden drangen für Augenblicke hervor. Dumpfes Gezänk, knappe Befehle, mit denen die Wirtsleute ihr Personal erschreckten, ließen sich in jeder Minute hören.

Eine schmächtige Magd, bleich, mit leidender und stumpfsinniger Miene, wankte umher, seit langem an Weißfluß erkrankt. Eine andere schleppte von der Küche zur Anrichte und von der Anrichte in die Küche Stöße von Tellern, mit dem Gesicht einer Schlafwandlerin, die von der Bedeutung der ihr anvertrauten Arbeit nichts zu wissen schien.

André begann ungeduldig zu werden; noch immer brachte man ihm seine Suppe nicht. Er war es müde, die Leute um ihn herum zu betrachten; alle kannten sich; er war in eine Art Familienpension geraten, zu einer Futterkrippe, wo sich eine ihm fremde Welt den Bauch vollschlug. Es gab unauffällige Gruppen, die halblaut plauderten und ihr

Gelächter hinter ihrer Serviette erstickten; es gab aber auch Großsprecher, die ganz laut mit groben Späßen herausplatzten und mit ihren Belustigungen die Aufmerksamkeit auf sich zogen.

Auf sehr vertrautem Fuße mit seinen Kunden, feixte der Wirt und rief: Ah! die ist gut! und heulte plötzlich in aller Gemütsruhe los: ein gespicktes Kalbfleisch im eigenen Saft, ein Filet mit Tomatensauce, eins!

André schlang die Nudelsuppe herunter, die man sich endlich ihm zu servieren entschlossen hatte. Links neben ihm stocherten zwei alte Klatschbasen in einem Gericht Kutteln herum, schnupften Tabak und leerten Gläser. Die Ellbogen auf dem Tisch, erschöpften sie sich in gegenseitigen Höflichkeiten wegen eines Löffels Sauce, schwatzten wie Großmütter, machten eine Nachbarin schlecht, bedauerten ihre Concierge, die vom Muschelessen Blähungen bekommen hatte.

André begann sich zu erheitern, doch eine Clique, die neben dem Ofen Platz genommen hatte, erstickte mit ihrem Geschrei das Stimmengewirr der anderen Gruppen.

Ein Friseur hielt lange Reden und ließ dabei Wahrheiten von folgendem Kaliber los: Wenn einer Geld hat, zieht man vor ihm den Hut; sonst aber, wenn man wie ich all seine Habseligkeiten in Papieren angelegt hat, die nichts einbringen, heißt es: »Iß trocken Brot, Marie, iß trocken Brot, Marie.« Jedesmal nämlich, wenn ich Wertpapiere gekauft habe, fielen sie am Tage darauf; ich konnt es mir übrigens nicht verkneifen, ich brauche Aufregung.

Seine Tischgenossen hatten ihr Vergnügen daran; sie füllten ihm das Glas, und mit seinen trüben Augen, seiner stolzen Kretinmiene legte er wieder los: Ich bin sehr für Erotik; wer darauf verzichten kann, der muß schon ein Vogel sein, der nur hinter seinen Kindern herpfeift – und indem er mit einem Kalauer auf seinen Beruf anspielte, fügte er hinzu: Ich beschäftige mich immer gern mit Vögeln, manchmal sogar mit tollen.

Der Jubel brach in Raketen los, unbegreifliche Heiterkeit begrüßte diese Salve von dummem Geschwätz.

André hatte es eilig, seinen Hut zu nehmen und zu entfliehn, doch die Bedienung ließ sich Zeit. Er hatte ein überaus zähes Roastbeef zur Hälfte verzehrt und den Rest liegen lassen, nun bestellte er einen Sauerampfersalat, der aber nicht kam. Er fragte den Wirt, der stumpfsinnig feixte, ob er eine Zeitung hätte. »Le Siècle« wurde schon gelesen. Man brachte ihm die »Petites affiches«. Er versuchte, sich in diese Lektüre zu vertiefen, sich von der Heiterkeit an den Tischen loszumachen, seine Ohren dem gellenden Geschwätz dieser Schwachköpfe zu verschließen; er hörte es trotzdem. Er zwang sich, drei Seiten dieses Blattes zu lesen, bei einer Anzeige hielt er inne, die als glänzende Gelegenheit eine Mitgift von achtzehntausend Francs und ein verwaistes junges Mädchen anbot, infolge der Auflösung einer Familie; er wurde nachdenklich. Das Wort *eilig*, das in Parenthese am Schluß dieser Werbung stand, entrollte vor ihm unabsehbare Perspektiven auf allerlei Schmutz. Er sah in Kürze bevorstehende Niederkünfte, dicke Bäuche nach einem Monat Ehe. Er dachte an die üblen Folgeerscheinungen, die der ehrbare Tropf, der sich einfangen ließe, mit diesem verwaisten jungen Mädchen auskosten würde. Dieser Mann hätte Chancen, eine Jungfrau zu heiraten, die lange in Schande gelebt hatte, von Jugend auf, und er dachte: Schon schwierig genug, nicht geprellt zu werden, wenn man die Familie kennt und wenn man monatelang mit seiner Verlobten zusammen war. Wer hätte glauben mögen, daß seine Frau ihn betrogen hatte? Einmal mehr war er auf den Ausgangspunkt seiner Gedanken zurückgekommen, auf das Elend seiner häuslichen Verhältnisse. Um jeden Preis wollte er diese Erinnerungen abschütteln. Nun zwang er sich, seine Nachbarn zu betrachten, ihnen zu lauschen.

Eine spitze Fistelstimme durchbohrte sein Ohr. Der Friseur war fortgegangen, er hatte es nicht einmal bemerkt. Ein Herr, dessen Nase über dem roten Bart von einer goldenen Brille durchkreuzt war, hatte sich auf seinen Platz gesetzt und erklärte nun einem ganz jungen Mann das Geheimnis der Zähne. Der junge Mann lauschte ihm andächtig mit aufgerissenen Augen, zweifellos wollte er in dieser Branche tätig werden.

Die sichersten Einnahmen, sagte der Herr, haben Sie mit dem Einsetzen falscher Zähne. Sie werden in England hergestellt und in der Passage Choiseul verkauft. Hier winkt Ihnen ein bedeutender Gewinn, denken Sie doch, Sie können zehn Francs für den Zahn verlangen, während Sie ohne das Stückchen Zahnfleisch aus Gummi nur fünfzig Centimes Unkosten haben, mit Zahnfleisch einen Franc.

Es gibt rosa und braunes, nicht wahr? unterbrach schüchtern der junge Mann; ich würde rosa vorziehn.

Schau, schau! Sie gehn aber ran! Das braune ist das Zahnfleisch für die Armen! Es ist billiger, aber man verkauft mehr davon, versetzte der andre.

Der junge Adept saß vor Staunen mit offenem Mund.

Und die Gebisse aus Nilpferdzähnen? fragte er auf gut Glück.

Der Mann mit der goldenen Brille hob die Arme zum Himmel.

Das ist ja die reinste Skulptur! denken Sie doch, man muß den Zahn aus reinem Elfenbein schneiden, goldene Fassungen machen, das kostet wahnsinniges Geld! – Und er fuhr fort, die Kochrezepte seines Gewerbes zu erläutern, gestand, an den Zahnstümpfen seiner Kranken überflüssige Operationen durchzuführen und daraus, daß diese Leute von Schmerz benommen waren, Profit zu schlagen, um ihnen zu hohem Preis seine Zahnpuder zu verkaufen.

André dachte, daß er von diesen trüben Geständnissen genug über sich hatte ergehen lassen. Sein Sauerampfer war aufgegessen. Er verlangte mit Heftigkeit die Rechnung, weigerte sich, einen Nachtisch zu bestellen, zahlte die Summe von einem Franc, vierzig Centimes und öffnete schon die Tür, als im Hintergrund des Lokals, wo ein paar Leute sich vor Schnapsgläsern festgesetzt hatten, eine überzeugte Stimme in schlichtem Tonfall sagte:

Die Frauen – da ist nicht viel Gutes dran!

André schloß die Tür und dachte dabei mit einer gewissen Schwermut, daß von all dem faden Geschwätz, das er gehört hatte, dieser Gedanke vielleicht der einzige war, der Tiefe und Wahrheit besaß.

Im Hafen

Ein Artikel fesselte ihn und veranlaßte ihn zu langen Träumereien. Welch schöne Sache, sagte er sich, ist doch die Wissenschaft! Da entdeckt der Professor Selmi aus Bologna in verwesenden Leichnamen ein Alkaloid, das Ptomain, das in Gestalt eines farblosen Öls auftritt und einen sanften, aber zähen Geruch von Weißdorn, Muskat, Flieder, Orangenblüten oder Rosen verbreitet.

Das sind die einzigen Düfte, die man bisher in den Säften eines verwesenden Organismus hat finden können, aber andere werden zweifellos folgen; um einstweilen den Forderungen eines praktisch gesinnten Jahrhunderts Genüge zu tun, das in Ivry die Besitzlosen maschinell bestattet und alles nutzbar macht, die Abwässer, die Rückstände in den Fässern, die Därme der toten Tiere und alte Knochen, könnte man die Friedhöfe in Fabriken verwandeln, die je nach Auftrag für die reichen Familien konzentrierte Extrakte aus Ahnen, Essenzen aus Kindern, Parfums aus Vätern herstellten.

Das wäre dann, was man in der Handelswelt einen Luxusartikel nennt; doch für die Bedürfnisse der arbeitenden Klassen, die natürlich nicht vernachlässigt werden dürften, würde man diesen Luxuswerkstätten umfangreiche Laboratorien angliedern, in denen man die Herstellung von Parfums im Großen betriebe: tatsächlich könnte man sie aus den Überresten des gewöhnlichen Gräberfelds abdestillieren, um das sich ja doch niemand kümmert; dies hieße die Kunst der Parfumerie auf neue Grundlagen stellen, sie allen erschließen; dies wäre ein Massenartikel, die Parfumerie für den Markt, die die Ware sehr billig abgibt, da der Rohstoff in Fülle vorhanden und außer den Arbeitslöhnen der Exhumierer und der Chemiker sozusagen umsonst wäre.

Ach! Ich kenne viele Frauen aus dem Volke, die glücklich wären, für ein paar Groschen ganze Töpfe voll Pomade oder große Stücke Seife zu kaufen, die mit Essenzen für Proletarier parfümiert sind!

Und dann, welch unversiegliches Gespräch mit der Erinnerung, welche ewige Frische des Gedächtnisses könnten einem diese sublimierten Ausdünstungen der Toten schenken! – Heute kann, wenn von zwei Wesen, die sich lieben, eins unversehens stirbt, das andere nur seine Photographie aufbewahren und an den Allerheiligentagen sein Grabmal besuchen. Dank der Erfindung des Ptomains darf man von nun an die Frau, die man zu Hause verehrt hat, in duftender und spiritueller Form in der Tasche behalten, darf die Geliebte in ein Riechfläschchen verwandeln, sie zum Extrakt kondensieren, sie in Puderform in ein Riechkissen streuen, das mit einer schmerzlichen Grabschrift bestickt ist, darf sie einatmen an

Tagen des Elends und sie an Tagen des Glücks aus einem Schnupftuch einsaugen.

Um ganz im Bereich der Possen des Fleisches zu bleiben, wir brauchten vielleicht nicht, wenn es endlich soweit ist, den unvermeidlichen »Ruf nach der Mutter« zu hören, denn diese Dame könnte ja anwesend sein, und verborgen unter einem Schönheitspflästerchen oder einer weißen Schminke beigemischt, auf der Brust der Tochter ruhen, wenn diese in Ohnmacht fällt, wobei sie nur darum nach ihrem Beistand ruft, weil sie recht gut weiß, daß jene nicht kommen kann.

Auch werden mit Hilfe des Fortschritts die Ptomaine, die heute noch furchtbare Gifte sind, in Zukunft zweifellos ohne Gefahr verdaut werden; warum sollte man dann nicht mit ihren Essenzen gewisse Speisen parfumieren? Warum nicht dieses duftende Öl benutzen, wie man sich heute der Zimt- und Mandel-, der Vanille- und Nelkenessenzen bedient, um den Teig gewisser Kuchen noch wohlschmeckender zu machen? Genau wie für die Parfumerie würde sich so ein neuer, zugleich ökonomischer und gefühlvoller Weg für die Kunst des Kuchen- und Zuckerbäckers öffnen.

Endlich könnten die erhabenen Familienbande, die diese elenden Zeiten der Respektlosigkeit lockern und lösen, durch die Ptomaine mit Sicherheit gefestigt und neu geknüpft werden. Ihnen wäre gleichsam eine fröstelnde affektive Annäherung, gleichsam ein Schulter-an-Schulter immer lebendiger Zärtlichkeit zu verdanken. Unaufhörlich führten sie den günstigen Augenblick herbei, der das Leben der Abgeschiedenen ins Gedächtnis ruft und ihren Kindern als Vorbild zitiert, deren Gefräßigkeit so die vollkommene Klarsicht der Erinnerung behielte.

So sitzt dann am Allerseelentag abends, in einem kleinen Eßzimmer, in dem ein Buffet aus hellem Holz mit schwarzen Fournieren steht, im Schein der durch den Lampenschirm auf den Tisch konzentrierten Lampe die Familie. Die Mutter eine brave Person, der Vater Kassierer in einem Handelshaus oder bei einer Bank, das Kind noch ganz jung, erst kurze Zeit von Milchschorf und Keuchhusten frei, kirre gemacht durch die Drohung, ohne Nachtisch zu bleiben – der Knirps ist endlich bereit, nicht mehr mit dem Löffel in die Suppe zu schlagen und sein Fleisch zu essen, zusammen mit etwas Brot.

Regungslos betrachtet er seine in Nachdenken versunkenen, stummen Eltern. Das Dienstmädchen tritt ein und bringt eine Ptomainspeise. Am Morgen hat die Mutter ehrfurchtsvoll aus dem Empire-Sekretär aus Mahagoni, der mit einem kleeblattförmigen Schloß verziert ist, das hermetisch verkorkte Fläschchen hervorgeholt, das die kostbare, aus den zerfallenen Eingeweiden des Großvaters extrahierte Flüssigkeit enthält. Mit einem Tropfenzähler hat sie selbst ein paar Tränen von diesem Parfum abgefüllt, das nun die Cremespeise mit seinem Aroma würzt.

Die Augen des Kindes leuchten; aber es muß, während es auf die Speise wartet, Lobreden auf den Greis anhören, der ihm vielleicht zusammen mit einigen vererbten Gesichtszügen diesen posthumen Rosengeschmack hinterlassen hat, an dem es sich nun ergötzen wird.

Ach! das war ein Mann, ruhig und besonnen, ein verständiger Mann, der kein Blatt vor den Mund nahm, der Großpapa Jules! Er war in Holzschuhen nach Paris gekommen, und immer hat er was auf die Seite gelegt, obwohl er damals nur hundert Francs im Monat verdiente. Er hat niemals Geld ohne Vorteil und Bürgschaft verliehen! So dumm war er nicht; zuerst kamen die Geschäfte, Zug um Zug; und dann, welche Ehrfurcht bewies er stets vor den reichen Leuten! – So starb er denn auch, von seinen Kinder geschätzt und verehrt, denen er die gutangelegten Gelder eines Familienvaters hinterließ, lauter sichere Werte!

Du erinnerst dich noch an Großvater, liebes Kind?

M, m, Großvater! macht die Göre, die sich mit der großväterlichen Creme Backen und Nase verschmiert.

Und Großmutter! Kannst du dich auch an sie erinnern, Liebling?

Das Kind denkt nach. Am Todestag dieser braven Dame gibt es jedes Jahr einen Reiskuchen, der mit der Körperessenz der Verstorbenen parfümiert wird, die – eine einzigartige Erscheinung – bei ihren Lebzeiten immer nach Schnupftabak roch und nun seit ihrem Tod nach Orangenblüten duftet.

M, m, auch Großmutter! macht laut das Kind.

Und wen hast du lieber gehabt, sag, die Großmama oder den Großpapa?

Wie alle Knirpse, die, was sie nicht haben,

dem vorziehen, was vor ihrer Nase ist, denkt das Kind an den Kuchen von einst und gesteht, daß es die Großmutter lieber hat; nichtsdestoweniger hält es seinen Teller von neuem der Großvater-Speise entgegen.

Aus Angst, daß es sich aus kindlicher Liebe den Magen verdirbt, läßt die Mutter in weiser Voraussicht die Cremespeise abtragen.

Welche köstliche und rührende Familienszene! sagte sich Jacques und rieb sich die Augen. Und er fragte sich, angesichts dessen, was ihm im Kopfe herumging, ob er nicht eingenickt sei und geträumt habe, die Nase auf die Zeitschrift gesenkt, deren wissenschaftliches Feuilleton von der Entdeckung des Ptomains Kenntnis gab.

Quellenverzeichnis: »Zu zweit« (Auszug) aus: *En ménage.* Übersetzung: Johannes Hübner. »Im Hafen« (Auszug) aus: *En rade.* Übersetzung: Johannes Hübner.

Bibliographie: *Marthe,* 1876. – *Sac au dos,* 1878. – *Les Sœurs Vatard,* 1879. – *En ménage,* 1881. – *A vau l'eau,* 1882. – *A rebours,* 1884. – *Un Dilemme,* 1887. – *En rade,* 1887. – *Certains,* 1889. – *Là-bas,* 1891. – *Tief unten,* Köln 1963.

Tristan Corbière

1845–1875

Das ganze Meer, hat man gesagt, aber vor allem das der nächtlichen Klippen, die femme fatale, *und nicht nur das Meer, sondern auch das ganze Land in seinen frühesten Tagen, wo man mit jedem Schritt die unter Dornsträuchern brütenden Mythen aufscheucht; die Erscheinungen in den Dornsträuchern und in der Tiefe der Hohlwege; die tausend Jahre alten Handlungen, die um die Tiere herum begangen werden, und vor Steinen, grob zubehauen nach dem Bilde jener Schutzherren mit höchst bescheidenen Befugnissen, die die Heiligen der Bretagne sind: so sieht der Palimpsest aus – bei Jarry kaum anders –, den Corbières spritzige und elliptische Schrift bedeckt. Der baudelairesche Dandyismus ist hier in völlige Einsamkeit umgesetzt. Der Dichter, der unter einer schrecklichen körperlichen Mißbildung leidet, und dem die Seeleute den Beinamen* an Ankou *(der Tod) gaben, hält sich mit seinem Hund, den er, wie sich selbst, Tristan nannte, am liebsten im Schatten des Beinhauses von Roscoff auf. Der Kontrast zwischen dem körperlichen Gebrechen und einer überaus großen Sensibilität ruft in Corbières Werk als Verteidigungs-*

reflex den Humor hervor und bestimmt ihn als Mensch zur systematischen Erforschung des »schlechten Geschmacks«. Er kleidet sich als Schiffer, läßt seine Schenkel nackt, während die Beine in riesigen Stiefeln schlottern. Über seinen Kamin nagelt er eine getrocknete Kröte. Mit den Worten: »Da hast du mein Herz!« wirft er einer Frau ein blutiges Schafherz zu. Doch welch herrliche Einfachheit entfaltet er in der Kunst der Verführung bei einer anderen Frau, dem schönen Geschöpf, in das er sich 1871 verliebt und bei dem er es wunderbar versteht, Gegenliebe zu wekken! Das automatische Schreiben kommt in der französischen Poesie wahrscheinlich mit den Amours Jaunes *auf. Corbière dürfte der erste gewesen sein, der sich von der Woge der Worte tragen ließ, die, ohne bewußt gelenkt zu werden, jeden Augenblick an unserem Ohr verebbt und gegen die der Banause den Schutzdamm des »gesunden Menschenverstandes« errichtet. Sollte man daran zweifeln, bräuchte man nur sein erschreckendes »Ich spreche unter mich« zu zitieren. Alle Mittel, mit denen sich Worte zusammenfügen lassen, werden hier bedenkenlos benutzt, angefangen mit dem einfachen Wortspiel, das, wie später von Nouveau, Roussel, Duchamp und Rigaut, zu ganz anderen Zwecken denn denen der Belustigung verwandt wird und manchmal sogar zu entgegengesetzten Zwekken: als er todkrank in das Haus Dubois gebracht wird, schreibt Tristan Corbière an seine Mutter: »Ich bin in Dubois[1], woraus man die Särge macht.«*

1 Du bois = Holz (Anm. d. Übers.)

Litanei vom Schlaf

(Auszug)

Schlaf! – Leise spreche ich, daß mich
dein Ohr vernimmt:
Schlaf! – Betthimmel für den, dem keiner
ward bestimmt!

Vom Albatros der Stürme leihst du
das Gefieder
Und kauerst auf den braven Zipfelmützen
nieder!
Schlaf! – Weißes Kopfkissen der Jungfraun,
allzu bieder!
Geheimventil der Jungfraun mit
zu prallem Mieder!
Du weicher Diwan für das Rückgrat
und die Glieder!
Tarnkappe, drin der Flüchtling glücklich
schließt die Lider!
Kumpan der Straßengauner und der
Kuppelbrüder!
Du Land, wo zum Propheten wird der Stumme
wieder!
Zäsur im langen Vers, klangvoller Reim
der Lieder!

Schlaf! – Grauer Werwolf! Rauch, der
schwarz sich niederschlägt!
Schlaf! – Der aus Samt und Spitzen
eine Maske trägt!
Den Kuß der Unbekannten und der Liebsten
weckt!
Schlaf! – Träger Aberwind! Dieb,
den die Nacht versteckt!
Duft, der aus Balsam-Gräbern sich zum
Himmel reckt!

Traumkutsche, die die Huren von der
Gasse fegt!
Beichtvater, dem das Schmachten blasser
Nonnen schmeckt!

Du, der, dem Hunde gleich, die alte Wunde
leckt
Märtyrers, den der Tod auf sein
Spalier gestreckt!

Gezwungnes Lächeln, das die Krise überdeckt!
Passatwind! Wrasen, der das Morgenrot
befleckt!

Des Daseins Überdrang, Wischlappen,
neubewährt,
Der im *Café des Lebens* fette Teller leert!
Böe, die uns mit dem Trübsinn aller Himmel
nährt!
Ding, das seit alten Zeiten stumm
und spurlos fährt!
Ausweg im Ausweglosen! Steg, der Gräben
quert!

Schlaf! – Du Chamäleon, mit Sternen übersät!

Litanei vom Schlaf

Gespensterschiff, das einsam seine Segel bläht!
Frau, die zum Rendez-vous in tiefen
Schleiern geht!
O Trauerspinne, wie mich zart dein Netz
umweht!

Schlaf – Heiligenschein, der golden
alles überragt –
Verklärst das harte Lager, das den Bettler
plagt!
Vernimmst geduldig, was der Unverstandne
klagt,
Zuflucht des Sünders und des Toren,
der nicht wagt!

Domino! Teufels-Blau! Schutzengel-Rosarot!
Sterbliche Stimme, von Unsterblichkeit
umloht,
Die Tiefen rufst du wach, das Echo,
das längst tot!
Journal, wie *Temps* und *Siècle:* nachts mein
täglich Brot!

Jungbrunnen du und Grenzstein,
der den Neid verdrängt!
Der ungestillten Hunger stillt und
unbeschränkt
Freiheit der armen Seele, der verzückten,
schenkt,
Sie auf des Lebens Höh in frischer Luft
ertränkt!

Schlaf, der du lockerst, wenn gesenkt
die Jalousien,
Der Katz den Lebensfaden und dem Harlekin,
Dem Kommissar, dem Geiger, seiner Violin,

Der Leier, deren Muse eine Jungfrau schien!
Göttlicher Herrscher du! Herr meiner
Herrscherin,
Der Faulheit, die mich hörnt mit dir
und der ich dien –
O Bad der Lüste! Fächer süßer Phantasien!

Schlaf! – Diebesehrbarkeit! Mondlicht
gebrochner Blicke!
Schlaf! – Glücksroulette für den, der niemals
fand das Glücke!
Kehraus für alle Ränke und des Schicksals
Tücke!

O alter Galgenstrick des schweren
Erdplaneten!
Harfenakkord, dem's glückt, ins taube Ohr
zu treten!
Einlullender Phantast: spinn nur dein Garn
für jeden!
Schlaf! – Feuer derer, die um Holz
im Ofen beten!

Schlaf! – Feuer derer, die kein Holz
im Ofen sehn!
Dietrich für die, die vor verschloßner Türe
stehn!
Dickfell, vor dem vergeblich tausend
Gläubiger flehn!
Wandschirm, an dem die Glut der Gattin muß
vergehn!

Schlaf! – Deckmantel des Tiefen!
Tiefste Narretei!
Soldatenamme und Ammensoldat dabei!

Litanie du sommeil

O Friedensrichterfrieden! Polizistenpolizei!
Schlaf! – Königin der Nacht: dein Kelch
erhebt sich frei!
Glühwurm und Büßerhemd,
Gespenstergaukelei!
Und Quell der Wahrheit, wenn sie auch
von Binsen sei!

Schlaf! – Kellerloch ganz oben! Strahl von
feinem Staub,
Dir fällt des Tages gnadenloser Glanz zum
Raub!

Schlaf! – Leise spreche ich, daß mich
dein Ohr vernimmt:
O Dämmerung, die zwischen
Sein und Nichtsein glimmt! ...

Litanie du sommeil

Sommeil! écoute-moi : je parlerai bien
bas :
Sommeil. – Ciel-de-lit de ceux qui n'en
ont pas!

Toi qui planes avec l'Albatros des
tempêtes,
Et qui t'assieds sur les casques-à-mèche
honnêtes!
Sommeil! – Oreiller blanc des vierges assez
bêtes!
Et Soupape à secret des vierges assez faites!
Moelleux Matelas de l'échine en arête!
Sac noir où les chassés s'en vont cacher
leur tête!

Rôdeur de boulevard extérieur! Proxénète!
Pays où le muet se réveille prophète!
Césure du vers long, et Rime du poète!
Sommeil! – Loup-Garou gris! Sommeil!
Noir de fumée!
Sommeil! – Loup de velours, de dentelle
embaumée!
Baiser de l'Inconnue, et Baiser de l'Aimée!
– *Sommeil!* Voleur de nuit! Folle-brise pâmée!
Parfum qui monte au ciel des tombes
parfumées!

Carrosse à Cendrillon ramassant *les Traînées!*
Obscène Confesseur des dévotes mort-nées!

Toi qui viens, comme un chien, lécher la
vieille plaie
Du martyr que la mort tiraille sur sa claie!

O sourire forcé de la crise tuée!
Sommeil! Brise alizée! Aurorale buée!

Trop-plein de l'existence, et Torchon neuf
qu'on passe,
Au *Café de la vie*, à chaque assiette grasse!
Grain d'ennui qui nous pleut de l'ennui des
espaces!
Chose qui cours encor, sans sillage et
sans traces!
Pont-levis des fossés! Passage des impasses!

Sommeil! Caméléon tout pailletté d'étoiles!
Vaisseau-fantôme errant tout seul à
pleines voiles!
Femme du rendez-vous, s'enveloppant
d'un voile!

Litanie du sommeil

Sommeil! – Triste Araignée, étends sur moi
ta toile!

Sommeil auréolé! féerique Apothéose,
Exaltant le grabat du déclassé qui pose!
Patient Auditeur de l'incompris qui cause,
Refuge du pécheur, de l'innocent qui n'ose!

Domino! Diables-bleus! Ange-gardien-rose!
Voix mortelle qui vibre aux immortelles
ondes!
Réveil des échos morts et des choses
profondes,
– Journal du soir: *Temps, Siècle* et *Revue
des Deux Mondes!*

Fontaine de Jouvence et Borne de l'envie!
– Toi qui viens assouvir la faim inassouvie!
Toi qui viens délier la pauvre âme ravie,
Pour la noyer d'air pur au large de la vie!

Toi qui, le rideau bas, viens lâcher la ficelle
Du chat, du commissaire et de Polichinelle,
Du violoncelliste et de son violoncelle,
Et la lyre de ceux dont la Muse est pucelle!
Grand Dieu, Maître de tout! Maître de ma
Maîtresse
Qui me trompe avec toi – l'amoureuse
Paresse –
O Bain de voluptés! Éventail de caresse!

Sommeil! Honnêteté des voleurs! Clair
de lune
Des yeux crevés! – *Sommeil!* Roulette
de fortune
De tout infortuné! Balayeur de rancune!

Tristan Corbière

O corde de pendu de la Planète lourde!
Accord éolien hantant l'oreille sourde!
– Beau Conteur à dormir debout: conte
ta bourde!
Sommeil! – Foyer de ceux dont morte est
la falourde!

Sommeil! – Foyer de ceux dont la falourde
est morte!
Passe-partout de ceux qui sont mis à la porte!
Face-de-bois pour les créanciers et leur sorte!
Paravent du mari contre la femme forte!

Surface des profonds! Profondeur des
jocrisses!
Nourrice du soldat et soldat des nourrices!
Paix des juges de paix! Police des polices!
Sommeil! – Belle-de-nuit entrouvrant
son calice!
Larve, Ver-Luisant et nocturne Cilice!
Puits de vérité de monsieur La Palisse!

Soupirail d'en haut! Rais de poussière
impalpable
Qui viens rayer du jour la lanterne
implacable!

Sommeil! – Écoute-moi, je parlerai bien bas:
Crépuscule flottant de *l'Etre ou n'Etre pas!* ...

Quellenverzeichnis: »Litanei vom Schlaf« (Auszüge) aus: *Les Amours jaunes.* Übersetzung: Lothar Klünner.

Bibliographie: *Les Amours jaunes,* 1873. – *Die gelben Liebschaften,* Hamburg, 1948.

Germain Nouveau

1852–1920

Selbst bei einiger Einbildungskraft fällt es einem schwer, in dem jungen Mann von einundzwanzig Jahren mit der sonnigen Stimme und den trügerischen Augen, der sogleich Rimbauds Freundschaft gewinnt – als dieser, dem ein sehr schlechter Ruf vorausging, das Café Tabourey betrat, wo man so tat, als kennte man ihn nicht, ging Nouveau, von grenzenloser Bewunderung erfüllt, auf ihn zu; tags darauf reisten sie zusammen nach England –, in diesem jungen Mann und in dem altersgebeugten Bettler dreißig Jahre später am Portal von Saint-Sauveur in Aix, dem Paul Cézanne jeden Sonntag, wenn er zur Messe ging, ein Almosen von einem Taler gab, ein und dieselbe Person zu sehen. Gleichwohl ist dieses Leben von Anfang bis Ende von absolutem Nonkonformismus bestimmt. »Der Autor der ›Valentines‹«, sagt sein Freund Ernest Delahaye, »war kein ärgerlicher Querkopf, er besaß vielmehr einen stillen, freundlichen und zuweilen liebenswürdig-ironischen Oppositionsgeist. Der Grund hierfür war, daß er ständig das Bedürfnis hatte, seine Gedanken zu entwickeln, indem er ›verkehrte Welt‹ spielte, und daß er dazu neigte, die Dinge immer noch von einem anderen Gesichtspunkt aus zu betrachten. Das Einfache war für ihn das Gegenteil von dem, was die meisten Menschen sagen und tun.« Wenn der Mechanismus geistiger Subversion, an dem er gemeinsam mit Cros, Rimbaud und selbst mit Verlaine gearbeitet hatte, ihm eines Tages auch unter der Hand zerbrach – am Karfreitag des Jahres 1879 hatte er seine erste mystische Anwandlung, als er gerade im Begriff war, ein Entrecôte zu essen, das er sich in einer Metzgerei selber abzuschneiden beliebt hatte –, so betrieb er das »Gute« fürderhin mit dem gleichen unheimlichen Eifer, mit der gleichen Maßlosigkeit wie zuvor das »Böse«. Als Ministerialbeamter wird ihm wegen eines burlesken Duells, das er sich mit einem Kollegen zugezogen hatte, nahegelegt, seinen Abschied zu nehmen. In Janson-de-Sailly als Zeichenlehrer tätig, fällt er vor seinem Katheder auf die Knie und stimmt ein Kirchenlied an. Nach kurzem Aufenthalt in der Irrenanstalt von Bicêtre und nach zwei Wallfahrten, die er zu Fuß unternahm, die eine nach Rom, die andere nach Compostella, hält er es aus Demut für seine Schuldigkeit, sein Werk zu vernichten. Die letzten fünfzehn Jahre seines Lebens bringt er damit zu, als Geist des Benoît Labre, dieses Heiligen mit der Klettenkrone, den er sich zum Vorbild genommen hatte, die Kirchen der Provence heimzusuchen.

Der Kamm

Ist die Seife die Kammerzofe,
Das Handtuch der Diener Johann
Und der Schwamm der Gelehrte am Hofe,
Ist der Kamm unser Edelmann.

Ja, ein Grandseigneur, schöne Dame,
Aus dem allervornehmsten Clan,
Die Seele so rein wie der Name,
Ja, der Kamm ist ein Edelmann!

Wie lange noch wollen wir's dulden,
Daß man »Dreckig wie'n Kamm« sagen kann?
Trifft ihn doch dabei kein Verschulden.
Nein, der Kamm ist ein Edelmann!

Und sollt er sich schmutzig entpuppen,
Der Kamm, wer ist schuldig daran?
Sein Schöpfer? Wohl mehr deine Schuppen!
Denn der Kamm ist ein Edelmann.

Die Schuld hat, wer ihn in seine
Misere zu treiben begann.
Es ist meine Faulheit und deine.
Doch der Kamm ist ein Edelmann.

Germain Nouveau

Unsre Hand ist seine Vasallin.
Und ist er mal dreckig, ja dann
Läßt er ruhig den Dreck sich gefallen,
Denn der Kamm ist ein Edelmann.

Sein Bursche, der putzt ihm die Zähne,
Doch er selber, er denkt gar nicht dran,
Zu säubern die strähnige Mähne,
Ja, der Kamm ist ein Edelmann.

Ein Fürst: auch wenn er partout nicht
So spöttisch und stolz hätt getan,
Wär sein Wahlspruch doch »Ich geruh nicht«,
Denn der Kamm ist ein Edelmann.

Er trägt einen Degen von Adel
Und grinst voll Verachtung uns an.
Dieser Degen ist schlicht eine Nadel.
Ach, der Kamm ist ein Edelmann.

Und mit zierlichem Nadeldegen,
Bis er Blütenreinheit gewann,
Mußten Mädchenfinger ihn pflegen,
Ihren Kamm, diesen Edelmann.

Und nenn ich und nennst du indessen
Ihn schmutzig, so hat er spontan
Solche Dummheiten wieder vergessen,
Denn der Kamm ist ein Edelmann.

Ich will ihn nie wieder so nennen:
Geschmacklos wär's, und fortan
Würde jeder mich auslachen können;
Nein, der Kamm ist ein Edelmann.

Le peigne

Und es zählt zu den höchsten Genüssen,
Die der Morgen mir bieten kann,
Schöner Kamm, Eure Zähnchen zu küssen:
Euer Diener und Euer Galan.

Le peigne

La serviette est une servante,
Le savon est un serviteur,
Et l'éponge est une savante;
Mais le peigne est un grand seigneur.

Oui, c'est un grand seigneur, Madame,
Des plus nobles par la hauteur
Et par la propreté de l'âme,
Oui, le peigne est un grand seigneur!

Quoi? l'on ose dire à voix haute
Sale comme un... Du fond du cœur
Que l'on réponde! à qui la faute?
Mais le peigne est un grand seigneur!

Oui, s'il n'est pas propre, le peigne,
A qui la faute? à son auteur?
N'est-ce pas plutôt à la teigne!
Car . . . le peigne est un grand seigneur.

La faute, elle est à qui le laisse
S'épanouir dans sa hideur.
C'est la faute... à notre paresse.
Lui, le peigne est un grand seigneur.

Oui, notre main est sa vassale,
Et s'il est sale, par malheur,
Il se f...iche un peu d'être sale,
Car le peigne est un grand seigneur.

Germain Nouveau

Il ne veut nettoyer la tête,
Que si la main de son brosseur
Lui fait les dents, je le répète,
Oui le peigne est un grand seigneur.

Oui, c'est un grand seigneur, le peigne,
Sans être rogue ou persifleur,
Sa devise serait: «ne daigne»
Car le peigne est un grand seigneur.

Grand seigneur son dédain nous cingle,
Porteur d'épée, il est railleur,
Or, cette épée est une épingle,
Si le peigne est un grand seigneur.

Cette épingle, adroite et gentille,
Le rend propre comme une fleur,
Aux doigts de la petite fille
Dont le peigne est un grand seigneur.

Donc que je dise ou que tu dises
Qu'il est sale, mon beau parleur,
Il laisse tomber les bêtises,
Car le peigne est un grand seigneur.

Pour moi, je ne veux pas le dire:
Cela manquerait... de saveur
Et puis cela ferait sourire;
Non..., le peigne est un grand seigneur.

Sur vos dents fines et sans crasse,
Chaque matin j'ai cet honneur,
Mon beau peigne, je vous embrasse,
Et je suis votre serviteur.

Le peigne

Quellenverzeichnis: »Der Kamm« aus: *Valentines.* Übersetzung: Lothar Klünner.

Bibliographie: *Savoir aimer,* 1904. – *Les Poèmes d'Humilis,* 1910. – *Valentines,* 1921. – *Le Calepin du Mendiant,* 1949.

Arthur Rimbaud

1854–1891

Das Verwirrende, Frostige und Herrliche in dem Humor, auf den es uns hier ankommt, ist bei Rimbaud schwerlich zu finden: die Fähigkeit, die er voraussetzt, sich paradox und überaus unbefangen zu verhalten, ist diesem Dichter nicht gegeben. Niemals, das muß man leider sagen, sollte es einem solchen Humor gelingen, sich in seinem Werk anders denn nur beiläufig zu äußern, doch auch dann will er der Vorstellung, die wir von ihm haben, nur unvollkommen entsprechen. Schon Rimbauds Physiognomie, wie sie die Photographien von Carjat oder jene aus Äthiopien zeigen, dürfte darüber keinen Zweifel lassen. Der läuternde Blick des Sehers und der fast erloschene des Abenteurers verraten nichts von der Schalkhaftigkeit, die aus den Augen der geborenen Humoristen nie ganz verschwindet. Da ist vielleicht sein wunder Punkt: Die heutige Auffassung von Dichtung und Kunst, insofern sie von den Bedürfnissen einer Zeit determiniert wird und diese sie überdeterminiert, *bewirkt, daß dem Humor in einem Maße Rechnung getragen wird, wie das bisher noch nicht vorgekom-*

men ist. Die ganze Sensibilität von heute ist durch ihn rege geworden, doch kann man nicht behaupten, daß sie von Rimbaud, wie zum Beispiel von Lautréamont, voll befriedigt wird. In erster Linie nicht, weil bei ihm der innere und der äußere Mensch es nie fertig gebracht haben, miteinander in gutem Einvernehmen zu leben. Sie lösen einander ab, und im ersten Abschnitt seines Lebens stehen sie einander sogar fortwährend im Wege. Wir wollen den zweiten Lebensabschnitt, in dem die Marionette die Oberhand gewonnen hat und ein ziemlich jämmerlicher Kasper bei jeder Gelegenheit mit dem Gold an seinem Gürtel klimpert, außer acht lassen und nur den Rimbaud von 1871–1872 in Betracht ziehen, den wahren Gott der Pubertät, wie keine Mythologie ihn kennt. Das Gefühlstrauma bietet hier so glänzende Möglichkeiten der Sublimierung, daß die Außenwelt mit einem Mal nicht mehr Raum einnimmt als in den Augen aller Zen-Zeloten Japans. »Der Mann mit den Windsohlen« gemahnt uns an all die »fliegenden Teppiche«, die aus dem Orient kommen, und mit denen man, wie es heißt, so man nur keusch ist und fastet, alle Automobil- und sonstigen Rekorde zu brechen vermag. Das mag stimmen oder nicht: Keuschheit und Fasten aber sind auch Rimbauds Sache, nämlich wenn er seine Gedichte schreibt und auf der Rue de Rivoli Schlüsselringe verkauft. Die einzigen Momente des Humors, die Rimbaud gehabt hat, diese einzigen Erleuchtungen von anderer Art als die »Illuminationen« – vergessen wir nicht, daß er für einen Berufshumoristen (wie man sagt Be-

rufsrevolutionär) vom Schlage eines Jacques Vaché eine läppische und jämmerliche Figur ist – sind fast immer verdüstert von einer verzweifelten Ironie, die dem Humor ganz konträr ist; das stark bedrohte Ich ist bei ihm des Sprungs zum »Über-Ich«, der die Verschiebung des psychischen Akzents erlaubte, nicht fähig. Rimbaud besteht darauf, sich mit seinen eigenen Mitteln zu verteidigen, wozu ihm die geistige und seelische Not der Menschen, die ihn umgeben, die Waffen liefert. Angesichts seines eigenen Leidens hadert er mit den anderen, anstatt in ihnen aufzugehen. *Er begibt sich damit der einzigen Möglichkeit, es zu meistern und uns* intakt *zu erscheinen.*

Diese Vorbehalte, so rigoros sie sein mögen, sind jedoch noch kein Grund, manchen rührenden Geständnissen in der »Alchemie du Verbe« weniger Bedeutung beizumessen, im Gegenteil; man sehe nur selbst: »Ich liebte die kindischen Malereien, bemalte Türgesimse, Verzierungen, Zeltbilder der Seiltänzer, Aushängeschilder, bunte Bilderbogen; die aus der Mode gekommene Literatur, Kirchenlatein, erotische Bücher voller orthographischer Fehler . . .«. Das gleiche gilt auch für das ganz wunderbare Gedicht »Rêves« von 1875, das Rimbauds dichterisches und geistiges Vermächtnis ist.

Ein Herz unter einer Soutane

Ich öffnete die Augen wieder ein wenig ...

Césarin und der Küster rauchten jeder eine magere Zigarre mit unvorstellbarer Geziertheit, was beide furchtbar lächerlich machte: Die Frau Küsterin, auf dem Rande ihres Stuhls sitzend, ihren eingefallenen Busen nach vorn gebeugt, hinter sich all die Fluten ihres gelben Gewandes, die ihr bis zum Halse schwollen, und rings um sich ihre unwahrscheinlichen Volants ausbreitend, entblätterte auf entzückende Weise eine Rose; ein abscheuliches Lächeln öffnete ab und zu ihre Lippen und ließ in ihrem mageren Zahnfleisch zwei Zähne sehen, schwarzgelb wie die Kacheln eines alten Ofens. Du, Thimothina, du warst schön mit deinem weißen Krägelchen, deinen niedergeschlagenen Augen und deinem glatt gescheitelten Haar.

»Das ist ein junger Mann von morgen, seine Gegenwart verheißt seine Zukunft«, sagte der Küster und ließ eine graue Rauchwolke aufsteigen.

»Oh! Herr Léonard wird eine Zierde für den Priesterstand sein!« näselte die Küsterin und zeigte ihre zwei Zähne ...

Ich errötete, wie es sich für einen wohlerzogenen Jungen gehört; ich sah, wie man von mir abrückte und daß man über mich flüsterte.

Thimothina blickte unentwegt auf meine Schuhe; die zwei schmutzigen Zähne bedrohten mich ... der Küster lachte ironisch; ich hielt den Kopf immer noch gesenkt ...

»Lamartine ist tot ...« sagte plötzlich Thimothina.

Liebe Thimothina! Für deinen glühenden Verehrer, deinen armen Poeten Léonard, warfst du den Namen Lamartine ins Gespräch; nun hob ich den Kopf, ich fühlte, daß allein der Gedanke der Poesie all diesen profanen Menschen ihre Unschuld wiedergeben könnte, ich fühlte meine Flügel schlagen und sagte strahlend mit einem Blick auf Thimothina:

»Er hatte schöne Juwelen in seiner Krone, der Autor der *Méditations poétiques*!«

»Der Schwan der Poesie ist dahingegangen«, sagte die Küsterin.

»Ja, aber er hat seinen Schwanengesang gesungen«, erwiderte ich überschwänglich.

»Aber«, rief die Küsterin aus, »Herr Léonard ist auch ein Dichter! Seine Mutter hat mir vergangenes Jahr Proben seiner Kunst gezeigt ...«

Ich scherzte verwegen: »Oh! Gnädige Frau, ich habe weder meine Leier noch meine Zither mitgebracht, aber ...«

»Oh! Ihre Zither; Sie werden sie ein andermal mitbringen ...«

»Aber, immerhin, wenn es den verehrten Herrschaften nicht mißfällt« – und ich zog ein Stück Papier aus der Tasche – »werde ich Ihnen einige Verse vorlesen ... Ich widme sie Fräulein Thimothina.«

»Ja! ja! junger Mann! Sehr gut! Tragen Sie vor, tragen Sie vor, stellen Sie sich dort ans andere Ende des Zimmers ...«

Ich ging dorthin ... Thimothina betrachtete meine Schuhe ... Die Küsterin machte ein Gesicht wie eine Madonna; die beiden Herren rückten etwas näher zusammen ... Ich errötete, ich hüstelte und stimmte zart singend an:

In seinem baumwollnen Verlies
Schläft zarter Zephirhauch ganz feste ...
In seinem seidnen, wollnen Neste
Schläft Zephir, ach, sein Kinn ist süß.

Die ganze Zuhörerschaft brach in schallendes Gelächter aus: Die Herren beugten sich zueinander und machten derbe Scherze; besonders abscheulich aber war der Gesichtsausdruck der Küsterin, die, den Blick zum Himmel gewandt, die Entrückte spielte und mit den widerlichen Zähnen lächelte! Thimothina, Thimothina platzte vor Lachen! Das versetzte mir den Todesstoß, Thimothina hielt sich die Seiten vor Lachen! ...

»Ein sanfter Zephir in Baumwolle, das ist köstlich, das ist köstlich! ...« gab Vater Césarin schnaubend von sich ...

Ich glaubte etwas zu merken ... Doch dieses Gelächter dauerte nur eine Sekunde; alle versuchten wieder ein ernstes Gesicht zu machen, das jedoch manchmal noch pupte ...

»Fahren Sie fort, junger Mann, das ist gut, das ist gut!«

Wenn Zephir seinen Fittich hebet,
In seinem baumwollnen Verlies,
Wenn er dem Blütenruf zustrebet,
Dann riecht sein guter Atem süß!

Dieses Mal wurde mein Auditorium von einem gewaltigen Lachen geschüttelt; Thimothina sah auf meine Schuhe: Mir war heiß, meine Füße brannten unter ihrem Blick und badeten in Schweiß, denn ich sagte mir: Diese Socken, die ich seit einem Monat trage, sind ein Geschenk ihrer Liebe, dieser Blick, den sie auf meine Füße wirft, ist ein Beweis ihrer Liebe: Sie liebt mich!

Und da schien mir meinen Schuhen ein verdächtiger Geruch zu entströmen: Oh! ich verstand das scheußliche Lachen der Gesellschaft! Ich begriff, daß Thimothina Labinette, in diese böse Gesellschaft geraten, daß Thimothina ihrer Leidenschaft nie freien Lauf lassen konnte! Ich sah, daß mich, auch mich diese schmerzliche Liebe verzehren mußte, die an einem Nachmittag im Monat Mai aufgeblüht war, in der Küche der Labinettes, als die Jungfrau mit der Schale sich mir von hinten zeigte!

Vier Uhr schlug die Wohnzimmeruhr, Zeit heimzukehren; außer mir, brennend vor Liebe und verrückt vor Schmerz, griff ich nach meinem Hut und entfloh, wobei ich einen Stuhl umwarf. Ich lief durch den Hausflur und murmelte: Ich liebe dich, Thimothina, und rannte geradenwegs zum Seminar.

Die Schöße meines schwarzen Rocks flogen hinter mir im Winde wie finstere Vögel! . . .

Brief

14. Oktober 75.

Lieber Freund,

Die Postcard und den Brief von V. vor acht Tagen erhalten. Um alles zu vereinfachen, habe ich der Post gesagt, sie solle seine postlagernden Sendungen zu mir schicken, so daß Du hierher schreiben kannst, wenn noch nichts auf der Post liegt. Zu den letzten Gemeinheiten des Loyola sage ich nichts, auch habe ich keine Lust mehr, mich gegenwärtig nach dieser Seite hin zu bemühen, da es scheint, daß die 2te »Abteilung« des »Kontingents« des »Jahrgangs 74« zum dritten folgenden oder nächsten November einberufen werden wird: die nächtliche Stube:

»Traum«

Hunger hat man in der Stube –
Wirklich wahr . . .
Emanationen, Explosionen,
Ein Genie: Ich bin der Gruyère!
Lefebvre: Keller!

Arthur Rimbaud

Das Genie: Ich bin der Brie!
Die Soldaten ritzen in ihr Brot:
So ist das Leben!
Das Genie – Ich bin der Roquefort!
– Das wird unser Tod sein! ...
– Ich bin der Gruyère
Und der Brie ... usw.

Walzer

Wir wurden vereint, Lefebvre und ich, usw.

Solche Sorgen erlauben nur, daß man in ihnen aufgeht. Die »Loyolas« jedoch, sollten sie sich wieder einstellen, höflich, je nach den Umständen, wieder nach Hause schicken.

Eine kleine Gefälligkeit: Würdest Du mir genau und kurz sagen – worin das gegenwärtige »Abi« besteht, klassischer Teil, Mathe., usw. – Du müßtest mir sagen, wie weit man in jedem Fach gekommen sein muß: Mathe., Phys., Chem., usw., und dann direkt die Titel der Bücher (und wie man sie sich beschaffen kann), die auf Deiner Schule benutzt werden; z. B. für dieses »Abi«, wenn das nicht an den verschiedenen Universitäten wechselt: Informiere Dich auf jeden Fall bei Professoren und Schülern, die diesbezüglich Bescheid wissen. Ich lege vor allem wert auf genaue Angaben, weil diese Bücher demnächst anzuschaffen wären. Ausbildung als Soldat und »Abi« würden mir, Du siehst, zwei oder drei angenehme Sommer verschaffen! Zum Teufel übrigens mit dieser »braven Arbeit«. Nur sei so nett, mir so gut wie irgend möglich anzugeben, wie man das anfängt.

Hier ist überhaupt nichts los.

– Ich hoffe, daß die Steißtrommelei und das Geschmiere, voll patriotischen Gemüses oder nicht, Dir nicht mehr Zerstreuung schaffen, als Du brauchst. Wenigstens stinkt das nicht nach Schnee wie hier.

Der Deine, »soweit es in meinen schwachen Kräften steht«.

Du adressierst:

A. RIMBAUD
31, rue Saint-Barthélemy
Charleville (Ardennes),
kommt ohne weiteres an.

P.-S. – Mit der Korresp. »unter Verschluß« ist es soweit gekommen, daß der »Némery« die Zeitungen des Loyola einem *Polizisten* anvertraut hat, um sie mir zu bringen!

Quellenverzeichnis: »Ein Herz unter einer Soutane« (Auszug) aus: *Un cœur sous une soutane.* Übersetzung: Rudolf Wittkopf (Übersetzung des in diesem Text enthaltenen Gedichts: Franz von Rexroth). »Brief« aus: *Œuvres complètes.* Übersetzung: Rudolf Wittkopf.

Bibliographie: *Une saison en enfer,* 1873. – *Les Illuminations,* 1886. – *Un cœur sous une soutane,* 1924. – *Œuvres complètes,* 1954. – *Das dichterische Gesamtwerk,* Wiesbaden 1954. – *Sämtliche Dichtungen,* Heidelberg 1965.

Alphonse Allais

1854–1905

Möglich, daß die Glasgefäße der Apotheke, in der Alphonse Allais seine Kindheit verbrachte, nichts Düsteres widerspiegeln – über ihnen der Himmel von Honfleur ist so sanft wie ihn nur Eugène Boudin zu malen versteht, dem die väterliche Offizin ebenso vertraut ist wie Courbet und Manet –, ungewöhnlich aber ist, daß sein durch und durch humoristisches Werk große Scheu verrät, von geheimen Vorbehalten zeugt. Wenn zwischen ihm und den unvergleichlich schädlicheren Autoren, die dieser Sammlung ihr Gepräge geben, trotz allem ein verwandtschaftliches Verhältnis besteht, so weniger wegen des schlichten und fast immer heiteren Inhalts seiner Geschichten, deren Aroma selten bitter ist, als vielmehr wegen des Scharfsinns, mit dem er der Dummheit und dem kleinbürgerlichen Egoismus, die zu seiner Zeit kaum noch zu überbieten waren, in ihren tausend Erscheinungsformen zu Leibe gegangen ist. Nicht nur läßt er keine Gelegenheit vorbeigehen, das erbärmliche patriotische und religiöse Ideal, das seinen Mitbürgern durch die Niederlage von 1871 nur noch teurer geworden ist, zu verspotten, sondern er zeichnet sich auch darin aus, den satten, auf seine Gemeinplätze stolzen und selbstbewußten Menschen, dem er täglich auf der Straße begegnet, in Verlegenheit zu bringen. Sein Freund Sapeck und er verstehen sich in der Tat ausgezeichnet auf ein Verfahren, das bis dahin fast unbekannt war, die Mystifikation. *Man kann sagen, daß sie von ihnen in den Rang einer Kunst erhoben wird: Es handelt sich dabei um nicht weniger, als unter zahllosen Vorwänden einen Geistesterror zu erproben, der den Menschen ihren mittelmäßigen, fadenscheinigen Konformismus vor Augen hält, das außerordentlich beschränkte Gesellschaftstier in ihnen aufscheucht, es fortwährend piesackt und sie dadurch nach und nach zur Aufgabe ihrer schmutzigen Interessen bringt. Solchermaßen wird ihnen die Existenzgrundlage entzogen, was einem Todesurteil gleichkommt: »Wie seine Vorfahren«, wird Maurice Donnay später sagen, »auf ihrer Barke die Flüsse hinauffuhren, so fuhr er mit seinen Geschichten den Strom der Vorurteile hinauf.« Der Geist Baudelaires ist nicht fern, und tatsächlich erinnern uns die Biographen daran, daß der Dichter, als er seine Mutter in Honfleur besuchte, auch Alphonse Allais' Vater einen Besuch abstattete und auf das Kind sicher einen starken Eindruck machte (Alphonse Allais bewohnte an seinem Lebensende das »Haus Baudelaire«). Alphonse Allais' Leben ist mit jenen exzentrischen Unternehmungen wie den Hydropathen, den Hirsutes*[1]

1 Eine Gruppe langhaariger Dichter (Anm. d. Übers.).

und der Chat-noir[1] *verbunden, deren Stern schnell wieder sank, doch vor denen das noch mysteriöse Denken dieses fin de siècle den Zylinderhut zog. Man hat bis heute ziemlich vergeblich versucht, die völlig zweckfreien* Erfindungen *des Autors von »A se tordre« zu zählen. Es sind Produkte einer dichterischen Phantasie, die mit der eines Zenos aus Elea, wie auch mit der der Kinder zu vergleichen ist: ein Gewehr mit einem Kaliber von einem Millimeter, bei dem die Kugel durch eine richtige Nähnadel ersetzt ist, die fünfzehn oder zwanzig Mann durchbohren kann und sie gleichzeitig auffädelt, schnürt und bündelt; wandernde Fische, die die Brieftauben ablösen sollen; für scheue Karpfen Aquarien aus Milchglas; Verstärkung der Leuchtkraft der Glühwürmchen; Ölen des Weltmeers, um die Fluten ungefährlicher zu machen; ein Korkenzieher, der sich dank der Kraft der Gezeiten dreht; eine Taschenzentrifuge; ein Aufzug, der bis zu der zu erreichenden Etage in den Boden versinkt usw. usw. Es versteht sich von selbst, daß die Errichtung dieses geistigen Kartenhauses vor allem eine gründliche Kenntnis aller Möglichkeiten der Sprache, ihrer Geheimnisse und ihrer Tücken, voraussetzt: »Er war ein großer Schriftsteller«, konnte beim Tode von Alphonse Allais der gestrenge Jules Renard sagen.*

1 Name einer Schenke (Rue Victor Massé, Paris) und einer dort erscheinenden Zeitung (Anm. d. Übers.).

Ein typisch pariserisches Drama

Kapitel 4

Wie man beweisen könnte, daß die Leute, die sich mit dem befassen, was sie nichts angeht, besser daran täten, still zu sein.

Unglaublich, wie gemein die Welt seit einiger Zeit wird!

(Worte meiner Concierge am letzten Montagmorgen.)

Eines Morgens erhält Raoul folgende Zeilen:

»Wenn Sie einmal Ihre Frau zufällig bei guter Laune sehen wollen, so gehen Sie donnerstags zum *Bal des Incohérents* im Moulin-Rouge. Sie wird dort sein, maskiert und als kongolesischer Einbaum verkleidet. Wer Ohren hat zu hören, der höre! Schönen Gruß.

Ein Freund.«

An demselben Morgen erhielt Marguerite folgende Zeilen:

»Wenn Sie einmal Ihren Mann zufällig bei guter Laune sehen wollen, so gehen Sie donnerstag zum *Bal des Incohérents* im Moulin-Rouge. Er wird dort sein, maskiert und als Tempelherr fin de siècle verkleidet. Wer Ohren hat zu hören, der höre! Schönen Gruß.

Eine Freundin.«

Diese Briefchen fielen nicht in taube Ohren. Beide verbargen auf bewunderungswürdige Weise ihre Absicht, als der verhängnisvolle Tag gekommen war:

»Meine liebe Freundin«, sagt Raoul mit unschuldigster Miene, »ich bin gezwungen, dich bis morgen zu verlassen. Geschäfte von großer Wichtigkeit rufen mich nach Dünkirchen.«

»Das trifft sich gut«, antwortete Marguerite mit köstlicher Unbefangenheit, »ich habe gerade ein Telegramm von meiner Tante Aspasia erhalten, die mich wegen ihres schweren Leidens an ihr Krankenbett bittet.«

Kapitel 5

Wo man die tolle Jugend von heute, anstatt der Ewigkeit zu gedenken, sich in die trügerischsten und flüchtigsten Vergnügungen stürzen sieht.

Mai vouéli vièure pamens:
La vido es tant bello!
Auguste Marin.

Die Nachahmer des *Hinkenden Teufels* stimmten darin überein, daß der *Bal des In-*

cohérents sich dieses Jahr in einem ganz besonderen Glanze zeigte.

Viele Schultern und nicht wenig Beine, ohne das Drum und Dran zu erwähnen.

Zwei Teilnehmer schienen an der allgemeinen Verrücktheit keinen Anteil zu nehmen: ein Tempelherr fin de siècle und ein kongolesischer Einbaum, alle beide vollständig maskiert.

Schlag drei Uhr morgens näherte sich der Tempelherr dem Einbaum und lud ihn ein, mit ihm zu speisen.

Als Antwort hängte der Einbaum seine kleine Hand in den robusten Arm des Tempelherrn, und das Paar entfernte sich.

Kapitel 6

Wo die Situation sich verwirrt.

»I say, dont' you think the rajah laughs at us?«
»Perhaps, sir.«
Henry O'Mercier.

»Lassen Sie uns einen Augenblick alleine«, sagte der Tempelherr zum Ober des Restaurants, »wir werden unser Menü zusammenstellen und dann nach Ihnen läuten.«

Der Ober zog sich zurück, und der Tempelherr verriegelte sorgfältig die Tür des Séparées.

Dann riß er mit einer jähen Bewegung, nachdem er sich von seinem Helm befreit hatte, dem Einbaum die Samtmaske herunter.

Alle beide stießen gleichzeitig einen Schrei der Bestürzung aus: Keiner erkannte den anderen wieder.

Er, er war nicht Raoul.

Sie, sie war nicht Marguerite.

Sie tauschten gegenseitig Entschuldigungen aus und säumten nicht, mit Hilfe eines kleinen Soupers Bekanntschaft zu schließen; mehr sage ich Ihnen nicht.

Sommervergnügen

Das Gut, auf dem ich mich während der schönen Jahreszeit aufhalte, grenzt an ein bescheidenes Anwesen, das die gehässigste Furie der ganzen Küste bewohnt.

Sie war Witwe eines Wegeaufsehers, den sie an Kummer sterben ließ. Diese Megäre verband eine Zanksucht von seltenem Ausmaß mit schmutzigstem Geiz. All das unter der Maske einer übertriebenen Frömmigkeit.

Sie ist tot. Friede sei ihrer Asche!

Sie ist tot. Und ich habe sehr gelacht als ich sah, wie sie die Luft mit ihren großen, fleischlosen Armen schlug und niedersank auf dem dürftigen Rasen ihres lächerlichen und allzu gepflegten Gärtchens.

Denn ich war Zeuge ihres Hinscheidens. Mehr noch, ich war dessen Urheber. Und dieses kleine Abenteuer wird – so denke ich – eine meiner besten Erinnerungen bleiben.

Es mußte übrigens ein Ende nehmen, denn ich konnte schon nicht mehr schlafen, so sehr war ich von dem Gedanken an diese Harpye besessen.

Schreckliche, schreckliche Frau!

Ich gelangte zu meinem traurigen Resultat durch eine gewisse Anzahl von Scherzen, die sich alle durch schlechtesten Geschmack auszeichneten, aber sie lassen doch auf eine gewisse Verschlagenheit und Unversöhnlichkeit ihres Urhebers schließen.

Wünschen Sie eine flüchtige Darstellung meiner Anschläge?

Meine Nachbarin war verrückt nach Gartenarbeit. Kein Salat weit und breit konnte sich mit ihren Salaten vergleichen. Und was ihre Erdbeeren betraf, waren sie alle so schön, daß man in Versuchung geriet, vor ihnen niederzuknien.

Gegen das Unkraut, gegen die schädlichen Insekten, gegen die unersättlichen Würmer wußte und gebrauchte sie unermüdlich tausend Kunstgriffe von furchtbarer Wirkung.

Denn ihre Schneckenjagd war reine Poesie, hätte Coppée in einem unsterblichen Vers sagen können.

Nun geschah es aber, daß ein verheerender Gewitterregen über das Land kam, und folgendes dachte ich mir aus:

Ich rief eine Myriade von Gassenjungen zusammen (*Myriade* ist hier nur eine Redensart) und sagte, indem ich jedem von ihnen einen Sack übergab:

»Geht, meine kleinen Freunde, geht durch alle Felder und bringt mir soviel Schnecken mit, wie ihr nur könnt. Bei der Rückkehr warten etliche Groschen auf euch.«

Und da brachen meine Schlingel zur Jagd auf.

Reichliche Beute erwartete sie. Tatsächlich hatten niemals so viele Schnecken buntscheckig das Land gesprenkelt.

Alle diese Weichtiere versammelte ich in einer riesigen, festverschlossenen Kiste, in der sie während einer guten Woche zu fasten gehalten waren.

Dann, an einem strahlenden Sommerabend, ließ ich dieses Viehzeug im Garten der Alten frei.

Der Sonnenaufgang warf bald seinen hellen Schein auf dieses Waterloo.

Von den Salaten, den Endivien, den Erdbeerpflanzen, die bis vor kurzem noch blühten, waren jetzt nur noch traurige, zerfetzte Blattrippen übriggeblieben.

Ach, wenn ich nicht so hätte lachen müssen, mir hätte bei diesem Anblick der Verwüstung das Herz geblutet!

Die Furie traute ihren Augen nicht.

Währenddessen setzten meine Schnecken, vollgestopft, aber nicht übersättigt, ihr Vernichtungswerk fort.

Von meinem kleinen Beobachtungsplatz aus bemerkte ich, wie sie zum Angriff entschlossen, auf die Birnbäume krochen.

... In diesem Augenblick läutete die Glocke zur Zehn-Uhr-Messe.

Meine Nachbarin entfloh, um ihre Heimsuchungen dem lieben Gott zu erzählen.

Es wäre langweilig, in allen Einzelheiten von den grausamen Streichen zu berichten, die ich der boshaften Frau spielte, die meine Nachbarin war.

Ich übergehe mit Schweigen, daß ich unreine Karbidstücke in das kleine Bassin vor ihrem Haus warf. Keine menschliche Feder könnte den Knoblauchgestank beschreiben, den der stupide Springbrunnen verbreitete.

Und richtig (eine Einzelheit, die ich später erfuhr und die mich mit Freude erfüllte), diese Megäre empfand einen unüberwindlichen Widerwillen gegen Knoblauchgeruch.

Am Fuße der Mauer, die ihren Garten von meinem trennte, zog sie eine prächtige Petersilie. Oh, die schöne Petersilie!

Rücksichtslos überstreute ich das Beet mit einer Handvoll Samen des Schierlings, der der Petersilie zum Verwechseln ähnlich sieht.

(Ich bedauere die neuen Mieter des Gartens, falls sie sich täuschen lassen.)

Kommen wir zu den beiden köstlichsten Streichen, von denen der letzte – wie oben angekündigt – das plötzliche Ableben der schrecklichen Alten zur Folge hatte.

Durch eingehendes Studium lernte ich die kleinen Gewohnheiten unserer Furie bis in die Fingerspitzen kennen. Schon munter bei Morgengrauen, inspizierte sie mit argwöhnischem Blick die geringsten Einzelheiten ihres Gartens, zertrat hier eine Schnecke, zupfte dort Unkraut aus.

Beim ersten Glockenschlag der Sechs-Uhr-Messe machte sich die Fromme davon; nachdem ihre religiösen Pflichten erfüllt waren, kam sie zurück und nahm aus ihrem Briefkasten die Zeitschrift »La Croix«, an der sie sich erbaute, während sie ihren Milchkaffee schlürfte.

Eines Morgens nun las sie seltsame Sachen in ihrem bevorzugten Journal. Der Artikel auf der ersten Seite zum Beispiel begann mit diesem Satz:

»Wann wird man endlich mit all diesen Herrgottssakramentspfaffen Schluß machen!« Und der Rest des Artikels fuhr in diesem Ton fort.

Weiter hinten konnte man diese kleine Notiz lesen:

»Unseren Lesern zur Beachtung:

Wir können nicht genug Vorsicht jenen unter unseren Lesern empfehlen, die sich aus diesem oder jenem Grund gezwungen sehen, Geistliche in ihre Wohnung hineinzulassen.

So hat am letzten Montag der Pfarrer von Saint Lucien, der zu einem seiner Pfarrkinder gerufen wurde, um ihm die Sterbesakramente zu reichen, es für richtig gehalten, beim Weggang die goldene Uhr des Moribunden und ein Dutzend Silberbestecke mitzunehmen.

Diese Tatsache stellt keinen Einzelfall dar, usw., usw.«

Und die vermischten Nachrichten erst!

Namentlich wurde berichtet, daß der Nuntius des Papstes am Tage zuvor wegen Trunkenheit, Randalierens und Beamtenbeleidigung auf dem Ball von Moulin-Rouge verhaftet worden war.

Sonderbares Journal!

Muß ich noch hinzufügen, daß dieses seltsame Organ nicht von Damen, wie die Zeitschrift »La Fronde« redigiert, zusammengestellt, klischiert und gedruckt wurde, sondern von meiner Wenigkeit? Mit einem Drucker meiner Freunde als Komplizen, dessen uneigennütziges Entgegenkommen ich bei dieser Gelegenheit nicht hoch genug zu rühmen weiß.

Eine der Possen, die ich meiner eleganten Kundschaft vertrauensvoll empfehlen kann, ist folgende. Sie glänzt weder durch lebhaften Geist, noch durch vorzügliches Taktgefühl, aber ihre Ausführung verschafft ihrem Anstifter heftige Freude.

Selbstverständlich versäumte ich nicht, sie bei meiner verhaßten Nachbarin anzuwenden.

Bereits am Morgen und zu verschiedenen Zeiten des Tages verschickte ich von der Alten unterzeichnete und mit ihrer Anschrift versehene Telegramme an Leute, die in allen vier Himmelsgegenden Frankreichs wohnten.

Jedes dieser Telegramme, das mit einer *bezahlten Rückantwort* versehen war, erbat Auskünfte über irgendeinen Gegenstand.

Man kann sich nur schwer ein Bild von der mit Entsetzen gemischten Bestürzung machen, die die alte Dame jedesmal dann empfand, wenn der Telegrammbote ihr ein blaues Papier hinlegte, auf dem Sätze von seltener Ungereimtheit standen.

Die Telegramme folgten unmittelbar auf die Lektüre der von mir angefertigten Spezialnummer von »La Croix« und versetzten meine verhaßte Nachbarin in recht komische Halluzinationen.

Zum Schluß weigerte sie sich, den Briefträger zu empfangen, und bedrohte sogar den biederen Beamten mit dem Besenstiel, falls er wiederkommen sollte.

Ich stand, mit einem vorzüglichen Feldstecher ausgerüstet, am Fenster meines Dachbodens und habe niemals so gelacht.

Indessen kam der Abend.

Nach alter Gewohnheit erschien der Kater der guten Frau, ein großer magerer, aber prachtvoller schwarzer Kater bei Einbruch der Dämmerung in meinem Garten.

Unterstützt von meinem Neffen (einem vielversprechenden Knaben), hatte ich das Tier rasch gefangen.

Nicht weniger flink bestreuten wir es reichlich mit Bariumsulphat.

(Das Bariumsulphat ist eines jener Erzeugnisse, die die Eigenschaft haben, Gegenstände in der Dunkelheit leuchten zu lassen. Es ist in allen Läden für chemische Produkte erhältlich.)

Es geschah in finsterer, stern- und mondloser Nacht.

Voller Unruhe, ihr Katerchen nicht wiederkehren zu sehen, rief die Alte:

»Polyte! Polyte! Komm mein kleiner Polyte!«

(Welch ein Name für einen Kater!)

Nachdem er plötzlich von uns freigelassen war, entfloh Polyte rasend vor Wut und Angst, kletterte rascher über die Mauer, als ich es je hinschreiben kann, und stürzte seiner Behausung zu.

Haben Sie jemals einen leuchtenden Kater durch die finstere Nacht springen sehen?

Das ist ein Schauspiel, das der Mühe wert ist, und was mich betrifft, kenne ich überhaupt nichts, was phantastischer wäre. Das ging zu weit.

Wir vernahmen Schreie, Gebrüll:

»Beelzebub! Beelzebub!« zeterte die Alte. »Das ist Beelzebub!«

Dann sahen wir, wie sie die Kerze fallen ließ, die sie in der Hand hielt, und auf ihrem Rasen niedersank.

Als die Nachbarn, von ihren Schreien angelockt, herbeieilten, um sie aufzuheben, war es zu spät: Ich hatte keine Nachbarin mehr.

Quellenverzeichnis: »Ein typisch pariserisches Drama« (Auszug) aus: *A se tordre*. Übersetzung: Richard Anders. »Sommervergnügen« (Auszüge) aus: *Ne nous frappons pas*. Übersetzung: Richard Anders.

Bibliographie: *A se tordre*, 1891. – *Vive la Vie*, 1892. – *Rose et Vert Pomme*, 1894. – *Le parapluie de escouade*, 1894. – *Deux et deux font cinq*, 1895. – *On n'est pas des bœufs*, 1896. – *Le bec en l'air*, 1897. – *Amours, délices et orgues*, 1898. – *Pour cause de fin de bail*, 1899. – *L'Affaire Blaireau*, 1899. – *Ne nous frappons pas*, 1900 . – *Le Captain Cap*, 1902. – *L'œil*, 1921.

Jean-Pierre Brisset

*)

Wenn das höchst bemerkenswerte Werk von Brisset es verdient, in seinem Verhältnis zum Humor betrachtet zu werden, so kann doch die ihm zugrunde liegende Absicht keineswegs als humoristisch angesehen werden. In der Tat verzichtete der Autor zu keiner Zeit auf die ernsteste und würdigste Haltung. Hat sich der Leser mit ihm erst identifiziert, wie das die Untersuchung eines jeden philosophischen oder wissenschaftlichen Systems mit sich bringt, sieht er sich veranlaßt, auf eigene Faust Zuflucht im Humor zu suchen. Es geht ihm dabei darum, sich eine allzu starke Erregung zu ersparen, die dadurch hervorgerufen würde, daß er eine Entdeckung anerkennt, die das Denken in seinen Grundfesten erschüttert, jeden einmal erzielten geistigen Gewinn zunichte macht und die elementarsten Prinzipien des sozialen Lebens wieder in Frage stellt. Eine solche Entdeckung wird a priori *für unmöglich gehalten, und die Irrenanstalten sind gebaut worden,*

* Geburts- und Sterbedaten waren nicht zu ermitteln. (Anmerkung d. Verlags).

damit in dem exorbitanten Falle, da sie gemacht würde, nichts nach draußen dringt. Was Brisset betrifft, scheint die Reaktion zum Schutze der Allgemeinheit bedeutend weniger lebhaft gewesen zu sein, da sie 1912 nur dazu führte, daß er von einer Clique von Schriftstellern mit dem ironischen Titel Denkerfürst *bedacht wurde. Diese lächerliche Würde aber wird ihm nur bei jenen zum Nachteil gereichen, die vor den absonderlichen Blüten, die der menschliche Geist zu treiben vermag, die Augen verschließen. Die emotionelle Entladung des Brissetschen Ausdrucks in einen ganz* rezeptiven *Humor (im Gegensatz zu dem* emissiven *Humor der meisten Autoren, die uns hier interessieren) macht gewisse Grundeigenschaften dieses Humors besonders augenfällig. Der Autor zeigt sich im Besitz eines Geheimnisses von so großer Tragweite, daß all das, was vor seiner Entdeckung konzipiert worden ist, für null und nichtig erklärt werden kann. Wir erleben hier nicht mehr die Rückkehr eines Einzelnen, sondern, in seiner Person, die Rückkehr der ganzen Menschheit zur Kindheit. (Gleiches geschieht im Falle des Zöllners Rousseau.) Das krasse Mißverhältnis, das offenbar wird zwischen den allgemein anerkannten Anschauungen und der Bejahung eines solchen vollständigen Primitivismus durch den Schriftsteller oder den Maler, erzeugt einen Humor großen Stils, an dem der dafür Verantwortliche nicht teilhat.*

Jean-Pierre Brissets Leitgedanke ist folgender: »Das Wort, das Gott ist, hat uns in seinem Schoß die Geschichte der Menschheit vom ersten Tage an, und in jedem Idiom die

Geschichte eines jeden Volkes bewahrt, eine Tatsache, die so sicher und unwiderlegbar ist, daß sie die Ungebildeten verblüffen, die Gelehrten aber beschämen wird.« So erlaubt ihm die Analyse der Worte ohne weiteres die Feststellung, daß der Mensch vom Frosch abstammt. Diese unverhoffte Entdeckung, die er zu legitimieren und durch ein Spiel mit Wortassoziationen von größter Mannigfaltigkeit nutzbar zu machen trachtet, bestätigt ihm der anatomische Befund, daß »der menschliche Same, unter dem Mikroskop betrachtet, so beschaffen ist, daß man meinen könnte, eine Wasserlache voller kleiner Kaulquappen zu sehen; die kleinen Wesen dieses Samens sind ihnen in Form und Bewegungen völlig ähnlich«. So entwickelt sich auf pansexualistischer Grundlage von großem Halluzinationswert und in der Geborgenheit einer seltenen Gelehrsamkeit eine schwindelerregende Reihe von Wortgleichungen, deren Exaktheit nicht wenig beeindruckend ist, und es entsteht eine Lehre, die den Anspruch erhebt, der einzig richtige Schlüssel zum Buche des Lebens zu sein. Brisset macht keinen Hehl daraus, daß er vom Glanz des Geschenks, das er den Menschen macht und das ihnen die göttliche Allmacht verleihen soll, selber geblendet ist. Er sieht sich nach keinen anderen Vorgängern um als Moses und die Propheten, Jesus und die Apostel. Er bezeichnet sich selbst als den siebten Engel der Apokalypse und als den Erzengel der Wiederaufstehung.

Natürlich mußte eine solche Verkündigung seinem Autor die bittersten Enttäuschungen bringen. »›La Grammaire logique‹, 1883 pu-

bliziert«, sagte er, »hat in der Gelehrtenwelt recht große Verbreitung gefunden. Wir haben sie der Akademie für einen Preis vorgeschlagen, aber unsere Arbeit wurde von M. Renan zurückgewiesen. Im Jahre 1891, als wir keinen Verleger finden konnten, haben wir ›Le Mystère de Dieu‹ mit Hilfe von Anschlägen und zwei öffentlichen Vorlesungen in Paris selbst publiziert. Dieses Buch erregte unter den Studenten in Angers beträchtliches Aufsehen. Wir hatten bereits Vorkehrungen getroffen, dort einen Vortrag zu halten, doch die städtische Behörde vereitelte unseren Plan. 1900 haben wir ›La Science de Dieu‹ herausgebracht und ein Blatt in einer Auflage von tausend Exemplaren, die ›Grande Nouvelle‹, das einen kurzen Überblick über alle unsere Arbeiten gab. Unsere Zeitungsverkäufer waren wie paralysiert und verkauften diese große Neuigkeit nicht. Wir ließen sie in Paris gratis verteilen und schickten Exemplare, ebenso von dem Buch, in alle Welt. Die Auflage wurde dank der Verteilung des Blattes restlos verkauft, wovon wir erst nach dem Bankrott unseres Depositärs Kenntnis erhielten. Diese beiden Publikationen hatten genügend Aufsehen erregt, um den ›Petit Parisien‹ zu veranlassen, uns indirekt einen ganzen Leitartikel (29. Juli 1904) zu widmen mit der Überschrift: Chez les fous. *Hier, was uns unmittelbar betrifft: Man zitiert sogar einen Geisteskranken, ›der angeblich auf ein System von Alliterationen und Gedankensprüngen eine ganze metaphysische Lehre des Titels ›Science de Dieu‹ gründet. Für ihn ist das Wort in der Tat alles. Und die*

Analysen der Wörter geben Aufschluß über die Beziehungen der Dinge zueinander. Es fehlt mir an Platz, um aus dieser verwirrenden Philosophie zu zitieren. Übrigens wird man bei ihrer Lektüre wirklich leicht geistesgestört. Meine Leser werden mir Dank wissen, wenn ich ihnen das erspare.‹ Der Geisteskranke«, fährt Brisset fort, »der Offizier der Kriminalpolizei war und dessen Schreibweise nichts gemein hat mit dem obigen obskuren Geschwätz, war nichtsdestotrotz glücklich über diese Kritik und bedankte sich sogar dafür. ›La Science de Dieu‹ war bei seinem Erscheinen die siebte Posaune der Apokalypse, und 1906 haben wir ›Les Prophéties accomplies‹ veröffentlicht. An verschiedene Seiten wurden zweitausend Exemplare eines ziemlich ausführlichen Prospekts verschickt, und da wir außerdem unsere Stimme hören lassen mußten, hielten wir im Hôtel des Sociétés Savantes am 3. Juni 1906 einen Vortrag. Wir spürten viel bösen Willen, und die für ganz Paris vorgesehenen Plakate wurden nur im Umkreis des Hôtels angeschlagen. Wir hatten rund fünfzig Zuhörer und versichern in unserer Entrüstung, daß keiner in Zukunft mehr die Stimme des siebten Engels hören wird.« Indes erscheint 1913 eine zweite (völlig neue) Ausgabe der »Science de Dieu« unter dem Titel »Les Origines humaines«. Der Autor erklärt, daß er, alt und matt, befürchtet, sein größtes Vorhaben nicht mehr zu einem glücklichen Ende bringen zu können: ein Wörterbuch aller Sprachen.

Unter dem Gesichtspunkt des Humors betrachtet, erhält das Werk von Jean-Pierre

Brisset seine Bedeutung durch den besonderen Umstand, daß es die Linie anführt, die die »Pataphysik« von Alfred Jarry oder »Wissenschaft von den Scheinlösungen, die den Grundzügen symbolisch die Eigenschaften der in ihrer Virtualität dargestellten Dinge verleiht«, verbindet mit der kritisch-paranoischen Aktivität *von Salvador Dali oder der »spontanen Methode irrationaler Erkenntnis, die auf kritisch-interpretierender Assoziation der Wahngebilde beruht.« Es ist augenfällig, daß das Werk von Raymond Roussel und das literarische Werk von Marcel Duchamp. mit oder ohne ihr Wissen, in enger Verbindung mit dem Brissets entstanden sind, dessen Einfluß ausgedehnt werden kann bis auf die jüngsten Versuche poetischer Dislokation der Sprache (»Revolution des Worts«) von Léon-Paul Fargue, Robert Desnos, Michel Leiris, Henri Michaux, James Joyce und der jungen amerikanischen Schule von Paris.*

Das Große Gesetz
oder
Der Schlüssel der Sprache

Es gibt in der Sprache zahlreiche bis heute unbekannte Gesetze, deren wichtigstes ist, daß ein Laut oder eine Folge gleicher Laute, die klar und sinnvoll sind, verschiedene Dinge ausdrücken können, sofern gewisse Namen oder Worte beim Schreiben oder Verstehen eine Veränderung erfahren. Alle Gedanken, die mit gleichen Lauten ausgedrückt werden, haben einen gemeinsamen Ursprung und beziehen sich im Grunde alle auf ein und dasselbe Objekt. So die folgenden Laute:

Les dents, la bouche.
Les dents la bouchent,
l'aidant la bouche.
L'aide en la bouche.
Laides en la bouche.
Laid dans la bouche.
Lait dans la bouche.
L'est dam le à bouche.
Les dents-là bouche.

Die Zähne, der Mund.
Die Zähne verstopfen ihn,
helfend dem Munde.

Die Hilfe im Mund.
Häßliche im Mund.
Häßlich im Mund.
Milch im Mund.
Das ist schadhaft das am Mund.
Die Zähne da stopf.

Wenn ich sage: *dents, la bouche,* so erweckt das nur wohlbekannte Vorstellungen: Die Zähne sind im Munde. Da begreift man die Außenseite vom Buche des Lebens, das in der Sprache verborgen und mit sieben Siegeln versiegelt ist. Heute ist dieses Buch offen, und wir lesen darin, was sich unter den Worten *les dents, la bouche* verbirgt.

Die Zähne verstopfen den Eingang des Mundes, und der Mund hilft und wirkt bei dieser Schließung mit: *Les dents la bouchent, l'aidant la bouche.*

Die Zähne sind *die Hilfe,* die Stütze *im Munde,* und sie sind außerdem zu oft *häßliche im Munde,* und das ist auch *häßlich.* Andererseits sind sie *Milch:* Sie sind weiß wie *Milch im Mund.*

L'est dam le à bouche muß so verstanden werden: Es ist ein *Schaden,* ein Übel hier im *Munde;* oder ganz einfach: Ich habe Zahnschmerzen. Man sieht gleichzeitig, daß der erste Schaden (dam) an einem Zahn (dent) auftrat. *Les dents-là bouche* meint: Stopf oder verbirg diese Zähne da, halt den Mund.

Alles, was in der Sprache so geschrieben und so klar gelesen werden kann, ist wahr in einer unabweisbaren Wahrheit; es ist wahr auf der ganzen Welt. Was in einer einzigen Sprache gesagt wird, wird für die ganze Welt gesagt: Auf der ganzen Welt sind die Zähne die Hilfe und die häßlichen im Mund, auch wenn die anderen Sprachen es nicht so sagen wie die französische, dafür sagen sie wieder andere wichtige Dinge, über die unsere Sprache schweigt. Die Sprachen haben sich keineswegs aufeinander abgestimmt; der Geist des Ewigen, Schöpfer aller Dinge, hat ganz allein sein Lebensbuch angelegt. Wie hat er da allen Menschen auf der ganzen Welt ein so einfaches Wissen verbergen können?

Da liegt der Schlüssel, der die Bücher der Sprache öffnet.

Bildung des Geschlechts

Merken wir erst einmal an, daß man die Wortstellung im Satz verändern kann, ohne daß sich dadurch am ausgedrückten Sinn etwas ändert: *La porte est ouverte* und *porte est ouverte là* sagen immer nur: *ouverte est la porte* (offen ist die Tür). Dasselbe zeigt sich in der Regel: *à le* wurde zu *le à* = *là* und *ale* wurde auch: *là*.

Läßt man das gelten, dann liest man: *ai que ce?* was soviel heißt wie: *ce qu'ai?* oder: *qu'ai ce?* = *qu'ai-je? (was hab ich?).* Das wurde auf jenem Boden gesagt, auf dem der Vorfahre sich aufhielt. Die Fragen: *ai que ce? est que ce?* meinten: *Habe ich was hier* oder *ist was hier?* und schufen das Wort *exe,* das erste Nomen des *Geschlechts (sexe).* Die einen sprachen es *éqce* aus; andere *èqce,* je nach dem ursprünglichen Satz: *ai que ce? est que ce?* Das führte zu der Aussprache *sexe,* entsprechend: *séqce, sèqce. Ec, éque* oder *ek*, gebildet aus: *ai que?* ist ebenfalls ein erstes Nomen des Geschlechts: *éque-ce* ist gleich *ce éque, ec* oder *ek* und wird *exe.*

Man fragte dann: *ce exe, sais que ce?* = dieses exe-Dings, weißt du, was das ist?, woraus *sexe* wurde. – *Sais que c'est? ce exe est, sexe est, ce excès. Dieser Exzeß,* das ist der *Sexus.* – Man sieht: Der Sexus war der erste *Exzeß.* Man hat keinen Exzeß zu fürchten von denen, die kein Geschlecht haben. In: *ce exe est* kann man analysieren: *ce* (dies) oder jenes *est* (ist) ein *exe*; und: *exe est ce* oder jenes. Infolgedessen sieht man: Dieses *ce* zeigte und bezeichnete zuerst den Sexus. Auch: *ce ek-ce* = ce sexe-ci (dieser Sexus hier): *sexe. Eh, è, é* ist auch ein erstes Nomen des Geschlechts: Ce *é* que c'est? *Sexe* est.

Je ne sais que c'est. Jeune sexe est. Die erste Sache, die der Vorfahre bemerkte und die er nicht kannte, war ein junger Sexus, in Bildung begriffen. In solchem Fall sind die Klarsichtigsten noch oft genug genötigt zu sagen: *Je ne sais que c'est. Jeune sexe est* heißt: *Sexus ist jung,* und: *Jung ist Sexus.* Das Wort *jeune* kann als Nomen betrachtet werden. Daraus ergibt sich, daß *jeune* diejenigen bezeichnet und bezeichnete, bei denen sich der Sexus entwickelte. Die Jungen sind die Kinder, deren Sexus noch nicht seine Vollkraft erreicht hat, denn die Entwicklung geht sehr langsam.

Tu sais que c'est bien. Tu sexe est bien. So wie *jeune* bezeichnete auch das Wort *tu* den Sexus. Es ist ein Ausdruck der Kindersprache: Versteck dein *tu,* dein *tutu. Tutu = dein Geschlecht. Tu relues tu tu* = tu reluques ton sexe (du beguckst dein Geschlecht). *Turlututu* (papperlapapp!) wiederholt ärgerlich derjenige, an den die kränkende Bemerkung gerichtet war.

Y ce ai que c'est? Il sait que c'est. Y sais que c'est. Y sexe est. Y bezeichnete zuerst den Sexus, dann nahm es die Bedeutung *je* (ich) an und zuletzt *il* (er). *Y le sexe est. Il sait que c'est* (Hier ist der Sexus = Er weiß, was das ist).

On sait que c'est. On sexe est. Das Pronomen *on* (man) bezeichnete den Sexus und galt soviel wie *en* (in), *en ce lieu, en ce l'yeu* (an diesem Ort, in diesem Auge). Der Sexus tritt in der Form des Auges (*yeu* oder *œil*) auf. Das war eine kleine Öffnung. Das Pronomen *on* ist unbestimmt, und all die Wörter, die es ersetzen kann, sind ursprünglich auf das Geschlecht bezogen, auf die Quelle jeder lebenden Sprache: *Pierre, Jean, Julie, etc. sait que c'est bien* und *sexe est bien* (Peter usw. *weiß, daß das gut ist = Sexus ist gut*). Wer oder was immer etwas wissen kann, ist in seinem Ursprung unbedingt geschlechtlich, ein Glied der menschlichen oder göttlichen Familie.

Je sais que c'est bien. Je oder *jeu sexe est bien.* Das erste *jeu* (Spiel) war der Sexus. Von daher kommt die Spielleidenschaft. Der Gewitzte versteckt sein Spiel. Das Pronomen *je* (ich) bezeichnet somit den Sexus, und wenn *ich* spreche, dann handelt ein Geschlechtsteil, ein männliches Glied des ewigen Gottes, mit dessen Willen oder Erlaubnis. Wenn der Vorfahr von seinem Geschlechtsteil sprach, empfand er, daß er von seinem eigenen Wesen, von sich selber, sprach.

A = *ai. Que ce a?* = *qu'ai-je? Que ça ou çà* = *Quoi cela? Que exe est que ce a?* = Quel sexe est que j'ai (welches Geschlecht habe ich)? *Que excès que çà! Qu'est-ce? que sexe a. Qu'ai? que sexe a? Kékséksa? Que aie ce que c'est que ce a* = Hier sieh oder nimm das, was da ist, was ich habe. Das Unbekannte der Sache veränderte die Stellung zur Frage: *Qu'est que c'est que ça?* Diese Analysen genügen schon, um zu zeigen, mit dem unfehlbaren Gesetz, das uns bei unserer Arbeit leitet, daß unser geläufigstes Problem seinen Ursprung hat bei Wesen, die gerade das Geschlecht bekommen und noch nichts wissen von einem ausgewachsenen Geschlecht, von einer *Exe-tension.* Heute kann man höchstens um das Genus besorgt sein.

Je me exe à mine ai. Tu te exe à mine as. Y ce exe à mine a. Y sexe à mine a. Y le sexe a mine à. Mit dem Sexus in der Hand (*à la mine* oder *à la main*) hat der Vorfahr sich *examiniert* (s'examinait = sexe à mine ai). *Mine* ist gleich *main.* Die Hand macht Miene und unterminiert das Gelände. *Che mine, chemine* (wandre); *che main, chemin* (Weg) bedeuteten gleichermaßen: *ici la main* (hier die Hand). Wer also sagte: *je m'examinai* usw., meinte: *j'ai mon sexe à la main* (ich habe mein Geschlechtsteil in der Hand) usw. Indem er sein Geschlechtsteil untersuchte, machte der Vorfahr sein Examen: *son examen, son exe à main, son nexe à main.* Das Examen des Geschlechts ist das erste, das man ablegen muß, wenn man auf die Welt kommt.

In *examiner, examen* usw. wird *exe* ausgesprochen wie *égze.* Diese Veränderung zeigt uns, daß: *gue* = *que, ze* = *ce* ist. Durch Inversion wird aus *égze: ze gu'ai* = *ce qu'ai. Gu'ai* = *j'ai,* und zwar in der Form: *gai, gué, guet.* Sexus macht *gai* (fröhlich); der am Wasser lebende Vorfahr rief dann über die Furt *(le gué),* wo man auf Wache *(le guet)* stand. Dort kämpften die Ritter der Wache um die Furt. Jede Sippe der Vorfahren verteidigte ihre Furt und ihr Moor. – Da nun *ze* = *ce,* muß man, um die Wörter, in denen der Laut *ze* vorkommt, richtig zu verstehen, ihm den alten Lautwert *ce* wiedergeben. Immer noch gilt: *zézayer* (lispeln) hieß soviel wie *s'essayer* (sich an etwas versuchen). Wer sich an etwas versuchte, lispelte. *A sesse eille ai, à zèze eille ai* = au sexe vois ce que j'ai (am Geschlechtsteil sieh, was ich habe). *Sesse* und *zèze* bezeichneten also den Sexus. Italienisch: *il sesse ho* = ich habe den Sexus; *il sesso* = der Sexus. *Ce esse: ce exe: sesse: sexe.*

Ce wies auf den Sexus hin: *ce ai, ai ce, esse.* Wir sahen, daß *on* für *en* eintrat, en ce lieu (an diesem Ort). *On ce ai c'est* = c'est en ce que j'ai (es ist in dem, was ich habe). *On ce esse est, on ce esse aie. On sesse est, on sesse aie. On sait c'est. On ce essaie, on s'essaie. On ce essaie* zeigt deutlich, daß *ce* den Sexus darstellt und in *on s'essaie* sich mit der sprechenden Person vereinigt. Dasselbe erhellt aus: *L'on ce exe à mine a, l'on s'examina* (man hat den Sexus in der Hand = man versucht sich an etwas). Das deutsche Pronomen *sich,* entstanden aus *ce ich,* zeigt den Sexus wie auch sich selbst *(soi). Ce ois* = vois ceci, le *ce*, le *sexe* (sieh das hier, das *ce,* den Sexus). *Soi* (sich) heißt also *Sexus.* Der Urahn sprach übrigens von keiner anderen Sache. Dies ist auch immer noch die Grundlage der Dämonengespräche.

So haben die Reflexivpronomina ihren Ursprung in der Reflexion des Vorfahren über seine eigene Nacktheit. Alles, was heute bildliche Sprache ist, bezog sich früher auf materielle Handlungen. Das Wort mußte entstanden sein, bevor der Geist es in die Gefilde des reinen Denkens entführte.

Qu'ist ce exe que l'eus? Qu'ist sexe que l'eus ou l'ai? In früheren Zeiten waren die Vergangenheitsformen des Verbs Gegenwartsformen. *Je l'eus* (ich hatte ihn) bedeutete: *je l'ai* (ich habe ihn) und bildete das Passé défini des Verbs *lire* (lesen): *Je l'eus, je lus; tu l'eus, tu lus; il l'eut, il lut; nous l'eûmes, nous lûmes; vous l'eûtes, vous lûtes; ils l'eurent, ils lurent.* Die ersten, die ihn hatten *(l'eurent)*, waren die *lurons* (Burschen), und das erste, was sie erlasen *(lurent)*, war der Sexus, das Geschlechtsteil. Dieser war auch die erste *Lyra* oder *Leier*, er rief Zorn *(l'ire)* hervor und machte jähzornig. Dort mußte man ihn zuerst ablesen *(lire)*: im Delir. Der Sexus ist also prima causa der Anziehung wie der Abstoßung. Die Frage: *Qu'ist sexe que l'eus?* bewirkte, daß die Vorfahren einander abstießen, und man sagte: *Les voilà qui s'excluent* (sie schließen sich aus). *Y sais que, ce que l'eus, est = Je sais que ce que j'ai c'est* (ich weiß, was das, was ich habe, ist). *Y sexe que l'eus est = C'est là le sexe que j'ai* (das ist da das Geschlecht, was ich habe). Die vom gleichen Geschlechte gehörten nicht zusammen, sie schlossen sich aus: *ils s'excluaient.*

Das Herz

Que heure! Que heurt! Leurre-leur l'heure (Welch eine Stunde! Welch ein Schlag! Lockt sie die Uhr). Die Uhr (l'heure) gibt mit dem Schlag (le heurt) die Zeit (l'heure) an. Mit Zeit lockte (leurrait) man. Wer Zeit hatte, war heureux (glücklich): *heure eux.* War die *heure* noch nicht gekommen, fehlte einem *cœur* (das Herz). *Le cœur* ist daher: *le qu'eust re, le queue re.* Unter dem Namen Herz schlug der Sexus und gab die erste Stunde an. Ihm verdankt man das Herz im Leibe, den Mut. Der *aufgereckte Schwanz* (queue) zeigte das erhobene Herz an. Man nannte den »ohne *cœur*«, der nicht mit Sexus begabt war. Das *cœur* wurde zum Inbegriff des Zentralen, des Mittelpunkts, und so bezeichnete dieses Wort die Mitte des Reiches, wo das Blut regiert; doch im übertragenen Sinne ist *cœur* immer noch der Sexus. Hatte der Vorfahr ein Leiden am *cœur,* flößte er Ekel und Abscheu ein, ebenso, wenn er es erhob und zur Anbetung denen darbot, die davor Ekel empfanden. Dieses *cœur* war der Schlüssel für die Herzen, die sich öffnen konnten. Was wir heute *cœur* nennen, kann weder sich öffnen, noch sich zeigen, noch sich hingeben und konnte es nie. Doch der Ausdruck schien natürlich und schockierte nicht. Nur der Geist der Toren nimmt daran Anstoß, daß die Frau aus einem *hohen Schwanz* oder einer Rippe des Mannes (d'une *queue haute* ou coté de l'homme) genommen wurde.

Man nahm an sein *cœur* oder in sein *cœur*, was einem das Kostbarste war, und heiligte es so. *Ce à cœur ai, ce à creux ai* (das hab ich am Herzen, das hab ich in der Höhle). *Ce à creux ai cœur* (das in der Höhle hab ich Herz) zeigt uns die Vereinigung der *cœurs*, wie denn auch das *Sacré-Cœur* von Pfeilen durchbohrt ist. Die gleiche Abscheulichkeit gab es bei den Brahmanen, die die sexuelle Vereinigung unter dem Namen *Lingam* verehrten. Die geweihten *cœurs* und alle Medaillen sind tabu, Bilder des Sexus. Die Dämonen haben immer ihr *cœur* im Mund, ihr gutes *cœur;* ihr *cœur*, das so zart und doch voller Festigkeit ist, ihr anbetungswürdiges *cœur* und andere Schändlichkeiten. Sie beten das Cœur Jesu an und beleidigen damit den, der allein angebetet werden sollte: Gott.

Quellenverzeichnis: »Das Große Gesetz oder Der Schlüssel der Sprache« (Auszug), »Bildung des Geschlechts« (Auszug) und »Das Herz« (Auszug) aus: *La Science de Dieu*. Übersetzung: Lothar Klünner.

Bibliographie: *La Grammaire logique*, 1883. – *Les Mystères de Dieu*, 1891. – *La Science de Dieu*, 1900. – *Les Prophéties accomplies*, 1906. – *Les Origines humaines*, 1913.

O. Henry

1862–1910

O. Henry, der mit einem Zylinderhut auf dem Kopf die Niagarafälle besuchte, behauptete, daß es ihm, als er sie hörte, gelungen sei, ihren Klang zu bestimmen: »Ungefähr sechzig Zentimeter über dem Boden ist der Ton der Wasserfälle der tiefste des Pianos«. Dieser beliebte große Humorist schleppte durch sein ganzes Werk eine lyrische Vergangenheit, die die leuchtenden Augen der Anfänge des amerikanischen Films heraufbeschwört, die feurigen Strophen des »Emigrant de Landor Road« von Apollinaire und Jacques Vachés große Appelle an die einzigartige Berufung einer ganzen Generation: »Ich werde auch Trapper sein oder Dieb oder Entdecker oder Jäger oder Bergarbeiter oder Forscher. Arizona-Bar . . .« So war O. Henry, dieses echte Kind von Texas an den Grenzen Mexikos und des Indianer-Territoriums von Oklahoma, wo er studierte, nacheinander Cowboy, Goldsucher, Drogeriegehilfe und Kopist bei einem Makler, bis er wegen Fälschung ins Gefängnis kam, jedoch wieder auf freien Fuß gesetzt wurde, als sich seine Unschuld herausstellte, und Verleger einer satirischen Zei-

tung wurde. Sein »gebrochener«[1] Humor ist sanft wie der des frühen Chaplin und versucht nicht, das Gefüge der Welt zu verändern. »Wir sind alle mehr oder weniger gezwungen«, sagte er, »Betrüger, Lügner und Hypokriten zu sein, und nicht nur hin und wieder, sondern jeden Tag unseres Lebens. Handelten wir anders, würde die Gesellschaftsmaschine schon nach einem Tag in die Brüche gehen. Es ist ebenso unumgänglich, daß wir uns gegenseitig so behandeln, wie es unumgänglich ist, Kleider zu tragen. Wir tun unser möglichstes.« Sein Wohlwollen, seine ganze Sympathie gilt, wie bei Thomas de Quincey, vorzugsweise den »Spitzbuben«, den Gesetzlosen. Die großen dichterischen Strecken, die er in Geschichten wie »Die Stimme der Stadt« im Galopp bewältigt, sind von der Art, wie sie nur ein großer Reiter beschreiben kann. »Die Fußstapfen eines Menschen, der sich im Schnee verirrt hat, beschreiben, ohne daß er es will, einen vollkommenen Kreis.« Sein Staunen über das Wunder der Liebe, wie auch seine Gabe, sich jederzeit über den Zauberquell der Kindheit zu beugen, bewahren ihn vor aller Bitterkeit. Auf dem Lande weilend, schreibt er an seine kleine Tochter: »Hier ist Sommer, die Bienen blühen, die Blumen singen und die Vögel sammeln Honig ... Wann ist Ostern mit den Eiern der Hasen? – In der Schule hast Du sicher gelernt, daß Hasen keine Eier legen und daß die Eier, wie sich das gehört, an Sträuchern wachsen.«

1 Deutsch im Original (Anm. d. Übers.).

Derweil das Auto wartet

Als eben das Zwielicht begann, näherte sich jener stillen Ecke jenes stillen, kleinen Parks wieder das Mädchen in Grau. Sie setzte sich auf eine Bank und las ein Buch, denn noch blieb eine halbe Stunde, in der Gedrucktes sich entziffern ließ.

Noch einmal: Ihr Kleid war grau und so schlicht, daß die Tadellosigkeit von Schnitt und Sitz nicht ins Auge fiel. Ein Netz hielt ihren Turbanhut und ihr Gesicht gefangen, das mit stiller, unbewußter Schönheit durch die großen Maschen leuchtete. Am Vortage war sie zur gleichen Stunde gekommen und ebenso den Tag davor; und einen gab es, der das wußte.

Der junge Mann, der es wußte, kam herangestrichen, auf die Brandopfer vertrauend, die er dem großen chinesischen Götzen des Glücks geweiht.

Seine Frömmigkeit wurde belohnt; denn als sie umblätterte, entglitt das Buch ihren Fingern und landete schliddernd einen ganzen Schritt von der Bank entfernt.

Der junge Mann stürzte sich mit wacher Gier darüber her und gab es der Besitzerin mit jener Gebärde zurück, die in Parks und an öffentlichen Orten zu gedeihen scheint – einer Mixtur aus Galanterie und Hoffnung, die verdünnt ist mit Respekt vor dem Polizisten, der jederzeit um die Ecke biegen kann. Mit angenehmer Stimme riskierte er eine nichtssagende Bemerkung über das Wetter – jene einführende Floskel, die für so viel Unglück in der Welt verantwortlich ist –, und dann stand er einen Moment da, unentschieden und sein Schicksal erwartend.

Das Mädchen betrachtete ihn in aller Ruhe; seinen einfachen, sauberen Anzug und seine Gesichtszüge, deren Ausdruck sich durch nichts Besonderes auszeichnete.

»Sie können sich setzen, wenn Sie wollen«, sagte sie in vollem, ausgewogenem Alt. »Wirklich, es wär nett, wenn Sie's täten. Zum Lesen ist es zu dunkel. Ich würde mich lieber unterhalten.«

Gefällig glitt der Vasall des Glücks auf den Platz an ihrer Seite.

»Wissen Sie«, sagte er und sprach die Formel, mit der Parkbankcasanovas die Konversation eröffnen, »daß Sie das erstaunlichste Mädchen sind, dem ich seit langem begegnet bin? Schon gestern konnte ich meine Augen nicht von Ihnen wenden. Sie hatten keine Ahnung, daß Sie mit Ihren zwei hübschen Lichterchen jemanden völlig aus dem Häuschen gebracht haben, was, Süße?«

»Wer immer Sie sind«, sagte eisig das Mädchen, »vergessen Sie nicht, daß Sie mit einer Dame sprechen. Ich will die Bemerkung, die Sie eben gemacht haben, entschuldigen, weil sie zweifellos kein unnatürlicher Mißgriff war – in Ihren Kreisen. Ich habe Sie zwar gebeten, sich zu setzen; wenn diese Einladung mich jedoch unbedingt zu Ihrer Süßen machen muß, so betrachten Sie sie als zurückgenommen.«

»Ich bitte Sie inständig um Verzeihung«, flehte der junge Mann. Sein Ausdruck von Zufriedenheit hatte sich in Reue und Demut verwandelt. »Es war meine Schuld – ein grober Fehler – sehn Sie – ich meine, es gibt Mädchen in Parks, wissen Sie – das heißt, Sie wissen es natürlich nicht, aber – – –«

»Lassen Sie das Thema, ja? Natürlich weiß ich das. Aber nun erzählen Sie mir etwas von all diesen Menschen, die hier vorbeikommen und sich hierhin und dorthin über die Wege schieben. Wo gehn sie hin? Warum haben sie es so eilig? Sind sie glücklich?«

Prompt hatte der junge Mann seinen Flirtstil aufgegeben. Er wartete jetzt auf sein Stichwort; welche Rolle von ihm erwartet wurde, war ihm schleierhaft.

»Es *ist* interessant, sie zu beobachten«, erwiderte er in der Hoffnung, ihre Stimmung zu treffen. »Es ist das wundervolle Drama des Lebens. Manche gehn zum Abendessen und andere – hm – woanders hin. Man fragt sich, was jeder für eine Geschichte hat.«

»Ich nicht«, sagte das Mädchen; »ich bin nicht so neugierig. Ich bin gerne hier, weil ich hier – und nur hier – am lebendigen Pulsschlag der großen, der ganzen Menschheit sitze. Die Rolle, die mir im Leben zugeteilt ist, spiele ich nämlich an Orten, wo man diesen starken Pulsschlag nicht spürt. Können Sie sich vorstellen, warum ich Sie angesprochen habe, Mr. . . .?«

»Parkenstacker«, ergänzte der junge Mann. Dann blickte er sie gespannt und hoffnungsvoll an.

»Nein«, sagte das Mädchen, einen schlanken Finger hochhaltend und leicht lächelnd. »Sie würden ihn sofort kennen. Es ist unmöglich, seinen Namen nicht in die Druckerpressen kommen zu lassen; nicht einmal das eigene Porträt ist sicher. Dieses Netz und dieser Hut verleihen mir ein Inkognito. Sie hätten sehn sollen, was mein Chauffeur für Augen gemacht hat, als er dachte, ich würde es nicht sehen. Aber soviel kann ich verraten: Es gibt fünf oder sechs Namen, die zum Allerheiligsten gehören, und meiner ist, durch den Zufall der Geburt, einer von ihnen. Ich sprach Sie an, Mr. Stackenpot –«

»Parkenstacker«, korrigierte bescheiden der junge Mann.

»– Mr. Parkensticker, weil ich reden wollte, nur einmal mit einem natürlichen Mann reden wollte – der von dem gräßlichen oberflächlichen Glanz und der angeblichen gesellschaftlichen Vorrangstellung nicht verdorben ist. Oh, wenn Sie wüßten, wie leid ich das alles bin – Geld, Geld, Geld. Und die Männer, die mich umgeben und um mich herumtanzen – kleine Marionetten, und alle nach derselben Schablone. Das alles macht mich krank, die Vergnügungen, die Juwelen, die Reisen, die Gesellschaften, der ganze Luxus.«

»Ich hatte immer gedacht«, wagte zögernd der junge Mann, »daß Geld doch eine ganz angenehme Sache sein muß.«

»Sicher, ein Auskommen zu haben, ist wünschenswert. Aber wenn man so viele Millionen hat, daß ---!« Sie beendete den Satz mit einer Gebärde der Verzweiflung. »Es ist die Monotonie«, fuhr sie fort, »die alles schal werden läßt. Fahrten, Diners, Theater, Bälle, Soupers – und alles wird mit überflüssigem Reichtum vergoldet. Manchmal werde ich schon fast wahnsinnig, wenn ich nur das Klimpern von Eis in meinem Champagnerglas höre.«

Mr. Parkenstacker blickte sie geistreich-interessiert an.

»Ich habe immer gerne gelesen und zugehört«, sagte er, »wenn ich etwas über die Lebensarten reicher und vornehmer Leute erfahren konnte. Ein wenig bin ich wahrscheinlich Snob. Aber wenn ich etwas dazulerne, möchte ich es genau wissen. Also: Bislang war ich immer der Meinung, daß man Champagner in der Flasche kühlt und nicht dadurch, daß man das Eis ins Glas tut.«

Echt amüsiert, lachte das Mädchen melodisch auf.

»Sie müssen wissen«, erklärte sie nachsichtig, »daß wir von der nicht-nützlichen Klasse – wenn wir uns amüsieren wollen – davon abhängen, daß wir vom Vorgestrigen, vom Gewohnten Abschied nehmen können. Momentan ist es gerade *chique,* Eis in den Champagner zu tun. Die Idee stammt von einem zu Besuch weilenden Prinzen der Tatarei, der diese Mode bei einem Diner im Waldorf kreierte. Sie wird bald von einem andern verrückten Einfall verdrängt werden. Ebenso wie diese Woche bei einem Essen in der Madison Avenue neben den Teller eines jeden Gastes ein grüner Glacéhandschuh gelegt wurde, den man überstreifte, um die Oliven einzunehmen.«

»Ich verstehe«, gab demütig der junge Mann zu. »Von diesen feinen Zerstreuungen des Inneren Kreises wird in der gemeinen Öffentlichkeit nichts bekannt.«

»Manchmal«, fuhr das Mädchen fort und neigte in Anerkennung des Eingeständnisses des Irrtums leicht den Kopf, »habe ich gedacht, daß, falls ich überhaupt jemals einen Mann lieben sollte, es einer aus niederem Stand sein würde. Ein Arbeiter und keine Drohne. Zweifellos werden aber die Ansprüche der Kaste und des Reichtums sich als stärker erweisen als meine Neigung. Momentan werde ich gerade von zweien belagert. Der eine ist Großherzog eines deutschen Fürstentums. Ich glaube, er hat eine Frau oder hat eine gehabt, die er mit seiner Zügellosigkeit und Grausamkeit zum Wahnsinn getrieben hat. Der andere ist ein englischer Marquis, aber so kalt und geschäftsmäßig, daß ich sogar noch den Diabolismus des Herzogs vorziehe. Was ist es, was mich dazu treibt, Ihnen das alles zu erzählen, Mr. Packenstacker?«

»Parkenstacker«, hauchte der junge Mann. »Glauben Sie mir, Sie können nicht wissen, wie sehr ich Ihr Vertrauen zu schätzen weiß.«

Das Mädchen betrachtete ihn mit einem ruhigen, unpersönlichen Blick, der dem Unterschied ihrer sozialen Stellungen angemessen war.

»Welcher Art Tätigkeit gehen Sie nach, Mr. Parkenstacker?« fragte sie.

»Einer sehr bescheidenen. Aber ich hoffe, in der Welt noch einmal aufzusteigen. War es wirklich ihr Ernst, als Sie sagten, daß Sie einen Mann in niederer Stellung lieben könnten?«

»Ja, das war's. Aber ich sagte, ›falls ich überhaupt‹. Da ist noch der Großherzog und der Marquis, wissen Sie. Ja; keine Berufung könnte zu bescheiden sein, wenn der Mann wäre, wie ich ihn mir wünschte.«

»Ich arbeite«, erklärte Mr. Parkenstacker, »in einem Restaurant.«

Das Mädchen zuckte leicht zusammen.

»Doch nicht als Kellner?« sagte sie mit ein wenig flehender Stimme. »Arbeit adelt, aber – persönlich bedienen, wissen Sie – Lakaien und – – –«

»Ich bin kein Kellner. Ich sitze hinter der Kasse in« – an der Straße, die vor ihnen die gegenüberliegende Seite des Parks begrenzte, stand in elektrisch leuchtender Schrift *Restaurant* – »in diesem Restaurant, das Sie dort sehen.«

Das Mädchen warf einen Blick auf eine winzige Uhr, die sie in einem reichverzierten, kostbaren Armband über dem linken Handgelenk trug, und rasch stand sie auf. Sie stieß ihr Buch in ein glitzerndes, geknüpftes Täschchen, das ihr von der Hüfte hing, für das Buch jedoch zu klein war.

»Warum sind Sie nicht an der Arbeit?« fragte sie.

»Ich habe Nachtschicht«, sagte der junge Mann; »ich habe noch eine Stunde, bis mein Dienst anfängt. Darf ich nicht hoffen, Sie wiederzusehen?«

»Ich weiß nicht. Vielleicht – aber möglicherweise kommt mir so ein verrückter Einfall nicht noch einmal. Ich muß jetzt schnell fort. Jemand gibt ein Essen, und dann wartet die Loge im Theater – und oh! immer wieder dieselbe alte Leier. Haben Sie das weiße Auto oben an der Ecke des Parks gesehen, als Sie kamen?«

»Das mit dem roten Chassis?« fragte der junge Mann, wobei seine Brauen sich nachdenklich runzelten.

»Ja. Damit komme ich immer. Pierre wartet dort auf mich. Er denkt, ich mache Einkäufe in dem Warenhaus auf der anderen Seite des Parks. Da sehen Sie, was das Leben für eine Knechtschaft ist: Selbst unsere Chauffeure müssen wir betrügen. Gute Nacht.«

»Aber es ist schon dunkel«, sagte Mr. Parkenstacker, »und der Park ist voll von ziemlich rüden Männern. Kann ich Sie nicht ein Stück ...?«

»Wenn Sie mir wirklich einen Gefallen tun wollen«, sagte streng das Mädchen, »dann bleiben Sie, wenn ich jetzt gleich fort bin, noch zehn Minuten auf dieser Bank sitzen Das heißt keinesfalls, daß ich Ihnen irgendwie mißtraue, aber wahrscheinlich ist Ihnen bekannt, daß Autos im allgemeinen das Monogramm ihres Besitzers an den Türen haben. Also nochmals, Gute Nacht.«

Schnell und stolz entfernte sie sich durch die Dämmerung. Der junge Mann beobachtete, wie ihre anmutige Figur das Pflaster am Parkrand erreichte und dann draußen auf dem Bürgersteig auftauchte, um sich der Ecke zu nähern, wo das Auto stand. Dann begann er verräterisch und ohne zu zögern, sich zwischen den Parkbäumen und Büschen entlangzupirschen, parallel zu ihrem Weg und ohne sie aus den Augen zu lassen.

Als sie die Ecke erreichte, wandte sie kurz den Kopf, um einen Blick auf den weißen Wagen zu werfen; dann war sie daran vorbei und überquerte die Straße. Versteckt hinter einem gewöhnlichen wartenden Taxi folgte der junge Mann ihren Bewegungen dicht mit den Augen. Gegenüber dem Park ging sie auf dem Bürgersteig die andere Straßenseite hinunter und betrat jetzt das Restaurant mit der grellen Leuchtschrift. Es war einer jener blitzblanken Orte, wo alles weißgestrichen und aus Glas ist und wo man für wenig Geld ansehnliche Mahlzeiten essen kann. Das Mädchen ging durch das Restaurant auf eine hintere Nische zu, in der sie verschwand und aus der sie kurz darauf ohne Hut und Netz wieder auftauchte.

Das Pult der Kassiererin stand ziemlich weit vorne. Ein rothaariges Mädchen kletterte von ihrem Hocker und blickte dabei bissig auf die Uhr. Das Mädchen in Grau stieg auf ihren Platz.

Der junge Mann stieß seine Hände in die Taschen und ging langsam über den Bürgersteig zurück. An der Ecke traf sein Fuß einen kleinen Band in einem Schutzumschlag; schliddernd landete er auf dem Rand des Rasens. An der malerischen Aufmachung erkannte er, daß es das Buch war, in dem das Mädchen gelesen hatte. Achtlos hob er es auf und sah, daß der Titel »Neue Arabische Nächte« war – von einem Autor namens Stevenson. Er ließ es wieder aufs Gras fallen, und entschlußlos schlenderte er noch eine

Minute herum. Dann trat er in das Auto, lehnte sich auf den Polstern zurück und sagte dem Chauffeur zwei Worte:

»Club, Henri.«

Quellenverzeichnis: »Derweil das Auto wartet« aus: *The complete Works.* Übersetzung: Wulf Teichmann.

Bibliographie: *The complete works,* 1917. – *Rollende Steine setzen kein Moos an,* München 1966. – *Glück, Geld und Gauner,* Zürich 1967.

André Gide

1869–1951

Der schwarze Humor ist ebendie Rechnung, welche die beiden Generationen, die sich aus mancherlei Gründen auf das Werk von André Gide haben berufen können, untereinander zu begleichen haben. Es läßt sich nun einmal nicht leugnen, daß das Erscheinen der »Verliese des Vatikan« am Vorabend des Krieges zwischen diesen beiden Generationen zum größten Mißverständnis führte. Schon beim Vorabdruck dieses Werkes in Gallimards »Nouvelle Revue Française« entbrannte ein heftiger Meinungsstreit: während die meisten früheren Bewunderer und Freunde des Autors völlig fassungslos sind und sich zu versichern beeilen, daß er auf dem falschen Wege sei (man bezichtigt ihn, sich dem »Feuilleton-Roman« hingegeben und der Parodie gefrönt zu haben – ohne genau sagen zu können von was, aber eben doch der Parodie; man nimmt es ihm übel, daß er es zum ersten Mal an Ernst hat fehlen lassen), sind die jungen Leute hellauf begeistert; freilich weniger von der Handlung des Buches, die in ihrer Lockerheit übrigens recht erträglich ist, noch vom Stil, der nicht ganz ohne

Ästhetizismen auskommt, sondern von der Erfindung der Zentralfigur Lafcadio. Diese Gestalt, die auf den ersten Blick völlig unverständlich ist, erscheint auf den zweiten voller Bedeutung, einer ungewöhnlichen Jugend gewidmet, für die sie eine einzigartige Verlockung und Rechtfertigung ist. In den Jahren geistiger und sittlicher Verwilderung während des Krieges von 14–18 wurde diese Gestalt gar zum Idol, sie verkörperte den Nonkonformismus in all seinen Erscheinungsformen, und das mit einem Lächeln, das die »Tapire« allesamt sehr verführerisch fanden, obgleich es im Grunde heimtückisch und grausam war. Es geht eine Art »objection d'inconscience« von ihm aus, die bei weitem schlimmer ist als die »objection de conscience«[1], und die ihr letztes Wort noch lange nicht gesprochen hat. Die Begriffe Familie, Vaterland, Religion und selbst Gesellschaft, gegen die der Verdruß, mit dem sich ein Jugendlicher noch am wenigsten abfinden kann, und der aktivste Müßiggang Sturm laufen, halten sich nicht eben tapfer. »Das Kunstwerk ist für mich nur ein Notbehelf«, erklärt André Gide 1919 einem jungen Deutschen, der ihn besuchte, »ich ziehe das Leben vor ... Sehen Sie (und, wie der Autor der ›Nourritures Terrestres‹ bemerkt, streckte er den Arm zu einer wunderbaren Geste aus), allein schon dadurch, daß ich meinen Arm ausstrecke, empfinde ich größere Freude, als wenn ich das schönste Buch der Welt schriebe. Handeln will ich, das ist es, etwas

1 Wehrdienstverweigerung (Anm. d. Übers.).

wirklich Großes vollbringen ... selbst so etwas ungeheuerliches wie einen Mord ...«. Unschwer ist in dieser Haltung wie auch in der Lafcadios das Ergebnis einer folgerichtigen und fleißigen Weiterentwicklung des Begriffs des Dandyismus zu sehen. An der »Front« träumt Jacques Vaché, der Gide aus verschiedenen Gründen sehr feindlich gesinnt ist, davon, seine Staffelei zwischen den französischen und den deutschen Linien aufzustellen, um Lafcadios Porträt zu malen. Übrigens hatte einige Jahre zuvor Arthur Cravan, ein Neffe Oscar Wildes und, avant la lettre, in etwa auch der Lafcadios, mit größtem Ernst und zugleich sehr drollig geschildert, wieviel André Gide von seinem Helden trennt. Doch hat auch Gide dem Realitätsprinzip zu wiederholten Malen aufgekündigt, und da er außerdem – Humor beiseite – von allen zeitgenössischen Autoren derjenige ist, dem am meisten daran liegt, zu bleiben, gibt es ein paar Leute, die glauben, daß eben dieser Teil seines Œuvres der am wenigsten vergängliche ist.

Prometheus spricht

Punkt acht Uhr trat die Menge in den »Saal der Neuen Monde«.

Kokles setzte sich ins linke Zentrum; Damokles ins rechte. Der übrige Teil des Publikums in die Mitte.

Donnernder Beifall begrüßte Prometheus bei seinem Eintritt; er erklomm die Stufen der Estrade, setzte seinen Adler neben sich nieder und sammelte sich. Im Saal gespannte Stille ...

Die Petitio Principii

Meine Herren, begann Prometheus, da ich mir, ach! nicht einbilden kann, Sie durch meine Worte zu interessieren, habe ich vorsichtshalber diesen Adler mitgebracht. Nach jeder langweiligen Stelle meiner Rede wird er freundlicherweise einige Runden für uns fliegen. Ich habe auch obszöne Photographien sowie Raketen bei mir; in den ernsteren Momenten meiner Rede werde ich Sorge tragen, das Publikum damit zu zerstreuen. Ich erhoffe also, meine Herren, einige Aufmerksamkeit.

An jedem Wendepunkt der Rede werde ich

die Ehre haben, Sie, meine Herren, einer Mahlzeit des Adlers beiwohnen zu lassen, denn, meine Herren, meine Rede hat drei Hauptpunkte (ich glaubte diese Form, die meinem klassischen Geist zusagt, nicht ablehnen zu sollen). – Und da dies als Einleitung dienen kann, werde ich nun, gleich zu Beginn und ohne Beschönigung, die beiden ersten Hauptpunkte der Rede nennen:

Erster Punkt: man muß einen Adler haben.

Zweiter Punkt: wir haben übrigens alle einen.

Da ich fürchte, daß Sie, meine Herren, mich der Parteilichkeit beschuldigen, aus Furcht auch, die Freiheit meines Denkens zu beeinträchtigen, habe ich nur diese beiden ersten Punkte ausgearbeitet; der dritte wird sich aus den beiden anderen natürlich entwickeln; ich lasse dabei der Leidenschaft freies Spiel. – Zum Schluß, meine Herren, wird der Adler sammeln.

Bravo! Bravo! schrie Kokles.

Prometheus trank einen Schluck Wasser. Der Adler umkreiste dreimal pirouettierend Prometheus und salutierte dann. Prometheus blickte in den Saal, lächelte Damokles und Kokles zu, und da sich noch kein Zeichen von Langeweile bemerkbar machte, hob er seine Raketen für später auf und fing wieder an:

Wie ich's auch drehen und wenden mag, meine Herren – es gelingt mir nicht, vor Ihrem Scharfsinn die fatale Petitio principii verschwinden zu lassen, die schon am Beginn meiner Rede auf der Lauer liegt.

Meine Herren, wir können machen, was

wir wollen: der Petitio principii entwischen wir nicht. Was ist denn eine Petitio principii? Meine Herren, ich wage es auszusprechen: jede Petitio principii ist nichts anderes als eine Bejahung des Temperaments; denn, wo Prinzipien fehlen, behauptet sich das Temperament.

Wenn ich erkläre: man muß einen Adler haben, könnten Sie rufen: warum? – Und was könnte ich darauf antworten, was nicht in folgender Formel enthalten wäre, die mein Temperament verrät? Ich liebe die Menschen nicht; ich liebe das, was sie verschlingt.

Gerade das Temperament, meine Herren, muß bejaht werden. Wieder ein aus falscher oder erst zu beweisender Voraussetzung gezogener Schluß, werden Sie sagen. Ich habe ja aber eben erklärt, daß jeder derartige Schluß eine Äußerung des Temperaments ist; und da man, meiner Ansicht nach, sein Temperament bejahen muß, wiederhole ich: ich liebe die Menschen nicht; ich liebe das, was sie verschlingt. – Was aber verschlingt den Menschen? – Sein Adler. Man muß also, meine Herren, einen Adler haben. Was ich nun glaube zur Genüge dargelegt zu haben. . . . O weh, meine Herren, ich sehe, daß ich Sie langweile; einige von Ihnen gähnen schon. Ich könnte hier wohl ein paar Scherze einflechten, aber sie würden gezwungen klingen; ich habe eine unheilbar ernsthafte Geistesverfassung.

Lieber lasse ich ein paar unpassende Photographien herumgehen; sie werden die zum Stillsitzen veranlassen, die meine Rede langweilt; was mir erlauben wird, fortzufahren.

Prometheus trank einen Schluck Wasser.

Der Adler umkreiste dreimal pirouettierend Prometheus und salutierte dann. Prometheus fing wieder an:

Fortsetzung der Rede des Prometheus

Meine Herren, ich habe meinen Adler nicht immer gekannt. Das veranlaßt mich zu schließen – mittels eines Denkverfahrens, das in der Logik, die ich übrigens erst seit acht Tagen studiere, einen besonderen Namen trägt, dessen ich mich aber nicht mehr entsinne –, das veranlaßt mich, sage ich, zu der Schlußfolgerung, daß, obwohl der einzige hier anwesende Adler der meine ist, Sie, meine Herren, auch alle einen haben.

Ich habe bis jetzt von meiner Geschichte geschwiegen – verstand sie übrigens bis jetzt auch nicht recht. Und wenn ich mich nun entschließe, Ihnen davon zu sprechen, so deshalb, weil sie mir nun, dank meinem Adler, wunderbar erscheint.

III

Meine Herren, ich habe es Ihnen schon gesagt: ich war meines Adlers nicht immer gewahr. Vor ihm war ich unbewußt und schön, glücklich und nackt, ohne es zu wissen. Wunderbare Tage! An den rieselnden Flanken des Kaukasus umarmte mich die laszive Asia, nackt und glücklich auch sie. Umschlungen rollten wir in die Täler; die Lüfte fühlten wir singen, die Gewässer lachen, die schlichtesten Blumen balsamisch duften. Oft schliefen wir unter breitem Gezweig, unter Blüten, in denen summende Bienenschwärme taumelten. Asia vermählte sich mir, lachend; langsam schwand dann das Brausen der Schwärme, des Laubs, der zahlreichen Bäche dahin und lud uns zu süßestem Schlummer. Alles um uns her begünstigte, alles beschützte unsere unmenschliche Einsamkeit. – Plötzlich, eines Tages, sagte Asia zu mir: Du solltest dich um die Menschen kümmern.

Zuerst mußte ich nach ihnen suchen.

Ich wollte mich gerne um sie kümmern; aber das hieß, Mitleid mit ihnen haben.

Sie waren sehr wenig aufgeklärt; ich erfand für sie ein paar Feuer; und von da ab hatte ich meinen Adler. An jenem Tag wurde ich meiner Nacktheit gewahr.

Bei diesen Worten klang an verschiedenen Stellen im Saal Beifall auf. Plötzlich brach Prometheus in Tränen aus. Der Adler schlug mit den Flügeln und gurrte. Mit einer schrecklichen Geste riß Prometheus seine Weste auf und bot die schmerzende Leber dem Vogel dar. Der Beifall verstärkte sich. Der Adler umkreiste dreimal pirouettierend Prometheus; dieser trank einen Schluck Wasser, faßte sich und fuhr mit seiner Rede in folgenden Worten fort:

IV

Meine Herren, meine Bescheidenheit ist mit mir durchgegangen; entschuldigen Sie mich: aber ich spreche zum erstenmal öffentlich. Jetzt aber geht meine Offenheit mit mir durch: Meine Herren, ich habe mich um die Menschen viel mehr gekümmert, als ich gesagt habe. Meine Herren, ich habe für die Menschen leidenschaftlich, hingebungsvoll und trostlos geliebt. – Und ich habe so viel für sie getan, daß ich ebensogut sagen könnte, ich hätte sie erst gemacht; denn was waren sie vorher? – Sie existierten wohl, waren sich aber dessen nicht bewußt. – Wie ein Feuer, das ihnen die Nacht hell machen sollte, so habe ich mit meiner ganzen Liebe dieses Bewußtsein für sie gemacht. – Das erste Bewußtsein, das ihnen aufging, war das ihrer Schönheit. Dieses erlaubte die Fortpflanzung der Art. Der Mensch kam in seiner Nachkommenschaft über sich hinaus. Die Schönheit der ersten wiederholte sich, gleichmäßig, gleichgültig und ohne Geschichte. Das hätte lange so gehen können. – Sorgenvoll aber, da ich in mir schon, ohne es zu wissen, das Ei meines Adlers trug, wollte ich mehr oder Besseres. Diese Fortpflanzung, dieses Aushalten einer einzigen Note über alle Zerstückelung hinweg schien mir eine Erwartung bei ihnen anzudeuten – während in Wirklichkeit einzig mein Adler wartete. Ich wußte das nicht; ich sah diese Erwartung im Menschen; ich verlegte diese Erwartung in den Menschen. Jetzt verstehe ich, daß, da ich ja den Menschen nach meinem Bild gemacht hatte, in jedem von ihnen etwas Unerschlossenes harrte; in jedem war das Adlerei ... Ich weiß nicht recht; ich kann das nicht erklären. – Ich weiß nur, daß ich, nicht zufrieden damit, ihnen das Bewußtsein ihrer Existenz gegeben zu haben, ihnen nun auch eine Existenzberechtigung geben wollte. Ich gab ihnen das Feuer, die Flamme und alle Künste, denen das Feuer zur Nahrung dient. Ihren Geist erhitzend, brachte ich in ihnen den verzehrenden Glauben an den Fortschritt zur Entfaltung. Und seltsam ergötzte es mich, daß die Gesundheit des Menschen sich dabei verbrauchte. – Es war kein Glaube an das Gute mehr, sondern ein krankes Hoffen auf das Bessere. Der Glaube an den Fortschritt, meine Herren, war ihr Adler. Unser Adler ist unsere Existenzberechtigung. Das Glück des Menschen schwand und schwand, und mir war das gleichgültig: der Adler war ja geboren. Ich liebte die Menschen nicht mehr, ich liebte das, was aus ihnen lebte. Eine Menschheit ohne Geschichte war für mich erledigt ... Die Geschichte des Menschen, meine Herren, ist die Geschichte der Adler.

Quellenverzeichnis: »Prometheus spricht« (Auszug) aus: *Der schlechtgefesselte Prometheus.* Übersetzung: Maria Schaefer-Rümelin. Mit freundlicher Genehmigung der Deutschen Verlags Anstalt, Stuttgart.

Bibliographie: *Paludes,* 1895. – *Le Prométhée mal enchaîné,* 1899. – *Les Caves du Vatican,* 1914. – *Paludes,* Frankfurt am Main 1960. – *Theseus, Prometheus,* München 1962.

John Millington Synge

1871–1909

Wollte man die einzigartige Kraft, die der Humor verleiht, unserer selbst und anderer Herr zu sein, in einen Talismann einschließen, so müßte dieser wohl ein wenig irische Erde enthalten; und was uns das dramatische und poetische Werk von John Millington Synge bietet, ist gleich ein ganzes Säckchen dieser Erde: die frischeste und duftendste. Höhepunkt dieses Werkes ist »Der Held der westlichen Welt«, und es scheint nicht nur, wie George Moore sagte, »das bedeutendste Stück der letzten zweihundert Jahre«, es ist außerdem imstande, auf dem Theater der Zukunft, so wie es sein muß, *tausend dichte Vorhänge zu heben. Mit ihm ist es um die veralteten Formeln geschehen, mit denen in unserer Zeit immer wieder vergeblich versucht wird, jenes Ausdrucksmittel zu restaurieren, das ein Äschylos, ein Shakespeare und ein Ford über alle anderen gestellt hatte, doch das mit den Jahrhunderten mehr und mehr verkam. Es gilt, wie Antonin Artaud sagte, »das Geheimnis einer auf den Humor gründenden objektiven Poesie wiederzufinden, auf die das Theater, indem es der Music-Hall das Feld überließ, verzichtete, und die sich der Film dann zunutze gemacht hat.« Um dieses Geheimnis weiß allein Synge, und Guillaume Apollinaire hat das geahnt, er, der am Tage nach der Aufführung des »Helden« in Paris sagt: »Von diesem Realismus, dessen Echtheit immer wieder überrascht, geht eine so kraftvolle, so unerhörte Poesie aus, daß es mich nicht wundert, wenn sie schockiert hat.« In Dublin war das Stück ausgepfiffen worden, in New York kam es bei seinen Aufführungen zu Krawallen. »In Paris«, fährt Apollinaire fort, »blieb man ungerührt, ausgenommen die Dichter, die von dieser so neuen Tragik tief betroffen waren; eben weil die Dichter immer mehr oder weniger versucht haben, ihren Vater zu töten; doch ist das, wie der Held beweist, gar nicht so einfach, und als ich mich am Tage der Generalprobe im Saal umsah, sagte ich mir: ›Zu viele Väter, nicht genügend Söhne‹.« Diese Interpretation des Stückes, so trefflich sie sein mag, läßt gleichwohl noch andere zu, und das Eigentümliche an dieser »Komödie« ist, daß sie zu ebenso zahlreichen wie sich widersprechenden Deutungen Anlaß gab. Für die Puritaner in New York, die für ihren klar ersichtlichen Inhalt absichtlich oder unabsichtlich blind waren, fiel das Stück »in vierfacher Hinsicht« unter das Gesetz, das die Aufführung jedes »lasziven, gotteslästerlichen, obszönen oder anstößigen« Werkes proskribiert. Einem irischen Kritiker zufolge brauchte man in ihm, wie Maurice Bourgeois, der Verfasser der großartigen französischen Übersetzung anmerkt, nur eine Dramatisierung des Scherzes von Baudelaire zu sehen, wie dieser ein Pariser Restaurant betritt und zur großen Bestürzung der Gäste lauthals verkündet: »Als ich meinen armen Vater umgebracht hatte ...« Für die deutschen Übersetzer des Stückes symbolisierte es den Kampf des »jungen Irland« gegen das »alte Irland«. Für wieder andere gar den Kampf der Materie gegen den Geist. Muß man, da dies bis heute verabsäumt wurde, noch darauf hinweisen, daß eine der befriedigendsten Erklärungen der unmittelbaren Gegebenheit des Stückes schlicht und einfach im Umkreis des »Ödipuskomplexes« zu finden ist? Wichtig ist, daß die Untersuchung des »latenten Inhalts« vor eine Rosette von Bedeutungen führt, die auf mehreren Ebenen und zugleich für alle Menschen gelten wollen, so als hätte man es bei dem »Helden« mit einem Präzipitat des universellen Traums zu tun.*

Synge, der, bevor er sich endgültig in Irland niederließ und sich aufs Stückeschreiben verlegte, Deutschland und Italien bereist und lange Zeit in Frankreich gelebt hatte, war sich der Klippe, die in der Literatur und in der Kunst jede der beiden antagonistischen Tendenzen seiner Zeit bedrohte, voll bewußt: »Die moderne Großstadt-Literatur bietet Reichtum nur in ein oder zwei sehr sorgfältig gearbeiteten Büchern, die sich um die eigentlichen und allgemeinen Belange des Lebens wenig kümmern. Auf der einen Seite haben wir Mallarmé und Huysmans, die diese Art Literatur herstellen, und auf der anderen Seite Ibsen und Zola, die die Realitäten des Lebens in nüchternen und farblosen Worten behandeln.« Die Möglichkeit, diese Diskre-

panz zu überwinden, hat Synge in der ultrakonkreten und dabei zutiefst beschwörenden Sprache des irischen Volkes gefunden, das geographisch wie ökonomisch auf sein eigenes Genie angewiesen ist, und in der blühenden Phantasie, mit der dieses Volk von Hirten, Fischern, Schenkmaiden und umherziehenden Kesselflickern sich von der »Beklemmung der Hügel« zu befreien versucht. Die ungewöhnliche Ausstrahlung von Synges Werk rührt daher, daß er es verstanden hat, uns zu zeigen, wieviel Saft und Kraft in diesem herrlichen alten Stamm steckt.

Der Held der westlichen Welt

Zweiter Akt

Sara. Und, mit Verlaub, ob Sie der Mann wärn, was seinen Vater umgebracht hat?

Christy, schiebt sich in Richtung des Nagels, an dem der Spiegel hin. Ich bins, Gott steh mir bei.

Sara, nimmt Eier, die sie gebracht. Dann tausendmal willkommen, und ich bin gleich heraufgelaufen mit einem Tuch voller Enteneier für Ihr Frühstück heute. Pegeens Enten taugen nichts, aber die sind die wirklich nahrhafte Sorte. Halten Sie die Hand her, und Sie wern sehn, ich sag Ihnen keine Lüge.

Christy, tritt scheu vor, steckt seine schwielige linke Hand aus. Das ist eine gute, schwere Größe.

Susan. Und ich bin heraufgelaufen mit einem Batzen Butter, weil, wenn Sie Ihre Kartoffeln trocken essen sollten, das wär nichts. Wo Sie mir einen langen Weg habn laufen müssen, seit Sie Ihren Papa totgemacht habn.

Christy. Freundlichen Dank.

Honor. Und ich bring Ihnen ein Schnittchen Kuchen, wo Sie sicher schon an den

Hungerpfoten saugen, solang wie Sie durch die Welt laufen.

Nelly. Und ich bring Ihnen ein kleines Hühnchen, gekocht und alles, es ist gestern abend überfahren vom Herrn Kurat seinem Wagen. Fühln Sie nur das Fett auf der Brust, mein Herr.

Christy, fühlt mit dem Rücken der Hand, in der er die Geschenke hält. Es platzt bald.

Sara. Man muß hineinkneifen. Ist Ihre rechte Hand zu geheiligt, daß Sie sie gebrauchen? *Schlüpft hinter ihn.* Er hat einen Spiegel. Wahrhaftig, ich hab bis auf den heutigen Tag keinen Mann gesehn, der einen Spiegel auf dem Rücken hält. Die, wo ihre Väter umbringen, sind eitle Leut, glaubt mir.

Die Mädchen kichern.

Christy, lächelt unschuldig und häuft die Geschenke auf dem Spiegel auf. Ich bin Ihnen allen sehr dankbar, ich ...

Witwe Quin, schnell hereinkommend, in der Tür. Sara Tansey, Susan Brady, Honor Blake. Was, in Gottes Namen, tut ihr hier um die Zeit?

Mädchen, kichernd. Das ist der Mann, was seinen Vater umgebracht hat.

Quin, geht zu ihnen. Ich weiß, daß der das ist. Und wie ich jetzt komm, lad ich ihn zu den Preiskonkurrenzen ein, zum Sackhüpfen und Wurstschnappen und so weiter. *Zu Christy:* Nämlich wir habn eine kleine Festivität arrangiert zu Ihren Ehren.

Sara, überschwenglich: Au fein, Witwe Quin. Ich wett meine Aussteuer, er gibts allen.

Quin. »Mein Ochs macht das Rennen«, sagte

der Bauer, da hatt er vergessen, ihn zu füttern. *Nimmt die Geschenke.* Sind Sie gefüttert, junger Mann, oder fasten Sie?

Christy. Ich fast, wenns recht ist.

Quin laut: Na, ihr seid mir welche. Rührt euch und macht ihm sein Frühstück. *Zu Christy:* Kommn Sie her zu mir. *Sie setzt ihn auf die Bank neben sich, während die Mädchen Tee kochen und Frühstück herrichten.* Und lassen Sie Ihre Geschichte hören, eh daß Pegeen kommt, anstatt daß Sie sich die Ohren vom Kopf grinsen wie der Vollmond im Mai.

Christy, erheitert sich. Das ist eine lange Geschichte, Sie wern hin vom Hören.

Quin. Spielen Sie mir nicht den Schüchternen. So ein feiner, fideler, schurkischer Junge als wie Sie. War das in Ihrem Haus, wo Sie ihm den Schädel geknackt habn?

Christy, scheu, aber geschmeichelt: Nein, Madam. Wir habn Kartoffeln gegraben in seinem kalten, abschüssigen, steinigen Teufelsflecken von einem Feld.

Quin. Und Sie warn ihn nach Geld fragen gegangen, oder sind Sie ihm in den Ohren gelegen, Sie wolln sich ein Weib nehmen, was ihn vertrieben hätt vom Hof?

Christy. Nein, Madam. Aber ich steh da und grab und grab und: »du schielender Idiot«, sagt er, »mach, daß du nach unten kommst und sagst dem Priester, du heiratst die Witwe Casey in vierzehn Tag.«

Quin. Und was war die für eine?

Christy, mit Grausen: Ein wandelnder Schrecken von überm Berg. Und war fünf Jahr zu jung für fünfzig und fünf Pfund zu schwer für zwei Zentner, mit einem Hinkebein dran und einem blinden Aug, und war eine Frau von schlechten Angewohnheiten mit Jungen und auch Alten.

Mädchen, drängen sich um ihn und bedienen ihn. Ehre, Ehre.

Quin. Und zu was hat er Sie angetrieben, daß Sie sie heiraten solln? *Nimmt ein Stück von dem Huhn.*

Christy, ißt mit wachsender Befriedigung: Was er losließ, war, ich tät einen Beschützer brauchen gegen die Rauheit der Welt, wo er die ganze Zeit keinen Gedanken im Kopf hatt, bloß, wie er ihre Hütte kriegt zum Wohnen und ihr Erspartes zu Schnaps.

Quin. Ich könnt mir ein größeres Unglück denken als einen warmen Herd und eine Witfrau geheirat und ein Gläschen am Abend. Also da habn Sie ihn erschlagen?

Christy, wird beinahe aufgeregt: Nein. »Ich heirat sie nicht«, sag ich, wo die Welt weiß, sechs Wochen lang hat sie mich gesäugt, wie ich geboren war. Und jetzt ist es eine alte Hexe, mit einer Zunge dran, was die Krähen und Seevögel aufscheucht, nämlich keiner von denen tät einen Schatten auf ihren Garten werfen aus Angst vor ihrem Gekeif.

Quin, ihn neckend: Das wär doch eine angenehme Gesellschaft.

Sara, eifrig: Gebn Sie nichts auf sie. Habn Sie ihn da umgebracht?

Christy. »Sie ist noch zu gut für deinesgleichen«, sagt er, »und du machst dich fort, oder ich zerquetsch dich wie eine Assel.« – »Das wirst du möglichst nicht tun«, sag ich. – »Verschwind«, sagt er, »oder heut nacht macht der Teufel Hosenträger aus deinen Gliedern.« –

»Das wird er möglichst nicht tun«, sag ich. *Richtet sich auf und schwingt kriegerisch seinen Krug.*

Sara. Gut gegeben.

Christy, bedeutend: Mit dem kommt die Sonne heraus zwischen dem Berg und den Wolken und scheint grün in mein Gesicht. »Gott sei deiner Seele gnädig«, sagt er und hebt die Sense. – »Oder der deinen«, sag ich und heb den Spaten.

Susan. Das ist eine große Geschichte.

Honor. Und wie er sie erzählt.

Christy, geschmeichelt und selbstsicher, einen Knochen schwenkend: Er macht einen Ausfall mit der Sense, und ich mach einen Sprung nach Osten. Dann dreh ich mich herum, jetzt hab ich den Rücken nördlich, und ich setz einen Schlag auf den Scheitel von seinem Schädel und leg ihn hin, und er ist gespalten bis zum Kehlkopf. *Zeigt mit dem Hühnerknochen auf seinen Adamsapfel.*

Mädchen. Ist er nicht ein Wunder? Gott segne Sie. Sie sind ein Kerl.

Quellenverzeichnis: »Der Held der westlichen Welt« (Auszug) aus: *Der Held der westlichen Welt und andere Stücke.* Übersetzung: Peter Hacks. Mit freundlicher Genehmigung des Suhrkamp Verlags, Frankfurt am Main.

Bibliographie: *The Playboy of the Western World,* 1907. – *Der Held der westlichen Welt und andere Stücke,* Frankfurt am Main 1967.

Alfred Jarry

1873–1907

Wie er selbst gesagt hat: »Redon – derjenige, der geheimnißt« oder »Lautrec – derjenige, der plakatiert«, müßte man sagen: Jarry, derjenige, der revolvert. In seinem Todesjahr schrieb er an Mme. Rachilde: »Es ist eine große Besitzerfreude, in seinem Schlafzimmer mit dem Revolver herumschießen zu können.« Eines Abends, als er sich zusammen mit Guillaume Apollinaire eine Vorstellung des Zirkus Bostock ansieht, terrorisiert er die neben ihm Sitzenden, die er von seinen Fähigkeiten als Dompteur zu überzeugen trachtet, indem er mit seinem Revolver herumfuchtelt. »Jarry«, erzählt Apollinaire, »verhehlte mir nicht die Genugtuung, die er empfunden hatte, die Spießbürger in Schrecken zu versetzen, und mit dem Revolver in der Faust bestieg er das Deck des Omnibusses, der ihn nach Saint-Germain-des-Prés zurückbringen sollte. Dort oben schwenkte er, um mir adieu zu sagen, aufs neue seinen Bulldog.« Ein anderes Mal, in einem Garten, vergnügt er sich damit, den Champagner mit Revolverschüssen zu entkorken. Kugeln verirren sich über den Zaun hinweg, was zur Folge hat, daß eine

Dame, deren Kinder in dem benachbarten Garten spielten, herbeigestürzt kommt. »Denken Sie nur, wenn Sie sie getroffen hätten!« – »Nun«, beruhigt Jarry sie, »was macht das schon, Madame, wir werden Ihnen neue machen.« Ein anderes Mal schießt er beim Essen auf den Bildhauer Manolo, der ihm, wie er behauptet, unsittliche Anträge gemacht hat. Als die Freunde ihn mit sich fortziehen, ruft er begeistert aus: »War das nicht schöne Literatur? ... Aber Moment, ich habe vergessen, die Getränke zu bezahlen.« Mit zwei Revolvern an der Hüfte und obendrein mit einem starken, bleigefüllten Stock versehen, eine Pelzmütze auf dem Kopf und Pantoffeln an den Füßen, so stellt er sich gegen Ende seines Lebens jeden Abend bei Doktor Saltas ein (derselbe, der ihn am Tage vor seinem Tod fragt, was ihm die größte Freude machen würde, woraufhin Jarry ihn um einen Zahnstocher bittet).

Diese unlösbare Verbindung Jarrys mit einem Revolver, ebenso wie die André Marcueils, des Helden seines »Surmâle«, mit der »Liebesmaschine«, kann als der Hauptschlüssel zu seinem Denken bezeichnet werden. Der Revolver ist hier das paradoxe Bindeglied zwischen der Außenwelt und der Innenwelt. In der kleinen viereckigen Kammer, seinem Magazin, schlummern unzählige fertige Lösungen und Möglichkeiten zur Versöhnung: »Aus dem Streit des Pluszeichens mit dem Minuszeichen wird Pater Ubu von der Societas Jesu, ehemaliger König von Polen, demnächst ein großes Buch mit dem Titel »César Antichrist« machen, in dem sich der einzige praktische Beweis der Identität der Gegensätze findet, der mit der mechanischen Waffe, genannt ›Bâton à physique‹, geführt wird.« Die Literatur begibt sich mit Jarry auf miniertes Gelände. Der Autor gibt sich am Rande des Werkes zu erkennen; der Requisiteur, beflissentlich unerträglich, geht vor dem Objektiv unaufhörlich auf und ab und raucht eine Zigarre; es ist unmöglich, aus dem fertigen Haus diesen Handwerker zu verjagen, der es sich in den Kopf gesetzt hat, die schwarze Fahne auf ihm zu hissen. Unseres Erachtens wird mit Jarry, und weit eher mit Jarry denn mit Wilde, die lange Zeit für notwendig gehaltene Unterscheidung zwischen Kunst und Leben nicht mehr anerkannt und schließlich ganz abgeschafft. Nach der ersten Aufführung des »Ubu Roi« soll Jarry begonnen haben, sich mit seiner Schöpfung um jeden Preis zu identifizieren, aber mit welcher Schöpfung eigentlich? Läßt man gelten, daß der Humor eine Erwiderung des mit dem Über-Ich verbundenen Lustprinzips auf das dem Ich verbundenen Realitätsprinzip darstellt, wenn dieses Ich in eine zu mißliche Lage gerät, dann wird man in der Gestalt des Ubu unschwer die meisterhafte Verkörperung des Nietzscheschen-Freudschen Es erblicken, das die Gesamtheit der unbekannten, unbewußten, verdrängten Kräfte bezeichnet, von denen das Ich nur die gerade zulässige, ganz der Vorsicht gehorchende Emanation ist: »Das Ich«, sagt Freud, »umhüllt das Es nicht ganz, sondern nur insoweit das System W (W=Wahrnehmung) dessen Oberfläche bildet, also etwa so, wie die Keimscheibe dem Ei aufsitzt.« Im vorliegenden Fall triumphiert das Ei, das Ubu ist, über den Trieb und den triebartigen Drang, so wie er das selbst verkündet: »Gleich einem Ei, einem Kürbis oder einem leuchtenden Meteor rolle ich über diese Erde, wo ich tun werde, was mir beliebt. Daraus gehen diese drei Tiere (die palotins) hervor mit ihren unentwegt nach Norden gerichteten Ohren und ihren unschuldigen Nasen, Tuthörnern ähnlich, die noch keinen Ton von sich gegeben haben.« Das Es nimmt sich unter dem Namen Ubu das Recht heraus, zu strafen und zu züchtigen, was eigentlich nur dem Über-Ich, der letzten psychischen Instanz zukommt. Das Es, zur höchsten Macht gelangt, macht sich sofort an die Liquidierung aller edlen Gefühle (»Los, ins Loch mit den Adligen!«), des Schuldgefühls (»Ins Loch mit den Richtern!«) und des Gefühls sozialer Abhängigkeit (»Ins Loch mit den Bankiers!«). Die Aggressivität des dem Ich gegenüber hypermoralischen Über-Ichs geht damit auf das völlig amoralische Es über und gibt dessen Zerstörungstrieb volle Freiheit. Der Humor als ein Verfahren, das erlaubt, sich über das allzu Schmerzliche an der Realität hinwegzusetzen, wird hier fast nur auf Kosten anderer angewendet. Nichtsdestotrotz ist man an der Quelle dieses Humors, wie sein ständiges Sprudeln beweist.

Dies also ist unserer Meinung nach die tiefe Bedeutung von Ubus Charakter, und es ist zugleich der Grund, weshalb er jede spezielle symbolische Deutung übersteigt. Wie Jarry selbst vorsorglich erklärt hat, »ist Ubu nicht unbedingt Thiers, noch der Bürger, noch der

Rüpel. Er ist vielmehr der vollkommene Anarchist, mit all den Eigenschaften, die verhüten, daß wir vollkommene Anarchisten werden, daher die Duckmäuserei, die Gemeinheit usw.« Das Eigentümliche an diesem Geschöpf aber ist, daß es sich den verschiedensten Formen menschlicher Tätigkeit unterwirft, angefangen mit den kollektiven. Infolgedessen wird derselbe *Ubu bereit sein, auf den persönlichen Vorteil, der in »Ubu Roi« sein einziges Motiv war, zu verzichten, um in der Masse unterzutauchen und deren Emotionen, die um so ansteckender sind, als sie gröber sind, zu personifizieren trachten. Dem festen Willen zu herrschen von »Ubu Roi« stellt »Ubu enchaîné«* die *Entschlossenheit zur Servilität gegenüber. Das* Über-Ich *hat sich von dem Abenteuer nur frei gemacht, um unter einem stereotypen, bestürzenden Aspekt wiederzuerscheinen,* an dem der Faschist und der Stalinist in gleichem Maße teilhaben. *Man wird zugeben, daß die Ereignisse der letzten zwanzig Jahre dem zweiten Ubu eine außerordentliche prophetische Bedeutung verleihen. Man wird an das Manöver der »freien Menschen« auf dem Marsfeld gemahnt, das auf allen Leinwänden der Welt durch ein einmütiges und enthusiastisches »Vive l'armerdre«* oder durch die *Atmosphäre der »Moskauer Prozesse« bis heute fortgesetzt wurde: »Vater Ubu (zu seinem Verteidiger): Pardon, mein Herr, halten Sie den Mund! Sie erzählen lauter Lügen und verhindern, daß man der Aufzählung unserer Heldentaten zuhören kann. Ja, meine Herren, sperren Sie Ihre Ohren auf und machen Sie keinen Radau ... wir haben unendlich viele Leute massakriert ... wir träumen nur vom Bluten, Würgen, Morden, wir zermantschen jeden Sonntag öffentlich Gehirne, auf einem Hügel in der Vorstadt, mit Karussells und Wurstbuden rundherum. Diese alten Geschichten sind registriert, weil wir auf Ordnung halten ... Deshalb befehlen wir unseren Herren Richtern, uns zu der schwersten Strafe zu verurteilen, die sie sich ausdenken können, auf daß sie uns angemessen sei. Natürlich nicht zum Tode ... wir möchten gerne Galeerensklaven sein, mit einer schönen grünen Mütze, auf Staatskosten gesättigt, und unsere Freizeit mit nützlichen kleinen Arbeiten ausfüllen.«*

Epilog

Im Dreieckswald, nach Einbruch der
Dämmerung.

Der Chor
Seine Stimme, die zuerst fast erloschen raunt,
dröhnt allmählich immer lauter.

Die hohen Hüte schwarzer Yankees ragen
In den vergeßnen Himmel, wo sie den
Drei Säulen einer Sanduhr ähnlich sehn.
Die langen Schenkel, überkreuz geschlagen
Zu einem weißen X der Weisen.
Und jähe Böen, die am Zipfel unsrer Bärte
reißen.

Auf daß die Kugel unsrer Kutte,
Die rosig schimmert von dem frischen Blute,
Den Toten suche, Mumie, die im Gold der
Dämmrung prangt;

Sand rinnt aus umgestülpten Uhren sacht,
Schenkt dem Verdammten die erfüllte Nacht,
Indes durch nichtige Nacht das Heer,
der Juden wankt.

Noch voll die Alabasteruhr,
Herz, klage nicht und schlage nur.
Wie unsre Ibisfüße überm Sumpfe unter
Eiben.

Und weinen wird das künftige Licht
Aufs Blei der hohen Fensterscheiben
Der Wälder über unsre alte
Totengräberpflicht.

Schreit die Alraune ihre Klage,
Bis fast das Herz der Passiflora bricht,
Dann steigt der blasse Leichenwurm aus
seiner Gruft zutage.

Der Chor, den man nie gesehen hat, *weißt den Hintergrund spitzbogenförmig mit seinem schwefligen Frühlicht. Er wird sichtbar:*

Dann steigt der blasse Leichenwurm aus
seiner Gruft zutage.

Epilogue

Dans la forêt triangulaire, après le crépuscule.

Le chœur
Sa voix, d'abord morte presque encore
et qui murmure,
de plus en plus tonne éclatante.

Les hauts chapeaux des noirs Yankees
Confièrent au ciel oublié
Les trois piliers du sablier.
La sieste des longs fémurs croise

Epilogue

Ses blanches X philosophales.
La pointe de nos barbes s'effiloque
en la rafale.

Que la boule de nos cagoules,
Rose reflet au sang qui coule
Cherche le mort, momie en l'or du crépuscule;

Et les sabliers retournés
Sable en haut donnent au damné
La nuit entière avant les Juifs errants
par la nuit nulle.

Rempli le sablier d'albâtre,
Le cœur qui pleure ne peut battre.
Comme lui sous les ifs nos pieds d'ibis
sur les marais.

Pleuvra la future lumière
Aux plomps des vitraux des forêts
Sur notre tâche de nécrophores coutumière.

Sur la plainte des mandragores
Et la pitié des passiflores
Le lombric blanc des enterrements sort
de ses tanières.

Le chœur, qu'on n'a jamais vu, *blanchit
le fond de so aube soufrée à
ogives. Paraissant:*

Le lombric blanc des enterrements sort
de ses tanières.

Das Enthirnungslied

Memnon:
Einst hat ich zu tun in der Kunstschreinerei,
Exerzierplatzstraße, Allerheiligenpfarrei.
Meine Frau verdient als Modistin ihr Geld,
und uns hat es einfach an nichts gefehlt.
Wenn die Sonne am Sonntag uns lachte,
gingen wir aus wie die feinen Leute,
um dabeizusein, wenn man Gehirnschlamm
macht
in der Rue de l'Echaudé das war eine Freude!

Holla he, die Maschine dröhnt!
Holla he, das Gehirn zermantscht!
Holla he, der Bürger stöhnt!

Die Rüpel:
Hurra, Hörner im Loch, Vater Ubu lebe hoch!

Memnon:
Unsre zwei süßen Bälger die Mäuler
sich schlecken.
Sie schwenken froh ihre Püppchen
am Stecken,
sie sind obenauf und schreien Juchhe,
und der Wagen fährt mit uns
zur Rue de l'Echaudé.
Man drängt sich in Mengen zur Sperre
der Schauer,
man stößt sich nach vorn, will sich amüsieren.
Ich setze mich hinten auf eine Mauer,
um mir nicht die Schuhe
mit Blut zu beschmieren.

Holla he . . . *usw.*

Die Rüpel:
Hurra, Hörner im Loch, Vater Ubu lebe hoch!

Memnon:
Bald sind meine Frau und ich ganz weiß
von Gehirnmantsch,
die Bälger schlecken es ab und es platscht
das Gepantsch.
Wir trampeln, hehe, wenn der Rüpel
die Kelle schwingt,
und die Wunden platzen und die Bleipeitsche
singt.
Plötzlich seh ich ganz nah beim Brecher
der Stirne
die Fresse des Bürgerschweins,
die mir nicht paßt.
Schreißkerl, ruf ich, ich kenn deine Birne!
Du hast mich bestohlen, du bist mir verhaßt!

Holla he . . . *usw.*

Die Rüpel:
Hurra, Hörner im Loch, Vater Ubu lebe hoch!

Memnon:
Da stößt meine Frau mich keß in den Wanst:
Jetzt, Leberwurst, zeig, was du kannst!
Gib ihm Saures! Wirf ihm den Mist
an die Rübe!
Machs wie die Rüpel und gib ihm Hiebe!
So angefeuert greif ich mit beiden Händen,
hei!
hinein in die Schreiße und schleudre
den Matsch

nach dem Bürgerschwein und –
treffe vorbei,
und dem Rüpel der Dreck in die Fresse klatscht.

Die Rüpel und Memnon:
Holla he . . . *usw.*
Hurra, Hörner im Loch, Vater Ubu lebe hoch!

Memnon:
Sofort ergreift mich die wütende Menge,
man zerrt mich nach vorne über die Stränge.
Kopf voran werd ich in die Maschine gezerrt,
in das dunkle Loch,
aus dem man nicht wiederkehrt.
Das kommt davon, wenn man Sonntags fein
zuschaut beim Gehirnzermantschgraus,
man gerät ins Kneifschwein,
die Festquetsche hinein,
lebendig gingst aus,
gemordert kommst nach Haus.

Die Rüpel und Memnon:
Holla he . . . (usw.)
Hurra, Hörner im Loch, Vater Ubu lebe hoch!

La chanson du décervelage

Je fus pendant longtemps ouvrier ébéniste,
Dans la ru' du Champ d' Mars, d' la paroiss'
de Toussaints.
Mon épouse exerçait la profession d' modiste,
Et nous n'avions jamais manqué de rien. –
Quand l'dimanch' s'annonçait sans nuage,
Nous exhibions nos beaux accoutrements
Et nous allions voir le décervelage
Ru' d' l'Échaudé, passer un bon moment.

La chanson du décervelage

Voyez, voyez, la machine tourner,
Voyez, voyez la cervell' sauter,
Voyez, voyez les Rentiers trembler;

Chœur
Hourra, cornes-au-cul, vive le Père Ubu!

Nos deux marmots chéris, barbouillés d' confitures,
Brandissant avec joi' des poupins en papier,
Avec nous s'installaient sur le haut d' là voiture
Et nous roulions gaîment vers l'Échaudé. –
On s' précipite en foule à la barrière,
On s' fich' des coups pour être au premier rang;
Moi je m' mettais toujours sur un tas d' pierres
Pour pas salir mes godillots dans l' sang.

Refrain

Bientôt ma femme et moi nous somm's tout blancs d'cervelle,
Les marmots en boulott'nt et tous nous trépignons
En voyant l' Palotin qui brandit sa lumelle,
Et les blessur's et les numéros d' plomb. –
Soudain j' perçois dans l' coin près d' la machine,
La gueul' d'un bonz' qui n' m' revient qu'à moitié.
Mon vieux, que j' dis, je r'connais ta bobine,
Tu m'as volé, c'est pas moi qui t' plaindrai.

Refrain

Soudain j' me sens tirer la manch' par
mon épouse:
Espèc' d'andouill', qu'ell' m' dit, v'là
l' moment d' te montrer:
Flanque-lui par la gueule un bon gros
paquet d' bouse,
V'là l' Palotin qu' a just' le dos tourné.
En entendant ce raisonn'ment superbe,
J'attrap' sus l' coup mon courage à
deux mains:
J' flanque au Rentier un' gigantesque
merdre
Qui s'aplatit sur l' nez du Palotin.

Refrain

Aussitôt j' suis lancé par-dessus la barrière,
Par la foule en fureur je me vois bousculé
Et j' suis précipité la tête la première
Dans l' grand trou noir d'ous qu'on
n' revient jamais. –
Voilà c' que c'est qu' d'aller s' promener
l' dimanche
Ru' d' l'Échaudé pour voir décerveler,
Marcher l' Pinc'-Porc ou bien l'
Démanch'-Comanche,
On part vivant et l'on revient tudé

Refrain

Ubu in Ketten

Erster Akt. Zweite Szene

Exerzierplatz.

Die drei freien Männer, der Korporal.

Die drei freien Männer. Wir sind freie Männer, und das ist unser Korporal. Es lebe die Freiheit, die Freiheit, die Freiheit! Wir sind frei. Wir dürfen nicht vergessen, daß es unsere Pflicht ist, frei zu sein. Gehen wir langsamer, sonst kommen wir pünktlich. Freiheit heißt, niemals – niemals pünktlich zum Freiheitsexerzieren kommen. Wir wollen alle zusammen ungehorsam sein. Nein! Nicht zusammen: eins, zwei, drei! Der Erste auf eins, der Zweite auf zwei, der Dritte auf drei. Da liegt der Unterschied. Jeder soll ein anderes Tempo erfinden, auch wenn das sehr mühsam ist. Wir wollen dem Korporal der freien Männer – individuell ungehorsam sein.

Der Korporal. Sammeln!

Sie gehen auseinander.

Sie dort, freier Mann Nummer drei, Sie bekommen zwei Tage Stubenarrest, weil Sie sich mit Nummer zwei in eine Reihe gestellt haben. Die Theorie sagt: Seid frei! – Individuelle Übungen in Ungehorsam ... Der blinde und stete Ungehorsam ist die Hauptstärke der freien Männer. Präsentiert ... das Gewehr!

Die drei freien Männer. Wir wollen dazwischenreden. Wir wollen ungehorsam sein! Der Erste auf eins, der Zweite auf zwei, der Dritte auf drei. Eins, zwei, drei!

Der Korporal. Im Takt! Nummer eins, Sie

sollen die Waffe zu Boden fallen lassen; Nummer zwei, Kolben in die Höhe; Nummer drei, die Waffe sechs Schritt hinter sich werfen und dann versuchen, eine ungezwungene Haltung einzunehmen. Aus der Reihe! Eins, zwei, eins, zwei!

Sie versammeln sich und gehen ab, wobei sie vermeiden, im Schritt zu gehen.

Die Nachtblinden

Sengle hatte einen vierzehntägigen »Genesungsurlaub« nach Paris bekommen. Und wieder blauroter Gemeiner geworden, stiefelte er quer durch die Stadt zum Bahnhof.

Er kam an mehreren Offizieren vorbei, die er zu grüßen versäumte, die ihn jedoch nicht zurückriefen. Übrigens hob er, um sich selber seinen guten Willen zum militärischen Gehorsam zu beweisen, die vorschriftsmäßige Hand sechs Schritte vor und sechs Schritte *nach:*

Zwei Briefträgern;

Sieben Pennälern;

Einem Kassenboten;

Einem Omnibusschaffner, der in großer Dienstuniform in einem Park spazierenging. Und da hier auch mehrere Radfahrer umherschlenderten, die ihre Räder an Gebüsche gestellt hatten, suchte er natürlich den Omnibusfuhrpark.

Er grüßte einen der Radfahrer, weil er links ein scheußliches kleines, ganz verdrehtes Vereinszeichen trug.

Er ging in die Kathedrale und erkundigte

sich nach dem Schweizer, um ihn auf Knien zu verehren. Dann verbeugte er sich im Verlaufe seines Weges ehrfürchtig vor:

Der Zinkfahne einer Waschanstalt;

Einem Hanswurst auf einem Ladenschild;

Mehreren Dienstmännern wegen ihres Nummernschildes;

Einem Küchenjungen, in der Überlegung, daß er vielleicht Unteroffizier war, obgleich er es unter seiner uniformähnlichen Dienst- und Arbeitskleidung verbarg.

Und mit hereinbrechender Nacht, als die Grußwahrscheinlichkeiten unrühmlicher wurden, näherte er sich den beweglichen Lichtern des Bahnhofs.

Auf der Allee begegnete er einer Gruppe Soldaten, die sich in wunderlichen Gebärden bogen. Es waren keine Betrunkenen, die, wie man in Achtern gießt, von einer Gosse zur anderen taumeln, und bei ihrem Zick-Zack-Kurs genau den Gesetzen des Abpralls folgen. Diese Soldaten tasteten sich bis zum schmerzhaften Zusammenstoß mit dem ersten Passanten oder bis zum stolpernden Fall vom Bürgersteig an den Mauern entlang. Sie schienen Blinde zu sein, die sich gegenseitig in Gräben führten, Breughels in Uniform.

Sengle hörte Satzfetzen und rekonstruierte ihre Klagen:

»Wir werden nie das Lazarett finden. Jetzt sind wir schon dreimal um die ganze Stadt gegangen. Das Lazarett ist eingestürzt. Wie letztes Jahr, als der Oberstabsarzt bei der Abendvisite nur noch die Mauern vorfand, weil er in seiner Nachlässigkeit die Pioniere nicht benachrichtigt hatte. Das Dach fiel auf die Thyphuskranken, die man in die Flure eines Entbindungsheimes verlegte. Das ist so wahr, daß ein Kranker dabei genas. Stürzen denn die Lazarette in dieser Stadt alle Jahre durch die Fahrlässigkeit des Oberstabsarztes ein?«

Und sie gingen weiter, sich zu einer vierten Runde durchtastend.

Als Sengle ihre Regimentsnummer las, verstand er ihre Halluzination. In einer kleinen Nachbargarnison, auf einer Anhöhe, mehrten sich, der Höhe wegen, die Fälle von Nachtblindheit. Der Oberstabsarzt, der morgens die Visite abnahm, schickte sie ins Unfall-Lazarett, doch wartete man ab, bis ein ganzer Trupp zusammen war, den man nach der Abendsuppe antreten und ohne Führung abrücken ließ. Da sie nach Sonnenuntergang in der Stadt des Lazarettes ankamen und ihr schwarzer Star die künstlichen Lichter nicht erfaßte, stolperten die armen Teufel durch absolute Dunkelheit. Man war daran gewöhnt. Deshalb hatten sich die Offiziere auch nicht über die mangelnde Höflichkeit Sengles empört.

Möge dieses Kapitel der Menge, dieser großen Nachtblinden, die nur bekannte Lichter zu sehen vermag, begreiflich machen, daß andere sie vielleicht als eine morbide Ausnahme ansehen und die steilen Auftriebe und Abweichungen einer für sie sternenlosen Nacht berechnen müssen; möge es ihre Verzeihung erwirken für das, was sie in diesem Buch an Blasphemien gegenüber ihren Idolen findet, denn zusammenfassend behaupten wir folgendes: daß es nicht jeden Tag vorkommt, daß die Militärlazarette durch die Fahrlässigkeit der Oberstabsärzte einstürzen; daß der Fall möglicherweise sogar recht selten ist; daß er seit mehreren Jahren nicht mehr vorgekommen ist, daß es vielleicht ein Einzelfall war; trotz seiner Verbürgtheit (siehe einige Zeitungen vom Sommer 89) die Güte haben, ihn nur halluzinatorisch zu beschreiben ...

Sengle dachte in Anbetracht des Bibelwortes zuerst daran, sich nach einem Graben oder einer Schaufensterscheibe zu erkundigen, damit die vorübergehend Blinden hineintaumelten: doch aus Angst, seinen Zug zu versäumen, sagte er nur zu ihnen:

»Ich bin der General, versucht militärische Haltung anzunehmen.«

Der Supermann

»Schauen Sie her, ich werde das Tier töten«, sagte Marcueil sehr ruhig.

»Welches Tier? Du bist betrunken, alter ... junger Freund«, sagte der General.

»Das Tier«, sagte Marcueil.

Vor ihnen kauerte im Mondlicht, gedrungen, ein Ding aus Eisen wie mit den Ellenbogen auf den Knien, und mit Schultern ohne Kopf in einer Rüstung.

»Der Kraftmesser!«, rief der General lachend aus.

»Ich werde es töten«, wiederholte Marcueil hartnäckig.

»Mein junger Freund«, sagte der General, »als ich in Ihrem Alter war, sogar noch jünger war, und ›Studiker‹ in Stanislas, da habe ich oft die Schilder abmontiert, Abtrittschüsseln abgeschraubt, Milchkannen geklaut, Säufer in Hausflure eingeschlossen, aber Automaten habe ich noch nie geknackt! Man sollte es nicht glauben, du hältst das für einen Automaten! Na ja, du bist betrunken ... Aber pass auf, es ist nichts darin für dich, junger Freund!«

»Das ist nur voll – voller Kraft und voller Zahlen – dadrinnen«, sprach André Marcueil vor sich hin.

»Schließlich«, sagte der General herablassend, »will ich dir gern helfen, das aufzubrechen, aber wie? Mit Fußtritten?, mit Faustschlägen? Du willst doch nicht etwa, daß ich dir meinen Säbel leihe, damit du ihn zweiteilen kannst?!«

»Das aufbrechen? o nein«, sagte Marcueil: »ich will es töten.«

»Hüte dich vor Straffälligkeit, zum Beispiel wegen gewaltsamen Aufbrechens eines Bauwerks von öffentlichem Nutzen!«, sagte der General.

»Töten ... mit Erlaubnis«, sagte Marcueil. Und er wühlte in seiner Westentasche und zog ein französisches zehn-centimes-Stück hervor. Der vertikale Schlitz des Kraftmessers leuchtete.

»Es ist ein Weibchen«, sagte Marcueil gewichtig ... »aber es ist sehr stark.«

Das Geldstück löste ein Klicken aus: es war, als ob die massige Maschine sich heimtückisch sprungbereit hielt. André Marcueil ergriff mit beiden Händen und ohne ersichtliche Mühe eine Art eisernen Sessel und zog:

»Kommen Sie, Madame«, sagte er.

Sein Satz ging in einem kolossalen Krachen

von Eisen unter, die zerbrochenen Federn wanden sich am Boden wie die Eingeweide des Tieres: die runde Skala grinste und ihre Feder überschlug sich zwei oder drei mal wie ein in die Enge getriebenes Wesen, das einen Ausweg sucht.

»Trollen wir uns«, sagte der General: »dieses Tier hat, um mich zu beeindrucken, ein Instrument zu wählen verstanden, das nicht sehr stabil war.«

Plötzlich wieder bei klarem Kopf, obwohl Marcueil nicht daran gedacht hatte, die beiden Handgriffe wegzuwerfen, die wie metallische Kampfhandschuhe glänzten, setzten die beiden über die Umzäunung und gingen die Avenue wieder hinauf zurück zum Coupé.

Der Morgen graute, wie Licht aus einer anderen Welt.

Die Passion als Bergrennen

Barabbas, bereits verpflichtet, trat vom Rennen zurück.

Der Starter Pontius Pilatus zog an seinem Wasserchronometer oder Klepsydra, wovon er nasse Hände bekam, falls er nicht einfach hineingespuckt hatte – und gab das Startzeichen.

Jesus fuhr mit vollem Tempo los.

Zu jener Zeit war es Brauch, dem ausgezeichneten Sportreporter Matthäus zufolge, Radsprinter bei der Abfahrt zu geißeln, wie es die Kutscher mit ihren Hippomotoren tun. Die Peitsche ist Stimulanz und hygienische Massage zugleich. Jesus, groß in Form, fuhr also los, aber er hatte sofort Reifenschaden. Eine Dornenpflanze durchlöcherte rundum seinen ganzen Vorderreifen.

Das exakte Ebenbild dieser echten Dornenkrone sieht man heutzutage in den Schaufenstern der Fahrradfabrikanten als Reklame an unverwüstlichen Reifen. Der Reifen Jesu, ein Schlauchreifen für gewöhnliche Rennbahnen, war nicht unverwüstlich.

Die beiden Schächer, die ein Herz und eine Seele waren, gewannen Vorsprung.

Es ist falsch, daß Nägel da waren. Die drei auf Bildern dargestellten sind nur der Reifenwechsler »eine Minute«.

Doch ist es angebracht, daß wir zuvor von den Stürzen berichten. Und zuerst wollen wir einmal das Fahrrad beschreiben.

Der Rahmen ist eine relativ neue Erfindung. 1890 sah man die ersten Rahmenfahrräder. Vor dieser Zeit bestand das Kernstück des Fahrrads aus zwei perpendikular aufeinander gelöteten Röhren. Diese Maschinen nannte man Fahrrad mit starrem Gestell oder Kreuzrahmen. Jesus erklomm also nach der Reifenpanne die Anhöhe zu Fuß, wobei er seinen Rahmen oder wenn man so will sein Kreuz auf der Schulter trug.

Zeitgenössische Kupferstiche, nach Photographien angefertigt, zeigen uns diese Szene. Allerdings scheint es, daß der Radsport nach diesem allgemein bekannten Unfall, der das Passionsrennen auf so unangenehme Weise beendete und, fast an seinem Jahrestag, durch den ähnlichen Unfall des Grafen Zborowski an der Steigung der La Turbie wieder an Aktualität gewinnt, daß dieser Sport also durch

Präfekturverordnung eine Zeitlang verboten gewesen ist. Das erklärt auch, warum die Illustrierten, wenn sie die berühmte Szene zeigten, Fahrräder abbildeten, die man wohl als Phantasieräder bezeichnen darf. Sie verwechselten das Kreuz des Fahrradgestells mit jenem anderen Kreuz, der geraden Lenkstange. Sie stellten Jesus dar, beide Hände auf seiner Lenkstange ausgestreckt, und merken wir bei dieser Gelegenheit gleich noch an, daß Jesus auf dem Rücken liegend radelte, was er in der Absicht tat, den Luftwiderstand zu verringern.

Merken wir außerdem an, daß der Rahmen oder das Kreuz des Fahrrads, wie heute noch manche Felgen, aus Holz war.

Einige haben, zu unrecht, zu verstehen gegeben, das Fahrrad Jesu sei eine Draisine gewesen, was jedoch wegen der Steigung bei Bergrennen höchst unwahrscheinlich ist. Den alten zyklophilen Hagiographen, der Heiligen Brigitte, Gregor von Tours und Irenäus zufolge war das Kreuz mit einer Vorrichtung versehen, die sie »Suppedaneum« nennen. Man braucht kein großer Schriftgelehrter zu sein, um es mit »Pedale« zu übersetzen.

Justus Lipse, Justin, Bosius und Erycius Puteanus beschreiben ein anderes Zubehör, das man noch, wie Cornelius Curtius 1634 berichtet, in Kreuzen aus Japan findet: ein Höcker am Kreuz oder Rahmen, aus Holz oder Leder, auf den sich der Radfahrer rittlings setzt: offensichtlich der Sattel.

Diese Beschreibungen sind übrigens nicht ungenauer als die Definition, welche die Chinesen heute vom Fahrrad geben: »kleiner

Maulesel, den man an den Ohren führt und mit kräftigen Fußtritten vorwärtstreibt.«

Den Bericht über das Rennen selbst, von dem in Spezialwerken ausführlich erzählt und das in Bildhauerei und Malerei durch eigens hierzu geschaffene Werke dargestellt wird, wollen wir hier abkürzen.

Auf der ziemlich schwierigen Steigung von Golgatha gibt es vierzehn Kurven. Bei der dritten machte Jesus seinen ersten Sturz. Seine Mutter auf der Tribüne erschrak.

Der gute Schrittmacher Simon von Kyrene, dessen Aufgabe es ohne den Dornenunfall gewesen wäre, ihn zu »schleppen« und den Fahrtwind von ihm abzuhalten, trug das Fahrrad.

Jesus, obgleich er nichts trug, schwitzte. Es ist nicht ganz sicher, ob eine Zuschauerin ihm das Gesicht abtrocknete, aber es stimmt, daß die Reporterin Veronika mit ihrer Kodak eine Momentaufnahme von ihm machte.

Zum zweiten Sturz kam es an der siebten Kurve, auf glitschigem Pflaster. Beim dritten Mal rutschte Jesus in der elften Kurve auf einer Schiene aus.

Die Halbweltdamen Israels winkten mit ihren Taschentüchern in der achten.

Der bedauerliche und allgemein bekannte Unfall trug sich in der zwölften Kurve zu. Jesus war gerade dead-head mit den beiden Schächern. Es ist auch bekannt, daß er das Rennen als Flieger fortsetzte, doch das liegt außerhalb unseres Themas.

Die Passion als Bergrennen

Quellenverzeichnis: »Epilog« (Auszug) aus: *Haldernablou.* Übersetzung: Lothar Klünner. »Das Enthirnungslied« (Auszug) und »Ubu in Ketten« (Auszug) aus: *König Ubu. Ubu Hahnrei. Ubu in Ketten.* Übersetzung: Marlis und Paul Pörtner. Mit freundlicher Genehmigung des Carl Hanser Verlags, München.
»Die Nachtblinden« (Auszug) aus: *Les Jours et les Nuits.* Übersetzung: Eugen Helmlé. »Der Supermann« (Auszug) aus: *Der Supermann.* Übersetzung: Greta Tüllmann und Renate Gerhardt. Mit freundlicher Genehmigung des Gerhardt Verlags, Berlin. »Die Passion als Bergrennen« (Auszug) aus: *Spéculations.* Übersetzung: Eugen Helmlé.

Bibliographie: *Les Minutes de sable mémorial,* 1894. – *César-Antechrist,* 1895. – *Ubu roi,* 1896. – *Les Jours et les Nuits,* 1897. – *L'Amour en visite,* 1898. – *L'Amour absolu,* 1899. – *Ubu enchaîné,* 1900. – *Messaline,* 1901. – *Le Surmâle,* 1902. – *Le Moutardier du Pape,* 1907. – *La Papesse Jeanne,* 1908. – *Gestes et Opinions du Docteur Faustroll pataphysicien,* suivi du *Spéculations.* 1911. – *La Dragonne,* 1943. – *Œuvres poétiques complètes,* 1945. – *L'autre Alceste,* 1947. – *Messalina,* München 1971.

Raymond Roussel

1877–1933

Die Schwierigkeit, aus einiger Entfernung einen echten Automaten von einem Pseudo-Automaten zu unterscheiden, hat die Neugier der Menschen jahrhundertelang nicht zur Ruhe kommen lassen. Angefangen mit dem menschenähnlichen Portier von Albertus Magnus, der mit einigen Worten die Besucher ins Haus führte, über die eiserne Fliege von Jean Müller, die sich ihm nach jedem Flug wieder auf die Hand setzte, und die berühmte Ente von Vaucanson, bis hin zu dem von Poe verherrlichten Schachspieler, ohne die Homunkuli von Paracelsus bis Achim von Arnim zu vergessen, herrscht immer noch Ungewißheit darüber, ob man es mit einem lebenden Tier, respektive Menschen, oder seinem mechanischen Abbild zu tun hat. Es ist für unsere Zeit bezeichnend, daß sie dieser ärgerlichen Ungewißheit dadurch begegnete, daß sie den Automaten aus der Außenwelt in die Innenwelt verlegte und ihn aufforderte, sich ganz ungeniert innerhalb des Geistes selbst zu produzieren. In der Tat hat die Psychoanalyse in der Gerümpelkammer des Geistes eine anonyme Puppe entdeckt, »ohne Augen, ohne Nase und ohne Ohren«, nicht unähnlich jenen, die Giorgio de Chirico um 1916 malte. Diese Puppe, von den Spinnweben, die sie über und über bedeckten und lähmten, befreit, hat sich von höchster, »übermenschlicher« Gelenkigkeit erwiesen (und aus eben dem Verlangen, ihr volle Bewegungsfreiheit zu verschaffen, ist der Surrealismus entstanden). Diese ungewöhnliche Gestalt, frei von allen monströsen Attributen, die das Geschöpf des bewundernswerten Frankenstein *von Mary Shelley verunstalten, erfreut sich der Fähigkeit, sich in Zeit und Raum ohne den geringsten Widerstand zu bewegen und die große Kluft, die, wie allgemein angenommen wird, Traum und Tat trennt, mit einem Satz zu überwinden. Das Wunderbare ist, daß dieser Automat es vermag, in jedem Menschen lebendig zu werden; man braucht ihm nur zu helfen, nach Rimbauds Beispiel, das Gefühl seiner Unschuld und absoluten Macht wiederzuerlangen.*

Man weiß, daß der »reine psychische Automatismus«, so wie man diese Worte heute versteht, nur eine Grenzsituation bezeichnen will, die vom Menschen den völligen Verlust der logischen und moralischen Kontrolle über seine Handlungen fordert. Auch ohne daß er willens ist, so weit zu gehen, oder gar sich dort zu halten, widerfährt es ihm, daß er von einem bestimmten Punkt an von einer ungeahnten Kraft in Bewegung gesetzt wird, daß er zwangsläufig einem scheinbar kosmischen Antrieb gehorcht, der ihm unerklärlich ist. Die Frage, die sich bei diesen wie auch bei anderen Automaten stellt, ist die, ob in ihnen ein bewußtes *Wesen verborgen ist. Und* inwieweit *bewußt? mag man sich angesichts des Werkes von Raymond Roussel fragen. Sicherlich hatten einige schon zu seinen Lebzeiten geahnt, daß er seinen ungeheuren Einfallsreichtum der Anwendung eines eigenen Verfahrens verdankte, und sie waren wohl auch zu der Überzeugung gekommen, daß er ein* aide-imagination *gebrauchte (wie es* aide-mémoires *gibt). Er hat Wert darauf gelegt, dieses Verfahren in der posthum erschienenen Schrift,* Wie ich einige meiner Bücher geschrieben habe, *selbst zu verraten. Wir wissen heute, daß es darin bestand, mittels gleichlautender oder stark ähnlich klingender Worte zwei Sätze mit möglichst verschiedenem Sinn zu bilden und diese Sätze der Erzählung als Grundpfeiler zu geben (erster und letzter Satz). Die Erzählung mußte ihren Verlauf von dem einen zum anderen Satz nehmen, wobei auf jedes einzelne der die beiden Sätze bildenden Worte ein weiteres Verfahren angewandt wurde, nämlich indem man jedes doppelsinnige Wort durch die Präposition »à« mit einem anderen doppelsinnigen Wort verband. Nach Roussels eigenen Worten »war das Eigentümliche an dem Verfahren, so etwas wie* Gleichungen von Fakten *zu schaffen, die es logisch aufzulösen galt«. Es handelte sich darum, die in den literarischen Vorwurf hineingekommene größte Willkür aufzulösen und sie dort, wo das Rationale das Irrationale ständig einschränkt und mildert, durch eine Reihe gleichsam magnetischer Bestreichungen ganz verschwinden zu lassen.*

Roussel ist mit Lautréamont der größte Magnetiseur der neueren Zeit. Der außerordentlich fleißige, bewußte Mensch (»Ich blute über jedem Satz«, sagte er; und Michel Leiris vertraut er an, daß ihn jeder Vers der Nouvelles Impressions d'Afrique *rund fünfzehn Stunden Arbeit gekostet habe) liegt bei ihm ständig im Kampf mit dem äußerst imperatorischen, unbewußten Menschen (es ist ziemlich symptomatisch, daß er vierzig Jahre lang bei einer philosophisch nicht zu rechtfertigenden Technik stehen geblieben ist, ohne je zu versuchen, sie zu modifizieren oder durch eine andere zu ersetzen). Roussels freiwilliger oder unfreiwilliger Humor resultiert aus ebendieser Unausgeglichenheit: »Ein paar von uns«, sagt Jean Lévy, »hören (bei Roussel) das unheimliche Ticken der von Lautréamont auf den Stufen des Geistes abgesetzten Höllenmaschine und begrüßen mit Bewunderung jede ihrer befreienden Explosionen«.*

Derselbe Kritiker hat sehr richtig bemerkt, daß dem Humor, der Obsession und der Verdrängung in diesem Werk noch längst nicht genügend Rechnung getragen wurde. Raymond Roussel hat mit der Psychopathologie tatsächlich ein Hühnchen zu rupfen gehabt, sein Fall lieferte Doktor Pierre Janet sogar den Anlaß zu seiner Arbeit mit dem Titel: »Die psychologischen Merkmale der Ekstase«, und sein Selbstmord, wenn es Selbstmord war, bestärkt die Annahme, daß er seine ganze Schaffensperiode hindurch möglicherweise »anormal« war. Mit neunzehn Jahren, als er sein Gedicht La Doublure *beendete, hat er die letzte Ekstase Nietzsches erfahren: »An irgend etwas Besonderem merkt man, daß man ein Meisterwerk schafft, daß man ein Wunderkind ist ... Ich war Dante und Shakespeare ebenbürtig, ich fühlte, was der alte Victor Hugo mit siebzig Jahren fühlte, was Napoleon im Jahre 1811 gefühlt hat, ahnte, was Tannhäuser im Venusberg träumte. Von dem, was ich schrieb, ging eine solche Strahlkraft aus, daß ich die Vorhänge zuzog, denn ich hatte Angst, der kleinste Spalt könnte die gleißenden Strahlen, die aus meiner Feder kamen, nach außen dringen lassen; ich wollte die Fensterläden mit einem Ruck aufstoßen und die Welt erleuchten. Hätte ich diese Papiere offen herumliegen lassen, ihr gleißender Glanz wäre bis nach China gedrungen, und die geblendete Menge hätte sich auf mein Haus gestürzt.«*

Bis nach China . . . Dieses Kind, das für Jules Verne schwärmte, dieser große Liebhaber des Kasperletheaters, dieser steinreiche Mann, der sich für seine Reisen den luxuriösesten Wohnwagen der Welt hat bauen lassen, wird zeit seines Lebens der ärgste Verächter, der größte Verneiner der wirklichen *Reise bleiben. »In Peking«, erzählt uns Michel Leiris, »schließt er sich nach einer kurzen Stadtbesichtigung ein«, und anstatt die Gelegenheit zu nutzen, in Tahiti, das er nicht kannte, an Land zu gehen, blieb er, um zu schreiben, mehrere Tage in seiner Kabine.*

Die großartige Ursprünglichkeit des Werkes von Roussel straft die Verfechter eines verspäteten direkten Realismus Lügen und stellt für sie ein Affront dar – ob sich dieser

Realismus nun als »sozialistisch« bezeichnet oder nicht. »Martial« – unter welchem Namen der Autor von »Locus Solus« in der Studie von Pierre Janet vorgestellt wird – »hat von literarischer Schönheit eine sehr interessante Auffassung: das Werk darf nichts enthalten, was der Wirklichkeit entspricht, keinerlei Betrachtungen der äußeren oder der geistigen Welt, nur rein imaginäre Kombinationen: wir haben es hier bereits mit Vorstellungen von einer außermenschlichen Welt zu tun.«

Impressionen aus Afrika

In der Ferne war noch das hohe C zu hören, als Fuxier auf uns zukam; mit der gespreizten rechten Hand drückte er einen irdenen Topf, aus dem eine Weinrebe hervorwuchs, gegen die Brust.

In der linken Hand hielt er einen zylindrischen, durchsichtigen Kolben mit dickem Korken, in dem ein Metallröhrchen steckte; am Boden war eine Ansammlung chemischer Salze zu erkennen, die zu anmutigen Kristallen ausgeformt waren.

Nachdem Fuxier seine beiden Lasten auf dem Boden abgestellt hatte, zog er eine kleine Blendlaterne aus der Tasche und legte sie flach auf die Erde, die den irdenen Topf von Rand zu Rand ausfüllte. Ein elektrischer Strom, der den tragbaren Scheinwerfer zum Aufleuchten brachte, warf plötzlich einen blendend weißen, durch eine starke Linse gebündelten Lichtstrahl gegen den Himmel.

Dann hielt Fuxier den Kolben waagrecht und drehte an einem Schlüssel, der im Ende der Röhre steckte; aus ihrer Öffnung, die sorgsam auf einen bestimmten Teil der Rebe gerichtet wurde, strömte ein stark komprimiertes Gas. Aus einer kurzen Erklärung des Vorführers erfuhren wir, daß dieses Fluidum, sobald es mit der Atmosphäre in Berührung kam, kurzzeitig eine intensive Hitze erzeugte, die in Verbindung mit sehr merkwürdigen chemischen Eigenschaften eine Weinrebe vor unseren Augen heranreifen lassen sollte.

Kaum hatte er seinen Kommentar beendet, als die angekündigte Erscheinung in Gestalt eines winzigen Träubchens unter unseren Blicken sichtbar wurde. Fuxier, der Fähigkeiten besaß, wie sie die Legende manchem indischen Fakir zusprach, vollbrachte für uns das Wunder der plötzlichen Reifung.

Unter dem Einfluß der Gaszufuhr entwickelten sich die Trauben rasch, und bald hing eine Traube mit schweren, reifen, weißen Beeren ganz für sich seitlich an der Rebe.

Nachdem Fuxier die Röhre mit einer weiteren Schlüsseldrehung verschlossen hatte, stellte er den Kolben wieder auf dem Boden ab. Danach lenkte er unsere Aufmerksamkeit auf die Traube und zeigte uns winzige, in den durchscheinenden Beeren eingeschlossene Wesen.

Zuvor hatte Fuxier – wobei er in dem Schößling eine Modellier- und Färbarbeit vollbracht hatte, die noch sehr viel minuziöser war als das, was bei der Zubereitung seiner roten und blauen Pillen verlangt wurde – in jeder Beere die Entstehung eines reizvollen Bildes angelegt, das sich mit den Phasen dieser so leicht bewirkten Reifung vervollständigte.

Wenn man nahe heranging, konnte man durch die besonders feine und durchsichtige Traubenhaut hindurch die verschiedenen

Gruppen unterscheiden, die das elektrische Licht von unten anstrahlte.

Die Manipulationen an dem Schößling hatten das Wachstum von Kernen unterbunden, und nichts störte die Reinheit der durchscheinenden, farbigen Liliput-Figürchen, deren Material das Fruchtfleisch lieferte.

»Eine Darstellung des alten Gallien«, sagte Fuxier und tippte mit dem Finger an eine erste Beere, in der man mehrere keltische Krieger sah, die sich zum Kampfe rüsteten.

Jeder von uns bewunderte die Feinheit der Umrisse und die Vielfalt der Farbtöne, die in dem leuchtenden Fluidum so deutlich hervortraten.

»Odo, im Traum des Grafen Valtguire von einem Dämon entzweigesägt«, fuhr Fuxier fort, wobei er auf eine zweite Beere wies.

Hinter der zarten Haut erkannte man diesmal einen Mann in voller Rüstung, der am Fuß eines Baumes schlief; eine Rauchwolke, die, um einen Traum anzudeuten, aus seiner Stirn zu steigen schien, hüllte mit ihrem zarten Dunst einen Dämon ein, der mit einer langen Säge bewaffnet war und mit ihren scharfen Zähnen den Körper eines sich vor Schmerzen krümmenden Verdammten anritzte.

Eine andere Beere, die kurz erklärt wurde, zeigte eine riesige Zuschauermenge, die sich im vollbesetzten römischen Zirkus am Gladiatorenkampf begeisterte.

»Napoleon in Spanien.«

Diese Worte Fuxiers galten einer vierten Beere; in Siegerpose ritt dort der Kaiser in seiner grünen Uniform durch eine Gruppe von Einheimischen hindurch, die ihn durch ihre dumpf bedrohliche Haltung zu verhöhnen schienen.

»Ein Evangelium nach Lukas«, fuhr Fuxier fort und berührte drei an einem einzigen Stiel angewachsene und nebeneinanderhängende Drillingsbeeren, die in drei aufeinanderfolgenden Szenen dieselben Personen zeigten.

An erster Stelle war Jesus zu sehen, wie er mit der Hand auf ein kleines Mädchen wies, das mit halbgeöffneten Lippen und stierem Blick einen hohen und langgezogenen Triller zu singen schien. Ein Junge, der daneben auf einem ärmlichen Lager unbeweglich in der Todesstarre ruhte, hielt eine lange Weidenrute in den Fingern; Vater und Mutter standen verstört neben dem Totenlager und weinten still vor sich hin. Ein verwachsenes und kränkliches Kind hielt sich in einer Ecke demütig abseits.

In der mittleren Beere hatte sich Jesus dem Lager zugewandt und betrachtete den jungen Toten, der, auf wunderbare Weise wieder lebendig gemacht, die leichte, biegsame Weidenrute wie ein geschickter Korbmacher flocht. Die verwunderte Familie drückte durch Gesten der Entzückung ihr freudiges Erstaunen aus.

Das letzte Bild, auf dem dieselbe Umgebung und dieselben Figuren zu sehen waren, verherrlichte Jesus, der das kranke, plötzlich schön gewordene und geheilte Mädchen berührte. Fuxier wandte sich von dieser kurzen Trilogie ab und hob die Unterseite der Trauben empor, wobei er auf eine großartige Beere zeigte, die er mit folgenden Worten kommentierte:

»Der Holzhacker Hans und seine sechs Söhne.«

Dort hatte ein ungewöhnlich kräftiger alter Mann eine ungeheure Holzladung geschultert – ganze Stämme und Holzbündel, die mit Lianen zusammengebunden waren. Hinter ihm beugten sich sechs junge Männer, jeder für sich, unter einer gleichartigen, jedoch unendlich leichteren Last. Der alte Mann schien mit halb gedrehtem Kopf die Nachzügler auszulachen, die weniger ausdauernd und weniger standfest waren als er.

In der vorletzten Beere war ein Jüngling im Louis-Quinze-Kostüm zu sehen, der im Vorbeigehen, ganz wie ein gewöhnlicher Spaziergänger, versonnen eine junge Frau in einem leuchtend roten Kleid betrachtete, die auf ihrer Türschwelle saß. »Die erste Liebesempfindung, die Jean-Jacques Rousseaus *Emile* verspürte«, erklärte Fuxier und ließ, indem er den Finger bewegte, die Strahlen des elektrischen Lichts mit dem Widerschein des leuchtend roten Kleides spielen.

Die zehnte und letzte Beere enthielt ein Duell von übermenschlichen Wesen, das uns Fuxier als Wiedergabe eines Raffaelgemäldes ausgab. Ein Engel, der einige Fuß über dem Boden schwebte, stieß die Spitze seines Schwertes in die Brust Satans, der wankte und dabei seine Waffe fallen ließ.

Nachdem Fuxier die ganze Traube vorgeführt hatte, schaltete er seine Blendlaterne aus und steckte sie in die Tasche; dann ging er, wie bei seiner Ankunft, mit dem irdenen Topf in der einen und dem zylindrischen Behälter in der anderen Hand.

Der Sonnenstaub

Sechzehntes Bild

Ein flacher, kahler Ort. Im Hintergrund ein eisernes Geländer, hinter dem sich ein Kreuz erhebt. Rechts ein Gartentisch, den die Kassiererin strickend bewacht.

10. Szene

Blache, Réard, die Kassiererin

Réard. Ja, Herr Blache ... Je mehr ich nachdenke, desto fester bin ich überzeugt, daß wir noch immer auf dem richtigen Weg sind.

Blache. Ihrer Meinung nach können sich diese drei Sternchen, die unter vielen anderen auf der okleatischen Marke in der Sammlung meines Onkels auffallen ...

Réard. ... nur auf die drei in dieses Kreuz eingemeißelten Sterne beziehen.

Blache. Liegt dort ein unbekannter Toter?

Réard. Ein Toter, dessen Name, François Patrier, ganz im Gegenteil bei uns in aller Munde ist. Dort drüben befindet sich ein Treibsandgebiet, vor dem ehemals, bevor es diese Sperre gab, nur ein Hinweisschild warnte – eines Tages übersah es ein junger, leichtsinniger Schmetterlingssammler, den ein Falter dorthin gelockt hatte; François Patrier, ein Fischer, der auf seine Hilferufe herbeilief, konnte ihn nur unter eigener Lebensgefahr aus der tödlichen Umklammerung befreien.

Blache. Er sank ein? ...

Réard. Sehr schnell, leider! – und bald mußte er das Kind über seinen Kopf halten. In das Geschrei des Kindes mischten sich vergeblich seine Rufe. Der Sand reichte ihm schon an die Lippen, als endlich am Horizont ein paar Leute auftauchten, die zu Hilfe kamen.

Blache. Der Rest der Strecke mußte aber einige Minuten in Anspruch nehmen! ...

Réard. Als François Patrier spürte, daß für ihn jede Hilfe zu spät kam, trug er dem Kind eine letzte Bitte auf. Weil er unbedingt hinterlassen wollte, daß die Beweggründe zu seiner Tat nicht das Geringste mit Ruhmsucht zu tun gehabt hatten, wünschte er, daß man auf dem Kreuz, das auf den Ort seines Untergangs hinweisen sollte, lediglich drei Sterne eingravierte.

Blache. Und als die Helfer eintrafen?

Réard. Da ragten nur noch zwei Hände heraus, auf denen das Kind ruhte. Sie konnte es retten, indem sie alle zusammen mit fest ineinander verschlungenen Fingern eine lange Kette bildeten – während François Patrier endgültig verschwand.

Blache. Das Kind übermittelte seinen letzten Willen?

Réard, zeigt auf das Kreuz ... den man getreulich befolgte.

Blache. Tatsächlich ... Drei Sterne ... nicht einmal eine Jahreszahl.

Réard. Aber bald war man buchstäblich gezwungen – denn so gebieterisch war das allgemeine Verlangen – einen solchen Helden trotz allem zu ehren. Da sich sein kurzes mündliches Testament nur auf das Grabkreuz bezog, glaubte man, daß man seinem letzten

Willen nicht zuwider handelte, wenn man in der Stadt ein Denkmal für ihn errichten würde.

Blache. Und eine Spendensammlung wurde eröffnet? ...

Réard ... die noch nicht abgeschlossen ist. Ein rührender Zug übrigens, daß man gerade hier täglich die Spenden in dieser Urne sammelt. Als Mindestspende hat man fünf Francs festgesetzt, und darüberhinausgehen kann man nur mit einem Betrag, der einer der Potenzen dieser Zahl entspricht.

Blache. Wer also mehr als fünf Francs geben will? ...

Réard. ... muß zwischen fünfundzwanzig Francs, hundertfünfundzwanzig Francs oder sechshundertfünfundzwanzig Francs wählen – ohne daß ihn jemand daran hindert, bis dreitausendeinhundertfünfundzwanzig hinaufzugehen oder bis fünfzehntausendsechshundertfünfundzwanzig oder ... lassen wir es dabei! ... Man hat gehofft, durch diese Steigerung hoher Zahlen die reichen Spender zu schröpfen.

Blache. Man müßte erfahren, ob mein Onkel ... Wie könnte man von dieser Frau ...

Réard. Wollen Sie zuerst einmal unterschreiben? ...

Blache. Sicher ... und von Herzen gern.

Réard, geht auf die Kassiererin zu. Das ist Herr Blache, der auch gerne teilnehmen würde ...

Die Kassiererin. »Blache«, diesen Namen habe ich schon in einer meiner Spendenlisten. *(Denkt nach.)* Bei fünf im Quadrat ... oder hoch drei ... Eher hoch drei ...

Réard, zu Blache. Sehen Sie ... die Spenden werden gewissenhaft eingetragen ... Es gibt hier eine Reihe von Listen, die alle mit der Zahl Fünf überschrieben sind; auf der ersten Liste steht die Zahl allein, auf den anderen zeigt sie der Reihe nach ihre Potenzen an, bis zur sechsten.

Blache. Und die Listen werden, wie zu erwarten, gegen Ende immer dünner.

Die Kassiererin, nachdem sie eine der Listen durchgeblättert hat. A! ... Ich habe den Namen ... Er steht wirklich in der dritten Liste.

Blache, zieht seinen Geldbeutel. Nun, aus Treue zur Familie will ich ein gutes Beispiel sein – und ich entscheide mich durch meine Unterschrift für die Zahl, bei der der Name Blache noch einmal auftauchen wird.

Neue Impressionen aus Afrika

(((((So auch: – auf der Sonnenuhr der Schatten zur Mittagszeit,
Der anzeigt, daß der Magen auf seinen Lohn sich freut;
– Der Meterstab bei Frost, wer leugnet es weg?
– Die Hose, aufgekrempelt gegen den Dreck;
– Im Häuschen die Zeitung beim Balken für Hinterbacken;
– Der ungebürstete Schuh mit dem schwindenden Hacken;
– Das, dem der Rabbi mit wachen Krallen die Vorhaut entzieht

– Der Tellerstapel des Dieners, der sich
beim Tischdecken müht;
– Die noch warme Kopflehne, die der
Barbier verstellt;
– Das Metermaß, an dem früher Soldaten
die Tage gezählt;
– Julia, prächtig gekleidet, und Romeo
Von zwei Kindern gespielt, ohne Gage, nur so;
– Die ein Bühnenheld überm Schenkel
zerbricht, die Waffe;
– Das Brot, das sabbernde Schweizer
zur Messe schaffen;
– Ein Spargel, nach erstem Biß aus dem
Munde genommen;
– Ein Wurm, der durch den Spaten
zu Tode gekommen;
– Bei blindem Alarm der Stockdegen,
halbwegs gezogen schon;
– Zu hohes Musikpult noch vor dem
ersten Ton;
– Der Drehstuhl am Klavier eines Kindes,
das größer wird;
– Der alte Abreißkalender, der seinen
Umfang verliert;
– Die Hängelampe, die man nach der Suppe
verschiebt;
– Der Streifen Briefpapier, wenn man sich
zu schneiden beliebt;
– Der Fleck auf dem Spiegel, den der
Atemhauch schafft;
– Das Segel, beim ersten ernsthaften
Blitze gerafft;
– Der Tisch, nach dem großen Diner wieder
zusammengeschoben;
– Der Brückenbogen, wenn höher gelotete
Wasser toben;

– Der Feuerschwamm, geht dem Raucher der
stinkende Atem aus;
– Der frisch gestutzte blutige Schwanz
eines jungen Wauwaus;
– Das müßige Ende der Kinnkette
beim Dressieren;
– Die gelöschten Streichhölzer, wenn sie den
Kopf verlieren;
– Die Tube, offen, halbleer, die ein Maler
zusammendreht;
– Das Gummiband eines Schirms, wenn der
morsche Knopf abgeht;
– Der Zwischenraum, wird neben die Wiege
das Bett gestellt;
– Die Pusteblume, wenn sie der grausame
Atem befällt;
– Nach dem Spitzentanz goldflitternd
die Tänzerin;
– Die Tat des Verbrechers, erklärt der
Verteidiger ihren Sinn;
– Der Strahl vom Hahn, wenn der
Blumengießer dem Durst nachgibt;
– Der schaukelnde Faden, an dem die Spinne
sich aufwärts schiebt;
– Auf grünem Spieltisch die ehrlich
verdiente Summe;
– Eine Zigarre, geschrumpft zum winzigen
Stummel;
– Die Sonnenscheibe hoch am Himmel
Neptuns;))))),

Nouvelles Impressions d'Afrique

(((((Tels : – l'ombre, vers midi, sur le
cadran solaire,

Montrant que l'estomac réclame son
salaire;
– Par le gel, le niât-on, le mètre étalon;
– Défiant la crotte un retroussé pantalon;
– Un journal sur la planche à trou d'un
édicule;
– La botte à retaper dont le talon s'écule;
– Ce qu'attentif décoiffe à coups d'ongle
un rabbin;
– Lorsqu'il met le couvert la pile d'un
larbin;
– Mû par un barbier, un dossier de
fauteuil tiède;
– Le mètre, au réveil, qu'un soldat
ancien possède;
– Juliette, au gala d'Éjur, et Roméo
Par deux mimes enfants faits *gratis pro
Deo;*
– Le fer vaincu qu'en scène un preux
rompt sur sa cuisse;
– Le pain qu'en salivant guide à la
messe un suisse;
– L'asperge au rancart mise après le
coup de dent;
– Quand sert la bêche, un ver à mortel
accident;
– La canne à dard demi-nu quand
fausse est l'alerte;
– Le trop haut pupitre à musique
fraîche ouverte;
– Quand pousse un pianiste enfant, son
siège à vis;
– L'âgé calendrier-bloc, corpulent
jadis;
– La suspension qu'on remise après la
soupe;

– La bande de papier postal lorsqu'on
se coupe;
– La tache attristant la glace où
l'haleine a pris;
– Au premier éclair qui compte, la voile
à ris;
– La table après un grand dîner
réarrondie;
– L'arche où monte, agressive, une eau
qu'on étudie;
– Au puant souffle à but du fumeur,
l'amadou;
– La queue à bout neuf en sang du
jeune toutou;
– Quand le dressage agit, l'oisif bout de
gourmette;
– Quand sa tête arrive à choir, l'éteinte
allumette;
– L'ouvert tube à demi plat qu'enroule
un rapin;
– Quand, mûr, son bouton part,
l'élastique à pépin;
– Quand le lit prend sa place au
berceau, la ruelle;
– Le pissenlit qu'exprès l'haleine
atteint, cruelle;
– Ses pointes faites, la ballerine à
clinquant;
– L'acte interprété par maître X... d'un
délinquant;
– Quand l'arroseur cède à la soif, le jet
de lance;
– Le fil qui par l'aragne escaladé
balance;
– Au bord d'un tapis vert un honnête
magot;

– Un cigare réduit à l'état de mégot;
– Le disque du soleil dans le ciel de
Neptune;))))),

Quellenverzeichnis: »Impressionen aus Afrika« (Auszug). Übersetzung: Lothar Baier. »Der Sonnenstrahl« (Auszug). Übersetzung: Lothar Baier. »Neue Impressionen aus Afrika« (Auszug). Übersetzung: Johannes Hübner.

Bibliographie: *La Doublure*, 1897. – *La Vue*, 1904. – *Impressions d'Afrique*, 1910. – *Locus solus*, 1914. – *Pages Choisies*, 1918. – *L'Etoile au Front*, 1925. – *La Poussière de soleils*, 1926. – *Nouvelles Impressions d'Afrique*, 1932. – *Comment j'ai écrit certains de mes livres*, 1935. – *Œuvres complètes*, o. J. – *Locus solus*, Neuwied 1968.

Francis Picabia

1879–1953

Der oft weniger gut inspirierte Polemiker Picabia hat dem Maler und Dichter Picabia geschadet. Der Sinn für Humor, den er in hohem Maße besitzt, verträgt sich nur schlecht mit der kritischen, mißtrauischen und aggressiven Haltung, die er seinen Zeitgenossen gegenüber einnimmt. Aber vielleicht ist das die unvermeidliche Kehrseite eines Werkes, das sich weniger als irgendein anderes vom Leben entfernen wollte und, in Befolgung des Schlagwortes von Rimbaud, um nichts so besorgt war, wie »absolut modern« zu sein. Die Lust am Skandal, die lange vorherrschend war (von 1910 bis 1925), hat es zur wahren Zielscheibe der Gereiztheit, ja der Wut aller Wächter der Norm und des guten Geschmacks gemacht. »Alles, nur nicht Picabia«: So sah der Markt aus, der der bahnbrechenden Kunst dieser letzten zwanzig Jahre geboten wurde. Ein von den meisten akzeptierter, wiewohl höchst merkwürdiger Handel, aus dem Picabia nur größer hervorgehen kann. Solch ein Fluch ist heute nicht alltäglich, und Picabia hat systematisch das Gegenteil von dem getan, was nötig gewesen wäre, ihn von sich abzuwenden. Dieser ganz entschiedene Verächter aller moralischen und ästhetischen Konventionen ist einer der größten Dichter der Sehnsucht, der unstillbaren Sehnsucht, die dazu verurteilt ist, jenseits ihrer Erfüllung wiederzuentstehen. Liebe und Tod bilden die beiden äußersten Punkte dieser Linie, zwischen denen sich im Zickzack ein Punkt bewegt, der überempfindlich ist für das Bild des Augenblicks.

Picabia ist der erste gewesen, der begriffen hat, daß alle Wortverbindungen ohne Ausnahme erlaubt sind und daß ihre poetische Kraft um so größer ist, je unmotivierter und irritierender diese auf den ersten Blick erscheinen. Die ganze heroische Periode seiner Malerei zeugt weniger von dem Bedürfnis, gegen die Eitelkeit der Sujets und Techniken zu kämpfen oder die Dummen zu verblüffen, als von dem verzweifelten, grausamen Traum, sich selbst immer schönere Feste zu geben: »Königlicher Traubenfarn«, schrieb er mir kürzlich, »ist ein sehr großes Bild, drei mal zweieinhalb Meter. Es besteht aus zweihunderteinundsechzig schwarzen Kreisen auf einem Grund von der Farbe zerquetschter Erdbeeren. In einer Ecke ist ein riesiges goldenes Stehaufmännchen. Was die Inschriften betrifft, dürfen Sie gespannt sein.«

Der kalte Blick

Nach unserem Tode sollte man uns in eine Kugel tun, diese Kugel müßte aus verschiedenfarbigem Holz sein. Man würde uns in ihr auf den Friedhof rollen, und die damit beauftragten Totengräber würden durchsichtige Handschuhe anhaben, um die Liebenden an Zärtlichkeiten zu erinnern.

Für jene, die ihre Wohnungseinrichtung gern um die Freude am Gegenstand des geliebten Menschen bereichern möchten, sollte es Kugeln aus Glas geben, durch die hindurch man die endgültige Nacktheit seines Großvaters oder seines Zwillingsbruders sehen könnte!

Sog der Intelligenz, Steeple-chase-Lampe; die Menschen ähneln den Raben mit dem starren Blick, die über den Kadavern auffliegen, und alle Rothäute sind Bahnhofsvorsteher!

Zwischenspiel von fünf Minuten

Ich hatte einen Schweizer Freund namens Jacques Dingue, er lebte in Peru in 4.000 Meter Höhe; um jene Gebiete zu erforschen, hatte er Europa vor einigen Jahren verlassen und war dort unten dem exotischen Reiz einer Indianerin verfallen, die ihn dadurch, daß sie sich ihm verweigerte, völlig verrückt gemacht hatte. Er war immer mehr von Kräften gekommen und verließ nicht einmal mehr seine Hütte. Ein peruanischer Arzt, der ihn bis nach dort begleitet hatte, behandelte und pflegte ihn, um ihn von frühem Wahnsinn zu heilen, den er gleichwohl für unheilbar hielt!

Eines Nachts wurde der kleine Indianerstamm, der Jacques Dingue aufgenommen hatte, von einer Grippeepidemie heimgesucht; alle ohne Ausnahme erkrankten, und von zweihundert Eingeborenen wurden einhundertachtundsiebzig in wenigen Tagen dahingerafft; der peruanische Arzt war in seiner Angst Hals über Kopf nach Lima zurückgekehrt ... Mein Freund, ebenfalls von der schrecklichen Krankheit befallen, war wegen seines Fiebers zum Bleiben gezwungen.

Nun hatten alle gestorbenen Indianer einen oder mehrere Hunde gehabt, denen, um zu überleben, schon bald nichts anderes übrigblieb, als ihre Herren zu fressen; sie zerrissen die Leichen, und einer von ihnen brachte in Dingues Hütte den Kopf der Indianerin, in die dieser verliebt war ... Er erkannte ihn sofort und bekam darob wohl einen heftigen Schock, denn er war von seinem Wahnsinn und seinem Fieber schlagartig geheilt; sofort war er wieder bei Kräften, nahm dem Hund den Frauenkopf aus der Schnauze und vergnügte sich damit, ihn in die äußerste Ecke des Raumes zu werfen, während er das Tier aufforderte, ihn zu apportieren; dreimal wiederholte er das Spiel und der Hund brachte ihm den Kopf, den er an der Nase gepackt hielt, zurück, doch beim dritten Mal, als Jacques Dingue stärker warf, zerplatzte er an der Wand, und der Ballspieler konnte zu seiner großen Freude feststellen, daß das hervorquellende Gehirn nur eine einzige Windung aufwies, die eine Form annahm, die zum Verwechseln der eines Hinterteils ähnelte!

Das Kind

Der Herbst ist welk
von dem Kind
das wir liebten.
So wie ein Geier
auf seinem Aas
zerpflückt es seine Familie
und entschwindet dann
wie ein Schmetterling.

L'enfant

L'automne est fané
par l'enfant
que nous aimions.
Ainsi qu'un vautour
sur une charogne
il diminue sa famille
puis disparaît
comme un papillon.

L'enfant

Quellenverzeichnis: »Der kalte Blick«. Übersetzung: Rudolf Wittkopf. »Zwischenspiel von fünf Minuten« aus: *Jésus-Christ rastaquouère*. Übersetzung: Rudolf Wittkopf. »Das Kind«. Übersetzung: Rudolf Wittkopf.

Bibliographie: *Cinquante-deux miroirs*, 1917. – *Rateliers platoniques*, 1918. – *Poèmes et dessins de la fille née sans mère*, 1918. – *L'Athlète des pompes funèbres*, 1921. – *La loi d'accomodation chez les borgnes*, 1928. – *Choix des poèmes*, 1928.

Guillaume Apollinaire

1880–1918

Guillaume Apollinaire steht an der Kreuzung so vieler Wege, daß nur eine Seite von ihm in diesem Buch zur Geltung kommt, daß nur ein einziger Strahl seines Sterns auf diese Blätter fällt. Eine Welt trennt Guillaume Apollinaire von den Koryphäen des modernen Humors, die zugleich Agitatoren und Vernunftmenschen sind: ein Lafcadio, ein Jacques Vaché oder auch der außerordentliche Gino Pieri, der eine Zeitlang sein Sekretär war, und den er unter dem Namen Baron d'Ormesan zum Helden von »L'Amphion faux-messie«, der letzten Geschichte in »Hérésiarque et Cie.«, gemacht hat. Wenn er bei seiner angeborenen großen Neugier wahlverwandte Sympathie für Menschen dieses Schlages empfindet und sich zu ihnen hingezogen fühlt, so fehlen ihm selbst doch alle Voraussetzungen, sie für sich einzunehmen oder an sich zu fesseln. Wenn er ihretwegen mit der Gesellschaft auch nur die kleinsten Scherereien bekommt, gebärdet er sich wie ein Kind, scheut sich nicht, um sich reinzuwaschen, das Lächerliche zu streifen und sich dem Gelächter auszusetzen. Als sich

Apollinaire, Opfer seines großen Interesses an Gino Pieri, das so weit ging, daß er zwei phönizische Statuetten, die dieser im Louvre gestohlen hatte, bei sich unterbrachte, 1913 nun auch in die Affäre des Diebstahls der Mona Lisa verwickelt sieht, bricht er in Tränen aus, schreibt schlechte weinerliche Verse und bittet seine Freunde, ihm doch ein Zeugnis seiner Ehrbarkeit auszustellen. Dagegen, wie der anonyme Verfasser[1] *des Vorworts zur Neuauflage der »Onze mille Verges« von 1931 bemerkt, erinnert man sich der Briefe des »Baron d'Ormesan«, in denen dieser seine eigene Rolle in jener Affäre präzisierte: »Nichts zeigt so deutlich den Unterschied, der zwischen einem Menschen besteht, der seinen Humor ins Leben investiert, und demjenigen, der in Humor nur macht, also zwischen einem Abenteurer und jemandem, der am Abenteuer nur Gefallen findet.« Der gleiche Verdruß mit Arthur Cravan, der in einem Artikel Apollinaire als Juden bezeichnet hatte, worauf zu seiner großen Überraschung dessen Sekundanten bei ihm erschienen: »Obgleich ich«, erklärte ihnen Arthur Cravan, »mich vor dem großen Haudegen Apollinaire nicht gerade fürchte, bin ich, da ich nur wenig Eigenliebe besitze, durchaus bereit, alles Mögliche richtigzustellen und erkläre hiermit, daß ... Guillaume Apollinaire kein Jude ist, sondern römisch-katholisch. Und um zukünftigen Mißgriffen ein für allemal vorzubeugen, möchte ich hin-*

1 Es handelt sich um Louis Aragon (Anm. d. Übers.).

zufügen, daß Apollinaire mit seinem dicken Bauch eher einem Rhinozeros als einer Giraffe gleicht, daß er eher den Kopf eines Tapirs denn den eines Löwen besitzt und daß er eher etwas von einem Geier denn von einem langschnäbligen Storch hat.«

Nach diesen Vorbehalten ist nicht zu leugnen, daß sich Apollinaire besser als jeder andere darauf verstand, für einige der charakteristischsten Formen des heutigen Humors den poetischen Ausdruck zu finden, war doch das Gebiet des Ausdrucks das einzige, auf dem er sich auszeichnete. Wenn ihm dieser Sinn für Humor in solchen Lebenslagen, wo er besonders nahe lag, auch gänzlich fehlte (wir denken an seine törichte Aktivität gegenüber dem Krieg; wir sehen ihn einen Tag vor dem Waffenstillstand auf seinem Sterbebett, wie er entzückt sein Käppi betrachtet, auf das man gerade eine zweite Tresse genäht hatte), so hat er es doch wunderbar verstanden, diesen Sinn für Humor in seine Gedichte und Erzählungen einzubeziehen. »Ein so klares Bewußtsein«, konnte man über ihn schreiben, »vom Zusammenhang zwischen Poesie und Sexualität, ein blasphemisches und zugleich prophetisches Bewußtsein, gibt Apollinaire einen einzigartigen Platz in der Geschichte.« Auf dem Höhepunkt seines Willens, alle literarischen Gattungen zu befreien, ist es ihm gelungen, poetisch getragen von einem wilden Wind, in der Exaltiertheit der Phantasie, und der Phantasie allein, den wirklich großen Humor zu finden: man denke nur an das Thema des Iéximal Jélimite *in »Der gemordete Dichter«.*

Begleitete man Apollinaire auf der Straße, so wandte er sich mit Vorliebe nach den Abfälle sammelnden alten Clochardweibern um, denen man in Paris abends auf der Rive gauche begegnet, wenn sie zu den Quais hinuntergehen. Er betrachtete sie ein wenig als Literaturgeschichte und es kam für einen Moment ein feuchter Glanz in seine Augen. Bei anderen Gelegenheiten klang sein Lachen wie ein losbrechender Hagelschauer gegen eine Fensterscheibe.

Dramaturgie

Die Theater

Junger Mann, wir werden Ihnen die Themen für einige Stücke angeben. Wenn sie mit bekannten Namen gezeichnet wären, würden wir sie spielen, aber dies da sind Meisterwerke von Unbekannten, uns zu treuen Händen übergeben, die wir Ihnen, auf Ihr gutes Aussehen hin, zum Geschenk machen.

Thesenstück. Der Prinz von San Meco findet eine Laus auf dem Kopf seiner Frau; er macht ihr eine Szene. Die Prinzessin hat seit sechs Monaten nur mit dem Vicomte de Dendelope geschlafen. Die Eheleute machen dem Vicomte eine Szene, der, da er nur mit der Prinzessin und Frau Lafoulue, der Gattin eines Staatssekretärs, geschlafen hat, den Minister stürzt und Frau Lafoulue mit seiner Verachtung straft.

Frau Lafoulue macht ihrem Ehemann eine Szene. Alles klärt sich auf, als Herr Bibier, Abgeordneter, erscheint. Er kratzt sich am Kopf. Er wird entlaust. Er beschuldigt die Wähler, lausige Kerle zu sein. Schließlich kehrt alles zur gewohnten Ordnung zurück. Titel »Der Parlamentarismus«.

Charakterkomödie. Isabelle Lefaucheux verspricht ihrem Mann, treu zu sein. Sie erinnert sich sodann, dasselbe Jules, einem Verkäufer, versprochen zu haben. Sie leidet darunter, Liebe und Treue nicht miteinander vereinbaren zu können.

Doch Lefaucheux setzt Jules vor die Tür. Dieses Ereignis gibt den Ausschlag für den Sieg der Liebe, und wir finden Isabelle als Kassiererin eines großen Warenhauses wieder, in dem Jules Verkäufer ist: »Isabelle Lefaucheux«.

Historisches Stück. Der berühmte Romancier Stendhal ist die Seele eines bonapartistischen Komplotts, das mit dem heroischen Tode einer jungen Sängerin während der Aufführung des »Don Juan« in der Mailänder Scala sein Ende findet. Da sich Stendhal unter einem Pseudonym verborgen hat, zieht er sich herrlich aus der Affäre. Große Aufmärsche, historische Persönlichkeiten.

Oper. Der Esel des Buridan zögert, seinen Durst und seinen Hunger zu stillen. Die Eselin des Balaam prophezeit, daß der Esel sterben werde. Der Goldene Esel erscheint, ißt und trinkt. Eselshaut zeigt seine Blöße dieser Eselsherde. Während er dort vorbeistreicht, dachte der Esel des Sancho, er könne seine Stärke dadurch beweisen, daß er die Infantin entführte, aber der Verräter Mélo benachrichtigt den Geist La Fontaines. Der meldet seine Eifersucht an und sattelt den Goldesel. Metamorphosen. Der Prinz und die Infantin erscheinen zu Pferd. Der König dankt zu ihren Gunsten ab.

Vaterländisches Stück. Die schwedische Regierung beabsichtigt, Frankreich einen Prozeß wegen der Fälschung schwedischer Zündhölzer zu machen. Im letzten Akt gräbt man die Überreste eines Alchimisten des sechzehnten Jahrhunderts aus, der die Zündhölzer in La Ferté-Gaucher[1] erfand.

Singspiele.

Es rief der schöne Kutschknecht
Zu der Nachbarin
Läßt du mich Deine Wohnstub' sehn
Laß ich dich in die Küche rin.

Damit, mein Herr, haben Sie genug, um das Leben eines dramatischen Dichters zu bestreiten.

Die Begegnung

Während er so hinter Tristouse Ballerinette her war, setzte Croniamantal seine literarische Weiterbildung fort.

Eines Tages schlenderte Croniamantal durch Paris, fand sich plötzlich am Ufer der Seine, überquerte eine Brücke und lief noch

1 Ort von 2000 Einwohnern im Département Seine-et-Marne (Anm. d. Übers.).

eine Weile, als er, der Herrn François Coppée[1] vor sich sah, plötzlich bedauerte, daß dieser Passant tot sei. Doch nichts hindert einen, mit einem Toten zu sprechen, und die Begegnung war erfreulich.

Was denn, sagte sich Croniamantal, für einen Passanten ist dies ein Passant und sogar der Autor selbst des *Passanten.* Er ist ein geschickter und geistvoller Reimer, der ein Gefühl für die Wirklichkeit hat. Drum will ich mit ihm über den Reim sprechen.

Der Dichter des *Passanten* rauchte eine schwarze Zigarette. Er war schwarz gekleidet, sein Gesicht war schwarz; er stützte sich in wunderlicher Weise auf einen behauenen Stein und Croniamantal sah seinem nachdenklichen Ausdruck sogleich an, daß er Verse schmiedete. Er sprach ihn an und sagte, nachdem er ihn begrüßt hatte, ohne Umstände: ». . . Lieber Meister, was sind Sie so verdüstert?«

Er antwortete höflich:

»Das ist so, weil mein Standbild aus Bronze ist. Damit bin ich ständig Mißverständnissen ausgesetzt. So etwa neulich:

Passant auprès de moi le nègre Sam Mac Vea
Voyant que j'ai plus noir que lui s'affligea[2]

Sie sehen wohl, wie geschickt diese Verse sind. Ich bin dabei, den Reim noch vollkommener zu machen. Haben Sie wohl bemerkt,

1 Frz. Dichter (1842–1908), Autor u. a. eines Verstückes »Le passant« (Anm. d. Übers.).

2 Der Neger Sam Mac Vea, der an mir vorbeiging, sah, daß ich schwärzer war als er, und grämte sich (Anm. d. Übers.).

wie gut sich das Distichon, das ich Ihnen vorgetragen habe, für das Auge reimt?«

»In der Tat«, sagte Croniamantal, »denn man sagt *Sam Mac Vi,* so wie man *Schekspier* sagt.«

»Und hier noch etwas, mit dem Sie noch mehr anfangen können, fuhr das Standbild fort:

Passant auprès de moi le nègre Sam Mac Vea
Sur le socle aussitôt ces trois noms écrivit[1].

Es liegt darin eine Feinheit, die Sie bezaubern muß, dies ist für das Ohr ein volltönender Reim.«

»Sie haben mich über den Reim aufgeklärt«, sagte Croniamantal. »Und ich bin glücklich, lieber Meister, Sie so en passant getroffen zu haben.«

»Es ist dies mein erster Erfolg«, erwiderte der metallene Poet. »Gleichwohl, ich habe gerade ein kleines Gedicht verfaßt, das den gleichen Titel trägt: Es ist ein Herr, der Passant, der einen Eisenbahnwagengang passiert; er fischt sich eine charmante Person heraus, mit der er, anstatt einfach nach Brüssel zu fahren, an der holländischen Grenze aussteigt.

Ils passèrent au moins huit jours à Rosendael
Il goûtait l'ideal elle aimait le réel.
En toutes choses d'elle il était différent
Par conséquent ce fut bien l'amour qu'ils connurent[2].

Ich mache Sie auf diese zwei letzten Verse

1 Der Neger Sam Mac Vea, der an mir vorbeiging, schrieb auf den Sockel sogleich diese drei Namen.

aufmerksam; obwohl sie volltönend reimen, ist in ihnen doch eine Dissonanz enthalten, die in feiner Weise den vollen Ton der männlichen Reime von der Weichheit der weiblichen abhebt.«

»Lieber Meister«, erwiderte Croniamantal, »höher hinaus noch, sprechen Sie mir vom Freien Vers.«

»Es lebe die Freiheit!« schrie da das Bronze-Standbild.

Der Otter[3]

Von einem echten Seekalb hab ich die Augen
Setze mich wie Frau Ypsilon in Positur
Bei jeder Versammlung könnt ihr mich
  bestaunen
Ich mache Literatur
Meines Zeichens bin ich ein Otter
Und da es schließlich nicht ohne Ehefrau
  geht
Heirat' ich eines schönen Tages die Lotte
Dann Lotterei von früh bis spät
  Papa Mama
Pfeife und Tabak Spucknapf und Kabarett
  Lai Tou

2 Es handelt sich hierbei um keine Reime; das Ganze ist ein übermütiger Unsinn.

Sie verbrachten mindestens acht Tage in
Rosendael
Er liebte das Ideal, sie das Wirkliche
Auf jede Art und Weise war er von ihr
verschieden
Das heißt nichts anderes als dies: sie lernten
die Liebe kennen.

3 Wörtlich: Der Seehund (Anm. d. Übers.).

Guillaume Apollinaire

Le phoque

J'ai les yeux d'un vrai veau marin
Et de Madame Ygrec l'allure
On me voit dans tous nos meetings
Je fais de la littérature
Je suis phoque de mon état
Et comme il faut qu'on se marie
Un beau jour j'épouserai Lota
Du matin au soir l'Otarie
   Papa Maman
Pipe et tabac crachoir caf' conc'
   Laï Tou

Hut-Grab

In seinem Grab
Das Nest war gut
Der Vogel hockt
Auf deinem Hut
In Amerika schon
Konnt man ihn sehn
Den kleinen
   Zo-
ologischen Pup
   So
Ich habe genug
Muß pissen gehn

Chapeau-tombeau

On a niché
Dans son tombeau
L'oiseau perché
Sur ton chapeau
Il a vécu
En Amérique
Ce petit cul

Ein Gedicht

Or
nithologique
Or
J'en ai assez
Je vais pisser

Ein Gedicht

Er kam herein
Er setzte sich
Er sieht nicht den Feuersohn
Mit rotem Haar
Das Streichholz flammt
Er ist schon fort

Un poème

Il est entré
Il s'est assis
Il ne regarde pas le pyrogène
à cheveux rouges
L'allumette flambe
Il est parti

Quellenverzeichnis: »Dramaturgie. Die Theater« (Auszug) und »Die Begegnung« aus: *Der gemordete Dichter.* Übersetzung: Walter Widmer und Paul Noack. Mit freundlicher Genehmigung des Limes Verlags, Wiesbaden. »Der Otter« und »Hut-Grab« aus: *Quelconqueries.* Übersetzung: Johannes Hübner. »Ein Gedicht« aus: *Il y a.* Übersetzung: Lothar Klünner.

Bibliographie: *L'Enchanteur pourrissant,* 1909. – *L'Hérésiarque et Cie,* 1910. – *Le Bestiaire ou Cortège d'Orphée,* 1911. – *Méditations esthétiques. Les peintres cubistes,* 1912. – *Les 11.000 Verges. Alcools,* 1913. – *Le Poète assassiné,* 1916. – *Les Mamelles de Tirésias,* 1917. – *Calligrammes,* 1918. – *La femme assise,* 1920. – *Il y a,* 1925. – *Anecdotiques,* 1926. – *Poetische Werke,* Neuwied, 1969. – *Die 11 000 Ruten,* München, 1970.

Pablo Picasso

Geb. 1881

»Der Humor«, sagt Jacques Vaché, »kommt zu sehr aus einem Gefühl, als daß er sich leicht in Worte fassen ließe. Ich glaube, daß es ein Gefühl ist.« Nichts kann der Klärung dieses Gefühls, falls es ein Gefühl ist, förderlicher sein, als zu sehen, wie es in Verbindung mit einem anderen auftritt, und in dieser Hinsicht ist das Werk Picassos vielleicht das bezeichnendste. Das Sehen hat hier in der Tat seine höchste Kraft erreicht und zeigt sich im Zustand »permanenter Revolution«. »Meinen Sie«, sagte er, »mich interessiert es, daß dieses Bild zwei Personen darstellt? Diese beiden Personen haben gelebt, sie leben nicht mehr. Ihre Vision hat mir ein erstes Gefühl gegeben, nach und nach ist ihre wirkliche Existenz verblaßt, sie sind für mich zur Fiktion geworden, dann sind sie verschwunden, oder vielmehr, sie sind in alle möglichen Probleme verwandelt worden.« Dieser Wille, den Gegenstand vom Besonderen ins Allgemeine zu übersetzen, das anekdotische Detail, auf eben das es dem Kubismus ankommt, zu übergehen, hängt durchaus mit dem Bemühen zusammen, das Akzidentelle des Ichs *um jeden Preis zu über-*

winden, was sich in der Zuflucht zum Humor äußert. Dieses Akzidentelle wird nichtsdestotrotz für sehr notwendig erachtet – nichts steht in einem größeren Gegensatz als diese Kunst zur Empfindungslosigkeit –, aber bei der äußerst großen Wandelbarkeit der Emotion kann es sich nur darum handeln, ihr im Innern des Werkes selbst weiter nachzugehen, und nicht, sie dem Werk von vornherein als Thema zu geben, was hieße, sie willkürlich zu fixieren: »Im Grunde kommt alles aus einem selbst. Im Bauch ist eine Sonne mit tausend Strahlen. Alles übrige taugt nichts.« Es ist klar, daß das Über-Ich *hier als Kondensator des Lichts wirkt, als ein nach innen gewandter Panzer.*

Für den kontinuierlichen lyrischen Akt, den das plastische Werk von Picasso darstellt, kann es infolgedessen keine bessere Gewähr geben als den Humor, so wie er aus der um ihrer selbst willen kultivierten und aufs höchste gesteigerten Emotion resultieren muß. Ein Schauder ohnegleichen durchläuft hier den geheimnisvollen Raum, der die natürlichen Dinge von den menschlichen Schöpfungen trennt. Ein besessen fragender Blick geht zwischen beiden unentwegt hin und her, ist darauf aus, allein durch das vermittelnde Werkzeug, den Mann aus seinem Gesang entstehen zu lassen, wenn es eine Gitarre ist, die Frau aus ihrer Nacktheit, wenn es ein Spiegel ist. Besonders das menschliche Antlitz bietet sich als das Ewige an, als das unerschöpfliche Geduldsspiel, als der Ort aller Unruhe. Die Außenwelt ist nichts als eine Hülle für dieses auf ewig unbekannte, immerzu wechselnde

Gesicht, in dem sich letztlich alles wiederfinden muß; sie ist nur die metaphorische Welt, in die sich die Emotionen ergießen, eine Gußform, die nur insofern von Wert ist, als sie allen Menschen gemein ist, als ihr deren tägliche Erfahrungen zugrunde liegen: »Man macht Bilder«, sagt Picasso, »immer so, wie Fürsten ihre Kinder machen: mit Schäferinnen. Man malt nie das Parthenon; man malt nie einen Louis-XV.-Sessel. Man macht Bilder mit einer Hütte im Süden, mit einem Päckchen Tabak, mit einem alten Stuhl.«

Die neuen Gedichte Picassos lassen uns voll erfassen, was ein solches Verfahren an Hingabe und Ausdauer erfordert, ein Verfahren, das er über dreißig Jahre lang angewendet hat und durch das die heutige Betrachtungsweise völlig verändert wurde.

Gedichte

Junges gutgekleidetes Mädchen der Mantel beige mit grellen Aufschlägen 150.500–300–22–95 Centimes Kombination aus Madapolam nachgebessert und überarbeitet unter Berücksichtigung eines Hermelinpelzes 143–60–32 der Büstenhalter geöffnet die Ränder der Wunde zurückgeschlagen vermittels sich bekreuzigender und mit Roblochon-Käse parfümierter Handflaschenzüge 1300–75–03–49–317.000–25 Centimes Hohlsaum-Spitzen angefügt jeden zweiten Tag und der Haut aufgeprägt mittels lebendiger Schauder die wachgehalten werden vom tödlichen Schweigen der Lockfarbe Genre Lola de Valence dazu schmachtende Blicke 310–313 plus 3.000.000 bis 80 Francs – 15 Centimes für einen auf der Kommode vergessenen Blick – beim Match zugezogene Strafen – Diskuswerfen zwischen den Beinen hervorgerufen durch die Aufeinanderfolge von Fakten die es ohne jeden Grund fertigbringen ein Nest zu bauen und sich in gewissen Fällen in das wohldurchdachte Bild des Schnittmusters zu verwandeln 380–11 dazu die Unkosten aber die so akademische Zeichnung Modell der ganzen Geschichte seit ihrem Entstehen bis heute morgen sagt nicht einmal ob man auf Zehen geht die auf den Ausgang hindeuten aber das Bukett ausspucken zusammen mit dem Glas aus dem man nur den Geruch trinkt den die mit ihrer Fahne an der Spitze defilierenden Regimenter bilden dem Glas aus dem man nur trinkt wenn der Kitzel der Begierde den Ort ausfindig gemacht hat wo sich Sardinen in Haifische verwandeln lassen denn erst von diesem Augenblick an zieht sich die Liste der Einkäufe in die Länge ohne daß man sich um die Mittagszeit zu Tisch begeben muß um inmitten so vieler mit Käse und Tomaten vermischter Hyperbeln sitzend zu schreiben

Feuerzunge fächelt ihr Gesicht in der Flöte dem Kelch den in ihr singend der Dolchstoß des so frühlichen Blaus zernagt das da sitzend im Auge des Stiers eingeschrieben in sein jasmingeschmücktes Haupt wartet bis das Segel das Stück Kristall schwelle bis der Wind gehüllt in den Umhang des von Zärtlichkeiten triefenden *mandoble* austeile das Brot an den Blinden und an die fliederfarbene Taube und mit all seiner Bosheit gegen die Lippen der flammenden Zitrone das gewundene Horn drücke das mit seinen Abschiedsgebärden die Kathedrale erschreckt die zwischen seinen Armen hinstirbt und keiner ruft bravo während in seinem Blick das Radio platzt geweckt von der Morgenröte die im Kuß eine Sonnenwanze photographierend den Duft der Stunde verzehrt der niedersinkt und die fliegende Seite durchdringt den Blumenstrauß zerstört den zwischen den seufzenden Fittich und die lächelnde Angst geklemmt das Messer fortträgt das vor Freude hüpft indem es selbst heute und ganz nach Belieben und wie auch immer im rechten und notwendigen Augenblick oben auf dem Brunnen den Schrei jenes Rosenrots treiben läßt das die Hand ihm hinwirft wie ein kleines Almosen.

Quellenverzeichnis: »Gedicht« aus: *Wort und Bekenntnis. Die gesammelten Zeugnisse und Dichtungen.* Übersetzung: Paul Celan. Mit freundlicher Genehmigung des Verlags der Arche, Zürich. »Gedicht« Übersetzung: Lothar Klünner.

Bibliographie: *Wort und Bekenntnis. Die gesammelten Zeugnisse und Dichtungen,* Zürich 1954.

Arthur Cravan

1881–1920

Von April 1912 bis April 1915 erschienen – und verschwanden sofort wieder – die fünf heute unauffindbaren Nummern der kleinen Zeitschrift »Maintenant«, die Arthur Cravan herausgab. Dieser propagierte eine ganz neue Auffassung von Literatur und Kunst, die, hinsichtlich des schönen *Schauspiels, der des Jahrmarktboxers oder des Dompteurs entsprechen dürfte. Aus Haß gegen die stickigen Buchhandlungen, wo ein großes Durcheinander herrscht und selbst Neuerscheinungen schon zu Staub zerfallen, schiebt Cravan Stapel von »Maintenant«-Exemplaren auf dem Karren eines Grünkramhändlers vor sich her: die Nummer zu fünfundzwanzig Centimes! Das sehr kurzlebige und in seinen Möglichkeiten begrenzte Unternehmen, um das es sich handelt, scheint von heute aus gesehen ein hervorragendes Anti-Kongestionsmittel gewesen zu sein. Man kann nicht umhin, darin die Vorzeichen von* Dada *zu erblicken, obgleich hier versucht wird, dem geistigen Unbehagen von einer ganz anderen Seite her abzuhelfen. Man will das Temperament rehabilitieren, in der fast physischen Bedeutung des*

Wortes (ein Zurückgehen nicht länger zur Kindheit des Menschen, sondern zu jener der Welt, zur Prähistorie; eine Onkelliebe, in diesem Falle zu Oscar Wilde, der auf seine alten Tage als Dickhäuter dargestellt wird: »Ich vergötterte ihn, weil er aussah wie ein großes Tier« – bei der Beschreibung seiner selbst findet der Dichter lyrische Töne wie diese: »Ich hatte meine zwei Meter ins Auto gefaltet, wo meine Knie zwei verglaste Welten beförderten, und ich sah auf den Pflastersteinen, die ihre Regenbogen ausbreiteten, die granatenen Knorpel die grünen Beefsteaks kreuzen«). Entsprechend seiner Erklärung, daß »jeder große Künstler die Provokation liebt«, sind seine bevorzugten Mittel das zynische Geständnis und die Beschimpfung. Was Rimbaud unter Tränen vorbringt: »Ich verstehe die Gesetze nicht; ich habe keinen Sinn für Moral, ich bin ein ungehobelter Kerl ... Ich bin ein Tier, ein Neger«, wird bei Cravan zur Apologie, erhebt er zur unbedingten Forderung: »Jedermann wird verstehen, daß ich einen dicken, geistesstumpfen Sankt Bernhard einem Dämchen vorziehe, das die Schritte bei der Gavotte zu machen versteht, und auf jeden Fall einen Gelben einem Weißen, einen Neger einem Gelben und einen Negerboxer einem Negerstudenten.« Unbeschadet der irrigen Urteile in Sachen Malerei, zu denen es durch seine Vorliebe für Boxer, Schwimmer und andere Spezialisten des Muskeltrainings kommt, hat Cravan in der Nummer 4 von »Maintenant« eine Besprechung des Salon des Indépendants geschrieben, die das Meisterstück des Humors in der Kunstkritik bleibt: »Wie fern ist man hier«, ruft er aus, »von Eisenbahnunglücken: Maurice Denis sollte im Himmel malen, denn er vergißt den Smoking und den Fußkäse. Nicht, daß ich es sehr kühn finde, einen Akrobaten oder einen Scheißer zu malen, im Gegenteil, ich finde, daß eine auf ganz neue Art gemalte Rose viel dämonischer ist ... Wäre ich so berühmt wie Paul Bourget, ich zeigte mich Abend für Abend im Lendenschurz in einer Varieté-Revue, und ich garantiere Ihnen, daß ich volle Kasse machen würde.«

Nicht genug, daß er es während des Krieges fertiggebracht hat, aus mehreren Ländern zu desertieren, bemüht sich Cravan obendrein, größte Aufmerksamkeit und Mißfallen zu erregen. Nach New York eingeladen, dort einen Vortrag über Humor zu halten, steigt er völlig betrunken aufs Podium und fängt an sich auszuziehen, was zur Folge hat, daß der Saal sich leert und er von der Polizei festgenommen wird; in Spanien fordert er den Weltmeister Joe Johnson heraus und läßt sich von ihm in der ersten Runde k. o. schlagen. 1919 wird er als Lehrer für Leibeserziehung an die Sportakademie von Mexiko berufen: Er bereitet eine Vorlesung über ägyptische Kunst vor. Seine Spur verliert sich bald darauf im Golf von Mexiko, auf den er sich des Nachts auf einem der leichtesten Boote hinausgewagt hatte.

André Gide

Als ich nach einer langen Periode schrecklicher Faulheit fieberhaft darauf sann, wie ich sehr reich werden könnte (mein Gott, wie oft träumte ich davon!), also wieder einmal beim Pläneschmieden war und mich immer mehr für den Gedanken erwärmte, auf unredliche Weise zu Reichtum zu kommen, und zwar, was niemand vermuten wird, durch die Poesie – immer schon habe ich versucht, die Kunst als Mittel und nicht als Zweck zu betrachten – , sagte ich mir fröhlich: »Ich sollte Gide aufsuchen, der ist Millionär. Wirklich, was für ein Spaß, ich werde diesen alten Literaten um den Finger wickeln.«

Sogleich (denn genügt es nicht schon, in Begeisterung zu geraten?) gestand ich mir ein außerordentliches Talent zum Erfolg zu. Ich schrieb ein paar Zeilen an Gide, mich auf meine Verwandtschaft mit Oscar Wilde berufend; Gide empfing mich. Meine Statur, meine Schultern, meine Schönheit, mein exzentrisches Wesen und meine Worte setzten ihn in Erstaunen. Gide fraß einen Narren an mir, was mir nur recht war. Und auf ging's nach Algerien – er wiederholte die Biskra-

Reise, und ich konnte ihn mit mir fortziehen bis zu den Stränden Somalilands. –

Schnell bekam ich ein goldfarbenes Gesicht, habe ich mich doch schon immer etwas geschämt, weiß zu sein. Und Gide zahlte die Coupés 1. Klasse, die edlen Reittiere, die Palasthotels und die Liebesabenteuer. Schließlich gab ich damit einigen von Tausenden von Seelen eine Lebensgrundlage. Gide zahlte, zahlte immer: Ich wage zu hoffen, daß er mich nicht auf Schadenersatz verklagt, wenn ich ihm gestehe, daß er, um die verrücktesten Launen eines modernen Kindes zu befriedigen, in meiner krankhaften und ausschweifenden Phantasie selbst sein solides Gut in der Normandie verkauft hatte.

Ah! ich sehe mich noch, wie ich mich damals kämmte, die Beine auf den Polstersitzen des Mittelmeer-Expreß ausgestreckt, und ungereimtes Zeug schwatzte, um meinen Mäzen zu unterhalten.

Man wird vielleicht sagen, ich benähme mich wie ein Androgide. Wird man das sagen?

Übrigens hatte ich mit meinen kleinen ausbeuterischen Absichten wenig Erfolg, deshalb werde ich mich rächen. Ich muß hinzufügen, um unsere Leser in der Provinz nicht unnötig zu beunruhigen, daß ich Monsieur Gide gram wurde, als ich, wie ich das weiter oben durchblicken ließ, einsah, daß ich nie auch nur zehn Centimes aus ihm herausholen würde, und andererseits, weil dieser schäbige Cutaway es sich herausnahm, nur um zu brillieren, den nackten Cherub Théophile Gautier zu verreißen.

Ich ging also Monsieur Gide besuchen. Fällt mir ein, daß ich zu jener Zeit keinen Frack besaß, was ich heute noch bedaure, denn ihn zu blenden, wäre mir ein leichtes gewesen. Vor seiner Villa angekommen, sagte ich mir die aufsehenerregenden Sätze her, die ich im Laufe des Gesprächs anzubringen gedachte. Einen Augenblick später schellte ich. Ein Hausmädchen öffnete mir (Monsieur Gide hat keine Lakaien). Man bat mich, in den ersten Stock hinaufzusteigen und in einer Art kleiner Klause, die am Ende eines Flurs lag, zu warten. Im Vorbeigehen warf ich in verschiedene Räume einen neugierigen Blick, um mir über die Zimmer der Freunde Aufschluß zu verschaffen. Nun saß ich in meinem Eckchen. Durch Butzenscheiben, die ich geschmacklos fand, fiel Licht auf einen Sekretär, wo einige von Tinte noch feuchte Blätter lagen. Natürlich konnte ich der Versuchung nicht widerstehen, die kleine Indiskretion zu begehen, die Sie erraten. So kann ich Ihnen sagen, daß Monsieur Gide an seiner Prosa schrecklich feilt und den Setzern wohl erst den vierten Wurf aushändigt.

Das Hausmädchen kam mich holen und führte mich ins Erdgeschoß. Beim Betreten des Salons schlugen wilde Köter an. Sollte es ihnen an Unterscheidungsvermögen fehlen? Nein, Monsieur Gide kam. Ich hatte indes genügend Zeit, mich umzusehen. In einem großen Raum moderne, wenig freundliche Möbel; keine Bilder, kahle Wände (schlichte Absicht oder eine Absicht, die etwas schlicht ist?) und vor allem eine sehr protestantische peinliche Ordnung und Sauberkeit.

Bei dem Gedanken, ich könnte die Teppiche beschmutzt haben, brach ich direkt in Schweiß aus. Ich würde die Neugier wahrscheinlich etwas weiter getrieben oder der köstlichen Versuchung nachgegeben haben, mir irgendeine kleine Nippsache in die Tasche zu stecken, hätte ich mich des bestimmten Gefühls erwehren können, daß Monsieur Gide durch irgendein geheimes kleines Loch in der Tapete sich dessen versicherte. Sollte ich mich getäuscht haben, bitte ich Monsieur Gide, diese meine öffentliche und umgehende Entschuldigung annehmen zu wollen, die ich seiner Respektabilität schulde.

Endlich kam der Mann. (Was mich von dieser Minute an am meisten verblüffte, war, daß er mir außer einem Stuhl absolut nichts anbot, wo doch um vier Uhr nachmittags eine Tasse Tee, wenn man sparsam sein will, oder besser noch einige orientalische Liköre in der europäischen Gesellschaft mit Recht dafür gelten, jene Stimmung zu erzeugen, die vonnöten ist, um gelegentlich zu brillieren.)

»Monsieur Gide«, begann ich, »ich habe mir erlaubt, zu Ihnen zu kommen, jedoch glaube ich, Ihnen ohne Umschweife sagen zu müssen, daß ich zum Beispiel das Boxen der Literatur bei weitem vorziehe.«

»Nichtsdestotrotz ist die Literatur der einzige Punkt, an dem wir uns treffen können«, entgegnete mir mein Gesprächspartner ziemlich knapp.

Ich dachte: Welch großer Zeitgenosse!

Wir redeten also Literatur, und als er mir jene Frage stellte, die ihm besonders am Herzen zu liegen schien: »Was haben Sie von mir gelesen?« stieß ich, ohne mit der Wimper zu zucken und soviel Treuherzigkeit wie möglich in meinen Blick legend, hervor: »Ich habe Angst, Sie zu lesen.« Ich glaube, Monsieur Gide zog die Augenbrauen besonders hoch.

Es gelang mir nach und nach, die famosen Sätze, die ich mir zuvor hergesagt hatte, anzubringen, wobei ich mir dachte, der Romancier würde mir Dank dafür wissen, nach dem Onkel nun auch den Neffen verwenden zu können. Ich ließ zuerst ganz nebenbei fallen: »Die Bibel ist der größte Kassenschlager.« Und einen Augenblick später, als er so gütig war, sich nach meinen Eltern zu erkundigen: »Meine Mutter und ich«, sagte ich recht schnakig, »sind nicht geboren, um uns zu verstehen.«

Als das Gespräch wieder auf die Literatur kam, nahm ich die Gelegenheit wahr, über mindestens zweihundert lebende Autoren, zumal über jüdische Schriftsteller und insbesondere über Charles-Henri Hirsch, Schlechtes zu sagen und fügte hinzu: »Heine ist der Christus der modernen jüdischen Schriftsteller.« Von Zeit zu Zeit warf ich meinem Gastgeber einen verstohlenen und maliziösen Blick zu. Er dankte es mir mit unterdrücktem Lachen, aber, das muß ich doch sagen, blieb weit hinter mir zurück, schien sich damit zu begnügen, meine Worte zu registrieren, wahrscheinlich, weil er sich nicht vorbereitet hatte.

Ein philosophisches Gespräch bei passender Gelegenheit unterbrechend und mich bemühend, einem Buddha zu ähneln, der einmal in zehntausend Jahren seine Lippen entsiegelt, raunte ich: »Der große Witz liegt im Absoluten.« Als ich mich zurückziehen wollte, fragte ich mit ganz müder und alter Stimme: »Monsieur Gide, wie steht's mit unserer Zeit?« Als ich hörte, daß es dreiviertel sechs war, erhob ich mich, drückte dem Künstler gefühlvoll die Hand und ging. In der Erinnerung bewahre ich von einem unserer bekanntesten Zeitgenossen ein Bild, das ich, wenn die geneigten Leser mir noch einen Augenblick ihre Aufmerksamkeit schenken wollen, hier kurz beschreiben will.

Monsieur Gide sieht nicht aus wie ein Kind der Liebe, noch wie ein Elefant, noch wie viele Menschen: Er sieht aus wie ein Künstler; und ich will ihm dieses einzige, übrigens unliebsame Kompliment machen, daß er seine kleine Stimmenmehrheit bei der Aufnahme unter die Unsterblichen der Tatsache verdankt, daß man ihn leicht für einen Schmierenschauspieler halten kann. An seinem Knochenbau ist nichts Bemerkenswertes; seine Hände sind die eines Nichtstuers, so weiß sind sie, bei Gott! Alles in allem ein ganz kleines Geschöpf. – Monsieur Gide dürfte um die 55 Kilo wiegen und ungefähr 1 Meter 65 groß sein. – Sein Gang verrät einen Prosaiker, der nie einen Vers wird schreiben können. Außerdem hat der Künstler ein kränkliches Gesicht, zu den Schläfen hin löst sich die Haut in feinen Plättchen, größer als Schuppen; eine Unannehmlichkeit, die das Volk damit erklärt, daß es von so einem gewöhnlich sagt: »Er schält sich.«

Dabei weist des Künstlers Gesicht keineswegs die edlen Verwüstungen des Verschwenders auf, der nicht nur sein Vermögen vergeudet, sondern auch mit seiner Gesundheit aast. Nein, hundertmal nein: Der Künstler scheint im Gegenteil zu beweisen, daß er sich sorgsamst pflegt, daß er für Hygiene ist und mit einem Verlaine, der seine Syphilis wie ein Gebrechen zur Schau trug, nichts gemein hat, und ich glaube, wofern er das nicht dementiert, nicht zu weit zu gehen, wenn ich behaupte, daß er weder mit Mädchen verkehrt noch berüchtigte Orte aufsucht. Wir können also erfreut feststellen, wie wir dazu bereits des öfteren die Gelegenheit hatten, daß er vorsichtig ist.

Ich sah Monsieur Gide nur einmal auf der Straße: Er kam aus meinem Haus, und er hätte nur einige Schritte zu machen brauchen, um um die Ecke zu biegen und meinen Blikken zu entschwinden, aber er blieb bei einem Bouquinisten stehen: wo es doch ein Geschäft mit chirurgischen Instrumenten und eine Konditorei gab!

Seitdem schrieb Monsieur Gide mir einmal[1], ich sah ihn nie wieder.

Ich habe den Mann vorgestellt, jetzt würde ich gern das Werk vorstellen, müßte ich mich da nicht in einem Punkt wiederholen.

1 Das Handschreiben Monsieur Gides ist in unserem Büro zum Preis von 0 fr. 15 erhältlich.

Quellenverzeichnis: »André Gide« aus: *Maintenant*. Übersetzung: Rudolf Wittkopf.

Bibliographie: *Maintenant*, 1960.

Franz Kafka

1883–1924

Das Gewebe des Durchschnittsmenschen von heute, des Passanten auf der Straße, der gleich dem Platzregen dahineilt, in einem Licht, das über die Farbtöne der Stoffe in einem Schneideralbum hinaus keine weiteren Nuancen kennt: es wird von Kafkas Frage, der Hauptfrage aller Zeiten, wie vom Sturm gepeitscht: Wohin gehen wir, wem sind wir unterstellt, was ist das Gesetz? Der Mensch zappelt in einem Spiel von Kräften, dessen Sinn zu entdecken er zumeist aufgegeben hat, und sein völliger Mangel an Neugier scheint für seine Anpassung an das Leben der Gesellschaft geradezu die Bedingung zu sein: denn wenn sich der Beruf des Schuhmachers oder Optikers mit tiefem Grübeln über Sinn und Zweck menschlichen Tuns verträgt, so stellt das eine Ausnahme dar. Das Denken Kafkas verdankt seinen ganzen Reiz und Zauber dem wunderschönen Prag, seiner Geburtsstadt: während es die gegenwärtige Minute anzeigt, kreist es, bildlich gesprochen, mit den Uhrzeigern der Synagoge »falsch« herum, dirigiert mittags das Spiel der unzähligen Möwen auf der Moldau und entfacht bei anbrechender Dunkelheit für sich allein die er-

loschenen Öfen im Alchimistengäßchen. Dieses tief pessimistische Denken läßt aber auch Verwandtschaft erkennen mit jenem der französischen Moralisten: wir denken insbesondere an den letzten und einen der größten von ihnen, Alphonse Rabbe, demzufolge »Gott die Welt dem Walten verschiedener sekundärer Gesetze unterworfen hat, die zur Erfüllung eines Zwecks ausgeführt werden, der sich unserer Einsicht entzieht, aber uns durch die mächtige Stimme des Gewissens die unsichtbare Welt der feierlichen Genugtuungen *verheißt, wo alles enthüllt und erklärt werden wird.« Kafkas Helden jedoch rennen vergeblich gegen die Tür zu jener Welt: der eine hat nicht die geringste Ahnung, weswegen man ihn anklagt, und wird ohne richterlichen Spruch verurteilt; der andere wird in ein Schloß bestellt und es will ihm trotz hartnäckiger Bemühungen nicht gelingen, den Zugang zu ihm zu finden. Das hier in seiner ganzen Größe angeschnittene Problem ist eben jenes des unerklärlichen natürlichen Bedürfnisses, das dem menschlichen oder logischen Bedürfnis zuwiderläuft und somit jedes echte Streben nach Freiheit schimärisch macht.*

Der Traum hat Kafka eine provisorische Lösung dieses Konflikts geboten. Die ihn bevölkernden virtuellen Dinge hören in der Tat auf, dem Schlafenden fremd zu sein; ihr Vorhandensein läßt sich stets rechtfertigen, die Flamme des Ichs *erhellt sie von allen Seiten und kann sie, den liegenden menschlichen Körper ihretwegen verlassend, sogar inwendig erkunden.*

»Ich« vermische mich mit dem, wovon im Wachzustand alles mich trennt. Niemandem ist es wie Kafka gelungen, mit seiner eigenen Sensibilität die unbeseelten Dinge zu innervieren, niemand auch hat es vermocht, die Lehre der Vers dorés von Gérard de Nerval mit soviel Erfolg wiederaufzugreifen. Da er in Österreich bei der Wasserverwaltung angestellt war, gibt man sich der Illusion hin, daß es ihm oblag, dieses Wasser quer durch den Wald der Verhaltensweisen zu leiten, so wie er es verstand, allein aus der Substanz seines Gefühls ein dichtes Gewebe zu spinnen, bei dem es zwischen den Reichen der Minerale, Pflanzen und Tiere bis hin zu den Menschen keine Lücke gibt, und das bei der geringsten Berührung zu vibrieren beginnt.

Kein Werk verwahrt sich so sehr gegen die Annahme eines höchsten Prinzips, das außerhalb desjenigen existiere, der denkt: »Der Mensch ist es«, wurde geschrieben, »der in Kafkas Fleischtopf gesotten wird. Auf kleiner Flamme läßt man ihn in der dunklen Brühe der Angst schmoren, aber der Humor hebt pfeifend den Deckel und schreibt mit blauen Lettern kabbalistische Formeln in die Luft.«

Die Verwandlung

Als Gregor Samsa eines Morgens aus unruhigen Träumen erwachte, fand er sich in seinem Bett zu einem ungeheuren Ungeziefer verwandelt. Er lag auf seinem panzerartig harten Rücken und sah, wenn er den Kopf ein wenig hob, seinen gewölbten, braunen, von bogenförmigen Versteifungen geteilten Bauch, auf dessen Höhe sich die Bettdecke, zum gänzlichen Niedergleiten bereit, kaum noch erhalten konnte. Seine vielen, im Vergleich zu seinem sonstigen Umfang kläglich dünnen Beine flimmerten ihm hilflos vor den Augen.

»Was ist mit mir geschehen?« dachte er. Es war kein Traum. Sein Zimmer, ein richtiges, nur etwas zu kleines Menschenzimmer, lag ruhig zwischen den vier wohlbekannten Wänden. Über dem Tisch, auf dem eine auseinandergepackte Musterkollektion von Tuchwaren ausgebreitet war – Samsa war Reisender –, hing das Bild, das er vor kurzem aus einer illustrierten Zeitschrift ausgeschnitten und in einem hübschen, vergoldeten Rahmen untergebracht hatte. Es stellte eine Dame dar, die, mit einem Pelzhut und einer Pelzboa versehen, aufrecht dasaß und einen schweren Pelzmuff, in dem ihr ganzer Unterarm verschwunden war, dem Beschauer entgegenhob.

Gregors Blick richtete sich dann zum Fenster, und das trübe Wetter – man hörte Regentropfen auf das Fensterblech aufschlagen – machte ihn ganz melancholisch. »Wie wäre es, wenn ich noch ein wenig weiterschliefe und alle Narrheiten vergäße,« dachte er, aber das war gänzlich undurchführbar, denn er war gewöhnt, auf der rechten Seite zu schlafen, konnte sich aber in seinem gegenwärtigen Zustand nicht in diese Lage bringen. Mit welcher Kraft er sich auch auf die rechte Seite warf, immer wieder schaukelte er in die Rückenlage zurück. Er versuchte es wohl hundertmal, schloß die Augen, um die zappelnden Beine nicht sehen zu müssen, und ließ erst ab, als er in der Seite einen noch nie gefühlten, leichten, dumpfen Schmerz zu fühlen begann.

»Ach Gott,« dachte er, »was für einen anstrengenden Beruf habe ich gewählt! Tag aus, Tag ein auf der Reise. Die geschäftlichen Aufregungen sind viel größer, als im eigentlichen Geschäft zu Hause, und außerdem ist mir noch diese Plage des Reisens auferlegt, die Sorgen um die Zuganschlüsse, das unregelmäßige, schlechte Essen, ein immer wechselnder, nie andauernder, nie herzlich werdender menschlicher Verkehr. Der Teufel soll das alles holen!« Er fühlte ein leichtes Jucken oben auf dem Bauch; schob sich auf dem Rükken langsam näher zum Bettpfosten, um den Kopf besser heben zu können, fand die jukkende Stelle, die mit lauter kleinen weißen

Pünktchen besetzt war, die er nicht zu beurteilen verstand; und wollte mit einem Bein die Stelle betasten, zog es aber gleich zurück, denn bei der Berührung umwehten ihn Kälteschauer.

Er glitt wieder in seine frühere Lage zurück. »Dies frühzeitige Aufstehen,« dachte er, »macht einen ganz blödsinnig. Der Mensch muß seinen Schlaf haben. Andere Reisende leben wie Haremsfrauen. Wenn ich zum Beispiel im Laufe des Vormittags ins Gasthaus zurückgehe, um die erlangten Aufträge zu überschreiben, sitzen diese Herren erst beim Frühstück. Das sollte ich bei meinem Chef versuchen; ich würde auf der Stelle hinausfliegen. Wer weiß übrigens, ob das nicht sehr gut für mich wäre. Wenn ich mich nicht wegen meiner Eltern zurückhielte, ich hätte längst gekündigt, ich wäre vor den Chef hingetreten und hätte ihm meine Meinung von Grund des Herzens aus gesagt. Vom Pult hätte er fallen müssen! Es ist auch eine sonderbare Art, sich auf das Pult zu setzen und von der Höhe herab mit dem Angestellten zu reden, der überdies wegen der Schwerhörigkeit des Chefs ganz nahe herantreten muß. Nun, die Hoffnung ist noch nicht gänzlich aufgegeben; habe ich einmal das Geld beisammen, um die Schuld der Eltern an ihn abzuzahlen – es dürfte noch fünf bis sechs Jahre dauern –, mache ich die Sache unbedingt. Dann wird der große Schnitt gemacht. Vorläufig allerdings muß ich aufstehen, denn mein Zug fährt um fünf.«

Zunächst wollte er ruhig und ungestört aufstehen, sich anziehen und vor allem frühstükken, und dann erst das Weitere überlegen, denn, das merkte er wohl, im Bett würde er mit dem Nachdenken zu keinem vernünftigen Ende kommen. Er erinnerte sich, schon öfters im Bett irgendeinen vielleicht durch ungeschicktes Liegen erzeugten, leichten Schmerz empfunden zu haben, der sich dann beim Aufstehen als reine Einbildung herausstellte, und er war gespannt, wie sich seine heutigen Vorstellungen allmählich auflösen würden. Daß die Veränderung der Stimme nichts anderes war als der Vorbote einer tüchtigen Verkühlung, einer Berufskrankheit der Reisenden, daran zweifelte er nicht im geringsten.

Die Decke abzuwerfen war ganz einfach; er brauchte sich nur ein wenig aufzublasen und sie fiel von selbst. Aber weiterhin wurde es schwierig, besonders weil er so ungemein breit war. Er hätte Arme und Hände gebraucht, um sich aufzurichten; statt dessen aber hatte er nur die vielen Beinchen, die ununterbrochen in der verschiedensten Bewegung waren und die er überdies nicht beherrschen konnte. Wollte er eines einmal einknikken, so war es das erste, daß er sich streckte; und gelang es ihm endlich, mit diesem Bein das auszuführen, was er wollte, so arbeiteten inzwischen alle anderen, wie freigelassen, in höchster, schmerzlicher Aufregung. »Nur sich nicht im Bett unnütz aufhalten,« sagte sich Gregor.

Zuerst wollte er mit dem unteren Teil seines Körpers aus dem Bett hinauskommen, aber dieser untere Teil, den er übrigens noch nicht gesehen hatte und von dem er sich auch keine rechte Vorstellung machen konnte, erwies sich als zu schwer beweglich; es ging so langsam und als er schließlich, fast wild geworden, mit gesammelter Kraft, ohne Rücksicht sich vorwärtsstieß, hatte er die Richtung falsch gewählt, schlug an den unteren Bettpfosten heftig an, und der brennende Schmerz, den er empfand, belehrte ihn, daß gerade der untere Teil seines Körpers augenblicklich vielleicht der empfindlichste war.

Er versuchte es daher, zuerst den Oberkörper aus dem Bett zu bekommen, und drehte vorsichtig den Kopf dem Bettrand zu. Dies gelang auch leicht, und trotz ihrer Breite und Schwere folgte schließlich die Körpermasse langsam der Wendung des Kopfes. Aber als er den Kopf endlich außerhalb des Bettes in der freien Luft hielt, bekam er Angst, weiter auf diese Weise vorzurücken, denn wenn er sich schließlich so fallen ließ, mußte geradezu ein Wunder geschehen, wenn der Kopf nicht verletzt werden sollte. Und die Besinnung durfte er gerade jetzt um keinen Preis verlieren; lieber wollte er im Bett bleiben.

Aber als er wieder nach gleicher Mühe aufseufzend so dalag wie früher, und wieder seine Beinchen womöglich noch ärger gegeneinander kämpfen sah und keine Möglichkeit fand, in diese Willkür Ruhe und Ordnung zu bringen, sagte er sich wieder, daß er unmöglich im Bett bleiben könne und daß es das Vernünftigste sei, alles zu opfern, wenn auch nur die kleinste Hoffnung bestünde, sich dadurch vom Bett zu befreien. Gleichzeitig aber vergaß er nicht, sich zwischendurch daran zu erinnern, daß viel besser als verzweifelte Entschlüsse ruhige und ruhigste Überlegung sei. In solchen Augenblicken richtete er die Augen möglichst scharf auf das Fenster, aber leider war aus dem Anblick des Morgennebels, der sogar die andere Seite der engen Straße verhüllte, wenig Zuversicht und Munterkeit zu holen. »Schon sieben Uhr,« sagte er sich beim neuerlichen Schlagen des Weckers, »schon sieben Uhr und noch immer ein solcher Nebel.« Und ein Weilchen lang lag er ruhig mit schwachem Atem, als erwarte er vielleicht von der völligen Stille die Wiederkehr der wirklichen und selbstverständlichen Verhältnisse.

Dann aber sagte er sich: »Ehe es einviertel acht schlägt, muß ich unbedingt das Bett vollständig verlassen haben. Im übrigen wird auch bis dahin jemand aus dem Geschäft kommen, um nach mir zu fragen, denn das Geschäft wird vor sieben Uhr geöffnet.« Und er machte sich nun daran, den Körper in seiner ganzen Länge vollständig gleichmäßig aus dem Bett hinauszuschaukeln. Wenn er sich auf diese Weise aus dem Bett fallen ließ, blieb der Kopf, den er beim Fall scharf heben wollte, voraussichtlich unverletzt. Der Rükken schien hart zu sein, dem würde wohl bei dem Fall auf dem Teppich nichts geschehen. Das größte Bedenken machte ihm die Rücksicht auf den lauten Krach, den es geben müßte und der wahrscheinlich hinter allen Türen wenn nicht Schrecken, so doch Besorgnisse erregen würde. Das mußte aber gewagt werden.

Als Gregor schon zur Hälfte aus dem Bette ragte – die neue Methode war mehr ein Spiel als eine Anstrengung, er brauchte immer nur ruckweise zu schaukeln –, fiel ihm ein, wie einfach alles wäre, wenn man ihm zu Hilfe käme. Zwei starke Leute – er dachte an seinen Vater und das Dienstmädchen – hätten vollständig genügt; sie hätten ihre Arme nur unter seinen gewölbten Rücken schieben, ihn so aus dem Bett schälen, sich mit der Last niederbeugen und dann bloß vorsichtig dulden müssen, daß er den Überschwung auf dem Fußboden vollzog, wo dann die Beinchen hoffentlich einen Sinn bekommen würden. Nun, ganz abgesehen davon, daß die Türen versperrt waren, hätte er wirklich um Hilfe rufen sollen? Trotz aller Not konnte er bei diesem Gedanken ein Lächeln nicht unterdrücken.

Schon war er so weit, daß er bei stärkerem Schaukeln kaum das Gleichgewicht noch erhielt, und sehr bald mußte er sich nun endgültig entscheiden, denn es war in fünf Minuten einviertel acht, – als es an der Wohnungstür läutete. »Das ist jemand aus dem Geschäft,« sagte er sich und erstarrte fast, während seine Beinchen nur desto eiliger tanzten. Einen Augenblick blieb alles still. »Sie öffnen nicht,« sagte sich Gregor, befangen in irgendeiner unsinnigen Hoffnung. Aber dann ging natürlich wie immer das Dienstmädchen festen Schrittes zur Tür und öffnete. Gregor brauchte nur das erste Grußwort des Besuchers zu hören und wußte schon, wer es war – der Prokurist selbst. Warum war nur Gregor dazu verurteilt, bei einer Firma zu dienen, wo man bei der kleinsten Versäumnis gleich den größten Verdacht faßte? Waren denn alle Angestellten samt und sonders Lumpen, gab es denn unter ihnen keinen treuen ergebenen Menschen, der, wenn er auch nur ein paar Morgenstunden für das Geschäft nicht ausgenützt hatte, vor Gewissensbissen närrisch wurde und geradezu nicht imstande war, das Bett zu verlassen? Genügte es wirklich nicht, einen Lehrjungen nachfragen zu lassen – wenn überhaupt diese Fragerei nötig war –, mußte da der Prokurist selbst kommen, und mußte dadurch der ganzen unschuldigen Familie gezeigt werden, daß die Untersuchung dieser verdächtigen Angelegenheit nur dem Verstand des Prokuristen anvertraut werden konnte? Und mehr infolge der Erregung, in welche Gregor durch diese Überlegungen versetzt wurde, als infolge eines richtigen Entschlusses, schwang er sich mit aller Macht aus dem Bett. Es gab einen lauten Schlag, aber ein eigentlicher Krach war es nicht. Ein wenig wurde der Fall durch den Teppich abgeschwächt, auch war der Rücken elastischer, als Gregor gedacht hatte, daher kam der nicht gar so auffallende dumpfe Klang. Nur den Kopf hatte er nicht vorsichtig genug gehalten und ihn angeschlagen; er drehte und rieb ihn an dem Teppich vor Ärger und Schmerz.

Um für die sich nähernden entscheidenden Besprechungen eine möglichst klare Stimme zu bekommen, hustete er ein wenig ab, allerdings bemüht, dies ganz gedämpft zu tun, da möglicherweise auch schon dieses Geräusch anders als menschlicher Husten klang, was er selbst zu entscheiden sich nicht mehr getraute.

Im Nebenzimmer war es inzwischen ganz still geworden. Vielleicht saßen die Eltern mit dem Prokuristen beim Tisch und tuschelten, vielleicht lehnten alle an der Türe und horchten.

Gregor schob sich langsam mit dem Sessel zur Tür hin, ließ ihn dort los, warf sich gegen die Tür, hielt sich an ihr aufrecht – die Ballen seiner Beinchen hatten ein wenig Klebstoff – und ruhte sich dort einen Augenblick lang von der Anstrengung aus. Dann aber machte er sich daran, mit dem Mund den Schlüssel im Schloß umzudrehen. Es schien leider, daß er keine eigentlichen Zähne hatte, – womit sollte er gleich den Schlüssel fassen? – aber dafür waren die Kiefer freilich sehr stark, mit ihrer Hilfe brachte er auch wirklich den Schlüssel in Bewegung und achtete nicht darauf, daß er sich zweifellos irgendeinen Schaden zufügte, denn eine braune Flüssigkeit kam ihm aus dem Mund, floß über den Schlüssel und tropfte auf den Boden. »Hören Sie nur,« sagte der Prokurist im Nebenzimmer, »er dreht den Schlüssel um.« Das war für Gregor eine große Aufmunterung; aber alle hätten ihm zurufen sollen, auch der Vater und die Mutter: »Frisch, Gregor,« hätten sie rufen sollen, »immer nur heran, fest an das Schloß heran!« Und in der Vorstellung, daß alle seine Bemühungen mit Spannung verfolgten, verbiß er sich mit allem, was er an Kraft aufbringen konnte, besinnungslos in den Schlüssel. Je nach dem Fortschreiten der Drehung des Schlüssels umtanzte er das Schloß, hielt sich jetzt nur noch mit dem Munde aufrecht, und je nach Bedarf hing er sich an den

Schlüssel oder drückte ihn dann wieder nieder mit der ganzen Last seines Körpers. Der hellere Klang des endlich zurückschnappenden Schlosses erweckte Gregor förmlich. Aufatmend sagte er sich: »Ich habe also den Schlosser nicht gebraucht,« und legte den Kopf auf die Klinke, um die Türe gänzlich zu öffnen.

Da er die Türe auf diese Weise öffnen mußte, war sie eigentlich schon recht weit geöffnet, und er selbst noch nicht zu sehen. Er mußte sich erst langsam um den einen Türflügel herumdrehen, und zwar sehr vorsichtig, wenn er nicht gerade vor dem Eintritt ins Zimmer plump auf den Rücken fallen wollte. Er war noch mit jener schwierigen Bewegung beschäftigt und hatte nicht Zeit, auf anderes zu achten, da hörte er schon den Prokuristen ein lautes »Oh!« ausstoßen – es klang, wie wenn der Wind saust – und nun sah er ihn auch, wie er, der der Nächste an der Türe war, die Hand gegen den offenen Mund drückte und langsam zurückwich, als vertreibe ihn eine unsichtbare, gleichmäßig fortwirkende Kraft. Die Mutter – sie stand hier trotz der Anwesenheit des Prokuristen mit von der Nacht her noch aufgelösten, noch sich sträubenden Haaren – sah zuerst mit gefalteten Händen den Vater an, ging dann zwei Schritte zu Gregor hin und fiel inmitten ihrer rings um sie herum sich ausbreitenden Röcke nieder, das Gesicht ganz unauffindbar zu ihrer Brust gesenkt. Der Vater ballte mit feindseligem Ausdruck die Faust, als wolle er Gregor in sein Zimmer zurückstoßen, sah sich dann unsicher im Wohnzimmer um, beschattete dann mit den Händen die Augen und weinte, daß sich seine mächtige Brust schüttelte.

Gregor trat nun gar nicht in das Zimmer, sondern lehnte sich von innen an den festgeriegelten Türflügel, so daß sein Leib nur zur Hälfte und darüber der seitlich geneigte Kopf zu sehen war, mit dem er zu den anderen hinüberlugte. Es war inzwischen viel heller geworden; klar stand auf der anderen Straßenseite ein Ausschnitt des gegenüberliegenden, endlosen, grauschwarzen Hauses – es war ein Krankenhaus – mit seinen hart die Front durchbrechenden regelmäßigen Fenstern; der Regen fiel noch nieder, aber nur mit großen, einzeln sichtbaren und förmlich auch einzelnweise auf die Erde hinuntergeworfenen Tropfen. Das Frühstücksgeschirr stand in überreicher Zahl auf dem Tisch, denn für den Vater war das Frühstück die wichtigste Mahlzeit des Tages, die er bei der Lektüre verschiedener Zeitungen stundenlang hinzog. Gerade an der gegenüberliegenden Wand hing eine Photographie Gregors aus seiner Militärzeit, die ihn als Leutnant darstellt, wie er, die Hand am Degen, sorglos lächelnd, Respekt für seine Haltung und Uniform verlangte. Die Tür zum Vorzimmer war geöffnet, und man sah, da auch die Wohnungstür offen war, auf den Vorplatz der Wohnung hinaus und auf den Beginn der abwärts führenden Treppe.

Eine Kreuzung

Ich habe ein eigentümliches Tier, halb Kätzchen, halb Lamm. Es ist ein Erbstück aus meines Vaters Besitz. Entwickelt hat es sich aber doch erst in meiner Zeit, früher war es viel mehr Lamm als Kätzchen. Jetzt aber hat es von beiden wohl gleich viel. Von der Katze Kopf und Krallen, vom Lamm Größe und Gestalt; von beiden die Augen, die flackernd und wild sind, das Fellhaar, das weich ist und knapp anliegt, die Bewegungen, die sowohl Hüpfen als Schleichen sind. Im Sonnenschein auf dem Fensterbrett macht es sich rund und schnurrt, auf der Wiese läuft es wie toll und ist kaum einzufangen. Vor Katzen flieht es, Lämmer will es anfallen. In der Mondnacht ist die Dachtraufe sein liebster Weg. Miauen kann es nicht und vor Ratten hat es Abscheu. Neben dem Hühnerstall kann es stundenlang auf der Lauer liegen, doch hat es noch niemals eine Mordgelegenheit ausgenutzt.

Ich nähre es mit süßer Milch, sie bekommt ihm bestens. In langen Zügen saugte es sie über seine Raubtierzähne hinweg in sich ein. Natürlich ist es ein großes Schauspiel für Kinder. Sonntag Vormittag ist Besuchstunde. Ich habe das Tierchen auf dem Schoß und die Kinder der ganzen Nachbarschaft stehen um mich herum.

Da werden die wunderbarsten Fragen gestellt, die kein Mensch beantworten kann: Warum es nur ein solches Tier gibt, warum gerade ich es habe, ob es vor ihm schon ein solches Tier gegeben hat und wie es nach seinem Tode sein wird, ob es sich einsam fühlt, warum es keine Jungen hat, wie es heißt und so weiter.

Ich gebe mir keine Mühe zu antworten, sondern begnüge mich ohne weitere Erklärungen damit, das zu zeigen, was ich habe. Manchmal bringen die Kinder Katzen mit, einmal haben sie sogar zwei Lämmer gebracht. Es kam aber entgegen ihren Erwartungen zu keinen Erkennungsszenen. Die Tiere sahen einander ruhig aus Tieraugen an und nahmen offenbar ihr Dasein als göttliche Tatsache gegenseitig hin.

In meinem Schoß kennt das Tier weder Angst noch Verfolgungslust. An mich angeschmiegt, fühlt es sich am wohlsten. Es hält zur Familie, die es aufgezogen hat. Es ist das wohl nicht irgendeine außergewöhnliche Treue, sondern der richtige Instinkt eines Tieres, das auf der Erde zwar unzählige Verschwägerte, aber vielleicht keinen einzigen Blutsverwandten hat und dem deshalb der Schutz, den es bei uns gefunden hat, heilig ist.

Manchmal muß ich lachen, wenn es mich umschnuppert, zwischen den Beinen sich durchwindet und gar nicht von mir zu trennen ist. Nicht genug damit, daß es Lamm und Katze ist, will es fast auch noch ein Hund sein. – Einmal als ich, wie es ja jedem geschehen kann, in meinen Geschäften und allem, was damit zusammenhängt, keinen Ausweg mehr finden konnte, alles verfallen lassen wollte und in solcher Verfassung zu Hause im Schaukelstuhl lag, das Tier auf dem Schoß, da tropften, als ich zufällig einmal hinuntersah, von seinen riesenhaften Barthaaren Tränen. – Waren es meine, waren es seine? Hatte diese Katze mit Lammesseele auch Menschenehrgeiz? – Ich habe nicht viel von meinem Vater geerbt, dieses Erbstück aber kann sich sehen lassen.

Es hat beiderlei Unruhe in sich, die von der Katze und die vom Lamm, so verschiedenartig sie sind. Darum ist ihm seine Haut zu eng. – Manchmal springt es auf den Sessel neben mir, stemmt sich mit den Vorderbeinen an meine Schulter und hält seine Schnauze an mein Ohr. Es ist, als sagte es mir etwas, und tatsächlich beugt es sich dann vor und blickt mir ins Gesicht, um den Eindruck zu beobachten, den die Mitteilung auf mich gemacht hat. Und um gefällig zu sein, tue ich, als hätte ich etwas verstanden, und nicke. – Dann springt es hinunter auf den Boden und tänzelt umher.

Vielleicht wäre für dieses Tier das Messer des Fleischers eine Erlösung, die muß ich ihm aber als einem Erbstück versagen. Es muß deshalb warten, bis ihm der Atem von selbst ausgeht, wenn es mich manchmal auch wie aus verständigen Menschenaugen ansieht, die zu verständigem Tun auffordern.

Die Brücke

Ich war steif und kalt, ich war eine Brücke, über einem Abgrund lag ich. Diesseits waren die Fußspitzen, jenseits die Hände eingebohrt, in bröckelndem Lehm habe ich mich festgebissen. Die Schöße meines Rockes wehten zu meinen Seiten. In der Tiefe lärmte der eisige Forellenbach. Kein Tourist verirrte sich zu dieser unwegsamen Höhe, die Brücke war in den Karten noch nicht eingezeichnet. – So lag ich und wartete; ich mußte warten. Ohne einzustürzen kann keine einmal errichtete Brücke aufhören, Brücke zu sein.

Einmal gegen Abend war es – war es der erste, war es der tausendste, ich weiß nicht, – meine Gedanken gingen immer in einem Wirrwarr und immer in der Runde. Gegen Abend im Sommer, dunkler rauschte der Bach, da hörte ich einen Mannesschritt! Zu mir, zu mir. – Strecke dich, Brücke, setze dich in Stand, geländerloser Balken, halte den dir Anvertrauten. Die Unsicherheit seines Schrittes gleiche unmerklich aus, schwankt er aber, dann gib dich zu erkennen und wie ein Berggott schleudere ihn ans Land.

Er kam, mit der Eisenspitze seines Stockes beklopfte er mich, dann hob er mit ihr meine Rockschöße und ordnete sie auf mir. In mein buschiges Haar fuhr er mit der Spitze und ließ sie, wahrscheinlich wild umherblickend, lange drin liegen. Dann aber – gerade träumte ich ihm nach über Berg und Tal – sprang er mit beiden Füßen mir mitten auf den Leib. Ich erschauerte in wildem Schmerz, gänzlich unwissend. Wer war es? Ein Kind? Ein Traum? Ein Wegelagerer? Ein Selbstmörder? Ein Versucher? Ein Vernichter? Und ich drehte mich um, ihn zu sehen. – Brücke dreht sich um! Ich war noch nicht umgedreht, da stürzte ich schon, ich stürzte, und schon war ich zerrissen und aufgespießt von den zugespitzten Kieseln, die mich immer so friedlich aus dem rasenden Wasser angestarrt hatten.

Franz Kafka

Quellenverzeichnis: »Die Verwandlung« (Auszug), »Eine Kreuzung« und »Die Brücke« aus: *Erzählungen.* Mit freundlicher Genehmigung des S. Fischer Verlags, Frankfurt am Main.

Bibliographie: *Betrachtung,* Leipzig, 1913. – *Die Verwandlung,* Leipzig, 1915. – *Das Urteil,* Leipzig, 1916. – *In der Strafkolonie; Ein Landarzt,* Leipzig, 1919. – *Ein Hungerkünstler,* Berlin, 1924. – *Der Prozeß,* Berlin, 1925. – *Das Schloß,* München, 1926. – *Amerika,* München, 1927. – *Beim Bau der chinesischen Mauer,* Berlin, 1931. – *Vor dem Gesetz,* Berlin, 1934. – *Gesammelte Werke,* New York/Frankfurt, 1950–1958.

Jakob van Hoddis

1887 bis nach 1942
(an einem unbekannten Ort vergast)

Im Himmel von Berlin kräht ein Wetterhahn, unter dem Eis auf dem Lande lacht eine verzauberte Pumpe: derlei liest man in einem schmalen Gedichtband, der nicht brennen will, der sich weigert, das Schicksal so vieler anderer Bücher zu erleiden, deren Autodafé die Hitlersche Diktatur angeordnet hat, in der Hoffnung, dem immer weiter fortschreitenden revolutionären Denken Einhalt gebieten zu können. Mit van Hoddis befinden wir uns an der Spitze der deutschen Poesie, seine Stimme erreicht uns vom höchsten und dünnsten Zweig des vom Blitz getroffenen Baums. Der Mann, der kurze Zeit Arps Weggefährte ist, zeichnet sich durch ein mißliebiges Betragen aus: zum Essen eingeladen, schlägt er, des schönen Lärms wegen, mit dem Löffel schwungvoll gegen seinen Teller, und nur mit Mühe kann er es sich verkneifen, wie Harpo Marx das zu tun pflegte, den Damen unsittliche Anträge zu machen. Bei der historischen Wende am Ende des Krieges, das grausamer in Deutschland erlebt wurde, verschwindet er in eine Irrenanstalt. Mit den schönen Irrenhausliedern, in denen das Ge-

fühl völliger Freiheit gepriesen wird – der Sturmangriff des Militärs und anderer Verbände scheitert an den hohen Mauern – sind wir mitten im Lande des schwarzen Humors, leicht zu erkennen an dem symbolischen, geheimnisvollen und unveränderlichen Anblick, der sich uns bietet: Weiße Fliegenschwärme, Blumentapeten, grünende Katzen.

Der Träumende

Blaugrüne Nacht, die stummen Farben glimmen.
Ist er bedroht vom roten Strahl der Sperre
Und rohen Panzern? Ziehn hier Satans Heere?
Die gelben Flecke, die im Schatten schwimmen,
Sind Augen wesenloser großer Pferde.
Sein Leib ist nackt und bleich und ohne Wehre.
Ein fades Rosa eitert aus der Erde.

Tohub

Drei Männlein singen in der Höhe
Den gräßlichen Gesang:
Hast de Wanzen, Läuse, Flöhe,
Wird die Zeit dir gar nicht lang.

Immer hast de was zu knacken,
Es krabbelt hier und da.
Darfst packen und darfst zwakken –
O je! Halleluja!

Was soll die Langeweile,
Wo edel du verkommst.
Minute wird zur Meile,
Du siehst nur Zeit und brommst.

Auf dem Schädel hörst du die Haare,
Hinter den Ohren wächst dir Gras,
Dein Kiefer wird zur Knarre,
Schwer ächzend durch die Jahre
Auf und ab ohn' Unterlaß.

Drei Männlein singen in der Höhe
Den gräßlichen Gesang:
Hast de Wanzen, Läuse, Flöhe,
Wird dir die Zeit nicht lang.

Sie stiegen auf im Morgenrot
Und sangen Tag und Nacht,
Und störten Mittag- und Abendbrot
Und Luft und Erde kracht.

Der Visionarr

Lampe blöck nicht.
Aus der Wand fuhr ein dünner Frauenarm.
Er war bleich und blau geädert.
Die Finger waren mit kostbaren Ringen
bepatzt.
Als ich die Hand küßte, erschrak ich:
Sie war lebendig und warm.
Das Gesicht wurde mir zerkratzt.
Ich nahm ein Küchenmesser und zerschnitt
ein paar Adern.
Eine große Katze leckte zierlich das Blut
vom Boden auf.

Der Visionarr

Ein Mann indes kroch mit gesträubten
Haaren
Einen schräg an die Wand gelegten
Besenstiel hinauf.

Quellenverzeichnis: »Tohub«, »Der Träumende« und »Der Visionarr« aus: *Weltende. Gesammelte Dichtungen.* Mit freundlicher Genehmigung des Verlags der Arche, Zürich.

Bibliographie: *Weltende. Gesammelte Dichtungen,* Zürich 1958.

Marcel Duchamp

1887–1968

Marcel Duchamps Genie ist vielleicht darin zu sehen, daß er, nachdem er die Kluft, die die spezifischen Ideen von den allgemeinen Ideen trennt, überwunden hat, was bereits auf einen großen Geist schließen läßt, jene ihrerseits aufgab, um sich dem zuzuwenden, was man die spezifizierten allgemeinen Ideen nennen könnte. So fragt man sich, ob Maurice Scève mit dem Namen Délie eine bestimmte Frau, das weibliche Ideal oder einfach die »Idee« besungen hat (ohne im geringsten an das weibliche Geschlecht zu denken), die Idee, *deren Anagramm Délie ist. Nach bewußter Überschreitung der üblichen Prinzipien der Erkenntnis und des Lebens, konnte mit Duchamp zum erstenmal die Rede davon sein, »immer oder doch fast immer den Grund der Wahl zwischen zwei oder mehreren Lösungen anzugeben (mit ironischer Kausalität)«, das heißt, das Vergnügen bereits schon an der Formulierung des Gesetzes, dem die Realität entsprechen soll, teilhaben zu lassen (Beispiele: »Ein waagerechter Faden fällt von einem Meter Höhe auf eine waagerechte Ebene, wobei er sich ganz nach* seinem

Belieben *verformt und eine neue Figur der Längeneinheit bildet«;* »aus Herablassung *ist ein Gewicht beim Abstieg schwerer als beim Aufstieg«; die eigentümlich geformten Flaschen gewisser Markenfabrikate wie zum Beispiel »Bénédictine« gehorchen dem »Prinzip des schwankenden spezifischen Gewichts«). Das ist es, was Duchamp die »bejahende Ironie« genannt hat im Gegensatz zur »verneinenden Ironie, der es bloß auf das Lachen ankommt«, die bejahende Ironie, die sich zum Humor verhält wie Auszugsmehl zum Getreide. Der Müller, in diesem Fall derjenige, der am Ende des ganzen historischen Entwicklungsprozesses des Dandyismus gern als, wie Gabrielle Buffet sagt, »wohlwollender Techniker« erscheinen wollte, er, unser Freund Marcel Duchamp ist ganz ohne Zweifel der intelligenteste und (für viele) der unbequemste Mensch der ersten Hälfte dieses Jahrhunderts. Die Frage nach der Realität in ihrem Verhältnis zur Möglichkeit, eine Frage, die der Urquell der Angst bleibt, ist hier in kühnster Weise gelöst: »Die mögliche Realität [erhält man], indem man die Gesetze der Physik und der Chemie* etwas lockert.« *Ohne Zweifel wird man sich später befleißigen, jene Funde, zu denen diese Methode Marcel Duchamp in der Plastik geführt hat – ihre Aufzählung würde den Rahmen dieses kurzen Vorberichts sprengen – streng chronologisch zu ordnen. Die Zukunft wird nicht mehr tun können, als ihre Entwicklung systematisch zurückzuverfolgen, auf der Suche nach dem verborgenen Schatz, der Duchamps Geist war, und damit nach dem seltensten und kostbarsten dieser Zeit überhaupt. Es handelt sich um die gründliche Unterweisung, auf modernste Art zu fühlen, wozu der Humor in diesem Werk die stillschweigende Voraussetzung bildet.*

Nach einer kometenhaft kurzen Periode der Malerei (Jeune homme triste dans un train, Nu descendant un escalier, Le roi et la reine entourés de nus vites, Le roi et la reine traversés par des nus vites, Vierge, Le passage de la Vierge à la Mariée, Mariée) *hat Duchamp, während er sich von 1912 bis 1923 jener Gattung von »Anti-Meisterwerken« widmet wie* La mariée mise à nu par ses célibataires même, *das sein Hauptwerk darstellt, aus Protest gegen die Armut, den Ernst und die Eitelkeit der Kunst eine bestimmte Anzahl von fabrikmäßig hergestellten Gegenständen* (ready-mades) *signiert, die allein dadurch die ›Würde‹ eines Kunstwerks erhalten, daß er sie gewählt hat: Kleiderständer, Kamm, Flaschentrockner, Fahrradräder, Pissoirschale, Schneeschippe usw. Bis er zu den reziproken* ready-mades *überging (»einen Rembrandt als Bügelbrett benutzen«), hielt er sich vorderhand an die ausgeschmückten* ready-mades: *die mit einem Schnurrbart verschönerte Mona Lisa, ein Vogelkäfig voller weißer Marmorstücke, die Zuckerstücke imitieren, und in denen ein Thermometer steckt, usw.*

Abwechselnd mit einigen unveröffentlichten Hinter-Gedanken, die für seine Art sehr typisch sind, wird man nachstehend eine ziemlich vollständige Reihe jener Sätze finden, die dem »Gesetz des Zufalls« unterste-

hen, Sätze, in denen die obengenannten Gegensätze die ideale Begleitung gefunden haben, Sätze, die vom Glanz des Zusammenstoßes funkeln und in der Sprache zeigen, was vom »Zufall in der Dose«, dieser großen Spezialität Marcel Duchamps, zu erwarten ist.

Wortspiele

Étrangler l'étranger.

Église, exil.

Des bas en soie . . . la chose aussi.

Un mot de reine, des mots de reins.

Nous livrons des moustiques domestiques (demi-stock).

Rrose Sélavy et moi esquivons les ecchymoses des Esquimaux aux mots exquis.

Le système métrite par un temps blennorhagieux.

Fossettes d'aisances.

My niece is cold because my knees are cold.

A coups trop tirés.

Parmi nos articles de quincaillerie paresseuse nous recommandons le robinet qui s'arrête de couler quand on ne l'écoute pas.

Avez-vous déjà mis la moelle de l'épée dans le poil de l'aimée?

Matin et soir: Bains de gros thé pour grains de beauté sans trop de Bengué.

Une nymphe amie d'enfance.

Physique de bagage:
Calculer la différence entre les volumes d'air déplacé par une chemise propre (repassée et pliée) et la même chemise sale.

Il y a celui qui fait le photographe et celle qui a de l'haleine en dessous.

Inceste ou passion de famille.

... Un incesticide doit coucher avec sa »parente« avant de la tuer; les punaises sont de rigueur.

Paroi parée de paresse de paroseis.

A charge de revanche et à verge de rechange.

Sacre du printemps, crasse de tympan.

Oh! crever un abcès au pus lent.

Ajustage de coïncidence d'objets ou partie d'objets; la hiérarchie de cette sorte d'ajustage est en raison directe du »disparate«.

Robe oblongue dessinée exclusivement pour dames affligées du hoquet.

»Sa robe est noire«, dit Sarah Bernhardt.

Une boîte de suédoises pleine est plus légère qu'une boîte entamée parce qu'elle ne fait pas de bruit.

Une 5 CV qui rue sur pignon.

Du dos de la cuiller au cul de la douairière.

Daily lady cherche démêlés avec Daily Mail.

Faut-il réagir contre la paresse des voies ferrées entre deux passages de trains?[1]

Transformator, der dazu dient, die kleinen vergeudeten Energien auszunutzen, wie:
übertriebenen Druck auf einen elektrischen Knopf.
Ausatmung des Tabakrauchs.
das Wachsen der Haare und Nägel.
den Fall des Urins und der Exkremente.
Bewegungen der Angst, des Erstaunens, des Überdrusses, des Zorns.
das Lachen.
den Fall der Tränen.
hinweisende Gesten der Hände, der Füße, die Tics.
die harten Blicke.
die vor Schreck herabfallenden Arme.
das Räkeln, Gähnen, Niesen.
das Ausspeien und Blutspucken.
das Erbrechen.
die Ejakulation.

1 Unübersetzbare Wortspiele. (Anm. d. Übers.)

die widerborstigen Haare und Büschel.
das Geräusch des Schneuzens, das Schnarchen.
das In-Ohnmacht-Fallen.
Pfeifen, Gesang.
die Seufzer und so weiter ...

Transformateur destiné à utiliser les petites énergies gaspillées comme:
l'excès de pression sur un bouton électrique.
l'exhaltation de la fumée de tabac.
la poussée des cheveux, des poils et des ongles.
la chute de l'urine et des excréments.
les mouvements de peur, d'étonnement, d'ennui, de colère.
le rire.
la chute des larmes.
les gestes démonstratifs des mains, des pieds, les tics.
les regards durs.
les bras qui en tombent du corps.
l'étirement, le bâillement, l'éternuement.
le crachement ordinaire et de sang.
les vomissements.
l'éjaculation.
les cheveux rébarbatifs, l'épi.
le bruit de mouchage, le ronflement.
l'évanouissement.
le sifflage, le chant.
les soupirs, etc ...

Quellenverzeichnis: »Wortspiele«. Übersetzung: Lothar Klünner.

Bibliographie: *La Mariée mise à nu par ses célibataires même,* 1935. – *Marchand du Sel. Ecrits de M. Duchamp réunis,* 1964.

Hans Arp

1888–1966

Könnte man durch das poetische Denken dieser Zeit einen Längsschnitt machen, würde man entdecken, daß seine Wurzeln das Es *zutiefst durchdringen, das für den menschlichen Geist das ist, was die Erdkruste für die Pflanze. In diesem* Es *sind die mnemonischen Spurenelemente bewahrt, es ist das Residuum unzähliger früherer Einzelleben. Der Automatismus ist nichts anderes als das Mittel des Durchdringens und des Auflösens, dessen der Geist sich bedient, um aus diesem Boden seine Nahrung zu ziehen; er entspricht der mechanischen Bewegung, durch die es den Wurzeln der Pflanzen gelingt, die Steine beiseite zu drängen und die harten Schichten zu sprengen. Das* Ich, *dem es als vom* Es *differenzierter Teil zukommt, dem Einfluß der Außenwelt zu unterliegen, hat den Auftrag, die gerade im* Es *akkumulierte sexuelle Libido umzuwandeln: Man weiß, daß es dies nur vermag, wenn es den Ödipuskomplex und die dem Individuum angeborene Bisexualität überwindet. Das* Über-Ich, *das die Durchführung dieser letzteren Operation leitet, kann mit der Humusschicht verglichen werden, die den Boden nach dem Blätterfall bedeckt und die befruchtenden Elemente der Erde mobilisiert. Der Humor, wie wir ihn verstehen, könnte somit ein latentes Mittel zur Sublimierung sein: Er schüfe die Möglichkeit, sich wunderbar fallen zu lassen und sich auf dem Humus auszuruhen, den die Pflanze braucht, um zum Nutzen aller ihre eigene Lebenskraft zu erneuern, wenn diese starker Gefährdung ausgesetzt ist.*

Wie liebten wir es als Kinder doch, aus dem weichen Teppich des Waldes mühelos, um nur wenige Zentimeter, den sehr hellen Maronenbaumsprößling herauszuziehen, an dessen Wurzel die Marone immer noch den Glanz von alten polierten Möbeln hat; die Marone, die sich ihr Aussehen vollkommen bewahrt, während sie bereits sichtbar ihre Macht bezeugt: durch grüne Hände, Schatten, luftige weiße und rosa Pyramiden, Bällchen . . . und durch künftige Maronen, die, soweit der Blick reicht, andere Kinder zu ihrem Entzücken unter den Schößlingen entdecken werden! Aus eben dieser Perspektive ist, wie kein anderes, das Werk von Arp zu sehen. Jener Längsschnitt, von dem wir sprachen: Arp war par excellence derjenige, der sich in der Lage befand, ihn auszuführen, und seine ganze Poesie, sowohl die plastische wie die verbale, scheint über diese Fähigkeit verfügt zu haben, um uns die zum kleineren Teil luftige, zum größeren Teil unterirdische Welt, die der Geist wie die Pflanze mittels Fühlern erkundet, sichtbar zu machen. Er legte Wert darauf, jeden Morgen die gleiche Zeichnung zu machen, um ihr Variationen abzulisten; es ge-

fiel ihm, aus Karton geschnittene Stücke, die er bemalt, durcheinandergeschüttelt und, so wie sie gerade lagen, fixiert hat (nach dem Gesetz des Zufalls angeordnete Objekte), als Organisation *auszugeben. Zu seiner eigenen tiefsten Ergriffenheit ist er in das Geheimnis jenes keimenden Lebens eingedrungen, in dem die winzigste Einzelheit von größter Wichtigkeit ist, die Unterscheidung zwischen den Elementen hingegen alle Bedeutung verliert, wodurch es zu einem nur ihm eigenen,* verstohlenen *Humor kommt. »Die Luft ist eine Wurzel. Die Steine sind voller Eingeweide. Bravo, Bravo. Die Steine sind Wasserzweige. Auf dem Stein, der den Platz des Mundes einnimmt, wächst eine Blattrippe. Bravo. Die Steine sind gequält wie das Fleisch. Die Steine sind Wolken . . . Bravo, Bravo.«*

Als er während des ersten Weltkrieges vor das deutsche Konsulat in Zürich geladen wird, bleibt Arp, etwas verwirrt, wie er selbst zugibt, vor dem Bild Hindenburgs stehen und bekreuzigt sich. Einige Zeit danach, von einem Psychiater aufgefordert, schriftlich sein Geburtsdatum anzugeben, wiederholt er dieses bis zum untersten Rand des Blattes, wo er einen Strich zieht und, ohne sich allzu sehr um die Richtigkeit der Addition zu kümmern, eine mehrstellige Summe präsentiert.

Bestiarium ohne Vornamen

der Elefant ist in den Millimeter verliebt

die Schnecke ist stolz
unter ihrem Goldhut
ihre Haut ist ruhig
mit einem Pflanzenlächeln
trägt sie ihr Gelatinegewehr

der Adler hat Gebärden von vermutlicher
Leere
sein Euter ist mit Blitzen gefüllt

der Löwe trägt einen Schnurrbart
im reinen gotischen Flammenstil
und blasse geschniegelte Schuhe
wie ein Neo-Soldat
nach einer Mondniederlage

die Languste klettert vom Mast
vertauscht ihren Spazierstock mit einer
Baguette
und klimmt mit ihrem Stab
wieder am Baumstamm empor

die Fliege mit ihrem brummenden Blick
legt ihre Nase zur Ruh auf einem
Wasserstrahl

Die Kuh schlägt den Pergament-Weg ein
der sich in einem Fleisch-Buch verliert
jedes Haar dieses Buchs
wiegt ein Pfund

die Schlange springt pickend und prickelnd
um die Liebesnäpfe
die voll sind von Herzen mit Pfeilen
durchbohrt

der apathische Paradiesvogel[1]
wird apapathischer Paparadiesvogel
der apapathische Paparadiesvogel
wird großpapathischer Großpaparadiesvogel

die Nachtigall Schwester der Sphinx
berieselt Mägen Herzen Hirne Kaldaunen
das heißt Lilien Rosen Nelken Flieder

der Floh trägt seinen rechten Fuß
hinter seinem linken Ohr
und seine linke Hand
in seiner rechten Hand
und springt auf seinem linken Fuß
über sein rechtes Ohr

1 Wörtlich: der ausgestopfte Schmetterling (Anm. d. Übers.).

Bestiaire sans prénom

l'éléphant est amoureux du millimètre

l'escargot est fier
sous son chapeau d'or
son cuir est calme
avec un rire de flore
il porte son fusil de gélatine

l'aigle a des gestes de vide présumé
son pis est rempli d'éclairs

le lion porte une moustache
en pur gothique flamboyant
et des souliers pâles et purgés
comme un néo-soldat
après une défaite de lune

la langouste descend du mât
échange sa canne contre une baguette
et remonte avec son bâton
le long du tronc d'arbre

la mouche avec un regard ronflant
repose son nez sur un jet d'eau

la vache prend le chemin de parchemin
qui se perd dans un livre de chair
chaque poil de ce livre
pèse une livre

le serpent saute avec picotement et pico-
tement
autour des cuvettes d'amour
remplies de cœurs percés de flèches

Hans Arp

le papillon empaillé
devient un papapillon empapaillé
le papapillon empapaillé
devient un grandpapapillon grandempa-
paillé

le rossignol frère du sphinx
arrose des estomac des cœurs des cerveaux
des tripes
c'est-à-dire des lys des roses des œillets
des lilas

la puce porte son pied droit
derrière son oreille gauche
et sa main gauche
dans sa main droite
et saute sur son pied gauche
par dessus son oreille droite

Quellenverzeichnis: »Bestiarium ohne Vornamen« aus: *Le Siège de l'air.* Übersetzung: Lothar Klünner.

Bibliographie: *Le Siège de l'air, poèmes,* 1915–1945. – *Wortträume und schwarze Sterne,* Wiesbaden 1953. – *Auf einem Bein,* Wiesbaden 1955. – *Unsern täglich Traum,* Wiesbaden 1955. – *Worte mit und ohne Anker,* Wiesbaden 1955. – *Gesammelte Gedichte,* Wiesbaden 1962 ff.

Alberto Savinio

1891–1952

Der ganze noch im Entstehen begriffene moderne Mythos stützt sich an seinem Anfang auf die beiden, ihrem Geist nach fast nicht zu unterscheidenden Werke von Alberto Savinio und seinem Bruder Giorgio de Chirico, Werke, die ihren Kulminationspunkt am Vorabend des Krieges von 1914 erreichen. Die Mittel des Visuellen und Auditiven werden von ihnen gleichzeitig zur Schaffung einer symbolischen, konkreten und gemeinverständlichen Sprache benutzt, die nicht nur bemüht ist, der spezifischen Wirklichkeit ihrer Epoche in höchstem Maße Rechnung zu tragen (der Künstler erbietet sich, das Opfer seiner Zeit zu sein), sondern auch der dieser Epoche eigenen metaphysischen Fragestellung (das Verhältnis zwischen den neuen Gegenständen, deren sie sich bedienen muß, und den alten Gegenständen, mag man sie aufgegeben haben oder nicht, bedeutet insofern eine entscheidende Umwälzung, als es das Gefühl des Schicksalhaften verschärft). »Der Weg, den es zur Stunde einzuschlagen gilt«, schreibt Savinio 1914, »zeichnet sich insbesondere aus durch seine Strenge und Düster-

keit und durch die starre und vollkommen materialisierte Erscheinungsform seiner Metaphysik ... Fern jener Zeiten, da allein die Abstraktion herrschte, könnte unsere Epoche dazu neigen, aus der Materie (der Dinge selbst) alle ihre metaphysischen Elemente hervortreten zu lassen. Damit bekäme der Gedanke der Metaphysik, *ehemals rein abstrakt, sinnliche Anschaulichkeit. Und so auch könnten die Elemente, von denen der Typus des denkenden und fühlenden Menschen seine* Information[1] *bezieht, voll und ganz zur Geltung kommen.«*

Wir befinden uns hier mitten in der Welt der Sexualsymbole, wie sie, vor Freud, von Volkelt und Scherner beschrieben wurde. Gerade so wie in den frühen Bildern von Chirico das Spiel der Türme und Arkaden – die ersteren rechtfertigen Titel, die um die Nostalgie *kreisen, die andern solche, die das* Rätsel *betonen – die Beziehung des männlichen zum weiblichen Geschlecht ausdrückt, erscheint in den »Chants de la Mi-Mort« von Savinio (1914) vor unseren Augen der »Kahlkopf«, das Abbild des Vaters, wie Chirico ihn in »Cerveau de l'Enfant« gemalt hat, dessen Gesicht von weitem an »manche Photos von Napoleon III. und auch von Anatole France zur Zeit der »Lys rouge« erinnert; dieser Herr, der einen verstohlen lächelnd ansieht, ist immer er, der* Versucher, *»der gelbe Mann«, von heimlicher Gottesliebe getrieben (sehr wahrscheinlich das* Ich *selbst im Kreuzfeuer seiner verschiedenen Beleuchtungen);*

1 *Von mir hervorgehoben.*

»Daisyssina«, das Ewig-Weibliche, »die Mutter aus Stein«, unter deren Maske man unweigerlich die sehr hochmütige und hartherzige Baronin de Chirico wiedererkennen muß, in deren Schatten ihr Sohn Giorgio sich so oft gemalt und vertieft hat (der gelbe Mann »tötet seine Mutter und umarmt sie dann; er wirft sie an die Decke und fängt sie wieder auf; er wirft sie auf den Boden und tritt sie mit Füßen. Großes Gelächter«); »die schmiedeeisernen Männer«, die das ganz und gar ornamentale Gitterwerk der Gesellschaft darstellen; »zwei Engel, ein verrückter König, die Schießscheiben-Menschen«, nicht zu vergessen den kleinen Jungen, dessen Auftritt »im Nachthemd, eine Kerze in der Hand«, recht symptomatisch ist. »Mit der Sohle seines Pantoffels zerklatscht er einen Weberknecht, der die Wand hochläuft; dann beobachtet er zitternd das plattgedrückte Tier, das einen Fühler bewegt«, womit die ganze Handlung an die geheimnisvollen Grenzen des Ichs *und des* Über-Ichs *verlegt und dieses letztere in seiner ganzen Macht dargestellt wird – wie bei Chirico durch Statuen, die zumeist Reiterstandbilder sind, »fast überall anzutreffen«, und die gelegentlich zum Galopp ansetzen.*

Der Humor entspringt bei den beiden Brüdern dem zeitweilig zwar aussetzenden, aber doch sehr klaren Bewußtsein von ihrer eigenen Verdrängung. So zum Beispiel halten beide zäh an dem primitiven Glauben fest, daß die Eigenschaften der Speise sich auf den, der sie ißt, übertragen und seinen Charakter beeinflussen; daher allerlei Verbote: Hebdomeros, der Held eines Buches von Chirico, teilt die Speisen in »moralische und unmoralische« ein. Er mißbilligt ausdrücklich das Essen von Mollusken und Krustazeen. »Er betrachtete es als sehr unmoralisch, in den Cafés Eis zu essen, wie überhaupt, Eiswürfel in Getränke zu tun . . . Die unmoralischsten Früchte aber waren für ihn Erdbeeren und Feigen.« Freud hat darauf hingewiesen, daß zwischen der Beharrlichkeit dieses Glaubens – nämlich daß die orale Absorption schwere Folgen haben könnte – und der Angst bei der Wahl des sexuellen Objekts eine enge Beziehung besteht.

Alberto Savinio hatte für die »Chants de la Mi-Mort« musikalische Begleitung vorgesehen. »Wir können nicht mit Stillschweigen übergehen«, schreibt der Kritiker der »Soirées de Paris«, »mit welch unvergleichlicher Meisterschaft und Kraft Savinio seine Werke am Klavier interpretiert. Ja, es ist ein einzigartiges Schauspiel, mitanzusehen, wie dieser junge Komponist, der Jacken verabscheut und hemdsärmlig vor seinem Instrument sitzt, sich gebärdet, wie er rast und brüllt, die Pedale traktiert, auf seinem Drehstuhl herumwirbelt und im Sturm der Leidenschaft, der Verzweiflung und der entfesselten Freude mit Fäusten auf die Tastatur haut . . . Nach jedem Stück mußte man von den Tasten das Blut abwischen.« – Zwei Monate später brach der Krieg aus.

Einführung in ein merkurisches Leben

Um den Durchgangsverkehr von Schiffen mit großer Wasserverdrängung zu ermöglichen und auch um die Hauszustellung zu erleichtern, besaß die Casa Rana weder Stufen noch eine Freitreppe. Trotzdem geschah es – und niemand fand etwas dabei –, daß der Dampfer, während er die Seitenpforte mit hochmütigem Bug aufstieß, pfeifend bis zur Mitte des Saales vordrang.

Die Familie Rana fand sich vollständig versammelt, sowie Robert Danesi, der tragische Bewerber.

Nach den gewöhnlichen Beleidigungen wurden die beiden Gäste freundlich vom Hausherrn eingeladen, sich in den Hintern treten zu lassen. Bei den Ranas, die von hoher Abkunft waren, pflegte man gute Manieren.

Frau Giulia Rana, die Hausherrin, trug ein prächtiges Abendkleid mit großen grünen Ranken, das ihr wunderbar stand.

Mister Pard, der sich ihr genähert hatte, um ihr ins Gesicht zu spucken, wie es in der besseren Gesellschaft üblich ist, erkannte, daß dieses Kleid nur ein Köder war.

Als Tochter aus dem Krötengeschlecht und

selbst ein Frosch, hatte Frau Giulia Rana auf ihrer Haut die gleichen Verzierungen, die die Epidermis des amphibischen Herrn Vater schmückten. Unnötig hinzuzufügen, daß Frau Giulia unter ihren kongenitalen Ranken vollständig nackt war. Ihr Bauch aber, der ganz weiß war, ganz rundlich und von solcher Zartheit, daß er alle in Verwirrung setzte, quetschte sich an die Randleiste des Tisches wie ein Kinderluftballon.

Angeekelt durch diesen neuen Beweis der Unbeständigkeit des menschlichen Charakters, setzte sich der Konsul in eine Ecke und begann, nachdem er die Beine übereinandergeschlagen hatte, mit liebevoller Hand das Ende seines Schwanzes zu streicheln, das unter seiner metallenen Hose hervorlugte.

Herr Luigi Rana, der Ehegatte von Frau Giulia und Ehrenvorsitzender der Gesellschaft zur Förderung der Päderastie in den Familien, schüttelte in einem Irrigator einen Cocktail, der aus Ammoniak und verschiedenen Exkrementen bestand. Was den Kapitän Tullio Rana anging, einen Schwerkriegsbeschädigten und Bruder von Herrn Luigi, so hüpfte er im Salon mit den Gebärden einer Schießbudenfigur herum, denn bei heldenmütiger Abwehr der angreifenden *Sturmtruppen*[1] war sein Körper so dünn geworden wie eine Pastille.

Große, bleichsüchtige, ausrangierte Sterne waren an der Mauer aufgereiht. Sie bewahrten von ihrem vergangenen Glanz nur einen fahlen Schimmer, der schwach an den Spitzen

1 Im Original deutsch (Anm. d. Übers.).

ihrer einst so strahlenden Beinchen flimmerte. Vom Fenster aus entdeckte man die Stadt, ganz weiß und rund in ihren Mauern, ähnlich einer Charlotte à la russe, die in ihrer Sahne badet.

Die Séance begann sich wie eine Blume zu öffnen. Alle Welt umgab die schöne Frau Rana, die dank ihrer einzigartigen Anmut bei den Offenbarungen des Okkulten als Loch der Erleichterung diente.

Obwohl die Casa Rana ganz ohne Stühle war, saßen alle Teilnehmer dieser denkwürdigen Séance friedlich um den Tisch, mit schlaff auf die Decke gelegten Händen, geraden Rücken und im Leeren hängenden Hintern.

Robert Danesi ergriff das Wort. Da er nach seinem berüchtigten Selbstmordversuch mit Strychnin untersichtig geworden war, hatte er sich daran gewöhnt, seinem Auditorium, wenn er sprach, den Rücken zuzukehren. Er sagte:

»Im November 1918 entschieden wir uns die Schweiz zu verlassen, um nach Europa zurückzukehren. Wir schifften uns, Frau Danesi, mein Sohn Themistokles und ich, auf einem Bateau-lavoir ein. Der Krieg war beendet, ich hatte Eile, meinen Arm in den Dienst des Vaterlandes zu stellen. Aber das ist Nebensache. Auf der Höhe der Rue Jacob Nr. 24 in Paris wurde unser Schiff durch die Unachtsamkeit einiger Dynamitfischer torpediert, die in diesen Gewässern operierten. Meinen Sohn Themistokles im Arm haltend, gelang es mir, mich an dem Geldschrank des Schiffes festzuklammern, der vollständig ausgeleert auf dem Ozean wie eine Purgier-Gurke schwamm. Er brachte uns gesund und munter vor die Absteige des Viertels. Seit dieser tragischen Nacht erhielt ich von meiner Frau keine Nachricht mehr, bis gestern, den elften September, an dem ein Akkordeonspieler aus Tel-Aviv die Freundlichkeit besaß, mir per Funk mitzuteilen, daß Frau Danesi nicht toter sei als Sie und ich, und daß sie gegenwärtig in einer großen Gefrierfleischfabrik in London zur Krankenbehandlung hospitalisiert sei, wo die größten ortsansässigen Spezialisten mit der Entfernung ihrer Tätowierungen begonnen hätten.«

»Meine Herren«, fuhr der tragische Bewerber mit einer Stimme fort, die nun gewichtiger wurde, »hier ist der Grund, der uns an diesem Abend vereint. Ich wünsche durch den Mund dieser Schlampe, Frau Giulia Rana, der anmutigen Kommissarin des Jenseits, und in Gegenwart dieses Unflates, Mister Pard, Konsul von England, zu erfahren, ob mein lieber Themistokles, Fleisch und Blut des dreiundzwanzigsten Liebhabers meiner angebeteten Frau, noch den süßen Namen Mutter aussprechen kann.«

Nach dieser Erklärung von Robert Danesi legte Frau Rana, die sich vollständig gesammelt hatte, ihren Nabel frei und erklärte mit salbungsvoller Stimme:

»Geist! Ist es wahr, daß Frau Danesi gegenwärtig in einer großen Londoner Gefrierfleischfabrik im Krankenbett liegt, wo man auf dem Wege ist, ihre Tätowierungen zu beseitigen? Antworte ohne zu zögern, ich befehle es dir!«

Einführung in merkurisches Leben

Einige Sekunden nachdem das ekstatische Schweigen das Echo der Aufforderung an den Nabel verschluckt hatte, schüttelten schreckliche Krämpfe den Nabel Frau Ranas, und eine Stimme, die nicht mehr die ihre war, schrie: »Ausschweifend sein, Kind erdrosseln. Später wiederkommen.«

Quellenverzeichnis: »Einführung in ein merkurisches Leben« (Auszug) aus: *Introduction à une Vie de Mercure.* Übersetzung: Richard Anders.

Bibliographie: *Les chants de la Mi-Morts,* Paris, 1914. – *Hermaphrodito,* Florenz 1918. – *Achille innamorato,* Florenz 1938. – *La Nostra Anima,* Rom, 1944. – *Introduction à une Vie de Mercure,* Paris, 1945. – *Tutta la Vita,* Mailand, 1952. – *Vraies Métamorphoses d'Ovide,* Paris, 1957. – *Vita dei Fantasmi,* Mailand 1962.

Jacques Vaché

1896–1919

Die Strelitzie in der Hand, meldet sich auch der Humor wieder, er geht während der Jahre des »letzten«[1] *Krieges wie auf Eiern, der Körper ganz frontal, das Gesicht im Profil. Er enthält sich, das versteht sich von selbst, keineswegs der Stimme und brüstet sich mit seiner wundervoll geschnittenen Uniform, die obendrein aus zweien besteht, eine gewissermaßen synthetische Uniform, halb die der »Alliierten«, halb die der »Feinde«, und deren Unifizierung rein äußerlich erreicht wird mit einem großen Aufwand an aufgesetzten Taschen, lackiertem Wehrgehenk, Generalstabskarten und engen Wickelgamaschen in allen Farben des Horizonts. Die roten Haare, die »heruntergebrannten« Augen und der eisige Schmetterling des Monokels vervollständigen die gewollte Dissonanz und Isolierung. Die Weigerung mitzumachen ist so vollkommen wie möglich, allerdings unter dem Deckmantel einer zum Schein sehr weitgehenden Akzeptation: alle »äußeren Zeichen von Respekt«; ein gleichsam unwillkürliches Fest-*

1 *Gemeint ist natürlich der* Erste *Weltkrieg.*

halten an dem, was der Geist gerade am törichtsten findet. Mit Jacques Vaché kein Schrei mehr, nicht einmal mehr ein Seufzer: Die »Pflichten« des Mannes, als deren oberste wegen all der Unruhe der Zeit die »Pflicht gegenüber dem Vaterland« betrachtet wird, schließen selbst den Protest aus, der in seinen Augen noch von allzu großer Willfährigkeit zeugen würde. Um den Wunsch zu haben und die Kraft zu finden, sich zu widersetzen, müßte man sich weniger stark verrechnen. Der Desertation zu Kriegszeiten ins Ausland, die für ihn immer etwas Närrisches haben wird, stellt Vaché eine andere Form des Ungehorsams gegenüber, die man als Desertation nach innen bezeichnen könnte. Es handelt sich dabei nicht einmal mehr um den Rimbaudschen Defätismus von 1870/71, es ist der feste Entschluß, völlige Teilnahmslosigkeit zu zeigen, dem Bemühen ähnlich, niemandem und nichts zu dienen oder besser, beflissentlich einen schlechten Dienst zu erweisen. Eine individualistische Haltung, wenn es überhaupt eine ist. Sie erscheint uns als das echte, zu jener Zeit hochentwickelte Produkt einer Gefühlsambivalenz, derzufolge der Tod der anderen in Kriegszeiten viel freimütiger betrachtet wird als in Friedenszeiten, und das Leben des einzelnen um so größere Beachtung findet, als das der Gesamtheit im allgemeinen weniger geschont wird. Es handelt sich da um eine Rückkehr in ein primitives Stadium, was durchweg in »heroischer« Reaktion zum Ausdruck kommt (dem zur Weißglut gebrachten Über-Ich gelingt es, vom Ich eine Verzichterklärung, die Zustimmung zu seinem Verlust *zu erwirken) und in Ausnahmefällen in der Verstärkung egoistischer Neigungen, die sich nicht mehr in soziale Neigungen verwandeln können, weil sie dafür nicht das geeignete erotische Ferment finden (wobei das* Es *wieder die Oberhand gewinnt wie im Fall »Ubu« oder des »Braven Soldaten Schwejk«). Ein* Über-Ich *reiner Simulation behält Vaché nur mehr als Verzierung; eine außerordentliche Luzidität gibt seinem Verhältnis zum* Es *eine ungewöhnliche, leicht makabre und höchst beunruhigende Note. Aus eben diesem Verhältnis sprudelt ohne Unterlaß der schwarze Humor, der Umor (ohne H), nach der trefflichen Orthographie, die er gebraucht, der Umor, der mit ihm einen initiatischen und dogmatischen Charakter annimmt. Und sogleich wird das Ich auf eine harte Probe gestellt: »Ich bin ihm auf diesem eiligen Rückzug«, sagt Vaché, »nur mit knapper Not entgangen. Doch bin ich dagegen, in Kriegszeiten getötet zu werden.« Er wird sich kurz nach dem Waffenstillstand töten. »Gerade will ich diese Studie abschließen«, schreibt Marc-Adolphe Guégan in* Ligne de cœur *(Januar 1927), »als mir eine vertrauenswürdige Person eine schreckliche Mitteilung macht. Jacques Vaché soll mehrere Stunden vor dem tragischen Ereignis gesagt haben: ›Ich werde sterben, wann es mir paßt ... Doch werde ich dann mit jemandem zusammen sterben. Allein zu sterben ist zu langweilig ... Am liebsten mit einem meiner besten Freunde.‹ Solche Worte«, fügt Guégan hinzu, »machen die Hypothese, es handle sich um eine Dummheit, wie ich gern zugeben will, weniger glaubwürdig, zumal wenn man bedenkt, daß Jacques Vaché* nicht allein gestorben *ist. Am selben Abend wurde einer seiner Freunde das Opfer des gleichen Gifts. Sie schienen nebeneinander zu schlafen, bis sich herausstellte, daß sie nicht mehr lebten. Aber anzunehmen, daß dieser Doppelmord die Folge eines finsteren Plans war, hieße, ein Andenken mit furchtbarer Schuld beladen.« Daß diese »furchtbare Schuld« offenbar werde, war bestimmt Jacques Vachés größter Ehrgeiz.*

Briefe

X. den 11. Okt. 16.

Lieber Freund,

Ich schreibe Ihnen von einem Bett aus, auf das mich mitten am Tag das ärgerliche Wetter und eine plötzliche Laune geworfen haben.

Ich habe Ihren Brief gestern erhalten – Tatsache ist, daß ich unsere Freundschaft keineswegs vergessen habe, und ich hoffe, daß sie dauern wird, die Sârs und die Possenreißer sind so selten! – Obgleich Sie den Umor nur annähernd verstanden haben.

Ich bin also Dolmetscher bei den Engländern – und weil ich dazu völlige Gleichgültigkeit mitbringe, im Gewande friedlicher Narretei, mit der ich die Amtsgeschäfte zu betreiben liebe, führe ich durch Ruinen in Dörfern mein krystallenes Monokel und eine Theorie unheimlicher Bilder spazieren. – Ich war nacheinander ein gekrönter Literat, ein bekannter pornographischer Zeichner und ein skandalöser kubistischer Maler. – Jetzt bleibe ich zu Hause und überlasse anderen die Sorge, meine Person nach diesen Angaben zu deuten und zu diskutieren. – Das Ergebnis ist unwichtig.

Ich gehe gegen Ende des Monats in Urlaub und werde einige Zeit in Paris verbringen. – Ich muß dort meinen allerbesten Freund sehen, den ich völlig aus den Augen verloren habe.

... Davon – was wenig ist – abgesehen: Nichts. Die britische Armee, so sehr sie der französischen vorzuziehen ist, hat wenig Umor. – Ich habe einen mir zugetanen Obersten mehrmals gewarnt, daß ich ihm ein Hölzchen in die Ohren stecken werde. – Ich bezweifle, daß er mich ganz verstanden hat – er versteht nämlich kein Französisch.

Mein derzeitiger Traum ist es, eine rote Hemdbrust, ein rotes Halstuch und Schaftstiefel zu tragen – und in Australien Mitglied einer chinesischen Geheimgesellschaft zu sein, die keinerlei Ziele verfolgt.

Haben Ihre Illuminaten Schreiberlaubnis? – Ich würde gern mit jemandem, der an Verfolgungswahn leidet, oder mit irgendeinem »Katatoniker« in Briefwechsel treten.

X. 29. 4. 17.

Lieber Freund,

... Ich schreibe Ihnen aus einem Ex-Dorf, aus einem sehr engen Schweinestall, der mit Decken ausgeschlagen ist. – Ich bin bei den englischen Soldaten. – Sie sind dem Feind hier herum mächtig auf den Leib gerückt. – Das ist sehr geräuschvoll. – Aber das ist auch alles.

... Und da bitten Sie mich um eine Definition des Umors – nicht übel! –

Der Satz, *»Die Symbole sind ihrem Wesen nach symbolisch«*, schien mir lange Zeit auf würdige Weise richtig zu sein, da er eine Menge lebendiger Dinge beinhalten kann. *Beispiel:* Sie kennen das entsetzliche Leben des Weckers – das ist ein Ungeheuer, das mich immer in Schrecken versetzt hat wegen der vielen Dinge, die er im Auge hat, und der Art, wie dieser Pflichtbewußte mich fixiert, wenn ich ein Zimmer betrete – warum nur hat er so viel Umor, warum nur? – Nun: So ist es eben und nicht anders. – Es gibt auch viel ungeheuer *Ubisches* im Umor – wie Sie sehen werden. – Doch das ist natürlich nicht – entscheidend, und der Umor kommt zu sehr aus einem Gefühl, als daß er sich leicht in Worte fassen ließe. – Ich glaube, daß es ein Gefühl ist. – Ich hätte fast gesagt ein *Gespür* – auch das – für die theatralische (und freudlose) Sinnlosigkeit von allem.

Wie man weiß.

Und deshalb ist auch alle Begeisterung *der anderen* (schon weil so was mit Geräusch verbunden ist) hassenswert – denn, nicht wahr – wir haben Genie – weil wir Umor verstehen. – Und alles – hatten Sie eigentlich je daran gezweifelt? – ist uns erlaubt. All das ist übrigens ziemlich langweilig.

Anbei ein Männchen – es könnte *Obcession* heißen – oder auch – ja – *Die Schlacht an der Somme und all die anderen* – Ja.

Es hat mich lange verfolgt und mich unzählige Male in unzähligen Löchern sinnend betrachtet. – Ich glaube, es versucht, mich ein bißchen zu mystifizieren. – Ich habe es -- unter anderen Dingen – sehr liebgewonnen.

18. 8. 17.

Lieber Freund,

... Übrigens. – *Kunst* gibt es natürlich nicht. – Es erübrigt sich also, davon zu schwatzen – trotzdem: Man macht Kunst – weil dem so ist und nicht anders. – Well – was wollen Sie da machen?

Daher sind uns die *Kunst* und die Künstler zuwider (nieder mit Apollinaire), *und wie recht hat doch Tograth, den Dichter zu morden*! Doch da es nun einmal notwendig ist, etwas Säure oder alten Lyrismus abzusondern, tue man es mit einem heftigen Ruck – denn die Lokomotiven machen Dampf drauf.

Modernität ist daher auch – beständig, und jede Nacht wird sie getötet. – *Mallarmé* lassen wir links liegen, ganz ohne Haß, er ist ja tot. – Apollinaire kennen wir nicht mehr. – *Denn* – wir haben ihn im Verdacht, allzu gewollt in Kunst zu machen. Romantik flickt er mit Telefondraht zusammen und weiß nicht einmal, was Dynamos sind. Schon wieder *die Sterne* heruntergeholt! Das hängt einem ja zum Hals raus – und dabei reden die manchmal gar nicht ernsthaft! – Ein gläubiger Mensch ist schon was Kurioses. *Da aber einige geborene Schmierenschauspieler sind* . . .

Nun – ich sehe zwei Möglichkeiten, das schießen zu lassen. – Das persönliche Gefühl mittels eines flammenden Zusammenstoßes seltener – nicht oft gebrauchter – Worte heranbilden oder aber tadellose Winkel oder Vierecke von Empfindungen zeichnen – augenblicklicher, natürlich – Wir werden die Rechtschaffenheit der Logik aufgeben –

unter der Bedingung, daß wir uns widersprechen – wie alle Welt.

... Der Umor sollte nicht schöpferisch sein – aber was dagegen machen? Ich billige *Lafcadio* ein wenig Umor zu, denn er liest wenigstens nicht, und schöpferisch ist er nur in so amüsanten Experimenten wie dem Mord – und das ganz ohne satanischen Lyrismus, mein lieber vermoderter Baudelaire! –

Dir fehlte eben ein bißchen von unserer Trockenheit; Maschinerien – Rotationspressen mit stinkendem Schmieröl – drumm – drumm – drumm – zisch! Reverdy – amüsant als pohète, in Prosa ödet er einen an; Max Jacob, du guter alter Spaßvogel – *Hampelmänner – Hampelmänner – Hampelmänner* – will man schöne bunte Hampelmänner aus Holz!? Zwei heruntergebrannte Augen und das Glasscheibchen eines Monokels – mit einer Schreibmaschine wie eine Krake. – Gefiele mir schon besser ...

14. 11. 18.

Bester Freund,

In welcher Niedergeschlagenheit erreichte mich Ihr Brief! – Ich habe einen hohlen Kopf, der wenig tönt, bin allerdings mehr denn je unbewußter Registrator vieler Dinge, alles in allem – wie wird die Kristallisation aussehen? ... Ich werde leicht verblödet aus dem Kriege kommen, vielleicht gar so wie diese prachtvollen Dorftrottel (und ich wünsche es mir) ... oder auch ... oder auch ... was für einen Film werde ich machen! – Mit verrückten Automobilen, Sie wissen schon, einstürzenden Brücken und großbuchstabiger

Schrift, die über die Leinwand kriecht, hin zu welchem Dokument! ... Unnütz und unschätzbar! – Mit furchtbar tragischen Gesprächen im Abendanzug hinter der Palme, die zuhört! – Und dann natürlich der grinsende Charlie mit dem friedfertigen Blick. Und der im Kofferraum vergessene Policeman!!

Telephon, in Hemdsärmeln, mit hastenden Leuten, mit diesen grotesken abgehackten Bewegungen. – Der sechzehnjährige William R. G. Eddie, Milliarden für Negerlivreen, so schönes aschblondes Haar, und ein Hornmonokel. Er wird heiraten.

Ich werde auch Trapper sein oder Dieb oder Entdecker oder Jäger oder Bergarbeiter oder Forscher. Arizona-Bar (Whisky-Gin and mixed?) und schöne schlagreife Wälder, und – Sie kennen sie – diese hübschen Reithosen mit Maschinenpistole, dazu gut rasiert sein und so schöne gepflegte Hände haben mit einem Solitär. Alles wird enden mit einem Brand, das sage ich Ihnen, oder, ist man reich geworden, in einem Salon. – Well.

Was soll ich tun, armer Freund, um diese letzten Monate in Uniform zu ertragen? – (Man hat mir versichert, der Krieg sei zu Ende.) – Ich bin völlig am Ende ... und dann sind *die* mißtrauisch ... *die* ahnen etwas. – Wenn *die* mir nur keine Kugel durchs Gehirn jagen, solange *die* mich in ihrer Gewalt haben! ...

Quellenverzeichnis: »Briefe« (Auszüge) aus: *Lettres de guerre*. Übersetzung: Rudolf Wittkopf.

Bibliographie: *Lettres de guerre*, 1920.

Benjamin Péret

1899–1959

Es bedurfte – man wird sehen, warum ich meine Worte mit Bedacht setze – es bedurfte einer erprobten Freiheit von allen Bindungen *(und ich kenne dafür wahrhaftig kein anderes Beispiel), um die Sprache in so hohem Maße zu emanzipieren, wie das Benjamin Péret vermochte. Er allein hat beim* Wort *mit Erfolg das der alchemistischen »Sublimation« entsprechende Verfahren angewandt, das darin besteht, durch seine »Scheidung vom Groben« das »Aufsteigen des Feinen« zu bewirken. Das* Grobe *ist in diesem Fall jene Kruste ausschließlicher Bedeutung, mit der der Gebrauch alle Worte überzogen hat, und die ihnen praktisch keinen Spielraum mehr läßt für ihre Assoziationen außerhalb jener Schubfächer, in die sie unmittelbare oder der Übereinkunft entsprechende Nützlichkeit, von der Routine nachhaltig unterstützt, sorgfältig gesondert verbannte. Das enge Fach, das sich gegen jede neue Verbindung der heute in den Worten erstarrten Bedeutungselemente sperrt, läßt unaufhörlich die Zone der Undurchsichtigkeit wachsen, die den Menschen immer wieder der Natur und sich selbst ent-*

fremdet. Hier greift Benjamin Péret als Befreier ein.

Die größten Dichter vor ihm hatten sich gleichsam dafür entschuldigt, »anstelle einer Fabrik tatsächlich eine Moschee« gesehen zu haben, oder sie hatten eine herausfordernde Haltung annehmen müssen, um zu beteuern, daß sie gesehen hatten, wie »eine Feige einen Esel fraß«. Sie scheinen, wenn sie derlei vorbringen, das Gefühl zu haben, daß sie eine Vergewaltigung begehen, daß sie das Bewußtsein des Menschen profanieren, daß sie das heiligste aller Tabus verletzen. Mit Benjamin Péret jedoch hat es mit dieser Art von »schlechtem Gewissen« ein Ende, die Zensur hat ausgespielt, man beruft sich auf das »alles ist erlaubt«. Nie hatten die Worte und das, was sie bezeichnen, der Domestizierung ein für allemal entgangen, einen so hemmungslosen Jubel gezeigt. Selbst den künstlich hergestellten Gegenständen gelingt es, die natürlichen Dinge in die Sarabande hineinzuziehen, denn beide wetteifern darum, daß man über sie verfüge. Endlich ist man den alten, verstaubten Plunder los. Es herrscht wieder panische Freude. Die ganze Magie ist in einem Glas Weißwein:

dieser Wein, der nur weiß ist bei Sonnenaufgang
weil ihm die Sonne mit der Hand durchs Haar fährt

Alles ist befreit, alles auf poetische Weise gerettet dank der Wiederinkraftsetzung des allgemeingültigen Prinzips der Mutation, der Metamorphose. Man begnügt sich nicht mehr damit, die »Entsprechungen« zu preisen als große, wenn zeitweilig leider auch erlöschende Lichter, man orientiert sich, man wird rege nur durch die ununterbrochene Verwirklichung leidenschaftlicher Einklänge.

Ich spreche aus allzu großer Nähe darüber, wie von einem Licht, das mir Tag für Tag, dreißig Jahre hindurch, das Leben verschönt hat. Der Humor sprudelt hier wie die Quelle selbst.

Die Parasiten reisen

»Also, das kam so:

Ich hatte Eisernes[1] auf das Rund[2] gekriegt und glitt ins Weiß[3], dabei spürte ich, daß man mir die Stengel quetschte[4].

Ich dachte: »Das wird trocken![5]«, aber ich war zu weit weg, um mich auszudrücken[6]. Als es Luft gab[7], befand ich mich mit den Flatternden[8] mindestens fünfzehn Pfeifen[9] über dem Dreck[10]; doch du weißt, ich hatte nie gern mit dem Rauch gespielt[11]; ich wünschte nur eins: wieder auf dem Dreck zu sein. Ich sagte mir: »Das ist nicht taub[12], ich brauche mich nur an den Ausschlagenden entlang-

1 *Eisernes:* Granatsplitter.
2 *Rund:* Kopf.
3 *Ins Weiß gleiten:* ohnmächtig werden.
4 *Die Stengel quetschen:* bei den Gliedern packen.
5 *Das wird trocken:* das geht schlecht aus.
6 *Zu weit weg, um sich auszudrücken:* zu betäubt, um sich zu erwehren.
7 *Als es Luft gab:* als ich wieder zu mir kam.
8 *Die Flatternden:* die Vögel.
9 *Pfeife:* Meter.
10 *Dreck:* Boden.
11 *Mit dem Rauch spielen:* haltlos in der Luft schweben.
12 *Taub:* schwierig.

fließen zu lassen[1].« Aber es sagen und es tun, ist zweierlei. Als ich es versuchen wollte, sah ich, daß die Ausschlagenden und ich nur ein und derselbe waren. Es macht keinen Spaß, sich plötzlich als einen Angestellten des Schwarzen[2] erkennen zu müssen, zumal es feststand, daß dabei gar kein Ende abzusehen war. Ich versuchte noch einmal, das Ausschlagende zu verlassen, aber das war Wind[3]!

Ich schlug aus, und wie! Ich spürte den Schläger[4], der sich in meinem Koffer[5] wie irrsinnig gebärdete. Ich glaubte, ich wäre schon bei den letzten Zeilen meines Kapitels[6] angekommen; ich biß mich[7]; ein Schwätzer[8] legte sich auf mein Hock[9], wälzte sich über mein Gehörn[10], von dort auf meinen Koffer, dann herab auf meinen Pfilch[11] und verbrannte mir einen Stengel.

Ich heulte wie eine Sirene, ohne zu bemerken, daß ich, seit mein Stengel verbrannt war, nicht mehr ans Ausschlagende gebunden war. Ich machte einen Humpen[12] und fiel über

1 *An den Ausschlagenden entlangfließen lassen:* an den Zweigen oder an einem Baum entlanggleiten.
2 *Ein Angestellter des Schwarzen:* die Blätter, die Schatten geben.
3 *Wind:* unmöglich.
4 *Schläger:* Herz.
5 *Koffer:* Brust.
6 *Die letzten Zeilen meines Kapitels:* die letzten Augenblicke, die mir zu leben blieben.
7 *Sich beißen:* sich täuschen.
8 *Schwätzer:* Mund.
9 *Hock:* Stirn.
10 *Gehörn:* Nase
11 *Pfilch:* Bauch.
12 *Humpen:* Bewegung.

einen Bli[1], der, statt erlatticht[2] zu werden, sich in meinen Koffer bohrte. Das war keine Liebe[3]! Außerdem blitzte er auf[4], und ich wußte nicht, wie ich's anstellen sollte, daß er erschwände[5].

Ich hatte einen Hieb[6] – und ich muß wirklich schrumm[7] gewesen sein, daß ich nicht eher daran gedacht hatte. Ich fing an, Blumen zu machen[8], und nach einigen dicken Tulpen[9] kam das Rund des Blis aus meinem Waldhorn[10] hervor. Und es sang, und es sang, das war schlimmer als die Chenal.

Ich schloß auf das Rund des Blis, und nach etwa zehn Schnaufern[11] der Anstrengung gelang es mir, den Bli loszuwerden. Frei, hatte er nichts Eiligeres zu tun als Saft zu spielen[12]. Was mich betrifft, ich war im Treibholz[13], und ich nahm den Alten[14] zum Zeugen, daß ich seit zwei Sets[15] nichts im Possen[16] hatte. Ich hatte Luftstengel[17], wohl weil ich schon länger nichts eingesackt[18] hatte, und nach zehn Pfeifen schmolz ich hin[19] und hielt so-

1 *Bli:* Katze.
2 *Erlatticht:* zermalmt.
3 *Das war keine Liebe:* das war nicht angenehm.
4 *Aufblitzen:* wütend werden.
5 *Erschwinden:* rasch fortgehen.
6 *Hieb:* Einfall.
7 *Schrumm:* blöde.
8 *Blumen machen:* sich entleeren.
9 *Tulpe:* Exkrement.
10 *Waldhorn:* After.
11 *Schnaufer:* Minute.
12 *Saft spielen:* flüchten.
13 *Im Treibholz sein:* betrunken sein.
14 *Der Alte:* Gott.
15 *Set:* Tag.
16 *Possen:* Magen.
17 *Luftstengel:* schlotternde Beine.
18 *Einsacken:* essen.
19 *Hinschmelzen:* hinfallen, stürzen.

fort die Balance[1]. Ich kehrte an die Luft zurück[2], als ich merkte, daß mir Erdbeeren[3] aufs Rund fielen.

Mein Gott, was für eine Entladung[4]!

Dieses Klatschen[5] hatte eine magische Wirkung, und der Brenner[6] erschien wieder. Es mochte Pökel[7] sein, und da wir im Sommer waren, hätte der Brenner sich über mir befinden müssen. Er war links von mir und kam mit hoher Geschwindigkeit näher. Fünf oder sechs Schnaufer später war er zwischen meinen Beinen! Und mein Rettich[8] war bereit.

Ach, wie entzückend, mein Pope[9]! Es war wie ein neuer Dünn[10], und alles dünnte[11] in mir. Nie hatte ich mir so etwas ertüllt[12]. Aber ich kann dir sagen, jetzt ist Schluß mit den Schlüpfern[13]. Du ahnst es nicht, du ahnst es nicht!

Danach verschwand der Brenner in einem Ausschlagenden.

Ich fühlte, daß ich Dünn gegallt[14] war, und ich dünnte allein, von Stroh[15] zu Stroh. Ich brach auf zu dem Brenner hin, der an seinen

1 *Balance halten:* schlafen.
2 *An die Luft zurückkehren:* aufwachen.
3 *Erdbeeren:* dicke Regentropfen.
4 *Entladung:* Platzregen.
5 *Klatschen:* Wort.
6 *Brenner:* Sonne.
7 *Pökel:* Mittag.
8 *Rettich:* Geschlechtsteil.
9 *Pope:* Freund, Genosse.
10 *Dünn:* Tanz.
11 *Dünnen:* tanzen.
12 *Sich ertüllen:* sich vorstellen.
13 *Schlüpfer:* Frau.
14 *Gallen:* werden.
15 *Stroh:* Stunde.

Platz am Hut[1] zurückgekehrt war, aber nach einigen Schnaufern merkte ich, daß ich dort nicht hinkommen konnte, ich fiel zurück auf den Dreck und versank völlig darin, doch da war's hiß[2], und die Hisse[3] wurde immer größer.

Schließlich kam ich wieder an die Oberfläche des Drecks, doch da merkte ich, daß ich Schwan gegallt war und auf einem Portefeuille[4], und ich hatte die Locken[5] im Wind. Auf dem Dreck stand ein Goldprotz[6] in vollem Elend[7]. Er machte mir ein kleines Zeichen mit der Schmeichel[8] und schrie mir zu:

»He, Lohengrin! Vorwärts! Sammeln!«

Drei Kirschen und eine Sardine

Was aus einem Kornfeld ragt gleicht nicht unbedingt einem Wasserkrug
wie auch das was Throne verschlingt nicht einem Schlafwagen ähnelt
wo aus feurigen Hirnen Mimosenregen sprühen die manchmal Tänzerinnen nachahmen wie sie ihr Strumpfband heraufziehn
was dem Zuschauer erlaubt der sich hinter einer Kristallartischocke lächelnd wie ein Baum verbirgt

1 *Hut:* Himmel.
2 *Hiß:* heiß.
3 *Hisse:* Hitze.
4 *Portefeuille* (wörtl. »Blätterträger«): Teich voller Seerosen.
5 *Locken:* Federn.
6 *Goldprotz:* General.
7 *In vollem Elend:* in großer Gala.
8 *Schmeichel:* flache Hand.

entrissenes Geheimnis
das die Fluren überschwemmt
denen nur noch Feuermelder entsprießen
in Form von Damenhöschen
was dem Zuschauer über der kressebedeckten Mauer
erlaubt sage ich
das Straßenpflaster aufzureißen
ein Bordellschild in der Hand
aber wenn er einen Kinderschirm an den Ohren hängen
und opheliaförmige Rippen hätte
würde er so ruhig atmen wie ein panierter Baryton
der ein Feld voll toter Kirschbäume bewacht
weil der Büstenhalter der Knospen geplatzt ist
deren Saft
durchsichtig im Halbschatten der Kinos
davonflöge mit den durchfahrenden Straßenbahnen die niemals zu Gemsen würden
wie die rauchenden Ruinen mit dem Lächeln einer gesperrten Straße
deren Saft
dunkel von Feuchte wie ein erdolchter Pneu
oder fröhlich wie eine als Schlachthof benutzte Kirche
das Abendblatt liest wo erzählt wird
wie der Bart eines Veteranen aus dem großen Krieg
als Federhalter dient seinen Enkeln
die mich unwiderstehlich gemahnen
an eine Schokoladen-Reklame die jedem Käufer Prämienscheine verheißt.
Aber der große Kampf den sich Kohle und Heizer liefern

wird nur mit dem Sieg der Seesterne enden
die sich die Zähne putzen mit einer Johannis-
beerkerze
bei geschlossenen Augen
wie ein Vulkan der sein Sperma betrachtet
das sich meerwärts ergießt
und trotz der Skorpione die ihren Tod suchen
zwischen den Flammen
ohne Zögern ein paar Dutzend Großmutter-
brüste hinmetzelt oder Eisenbahnsignale
aus denen mit Leichtigkeit Schlacke wird für
Daunenbetten
die von konvulsivischen Sprüngen geschüttelt
werden nach Art des blühenden Weißdorns
Und es sehn die von Wassermelonen geröteten
Augen wie in einer Schnurrbartwolke große
weiche Türschlösser balanzieren gleich
Rüsseln von Elefanten mit Mittfastenbusen
Lächelfüßen
frenetisch schwingenden Beinen
die von fern es ist wahr
erinnern
an das nervöse Zittern der Nilquellen
wo der Veitstanz geboren wurde
in einer Nußschale
bitter wie ein Tritt in den Hintern
erwartet seit jenseits der Felder mit ihren
Kohlrüben und Tulpen
die gekreuzt sind wie Degen zum Schwur
der Mond erschien in einem Marmeladentopf
abgenutzt wie eine Heuschrecke
die auch eine Gondel sein könnte
vom Niesen der Ruderer getrieben
so leicht wie ein als Papst tätowierter Fliegen-
schnäpper in einer Thermalquelle
wo man die Leuchtwarzen behandelt die im

Innern der alten ruhmreichen Schädel wachsen
die tiefsten Seufzer verschlingt
die sich manchmal als Milchbäder tarnen
stürmisch wie Hammel
manchmal als plumpe Bestie
die von Spitzen träumt
wie eine Bohne im Mondschein

Trois cerises et une sardine

Ce qui s'élève d'un champ de blé ne ressemble pas forcément à un pot à eau
pas plus que ce qui mange les trônes ne ressemble à un wagon-lit
où des cerveaux en feu
jaillissent des pluies de sensitives
qui imitent parfois les danseuses remontant leur jarretière
ce qui permet au spectateur caché derrière un artichaut de cristal souriant comme un arbre
secret arraché
qui inonde la campagne
où ne pousseront plus que des avertisseurs d'incendie
en forme de pantalons de femme
ce qui permet dis-je
au spectateur à tête de palissade couverte de capucines
de dépaver sa rue
une enseigne de bordel à la main
mais s'il avait un parapluie d'enfant pendu aux oreilles
et les côtes en forme d'Ophélie
il respirerait aussi tranquillement qu'un baryton pané

gardant un champ de cerisiers morts
à cause de l'éclatement du soutien-gorge des bourgeons
dont la sève
transparente dans la pénombre des cinémas
s'envolerait au passage des tramways qui ne deviendraient jamais des chamois
comme les ruines fumantes au sourire de rue barrée
dont la sève
d'humeur sombre comme un pneu poignardé
ou joyeuse comme une église transformée en abattoir
lit le journal du soir où l'on raconte
comment la barbe d'un vétéran de la grande guerre
sert de porte-plume à ses petits-enfants
qui me font irrésistiblement penser
à une réclame de chocolat offrant des tickets-primes à tout acheteur.
Cependant la grande lutte qui oppose le charbon aux soutiers
ne se terminera que par la victoire des étoiles de mer
qui se brossent les dents avec un cierge de groseille
aux yeux clos
comme un volcan qui contemple son sperme
en route vers la mer
et malgré les scorpions qui se suicident entre ses flammes
n'hésite pas à massacrer quelques douzaines de seins de grand-mères ou de signaux de chemin de fer
qui deviendront si facilement du mâchefer pour édredons

agités de soubresauts convulsifs à la manière
des aubépines en fleurs
Et les yeux roussis par les pastèques verront
dans un nuage de moustaches de grandes
serrures molles se balancer comme des trom-
pes d'éléphant à seins de Mi-Carême
à pieds de sourires
à jambes d'oscillations frénétiques
rappelant
de loin il est vrai
les tremblements nerveux des sources du Nil
où naquit la danse de Saint-Guy
dans une coquille de noix
amère comme un coup de pied au cul
attendu depuis l'apparition au delà des champs
de navets et de tulipes
croisés comme des épées prêtant serment
de la lune dans un pot à confitures usé
comme une sauterelle
qui pourrait remplacer une gondole
propulsée par les éternuements des rameurs
aussi facilement qu'un gobe-mouches tatoué
comme un pape dans une source thermale
où l'on soigne
les verrues lumineuses qui croissent à l'inté-
rieur des vieux crânes célèbres
avale les plus profonds soupirs
qui se camouflent parfois en bains de lait
orageux comme un mouton
parfois en brute épaisse
qui rêve de dentelles
comme un haricot au clair de lune

Trois cerises et une sardine

Quellenverzeichnis: »Die Parasiten reisen« (Auszug) aus: *Mort aux vaches et au champ d'honneur.* Übersetzung: Lothar Klünner. »Drei Kirschen und eine Sardine«. Übersetzung: Lothar Klünner.

Bibliographie: *Le Passager du Transatlantique*, 1921. – *Au 125 du boulevard Saint-Germain*, 1923. – *Immortelle Maladie*, 1924. – *152 Proverbes mis au goût du jour*, en collection avec Paul Eluard, 1925. – *Il était une boulangère*, 1925. – *Dormir, dormir dans les pierres*, 1927. – *Le grand jeu*, 1928. – *... Et les Seins mouraient*, 1928. – *De derrière les fagots*, 1934. – *Je ne mange pas de ce pain-là*, 1936. – *Je sublime*, 1936. – *Trois Cerises et une Sardine*, 1936. – *Au paradis des Fantômes*, 1938. – *La parole est à Péret*, 1943. – *Le Déshonneur des poètes*, 1945. – *Dernier malheur dernière chance*, 1945. – *Main forte*, 1946. – *Feu central*, 1947. – *La Brebis galante*, 1949. – *Air mexicain*, 1952. – *Mort aux vaches et au champ d'honneur*, 1953. – *Les Rouilles encagées*, 1954. – *Livre de Chilam Baam de Chumayel*, 1955. – *Anthologie de l'amour sublime, précéde de Le noyau de la comete*, 1956. – *Le gigot, sa vie et son œuvre*, 1957. – *Histoire naturelle*, 1958. – *Dames et généraux*, 1964. – *Les Mains dans les poches*, 1965. – *Pour un second manifeste communiste* (mit G. Munis), 1965. – *Œuvres complètes*, Tome 1, 1969.

Jacques Rigaut

1899–1929

»Der Stoizismus«, sagt Baudelaire, »ist eine Religion, die nur ein Sakrament kennt: den Selbstmord!« Obgleich der Selbstmord für ihn sehr früh diese Bedeutung des einzigen Sakraments angenommen hat, kann man von Jacques Rigaut keineswegs behaupten, daß er ein Stoiker war. Resignation ist nicht seine Stärke: Für ihn ist nicht nur Leid etwas Unerträgliches, sondern auch Freudlosigkeit. Grenzenloser, krasser Egoismus liegt bei ihm im Streit mit einer natürlichen Generosität, die an größte Verschwendung grenzt. Er ist sogar bereit, für ein Ja oder für ein Nein selbst das Leben hinzugeben. Des Lebens schönstes Geschenk ist die Freiheit, die es dem Menschen läßt, aus ihm zu scheiden, wann es ihm paßt, eine zumindest theoretische Freiheit, doch die vielleicht die Mühe lohnt, in einem erbitterten Kampf gegen die Feigheit und die Hinterhältigkeit eines vom Menschen geschaffenen Bedürfnisses errungen zu werden, das zu dem natürlichen Bedürfnis in höchst undurchschaubarer und loser Beziehung steht. Jacques Rigaut hat sich mit kaum zwanzig Jahren selber zum Tode verurteilt und von Stunde zu Stunde, zehn Jahre lang,

ungeduldig auf den Augenblick gewartet, da es angemessen wäre, seinem Leben ein Ende zu setzen. Es war auf jeden Fall ein spannendes menschliches Experiment, dem er eine halb tragische, halb humoristische Note zu geben wußte, die nur ihm eigen ist. Petronius, Alphonse Rabbe, Paul Lafargue und Jacques Vaché fungieren als Richtungsanzeiger auf einem Weg, der auch von einigen Helden gesäumt wird, die sich ärgerlicherweise von denjenigen unterscheiden, die sie ins Leben gerufen haben: »Wer ist der, der nicht Julien Sorel ist? Stendhal. – Wer ist der, der nicht Monsieur Teste ist? Valéry. – Wer ist der, der nicht Lafcadio ist? Gide. – Wer ist der, der nicht Julia ist? Shakespeare.« Jacques Rigaut, dessen literarischer Ehrgeiz sich darauf beschränkte, eine Zeitung mit dem recht vielsagenden Titel »Le Grabuge«[1] gründen zu wollen, schiebt jeden Abend einen Revolver unter sein Kopfkissen: Dies ist seine Art, sich der allgemeinen Meinung anzuschließen, daß guter Rat über Nacht kommt, und zu hoffen, den inneren Übeltätern, das heißt den konventionellen Formen der Anpassung ein Ende zu machen. Baudelaire sagt auch noch: »Das Leben hat einen echten Reiz; es ist der Reiz des Spiels. Aber wenn es uns gleichgültig ist, ob wir gewinnen oder verlieren?« Rigaut kokettiert mit dieser Gleichgültigkeit, ohne sie zu erlangen, doch es bleibt das Spiel. Sein Glück versuchen; im Falle eines mehr oder weniger bohrenden Zweifels sich aufs Geratewohl Gewißheit verschaffen. Er gibt sich

1 *Das Gezänk (Anm. d. Übers.).*

für einen »moralischen Menschen« aus, aber hat man die Art seines Entschlusses gesehen, ist es nichts mit der Wohlanständigkeit. Wir haben es mit dem ewigen Dandyismus zu tun: »Ich werde ein großer Toter sein ... Versucht, wenn ihr könnt, einen Menschen aufzuhalten, der mit seinem Selbstmord im Knopfloch reist.« Man wird an das Gähnen von Chateaubriand gemahnt: »Unvorsichtig der Mensch, der vor dem Spiegel gähnt. Wer von beiden wird des Gähnens müde werden? Wer hat als erster gegähnt? Aus weit geöffnetem Munde entweicht mein Gähnen bis zu der schönen Amerikanerin. Ein Neger hat Hunger, ein Mädchen langweilt sich: Ich war es, der gegähnt hat.« Es handelt sich immer darum, in einen Rolls-Royce zu springen, doch daß man sich nicht täusche, in einen, der rückwärts fährt. »Nach mir die Sintflut«, diese Worte bringen Rigaut auf keinen anderen Gedanken, als seine Aszendenz zurückzuverfolgen, die einigermaßen akzeptablen Toten zu deren Lebzeiten einzuholen und ihrem Schicksal mit einem kleinen Dreh eine andere Wendung zu geben. Nur das Vehikel gilt es zu finden. Auf das Geistesleben bezogen, ist das Jarrys Wettrennen von zehntausend Büchern. Am 5. November 1929 ist der Augenblick endlich gekommen. Nachdem Jacques Rigaut sorgfältig Toilette gemacht und auf diese Art Abgang alle erforderliche Korrektheit verwandt hat – nichts herumliegen lassen, einer eventuellen Erschütterung, die eine letzte Konzession an die Unordnung sein könnte, mit Kissen vorbeugen –, schießt er sich eine Kugel ins Herz.

Posthumes Papier

Ich will ernst sein wie die Freude. Die Leute wissen nicht, was sie sagen. Es gibt keinen Grund zu leben, aber es gibt auch keinen Grund zu sterben. Wir können unsere Verachtung für das Leben nur dadurch zeigen, daß wir es hinnehmen. Das Leben ist es nicht wert, daß man sich die Mühe gibt, es zu verlassen. Man kann es aus Barmherzigkeit manchen ersparen, aber sich selbst? Die Verzweiflung, die Gleichgültigkeit, die Untreue, die Treue, die Einsamkeit, die Familie, die Freiheit, die Trägheit, das Geld, die Armut, die Liebe, die Lieblosigkeit, die Syphilis, die Gesundheit, der Schlaf, die Schlaflosigkeit, das Verlangen, das Unvermögen, die Plattitüde, die Kunst, die Ehrbarkeit, die Schande, die Mittelmäßigkeit, die Intelligenz, all das ist nicht der Rede wert. Wir wissen nur zu gut, was es mit diesen Dingen auf sich hat, um uns vor ihnen in acht zu nehmen, sie taugen nur dazu, für einige belanglose Fälle von Selbstmord zu werben. (Freilich gibt es körperliche Leiden. Was mich betrifft, bin ich gesund: um so schlimmer für die, die leberkrank sind. Nicht, daß ich Opfer liebte, aber ich nehme es den Leuten nicht übel, wenn sie meinen, sie könnten ein Krebsleiden nicht geduldig ertragen.) Und, nicht wahr, was uns befreit, was uns etwaige Leiden erspart, ist dieser Revolver, mit dem wir uns, wenn uns das beliebt, heute abend töten werden. Verdruß und Verzweiflung sind ja immer nur neue Gründe, sich ans Leben zu klammern. Der Selbstmord ist recht bequem, ich muß immer daran denken: er ist allzu bequem. Ich habe mich nicht getötet. Man möchte eben nicht scheiden, bevor man sich bloßgestellt hat; wenn man weggeht, möchte man Nôtre-Dame, die Liebe oder die Republik mit sich nehmen.

Der Selbstmord muß Berufung sein. Da ist das Blut, das kreist und das für sein endloses Kreisen eine Rechtfertigung fordert. Da sind die Finger, die sich vor Ungeduld in die hohle Hand krallen. Da ist der Tatendrang, der einen verzehrt, falls der Unglückliche es versäumt hat, sich eine Aufgabe zu stellen. Wünsche ohne Inhalt. Verlangen nach Unmöglichem. Hier haben wir die Grenze zwischen Leiden, die einen Namen und einen Gegenstand haben, und diesem, das anonym und autogen ist. Es ist für den Geist eine Art Pubertät, so wie sie in den Romanen beschrieben wird (denn natürlich bin ich zu früh verdorben worden, als daß ich eine Krise zu der Zeit hätte durchmachen können, da es sich im Unterleib zu regen beginnt), doch man kommt aus ihr anders denn durch Selbstmord heraus.

Ich habe kaum etwas ernst genommen; als Kind streckte ich den Bettlerinnen, die meine Mutter auf der Straße um ein Almosen angingen, die Zunge heraus und zwickte ihre vor Kälte weinenden Blagen heimlich in den Hintern; als mein lieber Vater im Sterben lag und mich zu sich rief, um mir seine letzten Wünsche anzuvertrauen, schnappte ich mir das Dienstmädchen und sang: *Deinen Eltern mußt du den Laufpaß geben – dann können wir beide der Liebe leben* ... Jedesmal, wenn ich das Vertrauen eines Freundes mißbrauchen konnte, habe ich es höchstwahrscheinlich getan. Aber es ist kein großes Verdienst, die Güte zu verspotten, sich über die Nächstenliebe lustig zu machen; viel komischer ist es, die Leute um ihr bißchen Leben zu bringen, ohne Grund, einfach so, um etwas zu lachen zu haben. Kinder wissen das und verstehen es, das ganze Vergnügen auszukosten, das darin liegt, Panik in einen Ameisenhaufen zu bringen oder zwei Fliegen zu zerquetschen, die man beim Liebemachen ertappt hat. Während des Krieges warf ich eine Handgranate in einen Unterstand, wo zwei Kameraden sich gerade für den Urlaub fertig machten. Welch schallendes Gelächter, als ich sah, wie das Gesicht meiner Geliebten, die eine Liebkosung erwartete, sich vor Entsetzen verzerrte, als ich ihr eins mit dem Schlagring versetzte und sie einige Meter weiter zu Boden ging; und was für ein Schauspiel, diese Leute zu sehen, die sich aus dem Gaumont-Palace herauskämpften, nachdem ich dort Feuer gelegt hatte! Heute abend habt ihr nichts zu befürchten, es beliebt mir, ernst zu bleiben. – An dieser Geschichte ist natürlich kein wahres Wort, und ich bin der artigste kleine Junge von Paris, aber es hat mir so oft

Freude gemacht, mir vorzustellen, ich hätte so ehrenvolle Taten vollbracht oder würde sie vollbringen, daß auch nichts daran gelogen ist. Immerhin habe ich mich über nicht wenige Dinge lustig gemacht. Nur über eines auf der Welt habe ich's nicht vermocht: über die Freude. Besäße ich noch einen Funken Scham- oder Ehrgefühl, würde ich mich, so denken Sie sicher, zu einer so peinlichen Vertraulichkeit nicht hinreißen lassen. Ein anderes Mal werde ich Ihnen erklären, warum ich nie lüge: Man braucht seinen Dienstboten nichts zu verheimlichen. Kommen wir lieber auf die Freude zurück, der es ein leichtes ist, sich unser wieder zu bemächtigen und uns mit einem Träller an samtene Haut und an noch ganz anderes denken läßt. Solange ich an der Freude Geschmack finde, ist der Gedanke an Selbstmord für mich schwindelerregend, das steht fest.

Das erste Mal habe ich mich umgebracht, um meine Geliebte zu ärgern. Dieses tugendhafte Geschöpf weigerte sich plötzlich, mit mir zu schlafen, weil sie, wie sie sagte, Gewissensbisse habe, ihren hauptamtlichen Liebhaber zu betrügen. Ich bin mir nicht ganz sicher, ob ich sie liebte, ich vermute, hätte ich sie vierzehn Tage nicht gesehen, ich hätte kaum noch Verlangen nach ihr gehabt: Ihre Weigerung machte mich wütend. Womit konnte ich sie treffen? Habe ich gesagt, daß sie mich zärtlich und treu liebte? Ich habe mich getötet, um meine Geliebte zu ärgern. Man wird mir diesen Selbstmord verzeihen, wenn man in Betracht zieht, daß ich zur Zeit dieses Abenteuers noch sehr jung war.

Das zweite Mal habe ich mich aus Faulheit umgebracht. Ich war arm und hatte vor jeder Arbeit schon früh einen Horror, deshalb habe ich mich eines Tages getötet, ohne Überzeugung, so wie ich gelebt hatte. Man wird mir diesen Mord nicht verübeln, wenn man sieht, wie blühend ich heute aussehe.

Das dritte Mal ... ich will Sie mit der Erzählung meiner anderen Selbstmorde verschonen, wenn Sie nur noch diesen anhören wollen: Ich war gerade zu Bett gegangen, nach einem Abend, an dem mein Verdruß bestimmt nicht größer gewesen war als an anderen Abenden. Ich faßte den Entschluß und gab mir selbst, ich erinnere mich noch sehr genau, als alleinigen Grund an: Was, zum Teufel, soll's! Ich stand auf, um die einzige Waffe zu holen, die es im Hause gab, einen kleinen Revolver, den sich einer meiner Großväter zugelegt hatte, mit ebenso alten Kugeln geladen. (Man wird gleich sehen, warum ich auf diese Einzelheit wert lege.) Da ich nackt schlafe, war ich auch im Zimmer nackt. Es war kalt. Eiligst kroch ich wieder unter meine Decke. Ich hatte den Hahn gespannt und spürte in meinem Mund den kalten Stahl. In diesem Augenblick spürte ich wahrscheinlich mein Herz so schlagen wie damals, als ich das Pfeifen einer Granate hörte, bevor sie explodierte, oder angesichts einer noch nicht vollbrachten nicht wieder gut zu machenden Tat. Ich habe auf den Abzug gedrückt, der Hahn schnappte ein, der Schuß war nicht losgegangen. Daraufhin habe ich meine Waffe auf ein Tischchen gelegt und wahrscheinlich etwas krampfhaft gelacht. Zehn Minuten später schlief ich. Ich glaube, ich habe da eben eine nicht unwichtige Bemerkung gemacht, falls das überhaupt möglich ist ... natürlich! Es ist bezeichnend für mich, daß ich nicht einen Augenblick daran dachte, eine zweite Kugel abzufeuern. Wichtig war, daß ich den Entschluß gefaßt hatte zu sterben, und nicht, daß ich stürbe.

Ein Mensch, der keinen Verdruß und keinen Ärger kennt, sieht im Selbstmord vielleicht die uneigennützigste Tat, wofern er auf den Tod nicht neugierig ist! Ich weiß wirklich nicht, wann und wie ich auf solche Gedanken habe kommen können, doch macht mir das nicht das geringste aus. Immerhin, hier haben wir den sinnlosesten Akt und die Phantasie in ihrer vollen Entfaltung und die Entspannung, die weit über den Schlaf hinausgeht, und das Sich-Bloßstellen in reinster Form.

Quellenverzeichnis: »Jacques Rigaut« aus: *Papiers posthumes*. Übersetzung: Rudolf Wittkopf.

Bibliographie: *Papiers posthumes*, 1934. – *Agence générale du suicide*, 1960. – *Écrits*, 1970.

Jacques Prévert

Geb. 1900

Während er beim Kind von drei bis dreizehn Jahren die zeitlich aufeinanderfolgenden Formen des Respekts untersucht, den dieses Kind den Regeln des Murmelspiels entgegenbringt, gelingt es Jean Piaget, dem Autor so bemerkenswerter Werke wie »Le Jugement moral chez l'enfant« (1932), drei von ihnen aufzuzeigen, die einem grundverschiedenen Verhalten entsprechen und in immer gleicher Weise aufeinanderfolgen: Gehorsam gegenüber dem reinen und einfachen motorischen *Gesetz, entsprechend, vor dem siebten Lebensjahr, der präverbalen motorischen Intelligenz, die von jeder sozialen Bindung nahezu frei ist; Gehorsam gegenüber dem* koerzitiven *Gesetz, entsprechend, vom siebten bis zum elften Lebensjahr, dem einseitigen Respekt des Kindes, dem Vorschriften gemacht werden, ohne daß es die Möglichkeit hat zu widersprechen; und schließlich der Gehorsam gegenüber dem* rationellen *Gesetz, der, nach dem elften Lebensjahr, dem konstituiert-konstituierenden Gesetz auf der Basis gegenseitigen Respekts entspricht. Wenn das ganze gesellschaftliche Spiel auch versucht, den Mechanismus des Murmelspiels, so wie es* seit unvordenklichen Zeiten gang und gäbe ist, in einem anderen Maßstab zu reproduzieren, muß jedoch gesagt werden, daß nur wenige Individuen sich zu jener Höhe des Bewußtseins erheben, die den Aufstieg in die dritte Bewußtseinsstufe bedeutet, und daß die große Mehrheit der Menschen auf der zweiten Entwicklungsstufe stehenbleibt (blinder Gehorsam gegenüber dem bösen »Führer«, mag er nun Hitler oder Stalin heißen; fanatisches Befolgen des Gesetzes anstelle seiner bewußten Erkenntnis; das Bedürfnis, in den Augen anderer wirklich »groß« zu erscheinen, was in hoffnungslosen Fällen gleichbedeutend ist mit dem, was die meisten Schulkinder als »Stiefelleckerei« dem Lehrer gegenüber brandmarken: die Streberei, die Petzerei usw. Jacques Prévert scheint im Bocksprung – das ist das richtige Wort – von der ersten gleich zur dritten Entwicklungsstufe gelangt zu sein, und er hat diese Leistung nicht nur vollbracht, er ist jederzeit bereit, sie noch einmal, in umgekehrter Richtung, zu vollbringen, und so fort. Einen Fuß auf dem Es, den anderen auf dem Ich, wobei dieses letztere von dem künstlichen Über-Ich so verschieden ist wie nur möglich, oder besser, wie er selbst gesagt hat, »einen Fuß auf dem rechten Ufer, einen Fuß auf dem linken Ufer und den dritten im Hintern der Schwachköpfe«, verfügt er souverän über eine knappe Darstellungsweise, die uns in einem jähen Aufleuchten das empfindsame und strahlende kindliche Verhalten wiederzugeben vermag und das Arsenal der Revolte mit unendlichem Vorrat versorgt.

Beschreibungsversuch eines Diner de têtes zu Paris/Frankreich

Alle die andächtig ...
Alle die großmächtig ...
Alle die trikolorieren
Alle die inaugurieren
Alle die glauben
Alle die zu glauben glauben
Alle die glau-glau
Alle die Federn haben
Alle die knabbern
Alle die andromachen
Alle die dreadnoughten
Alle die majuskeln
Alle die im Takt singen
Alle die auf Hochglanz bürsten
Alle die Bauch haben
Alle die ihre Augen niederschlagen
Alle die ein Huhn zerlegen können
Alle die im Innern des Kopfes kahl sind
Alle die Meuten segnen
Alle die willkommen heißen im Namen des Fußes.
Alle die aufrecht die Toten
Alle die man ... Bajonett
Alle die Kanonen den Kindern geben
Alle die Kinder den Kanonen geben

Alle die schwimmen und nicht untergehn
Alle die nicht den Piräus für einen Mann halten
Alle deren riesige Flügel sie hindern zu fliegen
Alle die im Traum Flaschenscherben auf die große chinesische Mauer pflanzen
Alle die eine Samtmaske übers Gesicht ziehen, wenn sie Hammelfleisch essen
Alle die Eier stehlen und nicht wagen, sie zu kochen
Alle die viertausendachthundertzehn Meter Mont-Blanc, dreihundert Eiffel-Turm, fünfundzwanzig Zentimeter Brustumfang haben und die darauf stolz sind
Alle die an Frankreich brüsten
Alle die rennen, fliegen und uns rächen, all die da und viele andere traten stolz ins Elysée und ließen den Kies knirschen, all die rempelten sich an, hetzten sich ab, denn es gab ein großes Diner de têtes, und jeder hatte sich den Kopf gemacht, den er wollte.

Der eine einen irdenen Pfeifenkopf, der andere den Kopf eines englischen Admirals, da kam man mit Stinkkugelköpfen, Galläpfelköpfen, mit Köpfen kopfkranker Tiere, Auguste-Comte-Köpfen, Rouget-de-Lisle-Köpfen, Köpfen der heiligen Therese, Kopfkäseköpfen, Fußköpfen, Edelmannköpfen und Milchmannköpfen.

Damit die Leute lachen sollten, trugen einige auf ihren Schultern reizende Kalbsgesichter, und diese Gesichter waren so schön und so traurig mit ihrer Petersilie in den Ohrlöchern, gleich Algen in den Felsenlöchern, daß niemand sie bemerkte.

Eine Mutter mit Totenkopf zeigte lachend ihre Tochter mit Waisenkopf einem alten Diplomaten, der mit der Familie befreundet war; er hatte sich den Kopf des Lustmörders Soleilland gemacht.

Es war in der Tat von köstlichem Reiz und und zeugte von ganz sicherem Geschmack, daß man beim Eintritt des Präsidenten mit einem prunkvollen Kolumbus-Eier-Kopf in Raserei verfiel.

»Ganz einfach, man muß nur darauf kommen«, sagt der Präsident, als er seine Serviette entfaltet, und vor lauter Bosheit und Einfalt können die Gäste ihre Erregung nicht mehr bemeistern; aus Pappkrokodilsaugen vergießt ein dicker Industrieller wahre Freudentränen, ein kleinerer knabbert den Tisch an, schöne Frauen reiben sich ganz sachte die Brüste, und der Admiral, von Begeisterung hingerissen, trinkt sein Champagnerglas von der falschen Seite, zerbeißt den Fuß des Glases und stirbt, mit durchbohrtem Gedärm, aufrecht an die Reling seines Sessels geklammert, mit dem Schrei: »Die Kinder zuerst!«

Seltsamer Zufall, die Frau des Schiffbrüchigen hatte sich am selben Morgen, auf den Rat ihres Dienstmädchens, einen erstaunlichen Kriegerwitwenkopf angefertigt, mit zwei großen Kummerfalten auf jeder Seite des Mundes und zwei kleinen Schmerzenstaschen, grau, unter den blauen Augen.

Aufgerichtet in ihrem Stuhl, heischt sie Auskunft vom Präsidenten und fordert laut schreiend Militärpension und das Recht, auf ihrem Abendkleid den Sextanten des Verstorbenen am Halsband zu tragen.

Ein wenig beruhigt, läßt sie dann ihren Blick, Blick einer alleinstehenden Frau, über den Tisch schweifen, und da sie unterm Hors-d'œuvre Heringfilets gewahrt, nimmt sie davon mechanisch, seufzend, wieder und wieder, in Gedanken an den Admiral, der davon zu seinen Lebzeiten nicht allzu oft gegessen hatte, obwohl er sie so liebte. Stop. Der Chef des Protokolls sagt, man dürfe nicht weiteressen, denn der Präsident wolle sprechen.

Der Präsident hat sich erhoben, hat mit dem Messer das Ei geköpft, um es weniger warm zu haben, ein klein bißchen weniger warm.

Er spricht, und es ist so still, daß man die Fliegen fliegen hört und man sie so deutlich fliegen hört, daß man den Präsidenten überhaupt nicht mehr sprechen hört, und das ist sehr bedauerlich, denn er spricht von den Fliegen, haargenau, und von ihrer unbestreitbaren Nützlichkeit auf allen Gebieten und auf kolonialem Gebiet insbesondere.

... denn ohne Fliegen keine Fliegenwedel, ohne Fliegenwedel kein Dey von Algier, kein Konsul ... keine Beleidigung, die gerächt werden muß, keine Ölbäume, kein Algerien, keine große Hitze, meine Herren, und die große Hitze ist sehr gesund, für die Reisenden, wohlgemerkt ...

Aber da langweilen sich die Fliegen und sterben, und weil alle die alten Geschichten, alle diese Statistiken sie mit tiefer Trauer erfüllen, fangen sie an, erst den einen, dann den anderen Fuß von der Decke zu lösen, und fallen, wie Fliegen, in die Teller ... auf die Vorhemden, tot, wie's im Liede heißt.

Beschreibungsversuch

Quellenverzeichnis: »Beschreibungsversuch eines Diners de Têtes zu Paris/Frankreich« aus der Zeitschrift *Commerce.* Übersetzung: Lothar Klünner.

Bibliographie: *Paroles,* 1947. – *Histoires,* 1948. – *Spectacle,* 1951. – *Gedichte und Chansons,* Reinbek 1962.

Salvador Dali

Geb. 1904

Wenn der Humor, diese Leugnung der Realität, diese grandiose Bejahung des Lustprinzips, wirklich das Ergebnis einer plötzlichen Verschiebung des psychischen Akzents ist, der im vorliegenden Fall dem Ich *entzogen wird, um auf das* Über-Ich *übertragen zu werden; wenn das* Über-Ich *wirklich der zur Auslösung des humoristischen Verhaltens unentbehrliche Vermittler ist, dann kann man gewärtig sein, daß diese einen Charakter annimmt, der in den Geisteszuständen, die durch ein Innehalten der Persönlichkeitsentwicklung auf der Stufe des* Über-Ichs *verursacht werden, beinahe konstant ist. Solche Zustände gibt es: es sind die »paranoischen« Zustände, die, nach der Definition von Kraepelin, der »schleichenden Entwicklung – bedingt durch innere Ursachen und einem stetigen Verlauf folgend – eines permanenten und unmöglich zu erschütternden Wahnsystems entsprechen, das zustande kommt unter völliger Beibehaltung der Klarheit und Ordnung im Denken, Wollen und Handeln«. Andererseits weiß man dank Bleuler, daß das paranoische Delirium durch einen chronischen Erregungszustand hervorgerufen wird (auf Grund eines*

Komplexes), der die kohärente Entwicklung bestimmter Irrtümer begünstigt, an denen der Betroffene leidenschaftlich festhält. Die Paranoia setzt letzten Endes ein Gefühlsleben mit »heftigen Kurzschlußhandlungen« voraus, charakterisiert durch die Beständigkeit seiner Reaktionen und ein Abweichen der logischen Funktion von ihren normalen Bahnen. Die Künstler weisen zusammen mit den paranoisch Kranken eine gewisse Anzahl solcher Dispositionen auf, die zur Fixierung neigen in der Zeit des sekundären Narzißmus (Reinkorporation eines Teils der Libido im Ich und demzufolge eines Teils der Außenwelt, wobei ebendieser Teil der Libido bereits projiziert ist auf die mit subjektiver Bedeutung versehenen Objekte, das heißt hauptsächlich, auf die Objekte Eltern; daher Minderung der repressiven Zwänge und Anpassung an den selbststrafenden Mechanismus des Über-Ichs). In eben dem Maße jedoch wie der Künstler fähig ist zu reproduzieren und durch die Malerei oder irgendein anderes Mittel die äußeren Objekte, deren Zwang er schmerzlich empfindet, zu objektivieren, entgeht er zumeist der Tyrannei dieser Objekte und vermeidet es, in die eigentliche Psychose zu geraten. Die Sublimierung, die in einem solchen Falle stattfindet, scheint bei einem Trauma gleichzeitig das Ergebnis des Bedürfnisses nach narzißtischer Fixierung (von anal-sadistischem Charakter) und der gesellschaftlichen Triebe (Erotisierung der Objekte Geschwister), denen es eignet, sich je nach Wahl in dieser Periode zu manifestieren.

Salvador Dalis große Originalität besteht darin, daß er sich stark genug gezeigt hat, an dieser Aktion zugleich als Akteur und als Zuschauer teilzunehmen, daß es ihm gelungen ist, in diesem von der Lust gegen die Realität angestrengten Prozeß halb als Richter, halb als Partei aufzutreten. Darin besteht die kritisch-paranoische *Aktivität, so wie er sie definiert hat: »eine spontane Methode irrationaler Erkenntnis, die auf der kritisch-interpretierenden Assoziation der Wahngebilde beruht«. Es ist ihm gelungen, in sich und außerhalb seiner selbst, den auf reiner Intuition basierenden Zustand der Begeisterung, der es nicht verträgt, nur von Genuß zu Genuß zu gehen (Konzeption der zuhöchst erotisierten artistischen Lust), auszugleichen mit dem spekulativen, auf Reflexion beruhenden Zustand, der Spender ist von Befriedigungen mäßigerer Art, wiewohl von so spezieller und feiner Natur, daß das Lustprinzip in ihnen erhalten bleibt. Wohlgemerkt haben wir es bei Dali mit einer latenten Paranoia von der leichtesten Art zu tun, einer Paranoia mit unterschiedlichen Wahnstufen (um bei der Kraepelinschen Terminologie zu bleiben), deren Entwicklung vor einer etwaigen Geistesgestörtheit geschützt ist. Seine übrigens hervorragende Intelligenz zeichnet sich dadurch aus, diese getrennten Stufen* post festum, *doch unverzüglich, wieder miteinander zu verbinden und den zurückgelegten Weg schrittweise der Ratio unterzuordnen. Die durchgemachten visionären Erfahrungen, die bedeutungsträchtigen Verfälschungen der Erinnerung, die ultra-subjektiven, »unstatthaf-*

ten« Interpretationen, die das Krankheitsbild der Paranoia bestimmen, liefern seinem Werk den Grundstoff und werden von ihm als eine Fundgrube von Kostbarkeiten betrachtet und ausgegeben. Mit ihnen jedoch beginnt eine methodische Arbeit des Organisierens und der Auswertung, eine Arbeit, die darauf abzielt, das Feindliche, das den Formen des täglichen Lebens anhaftet, nach Möglichkeit zu reduzieren und im universellen Maßstab *zu überwinden. Dali behält in der Tat immer im Auge, daß das menschliche Drama durch nichts so deutlich zutage tritt und verschärft wird wie durch den Widerspruch zwischen natürlicher und logischer Notwendigkeit, wobei es diesen beiden Notwendigkeiten nur durch blitzhafte Erleuchtungen zu verschmelzen gelingt, um im blendenden Licht das ebenso jäh verdunkelte wie erhellte Land des »objektiven Zufalls« zu entdecken: »Die kritisch-paranoische Aktivität ist eine Kraft, die den objektiven Zufall gestaltet und erzeugt.«*

Das äußere Objekt, das von Dali, wie wir gesehen haben, als auf der Stufe des Über-Ichs *festgehalten und als mit diesem Stillstand zufrieden betrachtet wird, ist mit einem symbolischen Leben begabt, das über jedes andere hinausgeht und danach trachtet, daraus das konkrete Vehikel des Humors zu machen. In der Tat ist dieses Objekt von seiner ihm anhängenden Bedeutung, mag diese nun utilitaristisch sein oder nicht, getrennt und wird eng auf das* Ich *bezogen, hinsichtlich dessen es eine grundlegende Bedeutung behält. »Laßt euch gesagt sein, daß die berühmten weichen Uhren von Salvador Dali nichts anderes sind als der zarte, extravagante, Zeit und Raum entrückte kritisch-paranoische Camembert.« Dali hat in New York ein rot angemaltes Telephon ausgestellt, dessen Hörer ein lebender Hummer war (man kann hier, bis zu seiner künstlerischen Verdichtung, den fortschreitenden Selbstbestrafungs-Mechanismus des Ohrabschneidens verfolgen, etwa seit van Gogh). Seine Haltung gegenüber dem, was er die »Wunderdinge« im Raum nennt, ist aufschlußreich für das Beibehalten des infantilen Nicht-Unterscheidens zwischen Gegenständen und Lebewesen, und sie ist charakteristisch für den »moralischen Aerodynamismus«, der ihn dazu befähigte, folgende spektakuläre und ungewöhnliche Laune zu verwirklichen: »Ein adrettes, altersschwaches Mütterchen mieten und es als Torero gekleidet ausstellen, während man ihm auf den vorher rasierten Schädel ein Kräuteromelett legt: dieses wird infolge des ständigen Zitterns der kleinen Alten ebenfalls zu zittern beginnen. Man kann auch ein zwanzig Francstück auf das Omelett legen.«*[1]

1 *Es versteht sich von selbst, daß diese Bemerkungen sich nur auf den frühen* Dali *beziehen, der gegen 1935 verschwand, um jener Persönlichkeit Platz zu machen, die bekannter ist unter dem Namen* Avida Dollars, *jenem vor kurzem in den Schoß der katholischen Kirche und zum »künstlerischen Ideal der Renaissance« zurückgekehrten mondänen Porträtmaler, der sich heute auf Glückwunschschreiben und Ermutigungen des Papstes beruft (Dezember 1949).*

Die neuen Aspekte des gespenstischen Sex-Appeals

Das Gewicht der Phantome. – Seit einiger Zeit, und je mehr Jahre ins Land gehen, wird der Begriff des Phantoms lieblich, wird schwerer und fülliger um jenes überzeugende Gewicht, um jene rundliche Stereotypie und um jene analytischen und nahrhaften Konturen, die den im Gegenlicht gesehenen Kartoffelsäcken eigen sind, die, wie jedermann weiß, François Millet, der unfreiwillige Maler der bedeutendsten Phantome, uns zu hinterlassen die aufdringliche Güte besaß, indem er sie auf seine unsterblichen Leinwände bannte, meisterhaft ausgeführt mit all der emotionalen Infamie, der ein Maler fähig sein kann, und mit all jener konkreten und einzigartigen Zweideutigkeit, dank der wir alle seit einiger Zeit über den Luxus verfügen, uns zu entsetzen.

Die Gründe für die alarmierende Gewichtszunahme, für die kompakte Schwerfälligkeit und für das realistische und außergewöhnlich weiche Zusammensinken der heutigen Phantome sind nur die Folgen, die sich ergeben aus der frühesten und ursprünglichen Vorstellung von der Materialisation der

Phantom-Idee selbst und die, wie wir gleich sehen werden, auf dem Gefühl für das »virtuelle Volumen« beruht.

Warum die Phantome so fettleibig sind. – Das Phantom materialisiert sich durch das »Scheinbild des Volumens«. – Das Scheinbild des Volumens ist die Hülle. – Die Hülle verbirgt, schützt, verklärt, reizt, führt in Versuchung, gibt vom Volumen eine trügerische Vorstellung. – Sie macht das Volumen ambivalent und suspekt. – Sie begünstigt das Aufkommen irrer Volumen-Theorien. Sie führt zum Taumel einer Idealkenntnis vom Volumen, einer haltlosen Kenntnis vom Volumen. – Die Hülle entmaterialisiert den Inhalt, das Volumen, schwächt die Gegenständlichkeit des Volumens, macht das Volumen virtuell, beängstigend.

Fett ist das beängstigende Element des konkreten Volumens des Fleisches, und wir wissen, daß die menschliche Libido die Angst anthropomorph macht, daß sie das beängstigende Volumen personifiziert, daß sie das beängstigende Volumen in konkretes Fleisch und die metaphysische Angst in konkretes Fett verwandelt.

Denn was ist dieses entsetzliche Fett des Fleisches?

Ist es nicht gerade das, was umhüllt, verbirgt, schützt, verklärt, reizt, in Versuchung führt, vom Volumen eine trügerische Vorstellung gibt? Es macht das Volumen suspekt, es begünstigt die irren Volumen-Theorien, es bewirkt Erkenntnistaumel von der Nahrhaftigkeit und Idealität des Volumens, es ruft gallertartige Vorstellungen vom Volumen hervor, außerordentlich feine, »virtuelle«, beängstigende Vorstellungen vom Volumen.

Es passiert daher das Schlimmste, wenn unter dem Hemd der Phantome, die sich die »schlanke Linie« noch bewahrt haben, die »virtuellen« Volumen anfangen, sich immer gewichtiger zu gebärden und so das unverwechselbare Gewicht der Wirklichkeit und substantiellen Fetts sehen lassen; doch schlimmer noch ist der Augenblick, da eben dieses Hemd, wenn es fällt, die wegen ihrer analytischen, schweren, massiven und wonnigen Erscheinung (Charakteristiken des lamentablen Zustands der Fettleibigkeit heutiger Phantome) verdächtigen Volumen entblößt, wenn es die kürzlich auf meinen Bildern erschienene winzige, obgleich monumentale Amme entblößt, die trotz heftigen Frühlingsregens in der Haltung einer Person, die strickt, mit völlig durchnäßten Röcken unbeweglich in einer Wasserlache sitzen bleibt, der Rücken stramm, fleischig, hitlerisch, schlaff und weich. Dieses kleine, große und authentische Phantom von einer Amme bleibt dort seelenruhig sitzen, während in der Landschaft, wo es klitschnaß wird, zwischen der Böcklinschen Zypresse und der Böcklinschen Gewitterwolke das »irisfarbene Gespenst«[1] erscheint, schöner und schauriger als die weißen Trüffel des Todes: der Regenbogen.

Hier nun stößt die Misere angeblicher Synonyme auf ganz unauflösbar spezifische Ant-

1 *Spectre* auch »Spektrum« (Anm. d. Übers.).

agonismen; denn wie nicht das beachtliche Volumen der im Wasser sitzenden Amme einerseits und die illusionistische und ephemere Virtualität der vom Wasser gespaltenen Sonnenstrahlen andererseits als spezifisch verschieden betrachten.

Der »Sex-Appeal« wird »gespenstisch« sein. Ich bin sehr stolz, 1928, als die funktionalistische und praktische Anatomie ihren Höhepunkt erreichte, inmitten spöttischster Skeptizismen die nahe bevorstehende Entdeckung der von biologischen Hintergedanken schrecklich klebrigen Rund- und Speichelmuskeln Mae Wests vorausgesagt zu haben. Heute nun sage ich voraus, daß von den Frauen eine ganz neue sexuelle Anziehungskraft ausgehen wird durch die mögliche Benutzung ihrer gespenstischen Fähigkeiten und Hilfsmittel, das heißt durch ihre mögliche lichtvolle fleischliche Auflösung und Zersetzung. Das irisierende Gespenst steht dem Phantom entgegen (es wird noch immer von jenem nostalgischen Provinzstadt-Apotheker repräsentiert, dem jenes andere prosaische und diabetische Phantom namens Greta Garbo zum Verzweifeln ähnlich sieht).

Die gespenstische Frau wird die zerlegbare Frau sein.

Wie wird man gespenstisch?

Utopische Vorwegnahmen. – Die Frau wird durch die Zergliederung und Verunstaltung ihrer Anatomie gespenstisch werden. Der »zerlegbare Körper« ist zugleich das Bestreben und die eiskalte Bestätigung des weiblichen Exhibitionismus, der außerordentlich analytisch werden wird, indem er erlaubt, alle Körperteile für sich allein zu zeigen und, um diese einzeln zu essen zu geben, von den *auf Klauen* montierten Anatomien zu trennen, die so atmosphärisch und gespenstisch sind wie jene *auf Klauen* montierte und gespenstische Anatomie der Gottesanbeterin. Dies wird Wirklichkeit werden dank der perversen Vervollkommnung der künftigen aerodynamischen Kleider und der irrationalen Gymnastik. Alle Arten von Korsetts werden zu außerordentlich feinen Zwecken mit Recht wieder in Mode gebracht werden, neue und unbequeme künstliche anatomische Teile werden benutzt werden, das atmosphärische Gefühl einer Brust, einer Hinterbacke oder einer Ferse zu betonen (äußerst weiche und wohlgeformte, wenn auch leicht hängende und auf dem Rücken wachsende falsche Brüste werden für die städtische Kleidung unerläßlich sein).

Das gespenstische Lächeln wird künstlich durch die schwingenden Metallfasern der Hüte hervorgerufen werden. Doch das unbestrittende Modell, das sensationelle Vorbild für gespenstische Kostüme wird bis auf weiteres immer noch dasjenige Napoleons sein; mir liegt vor allem daran, die Aufmerksamkeit auf die schönen (zum Reinbeißen schönen) Hosen Napoleons zu lenken, welche die überaus feinen, zarten und verworrenen Volumen, die Sie ebensogut kennen wie ich, augenfällig und anmutig machen, und das dank den Faktoren: »zerlegbarer« Unterleib und Schenkel, die einzeln für sich, von einander getrennt sind, atmosphärisch und gespenstisch, von hochfeinem Weiß, in Schwarz gerahmt, und der phantomhaften Attitüde der Silhouette der übrigen, jedermann ebenfalls wohlbekannten Kleidung (Hut inbegriffen).

»Die großen Automobile werden heiter werden«.

Durch die jäh aufblitzende Helle des gespenstischen Sex-Appeals lebendiger Muskelmodelle wird die monumentale Nüchternheit der großen Automobile, der Bügelbretter und der sanften Ammen phantomhaft und heiter werden.

Quellenverzeichnis: »Die neuen Aspekte des gespenstischen Sex-Appeals« aus der Zeitschrift *Minotaure*. Übersetzung: Rudolf Wittkopf.

Bibliographie: *La Femme visible*, 1930. – *L'Amour et la Mémoire*, 1931. – *Babaouo*, 1932. – *La Conquête de l'Irrationnel*, 1935. – *Métamorphose de Narcisse*, 1937. – *Le Mythe tragique de l'Angélus de Millet*, 1963.

Jean Ferry

Geb. 1906

Außer der nachstehenden Erzählung, die mir auf den ersten Blick die Quintessenz all der turbulenten Jahre nach 40 zu sein schien, wie sie auch deren »neuen Schauder« auf uns zu übertragen wußte, kreisen die anderen lyrischen Texte von Jean Ferry um die Idee des verlorenen *Menschen. Das Schiff ist ohne Vorankündigung abgefahren, die Passagiere sind irgendwo verstreut. Die Insel ist öde und leer, wenngleich man des Nachts das Vorhandensein einer Bevölkerung spürt. Hier bewegt sich nicht der Mensch, sondern die Erde. Die sichtbare Welt ist, so weit das Auge reicht, übersät von jenen Fußangeln, auf die man bisher nur hin und wieder stieß: »Ist es Ihnen nicht schon einmal passiert, daß Sie den Fuß im Dunkeln auf die oberste Treppenstufe setzten, ich meine auf jene, die gar nicht vorhanden ist? ... Nun, in diesem Land passiert einem das dauernd. Der Stoff, aus dem jene nicht vorhandene Treppenstufe besteht, ist hier der Stoff schlechthin.« Da der Planet nun einmal rund ist, setzt sich Dschingis Khan in seinem Besitzerrausch und seiner Zerstörungswut der Gefahr aus, durch einen An-*

griff auf seine eigenen ewig flachen Länder sich selbst in Frage zu stellen. Nicht nur ist es unmöglich zu wissen, woher *man stammt, sondern auch* von wem *man abstammt: jedenfalls hat man nichts mit jenen gemein, die sich für die Urheber unserer Tage ausgeben – und wie trüber Tage! Besser sich einen Stammbaum ganz nach Herz und Laune schaffen, aber wenn sie nun dagegen sind? (Bei dieser Gelegenheit kann man sehen, wie unbändig einer der wesentlichen Proteste und rechtmäßigen Forderungen des Kindes sich äußert: es ist nicht das, für das man es hält, man hat es seiner Meinung nach* beraubt. *Erschrecken Sie, wenn Sie wollen, aber es ist so weit: jetzt werden die Eltern von den Kindern nicht mehr »anerkannt«.) Das Wesentliche ist, daß der Mensch in der Zeit, die ihm unmittelbar vorangeht, den Boden unter den Füßen verloren hat, was umgekehrt nur bestätigt, daß er auch in jener Zeit, die auf ihn folgt, keinen Boden unter den Füßen haben wird.*

Eine der großen Triebfedern des Humors bei Ferry ist, daß die Erschlaffung, über die er sich gern beklagt, keine Gelegenheit versäumt, sich zur Geltung zu bringen, indem sie vor unseren Augen ihren ganzen Reichtum an Energie ausbreitet. Sie ist für ihn ein außerordentliches Sprungbrett, das mir das Spiel jener beiden »Excentrics« in Erinnerung bringt, das man vor rund dreißig Jahren im Varieté Olympia sehen konnte, in einer Nummer mit dem Titel »Der Mann, dem man die Luft abläßt«. In einem Haus, das sie als Maurer bauten und bei dem zum Schluß kein Stein mehr auf dem anderen blieb, sah sich der eine von beiden ständig genötigt, den anderen wieder aufzurichten, der, war er sich selbst überlassen, sich sogleich mit tränenfeuchten Augen im Kreise zu drehen begann und immer mehr in sich zusammensackte, bis er so platt war, daß auf der ebenen Bühne nichts weiter von ihm übrig blieb als das Häufchen seiner Kleider. Etwas so unwiderstehlich Komisches und Aufregendes habe ich seitdem nicht mehr gesehen. Ich glaube, daß diese beiden Gesellen in Jean Ferry eine nicht minder enge Verbindung eingegangen sind. Sie benutzen sogar dasselbe Briefpapier, wo man lesen kann: »Jean Ferry – Verfertigung von Szenarien aller Art. – Schnelle und gewissenhafte Arbeit. – Spezialität: Psychologische Konstruktionen. – Große Auswahl an Paradoxen, kühnen Ideen usw. – Immer auf Lager: starke, menschliche Stoffe. – Poetische Details: auf Wunsch. – Humoristische Pointen: nach Maß.« Ohne Ferry II. ganz aus den Augen zu verlieren, der »noch schlapper ist als gewöhnlich« und der es nicht nötig hat, sich immer wieder selbst zu Hilfe zu kommen, hat Jean Ferry I. sich zehn Jahre lang einer der schwierigsten Aufgaben widmen und diese zum Teil auch zu Ende führen können: die Lösung des von Raymond Roussel aufgegebenen Rätsels.

Der mondäne Tiger

Von allen Attraktionen der Music Hall – sie stellen auf stumpfsinnige Weise für Zuschauer wie für Artisten eine Gefahr dar – löst keine ein so übernatürliches Entsetzen in mir aus wie jene alte Nummer, die »Der mondäne Tiger« genannt wird. Für diejenigen, die sie nicht gesehen haben – der heutigen Generation fehlt jeder Begriff, was die Music Halls in den Tagen nach dem Ersten Weltkrieg bedeuteten –, will ich noch einmal den Vorgang dieser Dressur ins Gedächtnis zurückrufen. Es ist mir nicht möglich, den Zustand panischer Angst und äußersten Ekels begreiflich zu machen, in den mich dieses Schauspiel wie in schmutziges und entsetzlich kaltes Wasser gestoßen hat. Ich hätte Häuser nicht besuchen dürfen, wo diese Nummer – was überdies selten geschieht – gezeigt wird. Das ist leichthin gesagt. Aus Gründen, die ich nie habe klären können, steht der »Mondäne Tiger« nie auf dem Programm, ich bin gar nicht darauf gefaßt; oder vielmehr doch, eine kaum faßbare Drohung lastet auf dem Vergnügen, das mir die Music Hall bietet. Wenn ein Seufzer der Erleichterung mir nach der letzten Attraktion des Programms das Herz befreit, erkenne ich nur allzu deutlich die Fanfarenstöße und das Zeremoniell wieder, die diese Nummer anzeigen – die, ich wiederhole es, immer wie eine Improvisation ausgeführt wird. Sobald das Orchester diesen schmetternden unverkennbaren Walzer intoniert, weiß ich, was geschehen wird. Ein zermalmendes Gewicht lastet mir auf der Brust, und ich spüre den Angstfaden zwischen den Zähnen wie einen ätzenden, elektrischen Strom niedriger Spannung. Ich sollte weggehen, aber ich wage es nicht. Außerdem rührt sich niemand vom Platz, niemand teilt meine Angst, und ich weiß, daß das Tier schon auf dem Weg ist. Es scheint mir auch, daß die Lehnen meines Sessels mir Schutz bieten, wenn auch einen allzu schwachen ...

Zunächst herrscht im Saal vollständige Finsternis. Dann wird auf dem Proszenium ein Scheinwerfer hell, und der Strahl dieser lächerlichen Leuchte erhellt eine leere Loge, die gewöhnlich sehr nah an meinem Platz liegt. Sehr nah. Dann sucht der Strahl am äußersten Ende des Wandelgangs eine Tür, die sich zu den Kulissen hin öffnet, und während die Hörner des Orchesters dramatisch »Die Aufforderung zum Tanz« anstimmen, treten sie ein.

Die Dompteuse ist eine sehr auffällige rothaarige, ein wenig müde Schönheit. Als einzige Waffe trägt sie einen Fächer von schwarzen Straußenfedern, mit dem sie zuerst den unteren Teil ihres Gesichtes verdeckt. Allein ihre übergroßen, grünen Augen erscheinen über den dunklen, wogenden Fransen. Mit tiefem Ausschnitt, mit nackten Armen, die das Licht einer Winterdämmerung regenbogenfarbig macht, ist die Dompteuse in ein romantisches Abendkleid gehüllt, ein seltsames Kleid mit schweren Glanzlichtern von tiefem Schwarz. Dieses Kleid ist aus feinstem und geschmeidigstem Pelz gemacht. Über all dem die Flut flammend roter Haare voll goldener Sterne. Das Ganze ist bedrückend und ein bißchen komisch zugleich, aber wer würde daran denken zu lachen? Indem sie mit ihrem Fächer spielt und so ihre makellosen, reglos lächelnden Lippen enthüllt, bewegt sich die Dompteuse, während ihr der Strahl des Scheinwerfers folgt, sozusagen am Arm des Tigers auf die leere Loge zu.

Der Tiger schreitet in recht menschlicher Art auf seinen Hinterbeinen. Er ist wie ein Dandy von raffinierter Eleganz gekleidet, und dieses Kostüm ist so perfekt gearbeitet, daß es schwierig ist, unter den grauen, mit Aufschlägen versehenen Hosen, der geblümten Weste, dem Jabot von blendendem Weiß mit fehlerlosem Plissée und dem meisterhaft geschnittenen Gehrock den Tierkörper zu erkennen. Aber der Kopf mit seinen entsetzlich gebleckten Zähnen ist da, mit den wild in ihren scharlachfarbenen Höhlen rollenden Augen, den grimmig sich sträubenden Schnauzhaaren und den Reißzähnen, die manchmal unter aufgeworfenen Lefzen hervorblitzen. Der Tiger schreitet mit einem hellgrauen Hut unter seinem linken Arm, in sehr steifer Haltung vorwärts. Die Dompteuse geht mit wiegenden Schritten, und wenn ihre Hüften sich manchmal straffen, wenn ihr nackter Arm sich zusammenzieht, bis unter dem blaßroten Sammet ihrer Haut ein unerwarteter Muskel erscheint, so deshalb, weil sie mit einer geheimen, heftigen Anstrengung ihren Begleiter wieder aufgerichtet hat, der im Begriff war, vornüberzufallen.

Sie kommen an die Tür der Loge, die der weltgewandte Tiger mit seinen Pfoten aufstößt, bevor er zurücktritt, um die Dame vorbeizulassen. Und sobald sie Platz genommen hat und sich lässig gegen den verblichenen Plüsch lehnt, läßt sich der Tiger an ihrer Seite in einen Sessel fallen. Hier spendet die Menge gewöhnlich befriedigt Beifall. Und ich, ich starre auf den Tiger. Und mein Wunsch, weit weg zu sein, ist so groß, daß ich weinen könnte. Die Dompteuse grüßt uns majestätisch mit einer Neigung ihrer aufflammenden Locken. Der Tiger beginnt seine Arbeit und hantiert mit den Requisiten, die zu diesem Zweck in die Loge gestellt worden sind. Er tut so, als betrachte er die Zuschauer aufmerksam durch eine Lorgnette, er nimmt den Deckel einer Bonbonnière ab und tut so, als böte er davon seiner Nachbarin an. Er zieht ein Seidentäschchen hervor, an dem er scheinbar riecht. Er tut zu jedermanns großer Belustigung so, als ziehe er das Programm zu Rate. Dann zeigt er sich von der intimen Seite. Er lehnt sich zu der Dompteuse hinüber und tut so, als flüstere er ihr eine Liebeserklärung ins Ohr. Die Dompteuse spielt die Beleidigte und hält zwischen ihre schönen bleichen Seidenwangen und den stinkenden messerstarrenden Rachen des Tieres den zarten Schild ihres Federfächers. Darauf spielt der Tiger den tief Verzweifelten und wischt sich die Augen mit dem Rücken seiner pelzigen Pfote. Und während dieser unheilvollen Pantomime schlägt mir das Herz bis zum Halse, denn ich allein sehe, ich allein weiß, daß diese ganze vulgäre Zurschaustellung nur durch ein Wunder an Willenskraft zustandekommt; denn wie es heißt, befinden wir uns alle in einem Zustand entsetzlich labilen Gleichgewichts, den eine Kleinigkeit erschüttern kann. Was geschähe, wenn in der Loge neben dem Tiger dieser kleine Mann, der wie ein bescheidener Angestellter aussieht, dieser kleine Mann mit blassem Gesicht und müden Augen, auch nur einen Moment in seiner Willenskraft nachließe? Denn er ist der wahre Dompteur, die Frau mit den roten Haaren ist nur eine Statistin, alles hängt von ihm ab, er ist es, der aus dem Tiger eine Marionette macht, ein mechanisches Wesen, das sicherer gefesselt ist, als stählerne Seile es je vermöchten.

Aber wenn dieser kleine Mann anfinge, plötzlich an etwas anderes zu denken? Wenn er stürbe? Niemand zweifelt an der jede Sekunde drohenden Gefahr. Und ich, der über all dies Bescheid weiß, ich, ich stelle mir vor, stelle mir vor – aber nein, es ist besser, es sich nicht vorzustellen, was aus der pelzgeschmückten Dame würde, wenn ... Besser ist es, das Ende der Nummer anzuschauen, das die Leute immer entzückt und beruhigt. Die Dompteuse fragt, ob irgend jemand von den Anwesenden bereit sei, ihr ein Kind anzuvertrauen. Wer würde einer so anmutigen Person etwas verweigern? Da gibt es immer eine Ahnungslose, die bereit ist, in die teuflische Loge ein entzückendes Baby zu reichen, das der Tiger behutsam in seinen Pranken wiegt, wobei er sich mit seinen Säuferaugen über das kleine Stückchen Fleisch neigt. Während der Beifall donnert, geht in dem Saal das Licht an. Das Baby wird seiner rechtmäßigen Besitzerin zurückgegeben, und die beiden Partner verbeugen sich, bevor sie sich auf demselben Wege, auf dem sie gekommen sind, zurückziehen.

Sobald sie durch die Tür verschwunden sind – sie kommen nie zurück, um das Publikum zu grüßen –, läßt das Orchester seine lautesten Fanfaren schmettern. Bald danach wischt sich der kleine Mann die Stirn und schrumpft zusammen. Und das Orchester spielt lauter und lauter, um das Brüllen des Tigers zu übertönen, der nun wieder er selber ist, sobald er sich hinter den Gitterstäben seines Käfigs befindet. Er tobt wie die Hölle und zerfetzt seine schönen Kleider, die zu jeder Vorstellung durch neue ersetzt werden müssen. Was sind das für Flüche, für tragische Verwünschungen einer verzweifelten Wut, für rasende Sprünge, die gegen die Käfigwände schmettern! Auf der anderen Seite des Gitters entkleidet sich die falsche Dompteuse in großer Eile, um die letzte Métro nicht zu verpassen. Der kleine Mann erwartet sie am Bistro in der Nähe der Station, die sich »Nimmermehr« nennt.

Das Sturmgeheul, das der Tiger, in seine Stofflappen verwickelt, losläßt, könnte – so fern es auch ist – das Publikum unangenehm berühren. Deshalb spielt das Orchester mit äußerster Kraft die Ouvertüre von »Fidelio«, deshalb treibt in den Kulissen der Inspizient die radfahrenden Clowns auf die Bühne.

Jean Ferry

Ich verabscheue die Nummer »Der mondäne Tiger«, und ich werde niemals verstehen, warum das Publikum daran Vergnügen findet.

Quellenverzeichnis: »Der mondäne Tiger« aus: *Le Mécanicien, et autres contes.* Übersetzung: Richard Anders.

Bibliographie: *Le Mécanicien, et autres contes,* 1947. – *Une Etude sur Raymond Roussel,* 1953.

Leonora Carrington

Geb. 1917

Michelet, der der Hexe *so schöne Gerechtigkeit hat widerfahren lassen, macht bei ihr auf die folgenden beiden Gaben aufmerksam, die allein schon deswegen unschätzbar sind, weil sie nur der Frau verliehen werden:* »der Illuminismus lichtvollen Wahnsinns« *und* »die göttliche Gabe einsamer Empfängnis«. *Er verteidigt sie auch gegen den Ruf, in den sie von christlicher Seite gebracht wurde, alt und häßlich zu sein. »Bei dem Wort Hexe denkt man unwillkürlich an die scheußlichen alten Weiber in Macbeth. Doch die grausamen Prozesse, die ihnen gemacht wurden, lehren das Gegenteil. Viele mußten gerade deswegen sterben, weil sie jung und schön waren.«*

Auf wen heute könnte diese Beschreibung besser passen als auf Leonora Carrington? Die ehrbaren Leute, die sie vor einem Dutzend Jahren zum Diner in ein vornehmes Restaurant eingeladen hatten, haben sich noch nicht von dem Schock erholt, den sie bekamen, als sie gewahr wurden, daß sie sich mitten in der angeregtesten Unterhaltung die Schuhe ausgezogen hatte, um sich die Füße ganz gelassen mit Senf zu bestreichen. – Von all jenen, die sie in New York des öfteren zu sich einlud, war ich wohl der einzige, der gewisse Gerichte zu würdigen wußte, auf die sie viele Stunden liebevoller Sorgfalt verwandt hatte, wobei sie sich eines Kochbuchs aus dem XVI. Jahrhundert bediente – auch wenn sie dem Mangel an bestimmten Ingredienzen, die nicht aufzutreiben waren oder von denen seither nie mehr gehört wurde, auf rein intuitive Weise abhelfen mußte (ein Hase mit Austern, den sie mich nötigte, für all jene zu verspeisen, die es lieber beim Duft bewenden ließen, brachte mich, ich gestehe es, dahin, an diesen Liebesmählern nicht gar so oft teilzunehmen).

Über diesen und noch ganz anderen Heldentaten, mit denen sie zweifellos »die Maske aufsetzen oder herunterreißen will, die (sie) vor Anfeindungen des Konformismus bewahrt«, waltet ein milder und spöttischer Blick, dem die rauhe Stimme, die zu ihm nicht passen will, noch zugute kommt. Die Neugier, bei ihr aufs Äußerste getrieben, findet ihr Heil fast nur noch im Verbotenen. *Nach der Rückkehr von einer dieser Reisen, von denen zurückzukommen man wenig Aussichten hat und die sie in »En bas« mit unglaublicher Genauigkeit beschrieb, hat sich Leonora Carrington die Sehnsucht nach den Ufern, an denen sie angekommen ist, bewahrt und die Hoffnung nicht aufgegeben, sie noch einmal zu erreichen, dann aber ohne auf Widerstand zu stoßen und gleichsam mit einer Rückfahrkarte versehen. Davon dürften zur Genüge die herrlichen Bilder zeugen, die sie seit 1940 gemalt hat. Es sind jene, die von dem neuen »Wunderbaren« wohl am meisten erfüllt sind, zudem ganz durchdrungen von okkultem Licht. Sie geben Auskunft sowohl über ihre physische Betrachtungsweise (»Während das linke Auge das Mikroskop befragt, muß das rechte durchs Teleskop sehen.«) als auch über ihre intellektuelle (»Die Vernunft muß die Vernunft des Herzens und jede andere Vernunft kennen.«).*

Der Backfisch

Als ich ein Backfisch war, ging ich oft in den Zoologischen Garten. Ich ging so oft dorthin, daß ich besser die Tiere kannte als die Mädchen in meinem Alter. Schon um die Menschen zu fliehen, war ich jeden Tag im Zoo. Das Tier, das ich am besten kannte, war eine junge Hyäne. Auch sie kannte mich; sie war überaus intelligent; ich lehrte sie Französisch, und sie lehrte mich dafür ihre Sprache. So verbrachten wir viele schöne Stunden.

Am ersten Tag im Mai wollte meine Mutter für mich einen Ball geben; ich litt ganze Nächte lang: Ich habe Bälle immer gehaßt, vor allem die, die eigens für mich gegeben werden.

Sehr früh am Morgen des 1. Mai 1934 ging ich die Hyäne besuchen. »Es ist zum Kotzen«, sagte ich ihr, »ich muß heute abend auf meinen Ball gehen.« – »Sie sollten sich glücklich schätzen«, sagte sie, »ich, ich würde gern hingehen. Ich kann zwar nicht tanzen, doch kann ich immerhin Konversation machen!«

»Es wird eine Menge zu essen geben«, sagte ich. »Ich habe gesehen, wie Lastwagen voller Essen vor unserem Haus vorfuhren.«

»Und da beklagen Sie sich«, antwortete die Hyäne mißmutig: »Ich, ich esse einmal am Tag, und was für einen Fraß!«

Ich hatte eine tolle Idee, ich mußte fast lachen: »Sie brauchen nur an meiner Statt hinzugehen.«

»Wir sind uns leider nicht ähnlich genug, sonst würde ich gern hingehen«, sagte die Hyäne traurig. – »Hören Sie«, sagte ich, »bei der Beleuchtung abends sieht man nicht so gut; wenn Sie etwas verkleidet sind, wird das in der Menge nicht auffallen. Außerdem sind wir fast gleich groß. Sie sind meine einzige Freundin, ich bitte Sie inständig ...« Das ging ihr zu Herzen, sie überlegte; ich wußte, daß sie nicht übel Lust hatte einzuwilligen. »Abgemacht«, sagte sie plötzlich.

Es war sehr früh am Morgen, und es gab nicht viele Wärter. Geschwind öffnete ich den Käfig, und in wenigen Augenblicken waren wir auf der Straße. Ich nahm ein Taxi. Zu Hause schlief noch alles. Als ich in meinem Zimmer war, holte ich sofort das Kleid hervor, das ich am Abend tragen sollte. Es war etwas lang, und die Hyäne konnte in meinen Stöckelschuhen schlecht gehen. Ich fand Handschuhe, um ihre Hände zu verhüllen, die zu behaart waren, als daß sie hätten meine sein können. Als dann die Sonne ins Zimmer schien, machte sie im Raum mehrmals die Runde, wobei sie halbwegs aufrecht ging. Wir waren so beschäftigt, daß meine Mutter, die mir guten Morgen sagen kam, beinahe die Tür geöffnet hätte, bevor ich die Hyäne unter dem Bett versteckt hatte. »Es riecht übel in deinem Zimmer«, sagte meine Mutter und öffnete das Fenster, »du wirst mir vor dem Ball ein Bad nehmen, und zwar mit meinen neuen Salzen.« – »Einverstanden«, sagte ich. Sie blieb nicht lange, ich glaube, der Geruch war ihr zu stark.

»Komm nicht zu spät zum Frühstück«, sagte meine Mutter noch, als sie das Zimmer verließ.

Am schwersten war es, etwas zu finden, um ihr Gesicht zu verkleiden. Wir suchten stundenlang; sie lehnte alle meine Vorschläge ab. Schließlich sagte sie: »Ich glaube, ich weiß eine Lösung. Haben Sie ein Dienstmädchen?«

»Ja«, sagte ich verdutzt.

»Also denn. Sie läuten nach dem Dienstmädchen, und wenn es kommt, stürze ich mich auf es und reiße ihm das Gesicht ab; ich werde sein Gesicht heute abend anstelle des meinen tragen.«

»Das ist unpraktisch«, gab ich zu bedenken; »es wird wahrscheinlich tot sein, wenn es kein Gesicht mehr hat; bestimmt wird irgendeiner die Leiche finden, und wir kommen ins Gefängnis.«

»Ich habe Hunger genug, um es zu fressen«, entgegnete die Hyäne.

»Und die Knochen?«

»Die auch«, sagte sie: »also, einverstanden?«

»Nur wenn Sie mir versprechen, es zu töten, bevor Sie ihm das Gesicht abreißen; sonst wird ihm das zu weh tun.«

»Gut, das ist mir gleich.«

Etwas nervös läutete ich nach Marie, dem Dienstmädchen. Ich hätte es nicht getan, wenn ich Bälle nicht so verabscheute. Als

Marie eintrat, drehte ich mich zur Wand, um das nicht mitansehen zu müssen. Ich gebe zu, es ging sehr schnell. Ein kurzer Schrei, und vorbei war's. Während die Hyäne fraß, sah ich zum Fenster hinaus.

Nach einigen Minuten sagte sie: »Ich kann nicht mehr; die beiden Füße bleiben übrig, aber wenn Sie eine kleine Tasche haben, werde ich sie später am Tag essen.«

»Sie finden im Schrank ein Täschchen, das mit Lilien bestickt ist. Legen Sie die Schnupftücher, die darin sind, woanders hin, und nehmen Sie es.« Sie tat, wie ich sie geheißen. Dann sagte sie: »Drehen Sie sich jetzt um, und sehen Sie, wie schön ich bin!« Vor dem Spiegel bewunderte sich die Hyäne in Mariens Gesicht. Sie hatte sehr sorgfältig rund um das Gesicht herum gefressen, so daß gerade blieb, was sie brauchte. »Wahrlich, eine saubere Arbeit«, gab ich zu. Gegen Abend, als die Hyäne ganz angekleidet war, verkündete sie: »Ich fühle mich großartig. Ich habe das Gefühl, ich werde heute abend viel Erfolg haben.«

Nachdem wir eine Weile der Musik unten gelauscht hatten, sagte ich zu ihr: »Gehen Sie jetzt, aber denken Sie daran, sich nicht neben meine Mutter zu setzen: Sie würde sicher merken, daß das nicht ich bin. Von den anderen kenne ich niemanden. Viel Glück.« Als sie ging, umarmte ich sie: Sie roch doch sehr stark. Es war mittlerweile dunkel geworden. Von den Aufregungen des Tages müde, nahm ich ein Buch und ruhte mich am offenen Fenster aus. Ich erinnere mich, ich las »Gulliver's Travels« von Jonathan Swift. Etwa eine Stunde später kündigte ein erstes Zeichen das Unglück an. Kurze Schreie ausstoßend, kam eine Fledermaus durch das Fenster herein. Ich habe vor Fledermäusen schreckliche Angst. Zähneklappernd verbarg ich mich hinter einem Sessel. Kaum hatte ich mich niedergekauert, als das Flügelschlagen übertönt wurde von großem Geschrei vor meiner Tür. Meine Mutter trat ein, bleich vor Zorn erzählte sie: »Wir hatten uns gerade zu Tisch gesetzt, als das Ding, das da auf deinem Platz saß, in die Höhe fuhr und rief: ›Ich rieche etwas stark, was? Nun, ich esse auch keinen Kuchen.‹ Darauf riß es sein Gesicht herunter und fraß es auf. Ein großer Satz, und es verschwand durch das Fenster.«

Quellenverzeichnis: »Der Backfisch« (Auszug) aus: *La Femme ovale*. Übersetzung: Rudolf Wittkopf.

Bibliographie: *La Femme ovale*, 1939. – *En bas*, recueilli par Jeanne Mégnen, 1943.

Gisèle Prassinos

Geb. 1920

Am Horizont des schwarzen Humors bleibt noch zu errichten, was Dali das »kaiserliche Denkmal für die Kind-Frau« genannt hat. Ich gäbe vierzehn Zähne her, würde die Shakespearesche Amme sagen, daß sie noch nicht vierzehn war, als wir ihr zum ersten Mal lauschen durften, auch war sie die Feenkönigin Mab, die Wehmutter der Feen, und war folglich ohne Alter, obgleich sie eine Generation später geboren wurde als die Autoren, die ihr hier unmittelbar vorangehen. Die Feenkönigin Mab hat sich seit Shakespeare nicht viel verändert, und es ist immer noch ihre Rolle, den Menschen, wenn sie schlafen, die Nase zu kitzeln. Sie ist die »junge Chimäre« von Max Ernst, sie ist das Schulmädchen, das ein Umschlag von »La Revolution surréaliste« unter dem Titel »Ecriture automatique« zeigt. Nachdem es mit dem Mitleid nicht mehr weit her ist, durchlebt auch das »Mütterchen«, das Salvador Dali dazu ausersehen hat, seinen »moralischen Aerodynamismus« zu erproben, schreckliche Augenblicke. »Nun ist sie nackt. Ihr Leib ist durchbohrt von violetten Stricknadeln, die sie sich nur deswegen ins Fleisch gestochen hat, weil das schön macht; und an jedes Nadelende hat sie ein kleines grünes Band befestigt. Sie hat keine Schenkel. Zwischen ihrem Unterleib und den Knien nichts als Leere. Damit das hält, hat sie ihre Beine mit einem Stück Schnur angehängt. Schließlich geht sie in ihr Bett zurück, während ihr die Augen, die aus den Höhlen treten, zu Füßen fallen. Sie hat die Kerze im Bauch des kleinen Kätzchens gelöscht. Deshalb ist es sehr dunkel.« Sehr dunkel: Das ist ein Kind, das in der Nacht vor Angst lacht; das sind alle Naturvölker, die den Kopf recken, um zu sehen, ob ihre Ahnen mit den etwas müden Gesichtern, die sie gerade auf die Bäume geschickt und denen sie die Leiter weggezogen haben, wohl herunterfallen, bevor man schüttelt. Das ist die permanente Revolution *in hübschen kolorierten Bildern zu einem Sou – es gibt sie nicht mehr –, aber Gisèle Prassinos' Art ist unvergleichlich: Alle Dichter beneiden sie darum. Swift schlägt die Augen nieder, Sade schließt seine Bonbonniere.*

Ein Gespräch

In einem Kornfeld.

Der Mann trägt eine ockerfarbene Spitzentunika mit roten Tupfen.

Das Pferd ist nackt. An seinem Schwanz hängt eine Streichholzschachtel, aus der die Fühler einer Heuschrecke hervorgucken.

Der Mann sitzt auf einem weißen Kissen mit grünem Muster.

Das Pferd auf dem Mann.

Der Mann: Haben wir den grünen Diamanten verachtet?

Das Pferd: Ich glaube, daß wir gesetzlich dazu verpflichtet waren. Nun das Gesetz weniger strikt ist, fordert mein Verstand die Verbilligung der Kerzen.

Der Mann: Amtssiegel, denk daran, daß der Mensch nicht das Recht hat, die Arbeitnehmer zufriedenzustellen, und daß selbst das Telefon sich weigert, Gebühren zu bezahlen.

Das Pferd: Verstehen heißt schwächer werden.

Der Mann: Nein, weil wir noch nicht unser Glück versucht haben. Wir könnten es tun, zumal das leichter ist.

Das Pferd: Nein, nein, glauben Sie nicht an diese konkreten Dinge, die sich trotz ihrer Würde in Geschwätz erschöpfen müssen. Bringen Sie sie auf, sagen Sie ihnen, denen es an Mut fehlt, Dummheiten, und Sie werden sehen, wie sie uns gehorchen werden.

Der Mann: Warum das? Bin ich nicht ungehobelt genug, um mich auch noch um den Schwanz eines Millionärs zu kümmern?

Das Pferd: Die Liebe, die ich geliebt habe, hat mich immer geschätzt!

Der Mann: Ja, mich auch.

Das Pferd: Wir sind von gleich hoher Geburt.

Das Kind

»Es will unbedingt laufen«, sagte eine Frau zu ihrer Nachbarin: »Es sagt, es habe schon laufen gelernt, und mit Füßen wie den seinen könne man in der Stunde fünf Kilometer schaffen. Neulich, als ich gerade meine Erbsen kochte, ist es mir entwischt und durchs ganze Haus gelaufen. Ich hatte schon Angst, es würde unter die Teppiche kriechen; aber da es ihm nicht gelang, Boden unter die Füße zu kriegen, habe ich es gelassen. Es hat mir Freude gemacht, mein Kind zum ersten Mal stehen zu sehen.« Die Frau erging sich in unendlichem Reden über das Gehen ihres Kindes, das sie wunderbar fand.

»Aber es ist doch noch zu klein, um zu laufen«, entgegnete die Nachbarin laut lachend: »Meines ist erst viel später gelaufen und seitdem erst zweimal über Kiesel.«

Das Kind

»Es ist wirklich noch zu klein, viel zu klein«, sagte die Nachbarin immer wieder, doch die Mutter schüttelte den Kopf und ging oft kurz in die Küche zurück, um nach etwas zu sehen. »Man stellt ein Kind«, fuhr die Nachbarin fort, »nicht schon in diesem Alter auf den Boden. Seine Beine könnten krumm werden, und ich weiß nicht, ob der Chirurg es untersuchen könnte: Es ist noch so klein!«

»Es ist wirklich noch sehr klein, Madame«, gab die Mutter zu. »Aber es sagte mir, wenn ich es heute nachmittag nicht auf den Boden stelle, würde es ganz alleine gehen, sich im Jardin des Plantes zu tummeln. Es hat mir sogar gedroht, Geld aus der Schublade zu nehmen, um sich Brot und Gänseleberpastete zu kaufen. Heute morgen hat es mich vor sieben Uhr geweckt, um mich daran zu erinnern, daß seine weiße Mütze gewaschen werden müsse, und ich habe nicht wieder einschlafen können. Aber ich werde es erst nächste Woche auf den Boden stellen. Dann haben wir Ostern, und ich kann es mit zur Messe nehmen. Es wird gut sein, zur Kirche zu gehen, wenn man das erste Mal läuft.«

»Oh! Madame!« sagte die Nachbarin, »vor der Kirche gibt es zu viele Kiesel. Meines ist erst zweimal über Kiesel gelaufen. Ich warne Sie, Madame, Sie wollen es Heldentaten vollbringen lassen, aber das wird Ihnen nicht gelingen: Ihr Kind ist noch viel zu klein.«

Die Nachbarin schlug die Tür so heftig hinter sich zu, daß zwei Scheiben zerklirrten. Kleine Glassplitter flogen bis in die Küche gegenüber, in die die Frau schließlich weinend verschwunden war. Sie machte sich in der

Küche zu schaffen, kochte ihre Erbsen und sah auf die Uhr. Ihr Mann kam immer Punkt zwölf. Es war elf: »Noch eine Stunde warten«, sagte die Frau zu sich und wurde ganz rot. Schließlich, als es zwölf schlug, trat ein dicker Mann in rotem Flanellhemd in die Küche. Er umarmte seine Frau und drückte sie, ohne acht zu geben, gegen den glühend heißen Herd. Noch sagte sie nichts. Er setzte sich zu Tisch, und sie tat ihm auf. »Du ißt nicht?« fragte der Mann. »Nein, nein«, antwortete die Frau jammernd. »Das Kleine wird bald laufen. Glaubst du ... kurz, meinst du, daß man es Ostern in die Kirche schicken sollte?« Der Mann tat auf einmal albern: »In drei Wochen«, sagte er, »wird es mir in der Werkstatt helfen. Ich werde es die Löcher für die Schlösser in die Türen bohren lassen.« Er bekam keine Antwort, und so ging er zufrieden wieder weg.

Am Abend kam er zurück, aß, und anschließend gingen sie zu Bett.

Die Frau konnte nicht schlafen. Sie stand öfters auf und versuchte die Mücken zu fangen, die im Zimmer herumschwirrten; dann ging sie in die Küche, um nach dem Rechten zu sehen, kam heulend zurück und rüttelte ihren Mann wach. Dieser aber umarmte sie. Also ging sie wieder ins Bett.

Einen Tag vor Ostern ging die Frau zum Schuhmacher und bestellte grüne Schuhe Größe 43. »Ihr Mann muß gewachsen sein«, sagte der Gehilfe, als er die Bestellung notierte. »Ja, ja«, sagte die Frau, »das sagt man allgemein.«

Diese Nacht schlief sie wieder sehr schlecht.

Das Kind

Am Morgen stand sie früher als gewöhnlich auf, um frische Wäsche bereitzulegen und auch Zweige zum Weihen. Um acht weckte sie ihren Mann. Er stand auf, und sie gingen zusammen in die Küche. Sie rückten den Herd ab, und zum Vorschein kam ein weißes Holzkästchen, hübsch verziert mit künstlerischen Abziehbildern. Aus zwei großen Löchern im Deckel ragten zwei mächtige Vorschlaghämmer. Sie waren in Windeln gewickelt und trugen gestreifte Socken.

Sie hoben den Kasten gemeinsam auf und stellten ihn auf das Kanapee. Dann holte die Frau gelbe Schuhe, die sie über die gestreiften Socken zog. Sie nahm den Kasten liebevoll auf den Arm, stellte ihn auf der Türschwelle ab und rief, da sie nicht kräftig genug war, ihren Mann, der in Hosenträgern herbeikam.

Er nahm einen Anlauf und versetzte dem kleinen Kasten einen gewaltigen Fußtritt, daß er die ganze Treppe hinunter polterte.

Quellenverzeichnis: »Ein Gespräch«. Übersetzung: Rudolf Wittkopf. »Das Kind«. Übersetzung: Rudolf Wittkopf.

Bibliographie: *La Sauterelle arthritique*, 1935. – *Une demande en mariage*, 1935. – *Le Feu maniaque*, 1936. – *Quand le bruit travaille*, 1936. – *Calamités des origines*, 1937. – *La Lutte double*, 1938. – *Une belle famille*, 1938.

Jean-Pierre Duprey

1930–1959

»Es werde Finsternis!« – Dieses Wort, auf das L'Amour absolu *von Alfred Jarry hinausläuft, und das sich, antithetisch, des erstaunlichsten und jäh wirksamen Satzes der Genesis bedient, scheint uns der Kern zu sein, um den herum das noch unveröffentlichte Werk von Jean-Pierre Duprey sich kristallisiert. Aus dem ursprünglichen Chaos hätte anstatt des Lichts geradesogut »die Finsternis« hervorgehen können, und es ist eine Tatsache, daß die tiefste Nacht von Lebewesen bevölkert ist, die nur vermöge der Dunkelheit sehen, ohne daß irgend etwas dazu berechtigt, ihnen den Tagtieren gegenüber einen niederen Rang beizumessen. Im übrigen ist hinlänglich erwiesen, daß der Sehkraft nichts so abträglich ist wie der helle Tag: das physische Licht und das geistige Licht wollen sich miteinander eben nur schlecht vertragen. Die Idee des Vorrangs, der dem Licht vor der Dunkelheit angeblich gebührt, mag man getrost für ein Überbleibsel der allbeherrschenden griechischen Philosophie halten. In dieser Hinsicht messe ich höchste Bedeutung und eine überaus befreiende Wirkung dem*

von Stéphane Lupasco vorgebrachten Einwand gegen das dialektische System Hegels bei, das Aristoteles doch noch allzu verpflichtet ist: »Es wäre eine Dialektik denkbar, die der seinen genau entgegengesetzt ist, eine Dialektik, wo es die Bedeutung der Negation und des Wechsels, das heißt dessen, was er Antithese nennt, ist, den kontradiktorischen Wert der Bejahung und der Identität, der die These ausmacht, durch Aktualisierung an den Tag zu bringen; wie auch eine dritte Dialektik, wo sich weder These noch Antithese gegenseitig besiegen, eine Dialektik, die also einen zunehmenden relativen Widerspruch vertieft.[1]«

Jean-Pierre Duprey ist einer der Gewölbebogen, und nicht der schwächste, der dieses Ideengebäude stützt, zumal dieser Bogen derjenige der reinen Intuition ist. Jede geistige Epoche wird, im gehörigen Abstand gesehen, zugleich durch Bewegungen spekulativen Denkens gekennzeichnet, von denen die Zeitgenossen mehr oder weniger Notiz nehmen (was, wie mir scheint, auch für die kürzlichen Interventionen Lupascos zutrifft) und, auf der Ebene des künstlerischen Schaffens, durch eruptive Phänomene, die bei ganz jungen Menschen auftreten, wohlgemerkt ohne daß ihre Übereinstimmung durch die geringste wechselseitige Beziehung zu erklären wäre.

1 Stéphane Lupasco: Logique et Contradiction, 1947. Dieses Werk wird – in den Augen der Künstler – zudem den ungeheuren Vorteil haben, daß es den »höchst rätselhaften« Zusammenhang konstatiert und erhellt, der besteht zwischen den logischen Werten und ihrem Widerspruch einerseits und den tatsächlichen Gegebenheiten andererseits.

Die Jahre, die zwischen der ersten und der zweiten Ausgabe dieser Anthologie liegen, mit welchen Zerstörungen die Geschichte sie auch gekennzeichnet hat, zählen nichtsdestoweniger zu jenen, die im Bereich des Gefühls am meisten zählen, da die Zukunft, *in ihrer konkretesten und schlichtesten Form, in ihnen aleatorisch geworden ist. Was mag aus dieser Zukunft werden, die – beinahe keine ist? Man muß dem Menschengeschlecht nur einmal den Puls fühlen, und wie könnte man das besser als durch Aneignung und Untersuchung eines Werkes, das bis heute das neueste und inspirierteste ist?*

Ohne zu zögern, sage ich mir heute, kurz vor 1950, daß dieses erwählte Werk jenes von Jean-Pierre Duprey ist, obgleich (oder gerade weil) es zu dem gehört, was diese verstörten letzten Jahre uns als das »schwierigste« vorsetzen. Es lohnt die Mühe, uns durch sein Gestrüpp einen Weg zu bahnen. Es liegt weder an ihm noch an mir, daß man heute, im Vergleich zu der Zeit vor zehn Jahren, bei der Bereitung des schwarzen Humors die Dosis an reinem Schwarz erhöhen muß. Dupreys Genie besteht darin, daß er uns von diesem Schwarz ein Spektrum bietet, das dem der Sonne an Farbigkeit nicht nachsteht. Nicht minder geheimnisvoll als in Igitur: *»Er verläßt das Zimmer und entschwindet die Treppe hinunter* (anstatt das Treppengeländer hinunterzurutschen)«, *glimmt hier der Humor unter der Asche (»Und in gleicher Weise spielten die Dinge sich ab, als man das Meer ertränkt und die Erde begraben hatte; und als das Feuer verbrannt war, verflüchtete sich* *die Luft im Rauch des aus alledem neu erzeugten Feuers.«). Das Licht unserer Zeit ist eher dazu angetan, uns den wahren Duprey, Prinz des Königreichs der Doppelgänger (in übrigens sehr verführerischen Gestalten) zu verbergen. Wir wissen von ihm gerade nur, daß er mit seiner Frau »Ueline, der Schwarzen« in einem Haus mitten in einem Wald voller Wölfe lebt.*

Der blasphemische Wald

Akt 2

Szene 4

Dieselben Kulissen, aber die Nacht ist grün geworden. Zwei sitzende Männer.

Die Nummer 1. Wir haben grüne Mitternacht, den dritten August des Jahres Null, und gleich wird der Hahn dreimal spukken ...

Die Nummer 2. ... Den Hahn gibt es nicht mehr, denn die Spinne hat ihn ersetzt. Sie singt besser und lauter mit all ihren Beinen, die ihre Saugrüssel sind ... Sie niest ein für allemal! ...

Die Nummer 1. Wenn die Spinne dreimal gespuckt hat, wenn sie ihre leinene Stimme, verstärkt durch ihre Trompeten-Krücken, gesponnen hat, wird die Welt ihren Sinn geändert haben und die Erde ihren Namen. Und schon höre ich sagen, daß die Vorhut der Kadaverarmee Feuer an die Gräber gelegt und die Ankunft der Freiheit durch den Sarg proklamiert hat ...

Die Nummer 2. Und die im Wald Herumstrolchenden werden über sich ihre Köpfe als

Wurfgeschosse fliegen sehen, die sie gar nicht geschleudert haben. Sie werden sie sehen, das ist sicher, denn ihre gut durchschnittenen und von ihrem Blut flammenden Hälse werden weit offene Augen sein ... mein Zorn wird das bezeugen, denn ich sehe rot.

Die Nummer 1. Körper aufgehängt wie unnütze Glocken ... Die Bäume werden immer Früchte tragen.

Die Nummer 2. Aber die tausendfingrige Spinne wird lange daran spinnen, und die Leichentücher werden sehr rar sein. Unser Meister Estern, der aus zwei Steinen einen einzigen Schlag machen kann, gewährt uns die Freiheit, seine Hunde zu sein. Auf sein Zeichen hin, werden wir aus einem gemeinsamen Rachen bellen, dem es an Zähnen fehlt, und gewiß, die Schlacht wird gewonnen sein!

Er steht auf und zieht seinen Dolch.

Die Nummer 2. Es bleibt mir nur übrig, die Bäume zum Schleier unserer Meisterin zusammenzunähen, denn ich nenne mich Schneider ...

Er stößt seinen Dolch in einen Baumstamm.

Die Nummer 2. Die Blätter schreien, und einige Zweige bluten ... Aber dieser Baumkronen-Alkohol hat gar keinen Geschmack. Ich habe Durst!

Er trinkt.

Die Nummer 1. Indessen rückt die Stunde

vor; und da es uns unser Herr und Meister Estern, der Doktor der Esternität, nun einmal bei Todesstrafe erlaubt, seien wir Hunde! Aber hier ist schon einer; ich vernehme sehr gut das Schweigen seines Schritts wegen meiner beiden zu tauben Schweinestümpfen gehauenen und von Eselsantennen durchbohrten Hände ... wegen meiner oberen Pfoten vielmehr, die meine supplementären Ohren sind! ... Das erklärt, daß ich zwei Schritte doppelt höre ...

... Aber setzen wir unsere Masken wieder auf!

Die Nummern 3 und 4 erscheinen mit ähnlichen Hundemasken.

Die Nummer 3. Ich grüße Sie mit all meinen Zähnen; und daß die Lepra Ihre Verkleidungskünste vollende! Mein Gefährte, der dem Anschein zum Trotz eine Frau ist, kommt von weit her mit der Ankündigung einer großen Neuigkeit. Zu einem Zeitpunkt, der durch eine genaue Ziffer bestimmt ist, die XII heißt – und dieser Zeitpunkt bleibt unverändert –, wird auf dem Kreuzweg der fehlenden Räume der Ritter Schütze erscheinen, dessen Reittier, das Gespensterreittier, eine Sonnenscheibe zerstampft! ... Das Ergebnis ist gar nicht vorherzusehen, aber ich sage folgerichtig das baldige Ende der Feindseligkeiten des Friedens voraus ...

Übrigens tobt die Schlacht schon, und es ist die Wut der befreiten Kadaver selber, die den guten und schlechten Wind lenkt.

Er wirft seine Waffen weg. Die weibliche Nummer 4 nähert sich.

Die Nummer 4. Einen schönen guten Tag, wie es unter Hunden üblich und höflich ist! Ich werde Ihnen sehr verbunden sein ...

Sie reißt hierauf ihre Maske herunter ... es erscheinen die echten Gesichtszüge der SCHWARZEN, der Frau von Estern.

Die Schwarze. Auf! Oder vielmehr hinlegen, wie es meine Hunde und meine Krücken-Schlangen machen. Ihr seid auch nur Krükken! Und da ihr mir Gehorsam in Freiheit schuldet, will ich euch die Knochen mit eurem Lebensfaden zusammennähen, wenn ...

... Aber ich schließe lieber das Buch, in dessen Herzen ich eure Namen unterstrichen habe, oder noch lieber sehe ich euch betrunken vom Blut all eurer Adern, die nicht platzen werden!

Sie bleiben versteinert, aber vollkommen ERLEDIGT. Der eine zu demselben Stein erstarrt, auf dem er steif, aber mit hängendem Kopf, sitzt. Sein Gefährte ist mit der ganzen Größe seiner zwei Meter zusammengebrochen, die er bei weitem nicht mehr erreicht ... Die Nummer 3 ist verschwunden.

Die Schwarze. Aber ihre Lippen waren alt, ihre Adern trocken, ihre Glieder waren von Holz, Kreuze folgten ihnen, und ihre Augen erloschene Eier! ... Sie sind tot, aber das ergibt mehr Steine, und es wird an ihnen gar nicht mangeln, um unser Schloß wiederaufzubauen.

Sie berührt mit dem Fuß den ausgestreckten Körper, der sich nicht rührt. Sie schaut um sich mit einem Auge, das das AUGE sucht, das gesehen hat oder nichts gesehen hat ... und verläßt die Szene.

Szene 7

Alle leblos. SIE WERDEN WIEDER LEBENDIG, und ihre Körper richten sich auf. Die Nummer 1 ohne Maske. Sie reiben alle beide ihre steif gewordenen Glieder.

Die Nummer 1. Der Tod hat gar keine Bedeutung, da er ja nur eine Art Kniebeuge ist. Aber mein Arm hat sich gestoßen, und mein Schädel tut mir weh, der sich über einem Abgrund in meinem Inneren geöffnet hat ...

Die Nummer 2. ... Ebenso meine Henkel, oder wenn du so willst, meine Arme! ... Sie enthüllen mir eine Leere, die in dem Gefäß meines Körpers schwimmt; und ich werde eher Wunden in meinen Fingern oder anderswo sehen! Aber weder blute ich noch schwitze ich ...

... Aber ich hinke! Und es stellt sich heraus, daß mir meine linke Pfote zu kurz ist ...

Er reißt seine Maske herunter und erscheint wieder unter allen Gesichtszügen eines Verrückt-Wütenden-gleichsam-Hinkenden.

Der Verrückte. ... Ein Zeichen fehlt mir! Mein Klumpfuß bezeugt es.

Der blasphemische Wald

Die Nummer 1. Traum eines Vampirs ... Glas des Meeres und dreifacher Tod in meinen Augen! Der Wind wird uns ein öffentliches Gebäude errichten und der Himmel des kommenden Sturms unser Waffensaal sein. Komm! Verrückt, wenn du willst, aber komm!

Er schleppt ihn mit sich fort, und die Stimme, die zu der Ziffer 1 gehört und zur Nummer derselben Zahl, entfernt sich hinter ihnen und verliert sich ...

Stimme der Nummer 1. Wir kommen zu spät, aber sei's drum! ... Laßt uns die Toten beißen und den Lebenden unmögliche Zeichen geben, denen ich jedoch eine klar negative Bedeutung zuschreiben werde. Die Schlacht tobt ... Aber wir lassen hier unsere Hunde-Insignien zurück ...

Quellenverzeichnis: »Der blasphemische Wald« aus: *La forêt sacrilège*. Übersetzung: Richard Anders.

Bibliographie: *Derrière son double*, 1950. – *La Fin de la manière*, 1965. – *La Forêt sacrilège*, o. J.

Inhalt

Umschlag Pierre Faucheux, Paris
Druck: Aumüller Druck KG, Regensburg
Bindung: Hans Klotz KG, Augsburg
Printed in Germany, 1979

Dieses Buch gibt es nur bei
Zweitausendeins im Versand
(Postfach, D-6000 Frankfurt am Main 61)
oder in den Zweitausendeins-Läden
in Berlin, Essen, Frankfurt, Freiburg, Hamburg,
Hannover, Köln, München, Saarbrücken